LES DRAMES DE L'HISTOIRE
PAR RAOUL DE NAVERY

LE NAUFRAGE DE LIANOR

LIBRAIRIE BLÉRIOT
HENRI GAUTIER, SUCCESSEUR, 55, QUAI DES GRANDS-AUGUSTINS, A PARIS

LES DRAMES DE L'HISTOIRE

PREMIER ÉPISODE

LE NAUFRAGE DE LIANOR

PAR RAOUL DE NAVERY

I

DANS LES RUINES

Une jeune fille d'environ dix-huit ans, et un adolescent qui en pouvait compter seize, penchés sur une grande table couverte de dessins, de cartes et de volumes, se tenaient dans une vaste pièce du palais du vice-roi des Indes à Goa. A travers les croisées formées de plaques de nacre transparente, leur apparaissaient les grands arbres du jardin ; la chaleur d'une journée d'été se trouvait diminuée grâce à d'énormes éventails balancés au plafond de la salle, et dans la galerie qui y faisait suite, les jets élégants d'une fontaine faisaient tomber une pluie de gouttes irisées dans un bassin de marbre entouré de fleurs exotiques. La jeune fille possédait une de ces beautés complètes et merveilleuses que les poètes célèbrent dans leurs œuvres, et dont, à travers les siècles, le souvenir se transmet comme celui d'une apparition de la grâce idéale de la forme. Grande et souple, le front large, intelligent, l'œil profond et doux, la bouche souriante, on la devinait à la fois énergique et tendre. Cette créature charmante, sur qui le ciel avait répandu ses dons les plus précieux, paraissait destinée à voir se résumer dans sa vie toutes les joies auxquelles a le droit d'aspirer une créature.

Son père, don Garcia de Sà, qui venait de succéder dans le gouvernement des Indes à l'illustre Jean de Castro, car la nomination rapide de Mascarenhas ne semblait pas même devoir compter comme un interrègne, possédait après son Altesse le roi de Portugal, Jean III, une autorité absolue sur les pays découverts par Vasco de Gama. Tant que durerait son mandat, il exercerait sans contrôle le pouvoir et la justice, rendant facile l'existence des princes de la côte, ou ravageant leurs terres s'ils refusaient de payer l'impôt. Sur un mot, un signe du vice-roi, s'ouvraient ou se refermaient les portes des sinistres prisons de Goa. Une ligne de lui faisait accourir les missionnaires, ces conquérants de l'âme, adoucissant l'œuvre d'une armée intrépide. Entouré d'une brillante noblesse, prête à chercher dans les plaisirs le repos d'une récente conquête, ne comptant que des gentilshommes parmi ses soldats, Garcia de Sà possédait une cour mille fois plus magnifique que celle de son maître. A l'exemple du grand Albuquerque, sa table était chaque jour dressée pour trois cents convives. Cadets dénués de fortune, savants pauvres, artistes avides de reproduire des paysages grandioses, poètes envieux de célébrer les conquêtes des armes portugaises, navigateurs empressés de fonder des comptoirs, jeunes gens curieux abandonnant l'ancien monde pour le nouveau, sans autre but que celui de promener la vague inquiétude de leurs vingt ans, se pressaient dans le palais de Garcia de Sà, certains d'y rencontrer la haute courtoisie qui double la grâce de l'hospitalité.

Lianor était née dans ce royaume de Canara qui s'étend de la rivière Alliga au mont Delli, et compte dans l'espace de quarante-six lieues Onor, Batekala, Barselor, Baqualor et Mangalor. Le Gange et l'Indus, ces deux fleuves sacrés de l'Inde, répandaient leur merveilleuse poésie sur la côte de Canara, dont les monts Gâthes semblent la couronne. Si les caresses d'une mère morte jeune lui manquèrent, la tendresse paternelle s'efforça d'y suppléer, et l'enfance de Lianor fut exempte de chagrins et de larmes. Entourée de petites Indiennes qui furent ses compagnes avant de comprendre qu'elles deviendraient ses esclaves, elle grandit comme une fleur vivace, répandant autour d'elle l'éclat de sa grâce et la douceur de ses parfums.

Quoique Garcia de Sà ne se montrât que rarement exigeant et sévère, on savait que souvent un malheureux dut sa grâce à l'intervention de sa fille.

Chaque fois que Lianor traversait les rues de Goa, et franchissait le seuil des chapelles, elle épuisait en aumônes l'or dont son père se montrait prodigue.

Maître François, qui déjà depuis de longues années apprenait aux pauvres Indiens la loi du Dieu crucifié, n'hésitait jamais à s'adresser à elle, soit qu'il s'agît de pourvoir aux frais d'une mission nouvelle, soit qu'il songeât à fonder des écoles dans lesquelles il rassemblait des enfants venus de tous les royaumes de la côte, depuis la baie de Cambaye jusqu'au cap Comorin, afin qu'instruits dans la langue portugaise, ils évangélisassent à leur tour les hommes de leurs nations.

Garcia de Sà adorait sa fille. Une prière de Lianor devenait le plus souvent un ordre pour lui, et la faiblesse de caractère du vice-roi, uni que défaut qu'il fût possible de lui reprocher, s'accentuait à l'égard de sa fille, sans que Lianor songeât à en abuser.

D'un caractère sérieux, aimant passionnément l'étude, elle plaçait au premier rang de ses plaisirs les heures passées avec son cousin Pantaleone de Sà, dans la bibliothèque du palais. Tous deux, repassant les leçons reçues, apprenaient à mieux connaître le pays sur lequel s'exerçait leur règne temporaire. Lianor et Pantaleone achevaient de s'instruire en apprenant les dialectes divers parlés sur les côtes. Le jeune homme, en attendant que son oncle le jugeât assez robuste pour l'envoyer se battre comme un soldat, travaillait en érudit, et rien n'était plus charmant que de voir ces deux êtres, d'une beauté presque égale, d'une bonté à toute épreuve, et d'une loyauté sans ombre, renoncer aux plaisirs de leur âge, afin d'augmenter la somme de leurs connaissances.

Tout à coup, Pantaleone de Sà repoussa les cahiers, les livres et les dessins.

— Lianor, dit-il, tout ceci n'est rien, et jamais nous ne comprendrons l'Inde vraie, l'Inde à la fois superbe et mystique, tant que nous n'aurons pas obtenu de ton père l'autorisation de faire des excursions en dehors de la ville. Quand nos compatriotes pénétrèrent pour la première fois à Goa, éblouis par la magnificence de ses palais, de ses temples, ils la surnommèrent Goa *la dorée*; et vraiment ce devait être un admirable spectacle que celui de ses coupoles éblouissantes couronnant les blanches murailles, de ses mosquées, de ses minarets aériens découpant leurs dentelles sur l'azur intense du ciel! D'Almeida, puis le grand Albuquerque crurent faire œuvre pie en ordonnant d'abattre ces monuments; ils ne comprirent pas que leur beauté artistique les devait rendre sacrés pour les vainqueurs. Sous le marteau des soldats tombèrent les mosquées splendides, et les temples abritant la Trimourti indienne. Goa la dorée a cessé d'exister, et pour ressusciter dans notre pensée cette ville incomparable, il nous faudrait visiter les ruines échelonnées tantôt sur les rives du fleuve sacré des Indiens, tantôt sur les premiers plans des monts Gâthes. Nous pénétrerions les mystères d'une civilisation à part, d'un art inconnu, alors nous contemplerions des merveilles qui jamais ne sauraient nous être offertes ailleurs. Nous n'habiterons pas toujours les Indes, Lianor; le pouvoir du vice-roi ou des gouverneurs ne s'y exerce que durant cinq années. Profitons de nos loisirs; ces excursions, sans offrir de danger, suffiront à nous instruire comme à nous distraire.

— Pantaleone, dit la jeune fille en se levant, j'approuve tellement ton idée que je vais à l'instant même demander à mon père une permission que, j'en suis sûre, il ne me refusera pas.

Et entraînant son cousin à sa suite, elle entra chez son père.

Garcia de Sà se trouvait, à cette heure, dans son cabinet de travail, occupé à la rédaction d'un long mémoire adressé au roi Jean III et que le navire le *San-Martim* devait emporter le lendemain.

— Mon père, dit la jeune fille, mon cousin Pantaleone et moi désirerions vivement entreprendre aux environs de Goa des promenades qui nous permettront d'apprécier l'art hindou dans les débris de ses œuvres magistrales. Bien des temples sont en ruines, des milliers de statues sont brisées; je veux les voir, les dessiner, remplir mon esprit et mes yeux de splendeurs que je décrirai à nos compatriotes, quand vous quitterez Goa pour revenir en Lusitanie.

— Certes, répondit Garcia de Sà, je céderais tout de suite à ton désir, si je ne croyais de semblables courses dangereuses. Les Indiens paraissent accepter notre domination, et cependant, je ne crois pas les Indes soumises jusqu'au cœur. Sans doute le calme règne à Goa, nos tributaires paient régulièrement leurs redevances d'épices, d'or et de pierreries, mais le feu de la rébellion couve dans ces âmes trempées pour la lutte, armées pour la vengeance. Je me défie des soumissions hâtives; les renégats me semblent plus redoutables que les insoumis. Jamais les Maures ne nous accepteront franchement pour leurs maîtres. Tu parlais, tout à l'heure, de la tranquillité qui règne autour de la citadelle de Diu; qui t'assure qu'à cette heure elle n'est point menacée? Si tu te hasardais imprudemment hors de la ville, ne pourrais-tu rencontrer sinon une bande armée, du moins des fanatiques ravis de prendre pour otage la fille de l'ennemi de leur culte? Ils me feraient alors payer cher leurs sacrifices interrompus, leurs idoles couchées dans l'herbe.

— Je serais là, s'écria Pantaleone, prêt à défendre ma cousine, à mourir pour elle!

— Tu as seize ans à peine, mon ami, et la force de ton bras ne répond point à la fermeté de ton âme.

Le jeune homme rougit de dépit; un regard de Lianor eut le pouvoir de le calmer.

— Si vous craignez tant pour moi, mon père, reprit-elle, adjoignez-nous un certain nombre de serviteurs et de soldats. Vous concilierez de la sorte la tendresse et la prévoyance. Du reste, ne croyez pas que nous comptions nous aventurer très loin. Il nous suffira de visiter les ruines d'un des temples échelonnés sur les premiers plans des monts Gâthes.

— Soit, fit Garcia de Sà, j'y songerai.

— C'est un refus adouci par une espérance, fit Lianor.

— Méchante enfant ! Tu ne crains donc pas de m'alarmer?

— Oubliez-vous que je m'ennuie comme un bonze !

— Allons ! fit le vice-roi, je cède, à regret, mais enfin je cède! Ma faiblesse me portera malheur, Lianor. Vous abusez tous les deux de ma condescendance paternelle... et je devrais...

— Merci ! s'écria joyeusement Lianor en posant un triomphant baiser sur le front de son père. Et maintenant, poursuis ton message au roi, scelle tes lettres pour le *San-Martim*; pendant ce temps, Pantaleone s'occupera des chevaux, du palanquin, des serviteurs; ce soir, tu donneras ordre à vingt-cinq soldats de nous accompagner; comme cela nous aurons l'air d'une armée en reconnaissance !

— Chère ! chère fille ! dit le vice-roi en attirant vers lui Lianor, qu'il embrassa au front.

Les deux jeunes gens traversèrent de nouveau la grande salle, et rentrèrent dans la bibliothèque, afin de discuter les détails de l'excursion du lendemain.

Garcia de Sà, qui devait garder le pouvoir moins de deux années, avait été, avant son arrivée dans les Indes, Alcaïde de la ville de Porto, seconde ville du Portugal par son importance, son étendue, sa population et son commerce, et que sa situation sur le penchant d'une colline à une demi-lieue de la mer rend doublement ravissante. De Porto, l'antique *Portucale*, Garcia de Sà vint aux Indes. Même après Jean de Castro il sut y mériter des éloges. Sous son gouvernement fut conclue la paix avec le roi de Cambaye; il fortifia les places défendant les côtes, augmenta l'importance des comptoirs, s'attira l'estime et l'affection de son roi. Maître François lui devait de grandes facilités pour l'extension et la protection de son ministère, et grâce à lui les Dominicains venaient de s'établir à Goa. Enfin, peu de jours avant la scène que nous

Lianor reproduisait ce chef-d'œuvre avec un rare bonheur. (Voir page 11.)

venons de raconter, le rajah de Tanor, amené à Goa par les missionnaires, avait solennellement embrassé le christianisme.

Garcia de Sà termina son mémoire, scella ses missives, puis, accompagné d'un secrétaire et de deux officiers, il prit la route du port.

Il lui semblait qu'en montant sur le pont du *San-Martim*, et en s'entretenant longuement avec ceux qui allaient revoir la patrie, il sentirait son cœur consolé de l'exil. Magnifique et royal exil, sans doute, mais qui ne laissait point cependant de peser à son cœur. Son rêve dans l'avenir était de terminer sa vie à Porto, ayant au-dessus de sa tête le dôme vert des grands arbres couronnant la colline, et regardant à ses pieds moutonner les flots bleus.

Tandis qu'il adressait aux passagers des adieux émus, Lianor et Pantaleone choisissaient les compagnons de leur excursion.

Un Dominicain, auquel le jeune homme fit part de son projet, le pria de l'accepter comme compagnon de route ; deux femmes de celles dont Lianor préférait les soins, Lalli et Tolla devaient partager son palanquin. Élevées avec elle, les deux Indiennes chérissaient profondément leur jeune maîtresse. Instruites dans le catholicisme, elles ignoraient la religion pratiquée par leurs pères, et sans la teinte dorée de leur peau il eût été possible de les prendre pour des filles d'Europe, tant leurs traits avaient de régularité, leur taille d'élégance. Une douzaine de serviteurs étaient chargés des montures et des vivres.

Lorsque le vice-roi revint du port, il trouva Pantaleone rayonnant, détaillant les précautions prises pour assurer la sécurité de sa cousine.

— J'ajoute vingt-cinq soldats armés jusqu'aux dents à tes serviteurs, lui dit Garcia de Sà. Je souhaite que leur aide te soit inutile, mais je garderais un éternel remords si je négligeais cette précaution.

La soirée se passa gaiement. Don Garcia embrassa tendrement sa fille, qui lui rendit en souriant ses caresses, et une heure plus tard, tout le monde dormait au château du vice-roi.

A l'aube, un bruit inaccoutumé régnait dans le palais. Non qu'il fût rare de voir seller des chevaux, et s'armer à la hâte des groupes de serviteurs, mais en général l'indolence indienne retardait les travaux de la journée. Cette fois, chaque serviteur indigène ou portugais mettait à remplir son devoir une sorte de zèle affectueux. Il s'agissait de plaire à la petite reine de Canara, d'aller au-devant d'un de ses désirs, et l'activité s'augmentait en raison de la joie de lui plaire. Pour ses esclaves, Lianor n'était pas seulement une maîtresse souveraine, mais une créature mise, par sa beauté et ses qualités exquises, au-dessus de toutes les autres femmes. Combien de fois n'avait-elle pas consolé, dans leur esclavage, les Indiens arrachés à la côte natale ? Avec quelle angélique douceur elle leur enseignait une patience chrétienne ! Plus d'une fois leurs enfants dormirent dans ses bras, leurs femmes la saluaient comme ces anges dont leur parlait Maître François le missionnaire. Aussi, à la pensée qu'un péril la pouvait menacer pendant cette excursion, s'armèrent-ils d'une façon redoutable ; les uns se munirent de lances, de flèches et de poignards trempés dans le suc dangereux des euphorbes ; les autres firent ample provision de poudre et de balles.

Quant à Lianor, pleine d'entrain et de vaillance, ses beaux cheveux noirs relevés sous une toque à laquelle flottait une plume d'oiseau rare, ayant pour toute défense un éventail en plumes d'oiseau-mouche, elle attendait que Lalli et Tolla lui annonçassent que le palanquin se trouvait prêt.

Pantaleone inspectait les armes, surveillait les visiteurs, s'inquiétait des provisions, et jetait sur sa cousine un regard dans lequel se trahissait un viril courage. Le Dominicain fray José s'entretenait avec le guide, le questionnant sur la route qu'ils allaient suivre.

Le vice-roi vint embrasser sa fille, la recommanda tour à tour au dévouement de Pantaleone et à la prudence du convoi, puis la petite troupe se mit en marche. Elle se composait en tout de quarante personnes.

Les voyageurs franchirent les murailles de la ville, et l'étroit espace reliant Goa à la terre ferme. De la nouvelle cité, ils passèrent dans l'ancienne, et ne tardèrent pas à perdre de vue les grands monuments de la Ville-d'Or, le palais du gouverneur, l'hospice véritablement royal où l'on ne traitait que des gentilshommes; puis les clochers, les tours, les campaniles élevés par la piété des Portugais au Dieu dont ils venaient révéler la loi aux Maures, aux Parsis et aux Indiens.

Après quelques heures de marche à travers une végétation luxuriante, l'immense et ténébreux rideau des arbres tomba comme par enchantement, et au milieu d'un cirque formé par les débris de constructions gigantesques, apparurent les ruines du temple élevé en l'honneur de Siva, le dieu de la destruction.

Lianor et Pantaleone poussèrent un cri d'admiration.

Il était impossible, en effet, de voir quelque chose de plus majestueux dans son ensemble, de plus gracieux dans les détails que cette architecture dont les créateurs semblaient avoir résolu le problème de rendre la pierre vivante et de substituer à la forme massive des colonnes l'élégance et la vitalité des statues. Des figures de dieux gigantesques s'étageaient de la base au faîte. Autour des portes, dont les panneaux avaient été brisés et dont on ne voyait plus que les baies sombres, des animaux fantastiques dressaient leurs cous, aiguisaient leurs becs, dilataient leurs ailes. Sur des bas-reliefs, des personnages symboliques se livraient des batailles forcenées, dont les dernières scènes disparaissaient sous les rideaux d'une verdure envahissante.

De gracieuses figures de déesses coupaient ces graves images et donnaient l'idée d'une grâce inconnue. Puis, c'étaient des pages de pierres, représentant les travaux de l'Hercule indien à face simiesque, les symbolisations de la Trinité indienne. L'effrayant à côté du sublime, le monstre près de l'idéal. Partout des oppositions puisées dans le culte indou et rendues avec une hardiessse, une verve, une facilité inouïes.

Quand Lianor et Pantaleone eurent admiré cette façade, ils franchirent la porte du temple, et se trouvèrent dans une vaste cour servant de péristyle au temple plus petit dans lequel on enfermait l'image de Siva.

La chaleur devenait intense. Pantaleone donna ordre aux Indiens et aux soldats de le suivre, et la troupe s'installa dans une salle basse décorée de fleurs, de feuillages et d'oiseaux, tandis que Lianor, Pantaleone, le missionnaire, Lalli et Tolla pénétraient dans un réduit plus sombre, où, sur les restes d'un piédestal, se voyaient les fragments du Dieu de la Destruction, dont le bras orné d'un trident gisait mutilé sur le sol.

— Mon père, demanda Pantaleone à fray José, ne trouvez-vous point regrettable que le zèle d'Albuquerque ait détruit cette œuvre magnifique?

— Certes, mon fils, nous pouvons penser ainsi au point de vue de l'art; mais le grand guerrier n'avait pas seulement pour but la conquête matérielle des Indes. En donnant cette terre au roi de Portugal, il offrait à Dieu les âmes des Indiens. Tandis que ceux-ci auraient conservé les temples de leurs idoles, ils ne se seraient point agenouillés devant la croix. A ceux qui plus tard étudieront ces monuments magnifiques, les vestiges dont nous sommes entourés suffiront pour donner l'idée d'un art que nous ne soupçonnions pas.

— Il me semble, reprit Pantaleone, qu'on aurait pu se contenter de dresser une croix au sommet de ces temples, de les purifier et de les offrir à Dieu, comme on fit d'un si grand nombre de mosquées.

— Vous oubliez, mon fils, que la décoration des mosquées ne se composant que de fleurs et d'arabesques, de caractères arabes et de créations de fantaisie, il devenait possible d'en changer la destination. Dans ceux-ci, au contraire, les idoles nous entourent et nous pressent. Une mythologie colossale s'agite sur les murailles, supporte les voûtes, garde les portes, chante près des plafonds, peuple les souterrains. Non, non, ce n'était pas possible !

Tandis que leurs maîtres s'entretenaient du passé, les esclaves disposaient le repas sur une ancienne table de sacrifice.

Lalli et Tolla regardaient avec une curiosité naïve les figures ornant ce temple, grand comme un monde. Mais l'attitude des vieux

Indiens était loin d'indiquer une impression aussi paisible. Quelques-uns d'entre eux, nouvellement convertis à la religion du Christ, ne pouvaient se retrouver sans effroi dans l'enceinte d'un lieu où jadis ils étaient venus s'agenouiller. En ce moment leur esprit s'emplissait d'une terreur superstitieuse, et il leur semblait que les bras levés d'Hanouman, les armes brandies par les héros combattants, allaient subitement les écraser sur le sol profané du temple de Siva.

Lianor avait eu raison de l'affirmer à son père, cette visite aux ruines lui causait une joie profonde, et son intelligence prenait un essor inconnu.

Après un repas léger, elle prit un crayon, et laissant discuter Pantaleone et le missionnaire, elle commença l'esquisse d'une des œuvres les plus étranges renfermées dans cette salle.

Elle représentait Krishna porté par les Gopis, nymphes chargées du soin des troupeaux. Chacune de ces bergères célestes pouvait passer pour un chef-d'œuvre de grâce. Les figures souriantes, l'harmonie des mouvements, tout charmait dans les détails de cette œuvre sans pareille. Tantôt isolées, tantôt réunies, enlacées, suspendues, elles soutenaient le trône du Dieu souriant d'une immortelle jeunesse.

Lianor reproduisait ce chef-d'œuvre avec un rare bonheur pendant que le missionnaire et Pantaleone erraient au fond des souterrains, et que, dans la grande pièce où Pantaleone les avait réunis, soldats et serviteurs faisaient la sieste.

Lalli et Tolla, couchées entre les pieds du groupe que dessinait Lianor, semblaient elles-mêmes deux Gopis reposant sous la protection de Krishua.

Tout à coup, Lianor s'arrêta. Elle avait cru distinguer un bruit sourd, provenant de loin, pareil à celui que produirait une grande multitude. Cependant, elle reprit son travail.

— Vraiment, murmura-t-elle, au milieu de ces créations fantastiques, on finit par perdre le sens du réel. Ne vais-je point m'imaginer que ces figures respirent et que le bruit de leur souffle arrive jusqu'à moi? Le vent courbe les branches des arbres, ou le fleuve coule d'une façon plus rapide.

Se remettant à copier la figure des Nymphes, elle oublia le bruit qui l'avait presque effrayée, jusqu'à ce que son oreille distinguât des sons de trompes de cuivre, et des retentissements de cymbales.

Cette fois elle ne se trompait pas.

Elle jeta autour d'elle un rapide regard, comme si elle avait besoin de s'assurer que les dieux combattants, les hommes à profils de singes, les oiseaux fantastiques et les Ganésa monstrueux demeuraient à leur place : puis, avant même de prévenir Pantaleone, et de réveiller Lalli et Tolla, elle s'élança hors de la salle où dormaient les Indiens et les soldats portugais, puis, gagnant la porte du temple, elle regarda le terrible et imposant spectacle qui se déroulait devant elle.

Du sommet des monts Gâthes, aussi loin que pouvait atteindre son regard, elle apercevait une foule d'Indiens vêtus de costumes divers, marchant avec un grand ordre, et se dirigeant vers le même but. Des étendards de soie couverts de représentations d'idoles, des figures de dieux, de boudhas placides, des images féroces étaient portés par des brahmes. Sur un char gigantesque traîné par des hommes demi-nus, oscillait une figure monstrueuse. A chacun de ses cahots des cris déchirants se faisaient entendre, poussés par les malheureux que broyaient les roues du char de l'idole.

— Grand Dieu ! s'écria Lianor, il se dirigent de ce côté.

La jeune fille était vaillante. De l'heure où elle comprit le danger, elle se sentit de force à lui faire face. Voyant qu'elle avait le temps de prévenir Pantaleone, avant que la procession arrivât à la grande cour du temple, elle descendit dans la crypte où Pantaleone et le missionnaire discutaient quelques points ténébreux de la mythologie hindoue, et, posant sa petite main sur le bras de son cousin :

— Nous sommes peut-être perdus, lui dit-elle. Mais je suis brave, ne redoute ni cris, ni évanouissement, ni faiblesse. Une foule d'Indiens, si nombreux qu'on ne saurait en apprécier le nombre, vient ici pour offrir un sacrifice à ses dieux.

Pantaleone saisit la main de Lianor.

— Je mourrai pour te défendre, dit-il !

Puis il gagna en courant la grande cour.

Les Indiens se trouvaient si près, que l'on ne pouvait plus sortir de l'enceinte du temple. La retraite était coupée.

Un vieux fakir sanglant hurlait des incantations. (*Voir page* 17.)

II

LA SUTTIE

Les Indiens, qui venaient en grande pompe au sein des ruines du temple de Siva, afin d'offrir un sacrifice, ne pouvaient avoir que des sentiments hostiles à l'égard des Portugais. Dans les conquérants de la côte et des îles ils ne voyaient que des usurpateurs coupables de sacrilège, et détruisant par le culte du Christ le culte de Brahma. Il était donc certain que, rencontrant dans un lieu isolé des vainqueurs dont ils détestaient jusqu'au nom, ils ne se feraient pas faute de leur faire payer avec usure la persécution qui les atteignait. Le seul parti à prendre était donc celui de la prudence. En dépit des mouvements tumultueux de son sang qui le poussaient à la lutte, Pantaleone, songeant à la responsabilité qu'il avait assumée, réfréna toute idée belliqueuse, et rentrant dans la salle intérieure où campaient à la fois les soldats portugais et les Indiens, il leur dit d'une voix ferme :

— Une troupe nombreuse s'avance vers ces ruines ; gardez-vous de tenter un combat d'où nous sortirions vaincus ; rappelons-nous que nous avons trois femmes à défendre, cachez-vous dans ces salles. Au milieu des groupes, des bas-reliefs et des statues, cachez-vous aux yeux des Indiens, et ne sortez de vos retraites qu'à l'heure où je vous crierai : « Christ et Portugal ! »

Sur un signe de l'adolescent qui venait de s'improviser capitaine, Indiens et soldats disparurent comme par enchantement. En moins d'une seconde, chaque statue, chaque fragment de roche servit à dissimuler un des hommes chargés de défendre Lianor. Pantaleone, escaladant les épaules d'une figure monstrueuse de Garouda, se cramponna à ses ailes, puis il plongea un regard curieux dans la vaste cour que le cortège envahissait. Pendant ce temps, Lianor et ses suivantes, confondues avec le groupe gracieux des Gopis, semblaient faire partie du cortège de Krishna ; Fray José priait, agenouillé derrière les restes de la statue du dieu de la destruction.

L'immense cortège, dont les derniers rangs descendaient encore les flancs de la colline, commençait à se ranger avec un ordre méthodique. D'abord parurent des prêtres vêtus de vêtements blancs, et chantant des strophes tirées des livres sacrés des Védas. Quelques-uns d'entre eux tiraient, par intervalle, des sons rauques de trompes d'ivoire, formées d'une défense d'éléphant, ou froissaient des cymbales de cuivre. A leur suite marchaient des fakirs, objet de la vénération du peuple. Les uns dressaient des bras couverts de sanglantes entailles ; les autres montraient les ongles de leurs doigts passant au travers de la paume de leurs mains amaigries. Couverts de cendres, d'ecchymoses, de cicatrices, ils poussaient des gémissements funèbres et aspergeaient la foule d'une pluie sanglante.

Derrière eux, une douzaine d'hommes et de femmes, vêtus d'habits de brocart, étincelants de pierreries, entouraient et soutenaient une jeune femme, âgée de quinze ans à peine qui, les joues baignées de larmes, et tordant ses bras couverts jusqu'au coude de bracelets de perles, demandait grâce à des parents parmi lesquels on eût dit qu'elle ne trouvait que des bourreaux. Une femme au visage austère, et qui semblait la couver d'un regard féroce, lui parlait à voix basse. On devinait qu'aucune consolation ne pouvait tomber de cette bouche rigide, aux lèvres minces. Une seule créature, qui n'avait point encore laissé endurcir son cœur, paraissait éprouver pour l'infortunée une pitié profonde. Mais si cette compassion adoucissait l'amertume dont l'âme de Savitri était remplie, l'infortunée savait trop que cette tendresse demeurerait impuissante à la sauver.

Quand les sanglots de la jeune femme s'élevaient plus déchirants, les voix des parents, les trompes d'ivoire, le bruit strident des cymbales ne tardaient pas à les étouffer; et dans la crainte que la foule se scandalisât de ses larmes, le voile qui retombait sur ses talons fut brusquement rabattu sur son visage.

A la suite de ce groupe venaient deux éléphants lourdement chargés; puis des esclaves portant des vases de parfums, enfin le char, sous les roues duquel se broyaient les membres des fanatiques, roulait dans un amas d'os broyés et de chairs meurtries.

Il était impossible qu'une foule si nombreuse pénétrât dans l'enceinte du temple. Les brahmes y entrèrent avec un petit nombre d'initiés, précédant les parents de la jeune femme en pleurs. Les éléphants s'agenouillèrent au milieu de l'espace demeuré libre, afin qu'on les débarrassât de leur fardeau, et des esclaves soulevant les piles de bois coupé symétriquement, sous lequel pliaient leurs reins robustes, les rangèrent au centre de la cour, en formant un carré régulier.

Koumia, la femme à l'aspect austère, conduisit la jeune femme voilée jusqu'au pied de l'autel détruit, et la forçant de s'asseoir sur un torse abattu :

— Courage ! souviens-toi qu'il faut imiter aujourd'hui les nobles femmes de notre famille. Ton époux est mort, la loi t'ordonne de le suivre.

— Mon époux ! s'écria Savitri en relevant brusquement son voile, et en laissant voir son admirable visage ruisselant de larmes, l'était-il donc vraiment? M'avait-on laissé le droit de le choisir ? S'était-il donné la peine de me plaire? Quel attachement puis-je éprouver pour un homme qui, sur ma réputation de beauté, m'a demandée en mariage, et imaginait avoir rempli tous ses devoirs parce qu'il m'avait envoyé les diamants et les perles dont vous m'avez couverte! Il est horrible de mourir à mon âge, et dans des circonstances semblables. Car enfin, le rajah ne fut mon époux que de nom, et son frère, avide de posséder ses grands biens, l'assassina quelques heures après notre mariage. Avant que j'eusse franchi le seuil de l'appartement des femmes, Sing tombait sanglant dans le péristyle de son palais... De la maison de mon père vous me traînez à la mort, parce que j'ai eu le malheur de voir ma vie engagée à ce vieillard!

— C'est la loi! répéta Koumia. Voudrais-tu imprimer à notre famille une tache ineffaçable?

— Eh que m'importe! fit la jeune fille, si l'unique prérogative de mon rang est de monter sur un bûcher... J'ai l'horreur de ma mort, l'épouvante de ma souffrance; il me semble déjà sentir la dévorante chaleur montant des troncs de santal; je crois éprouver dans mes membres les tortures que m'infligeront les flammes, quand mon corps se tordra sur le lit funèbre où vous voulez m'attacher... J'aime la vie! Je veux vivre! La honte dont vous parlez m'empêchera-t-elle de voir le ciel bleu, de boire l'eau des sources, d'errer dans les grands bois? Appauvrie, dédaignée, je trouverai toujours une poignée de riz et une tasse d'eau... j'accepte la pauvreté et la faim, le mépris même plutôt que de mourir.

— C'en est trop! s'écria Koumia, tu oublies que tu n'es pas seule maîtresse de ta destinée. Ton père m'a confié la mission de t'accompagner jusqu'ici, et de veiller à ce que, dans cette cérémonie, tout se passât suivant les usages et les rites. J'accomplirai son ordre en te faisant remplir ton devoir jusqu'au bout!

Koumia prit une coupe, et un flacon d'or que, jusqu'à ce moment, elle avait cachés sous son voile.

Sans trembler, avec une lenteur calculée, elle vida la fiole dans la coupe, qu'elle tendit à Savitri.

— Je comprends, fit celle-ci en la repoussant du geste. Vous avez mêlé à ce breuvage des stupéfiants si puissants qu'après l'avoir bu, je ne serai plus qu'un être inerte, facile à entraîner vers le bûcher. Si par hasard les morsures du feu m'arrachent à cette torpeur, si je crie, si j'appelle à l'aide, les hymnes, les trompettes, les cymbales des prêtres, les hurlements des fakirs étoufferont mes plaintes, et la famille gardera intacte la gloire de notre vieille race aryenne. Eh bien, non ! je ne boirai pas ! Je me révolterai jusqu'au bout. Je montrerai un si grand effroi de cette mort, que l'on n'osera peut-être plus dresser le bûcher des Sutties.

Savitri s'était dressée.

Sous son voile, ses longs cheveux noirs s'étaient dénoués ; ses yeux étincelaient ; une rougeur ardente remplaçait sa pâleur ; elle paraissait si résolue que Koumia commença à redouter d'être vaincue dans la lutte.

Le jeune garçon qui, jusqu'alors, s'était contenté de pleurer en voyant couler les larmes de Savitri, s'adressa alors à la sœur de son père :

— Laissez-nous seuls, lui dit-il, tout seuls. Les préparatifs funèbres ne sauraient être terminés. Vous vous êtes toujours montrée un peu dure à l'égard de Savitri. Elle m'aime, nous sommes du même âge, elle m'écoutera davantage. Laissez sur l'autel la coupe du sommeil et de la mort. Au premier éclat de la trompette de nos prêtres, vous trouverez Savitri résignée.

— Tu seras l'héritier de ton père, répliqua Koumia gravement. C'est sur toi que retomberait surtout la honte que Savitri imprimerait sur notre famille, si elle se refusait d'obéir à nos coutumes.

— J'ai compris, répondit le jeune Indien.

Un moment encore, Koumia hésita.

Ses grands yeux sombres errèrent autour d'elle, comme si elle voulait s'assurer qu'aucune évasion n'était possible. Mais la chapelle de Siva, close de la base au faîte, ne gardait d'autre ouverture que celle de la porte brisée, et ne communiquait qu'avec une chapelle sans issue. La fuite paraissait d'autant plus impossible que Koumia se promettait de ne point s'éloigner de la baie ouvrant sur la grande cour où se préparait le sacrifice.

Quittant donc la chapelle de Siva, où elle laissait ensemble Savitri et Satyavan abîmés dans leur commune douleur, elle s'approcha de la cour qui devait être le théâtre du sacrifice.

On élevait en ce moment le bûcher, et au milieu de groupes fanatiques, quelque vieux fakir sanglant tournoyait sur lui-même en hurlant des incantations funèbres férocement répétées par l'assistance. Il semblait que la foule, témoin des terreurs de la jeune épouse, espérait obtenir du ciel son consentement en multipliant les invocations au dieu de la mort.

Le rajah, couché sur un lit de parade, revêtu de ses plus riches habits, la tête ceinte d'un turban blanc, orné de pierreries, les bras croisés sur la poitrine, les joues avivées de carmin, ressemblait à un de ces vieux rois de l'Inde endormi par un puissant génie, et que le mot d'un Esprit bienfaisant suffirait à réveiller.

— Écoute, dit Satyavan quand il se trouva seul avec sa sœur, tu sais si je t'aime ; nous avons grandi ensemble sans que jamais une querelle, un nuage affaiblît notre tendresse. Te voir pleurer me déchire le cœur ; te voir mourir m'est impossible. Je me sentirais le courage d'un homme pour te défendre, mais on m'a enlevé mes armes ; d'ailleurs, que pourrait un enfant contre trois mille bourreaux ? Je ne puis que mourir avec toi. Vidons ensemble cette coupe qui endort les angoisses et supprime la douleur. Quand les cruels viendront chercher leur proie, ils nous trouveront enlacés, immobiles et froids déjà...

— Oh ! fit la jeune veuve, toi aussi, tu me parles de mourir ! N'est-il pas des cryptes plus profondes, des puits mystérieux dans lesquels nous pourrions disparaître ?

— Cherchons, répondit Satyavan.

Tous deux parcoururent la salle de Siva, descendirent les huit degrés de pierre conduisant à une chapelle plus étroite et plus basse, à demi emplie par l'énormité d'une statue qui, les jambes croisées, dardant de tous côtés ses dix têtes surmontées d'une tiare unique, et dressant vers le ciel dix bras armés d'attributs divers, offrait à l'adoration du fidèle l'image de Râvana, roi de Lanka.

Mais cette dernière chapelle, creusée dans le vif de la montagne, n'offrait ni fenêtre, ni sortie. L'image effrayante de Râvana paraissait terminer ce monument colossal. Des fragments d'autel, des débris des doigts de l'idole se trouvaient à terre ; cette dernière chapelle avait échappé à la destruction presque totale du temple.

— Rien ! murmura Savitri, après avoir palpé les murailles, et cherché si le socle de Râvana ne dissimulait point un escalier secret. Rien ! tu l'as dit, Satyavan, il ne nous reste qu'à mourir ensemble...

Elle tomba demi morte dans les bras de son frère, aux pieds de la statue du roi de Lanka, dont les têtes menaçantes semblaient à la fois demander sa mort.

A partir du moment où Pantaleone, Lianor et leur amis, effrayés par l'arrivée du cortège de la Suttie, s'étaient dissimulés au milieu des bas-reliefs et des décorations du temple de Siva, une émotion poignante s'était emparée de leur âme. Tant qu'il ne s'était agi que de voir se dérouler une procession d'Indiens venant pleurer leurs dieux au milieu des débris de leur culte, ils attendirent avec assez de patience. Leurs ablutions terminées, leurs hymnes chantées, les Portugais pensaient que les Indiens reprendraient la route des monts Gâthes. Ce fut donc seulement lorsque les sanglots de Savitri, les larmes de Satyavan et les encouragements froidement cruels de Koumia leur apprirent qu'il s'agissait du sacrifice d'une Suttie, que les Portugais sentirent se révolter leurs sentiments d'humanité. Se jeter au-devant d'une troupe inoffensive de pèlerins eût semblé à Pantaleone une imprudence inutile. Garcia de Sà conseillait une grande douceur et de constants égards dans les rapports des vainqueurs à l'égard des vaincus. Tant qu'il ne s'agit donc que d'une démonstration pacifique des Indiens, les Portugais demeurèrent immobiles. Mais, au moment où ils comprirent qu'on allait faire périr une infortunée au nom d'une prétendue règle d'honneur, Pantaleone ne se demanda pas si sa troupe était capable de résister à la multitude couvrant les rives du fleuve sacré. Sa main que pressa la main de Lianor répondit à l'étreinte de la jeune fille, un mot rapide s'échangea entre les Portugais; Lianor sauta légèrement à terre, traversa la salle consacrée au dieu Siva, et gagna la dernière chapelle, au moment où Savitri venait tomber dans les bras de Satyavan. La fille du vice-roi entoura d'un bras caressant la taille souple de la jeune femme, mit un baiser sur son front pâle, et lui demanda dans sa douce langue indienne :

— Veux-tu vivre?

Satyavan et Savitri ouvrirent à la fois les yeux.

— Veux-tu la défendre et te venger? ajouta une voix plus mâle à l'adolescent.

Satyavan aperçut, penché vers lui, un jeune homme dont l'expression de pitié, mêlée à quelque chose de chevaleresque, lui donna soudainement confiance. S'il avait pu douter de la foi du Portugais, l'empressement avec lequel Pantaleone lui tendit un poignard aurait suffi pour le convaincre de sa sincérité.

— La défendre! venger ma sœur! Oui, oui, et béni soyez-vous de me fournir le moyen de la disputer à ses bourreaux en lui faisant un rempart de mon corps.

Satyavan ne demanda pas à Pantaleone par quel miracle il venait à son aide. Il ne s'informa point pourquoi il lui offrait son appui.

Dans un élan de reconnaissance, il serra le bras du jeune homme en lui répétant :

— Sois béni, toi qui compatis à mes douleurs, toi qui nous viens en aide à l'heure où tout paraissait perdu.

Savitri, s'abandonnant aux tendres caresses de Lianor, la suivait docilement à travers la chapelle souterraine.

— Lève les yeux, Satyavan, reprit Pantaleone, peut-être pour sauver ta sœur n'aurons-nous pas même à combattre. Amenés ici par la curiosité, nous avons cherché un refuge au milieu de ce peuple de dieux et de déesses. Qui sait si la crédulité de la foule ne verra point dans la disparition de Savitri une intervention surhumaine? Suis-moi dans ma retraite aérienne ; si l'on nous attaque dans nos retranchements, nous aurons toujours le temps de faire preuve d'énergie. Vois-tu briller les mousquets de mes compatriotes? A la première menace, la poudre parlera...

Soutenue par Lianor, Savitri gravit légèrement l'échelle gracieuse formée par les groupes de Gopis, puis, blottie au milieu d'elles, elle attendit, sa belle tête posée sur la poitrine de Lianor, que l'implacable Koumia revînt la chercher.

Un mot du grand prêtre, présidant à la cérémonie funèbre, avertit celle-ci qu'elle devait retourner vers la veuve du rajah. Sans que l'expression la plus fugitive de la pitié passât sur le visage de Koumia, elle se dirigea vers la grande salle, et chercha des yeux Satyavan et sa sœur.

Personne ! elle ne vit personne !

La pensée lui vint alors que, bercés par une fausse espérance, tous deux s'étaient réfugiés dans la chapelle de Râvana. Mais vainement interrogea-t-elle l'idole aux bras multiples : sur les murailles nues ne se dessina ni la forme svelte de Savitri, ni la taille déjà plus haute de Satyavan.

Comment avaient-ils disparu? A quel artifice avaient-ils eu recours? Koumia se le demanda avec plus de fureur encore que d'angoisse. Semblable à une hyène affamée, elle tournait dans la chapelle, appelant à son aide Yama, dieu de la mort.

Enfin, les bras levés d'horreur, son voile rejeté en arrière, elle apparut dans la grande cour semblable à l'esprit de la Vengeance, et cria aux brahmes comme au peuple :

— La veuve de Sing le rajah a disparu.

Un murmure de surprise et de réprobation s'éleva dans la foule, et le collège des prêtres répondit à cette nouvelle par une parole de malédiction sur la misérable qui venait de se dérober au supplice.

Les fakirs secouèrent leurs bras ensanglantés, des fanatiques se transpercèrent la poitrine avec des lames aiguës, tandis que les femmes, irritées, honteuses de la pusillanimité d'une des leurs, poussaient une clameur de mépris.

Cependant, les brahmes se concertaient; sur un signe de leur chef, les porteurs de torches, chargés de mettre le feu au bûcher de Sing, s'avancèrent, tandis qu'une bande d'hommes, armés de poignards et de courtes épées, les entourait.

Aux hurlements d'une populace déçue dans son espérance, et d'autant plus avide de voir mourir Savitri que, depuis la conquête de l'Inde par les Espagnols, les Sutties devenaient plus rares, soldats et prêtres se ruèrent dans la salle où gisait le trône de Siva.

L'heure de la lutte était venue.

Lianor, Lalli et Tolla fixèrent des yeux remplis d'anxiété sur les brahmes et leurs soldats, tandis que l'escorte de Pantaleone, le doigt sur la batterie des mousquets, attendait le signal du jeune homme.

Nul ne devait tirer sans provocation. Cette mesure était d'autant plus formelle que le cousin de Lianor était loin de se sentir rassuré par l'attitude des esclaves de Garcia de Sà. La vue de leurs prêtres, en grand costume, le chant solennel des hymnes, la vue de cette veuve rebelle aux coutumes de la patrie, réveillaient soudainement dans leurs âmes les souvenirs du passé. Ils se rappelaient les enseignements de la famille, les lois de Manou, les livres des Védas. Les obsèques du rajah les rejetaient au sein de l'Inde maternelle, et sans courage pour remplir le mandat dont les avait chargés le vice-roi, ils attendaient les suites de ce drame pour se ranger du parti des vainqueurs.

— Ceux-là sont des traîtres! dit Pantaleone à l'oreille du missionnaire. Nous restons vingt-cinq contre trois mille peut-être. Priez, fray José, priez pour que le Dieu du ciel manifeste sa puissance, et pour que le Rédempteur l'emporte sur Brahma!

Les porteurs de torches envahirent la salle, secouant leurs flambeaux pour en aviver la flamme, et les élevèrent de façon à éclairer une partie des bas-reliefs et des statues.

D'abord, ils n'aperçurent rien. Dans ce monument détruit depuis quarante années, l'ensemble de l'œuvre se noyait dans des profonleurs vagues, au milieu desquelles il était impossible de distinguer le corps à demi nu d'un Indien, la main ou le visage d'un Portugais. Mais, par un mouvement involontaire, un soldat froissa si vivement la batterie de son mousquet, qu'une détonation se fit entendre, et qu'une balle égarée vint frapper un brahme en pleine poitrine. Un cri de rage s'échappa du groupe des Indiens; guidés par la direction du bruit, ils levèrent la tête, et, fixant sur la muraille peuplée de sculptures un regard qui en fouilla tous les secrets, ils brandirent soudain leurs armes en hurlant des menaces de mort.

Le refuge des Portugais était découvert.

Seulement, l'avantage de la situation leur restait.

— Christ et Portugal! cria Pantaleone.

Vingt-cinq coups de mousquets partirent à la fois. Dix brahmes roulèrent sur les degrés de l'autel de Siva, tandis que les blessés, s'appuyant contre les parois de la salle, se traînaient jusqu'à la cour, et au nom de leurs frères massacrés criaient vengeance contre les Portugais.

Koumia accourut la première, tandis que, se pressant au sein d'un épouvantable désordre, le peuple s'entassait dans la grande salle.

La plupart des Indiens manquaient d'armes, mais ils possédaient tous ces doigts de fer qui étranglent en un instant la victime qu'ils ont saisie. Pendant que les blessés appelaient au secours, les Portugais rechargèrent leurs armes, et les nouveaux venus furent salués par une détonation furieuse. Pas une balle ne fut perdue. Une clameur de haine répondit à ce succès nouveau. Dépourvus d'armes à feu, les brahmes et le peuple ne pouvaient vaincre l'ennemi par des moyens identiques. L'élasticité de leurs membres, une résolution farouche leur inspira un moyen infernal de venir à bout du petit groupe des combattants.

Il s'agissait de faire l'assaut de la muraille. Se ruant contre les bas-reliefs, s'aidant des saillies des statues, posant l'orteil dans les creux de la pierre, gravissant tantôt une échelle de marbre, et tantôt des degrés humains, se prêtant mutuellement leurs bras, leurs épaules pour cette terrible escalade, d'idole en idole, ils parvinrent jusqu'aux groupes derrière lesquels se tenaient les Portugais. Les soldats du vice-roi ne pouvaient plus faire usage de leurs mousquets. Après s'être servis de la crosse en guise de massue, ils arrachèrent leurs poignards de la gaine, et luttèrent en désespérés. Fray José, aux prises avec un Indien robuste qui cherchait à lui nouer ses bras autour du cou, se débattait avec un courage mal servi par la débilité de ses membres. En vain tentait-il d'échapper à cette étreinte, les doigts osseux de l'Indien s'avançaient vers sa gorge; encore une seconde, et c'en était fini de sa vie, quand Satyavan, armé du poignard de Pantaleone, rampa jusqu'au fakir, et lui enfonçant son arme entre les deux épaules, le vit rouler, de groupe en groupe, jusqu'à ce qu'il s'abattît sur le sol.

— Rejoignez les femmes, dit Satyavan à fray José, et priez votre Dieu pour nous!

Ce n'était plus une troupe, mais une armée qui escaladait les murailles. Tout grouillait, fourmillait, luttait; il devenait impossible de distinguer les corps vivants des êtres de marbre.

Parfois un cri d'agonie fendait l'air, un homme étranglé tombait d'en haut; une masse sanglante, l'arme au cœur, rebondissait de saillie en saillie; qui, pour Dieu et pour l'humanité; qui, au nom de Brahma et de Manou. Pantaleone de Sà, une arme dans chaque main, un poignard aux dents, retranché derrière l'éléphant de Krishna, protégeait les femmes, frappant, blessant, tuant et jetant en bas d'un coup de dague ceux qui tentaient de l'arracher à son inexpugnable abri.

Cependant, Koumia, reconnaissant Savitri à demi évanouie dans les bras de Lianor, la désigna à quatre fakirs hideux. Un horrible sourire crispa leur visage labouré de cicatrices; ils poussèrent un cri lugubre auquel d'autres fakirs s'empressèrent de répondre, et bientôt ils formèrent, en s'appuyant contre la muraille, une pyramide humaine assez haute pour atteindre jusqu'à la retraite des jeunes filles.

Pantaleone comprend le danger et, renonçant à sa propre sûreté, il tente de défendre Lianor et Savitri.

Deux fakirs tombent sous ses coups, mais atteint au bras droit, il laisse échapper une de ses armes; un misérable profite de ce moment pour l'attirer en arrière, et il allait l'étrangler, quand le chef des prêtres intima un ordre bref au fakir, qui tenait dans ses mains la vie du jeune homme.

Au lieu de l'assassiner, on le garrotta; puis on le descendit en le faisant passer de bras en bras, jusqu'à ce qu'un homme de taille gigantesque le chargeât sur ses épaules, et l'emportât, furieux mais impuissant, jusque dans la chapelle de Râvana.

Pendant ce temps, les jeunes femmes, après s'être défendues avec un courage héroïque, et avoir tenté d'échapper par la mort aux outrages de la foule, étaient emportées, la tête enveloppée dans leurs voiles, et descendues dans la salle souterraine. Les Portugais tentèrent un dernier effort pour délivrer Pantaleone et Lianor. Entourés, blessés, saignants de tous les membres, ils ne tardèrent pas à se trouver jusqu'au dernier à la merci des Indiens.

Durant la lutte, l'escorte d'esclaves donnée par Garcia de Sà à sa fille était demeurée impassible, attendant ce qu'elle appelait la manifestation de la volonté de ses dieux.

La salle de Siva présentait un effroyable aspect. Le sang ruisselait sur le sol, éclaboussait les figures d'idoles et dégouttait de leurs membres de marbre. Indiens, Portugais, gisaient pêle-mêle, ayant sur la face le même effarement à l'approche de la mort.

Les fakirs triomphants, le peuple hurlant de joie, attendaient la décision du chef des brahmes.

— Demain, dit celui-ci, nous offrirons solennellement un sanglant sacrifice. Au pied du bûcher du rajah seront immolés les ennemis de notre patrie et de nos dieux.

94

La nuit reste aux esclaves. (*Voir page 26.*)

III

ANGOISSES PATERNELLES

Don Garcia de Sà n'avait qu'à regret accordé à son neveu et à sa fille la permission de visiter les ruines du temple de Siva. A peine eut-il vu disparaître la litière de Lianor et les chevaux des cavaliers, qu'une mortelle inquiétude le saisit. Il fut sur le point d'expédier un messager pour intimer à Lianor l'ordre de rentrer au palais. Mais, se souvenant du vif chagrin témoigné par la jeune fille quand elle tremblait de se voir refuser cette autorisation, Garcia de Sà recula devant la pensée de lui infliger cette déception, et resta chez lui poursuivi par des pressentiments sinistres.

Le vice-roi appela un Indien auquel jadis il avait sauvé la vie.

— Connais-tu, Loki, lui demanda-t-il, les ruines du temple de Siva?

— Oui, maître.

— En combien de temps une troupe bien équipée, composée d'habiles coureurs et de cavaliers, y peut-elle atteindre?

— Ceux qui sont partis ce matin doivent à cette heure camper au milieu des ruines.

— Ainsi, ils seront de retour...

— Vers six heures du soir, répondit Loki. La route est moins fatigante quand le soleil s'abaisse à l'horizon. D'ailleurs, au lieu de gravir les monts Gâthes, les voyageurs en descendent les pentes.

— Depuis que tu es attaché à ma personne, et que le baptême des missionnaires t'a fait enfant de Dieu, es-tu retourné aux ruines des monts Gâthes?

— Je ne te tromperai point, maître, oui, j'y suis retourné.

— Comment l'as-tu pu faire? Ton service t'attache tout le jour à ma personne.

— La nuit reste aux esclaves.

— Qu'allais-tu chercher dans ces ruines?

Le regard craintif de l'Indien se baissa sous le regard de don Garcia.

— Loki, ce n'est point un maître qui t'interroge, mais un père... un père qui tremble pour son enfant... Sais-je si, à cette heure, ma fille, Pantaleone et mes vaillants Portugais ne courent pas de grands dangers.

— Si j'avais su quelle direction prenait le palanquin de ta fille, je t'aurais conseillé de t'opposer à son désir... Tu m'as demandé ce que, durant les nuits, j'allais faire dans les ruines? Ah! maître, crois-tu donc qu'il soit possible de nous arracher brusquement du cœur le souvenir de la patrie? Tout enfant, j'ai assisté dans ce temple de Siva à de pompeux sacrifices. En dépit des vainqueurs qui l'abattirent, j'y trouve les héros de notre histoire et de nos poèmes. L'âme des aïeux y respire. Je n'invoque plus la Trimourti indienne, mais l'air qui souffla sur mon berceau passe encore sur les rives sacrées du Mandâva. J'ai baisé le sol foulé par mes pères, je sens tomber sur mon front l'obscurité des forêts sacrées. Après avoir passé quelques heures dans cette enceinte pleine de souvenirs, je rentre dans ton palais; et à l'heure où tu t'éveilles tu me trouves couché au travers de la porte comme un chien fidèle...

— Mais, demanda Garcia de Sà, dont l'aveu de Loki assombrissait encore le front soucieux, ne t'est-il jamais arrivé d'y rencontrer quelques-uns de tes frères?

Un tremblement passa sur la peau dorée de l'esclave; en dépit des promesses du vice-roi, il redoutait d'exciter sa colère, après avoir éveillé ses défiances.

— Maître, dit-il enfin, on n'arrache pas vite de l'âme des hommes le culte de leurs frères. Quand vint ici don Vasco qui, le premier, ravagea l'Inde, sous le prétexte de lui imposer la civilisation; quand Albuquerque poursuivit son œuvre, à laquelle travailla à son tour ton prédécesseur, Jean de Castro, la nation indienne vivait heureuse sous ses rois. Il aurait été facile de lui enseigner tout autre culte et d'établir des comptoirs sur les côtes, sans l'asservir. Écrasés par les soldats de ta nation, terrifiés par des armes de guerre jusqu'alors inconnues, mes compatriotes furent réduits à s'enfuir dans les bois. Quelques-uns demeurèrent esclaves, et durent servir les vainqueurs. Les exilés ne pardonnèrent jamais. Retranchés dans leurs montagnes, défendus par les courants de leurs fleuves et les fauves de leurs forêts, ils jurèrent aux Portugais une haine éternelle. Tu ne les revois point aux environs de Goa, mais de temps à autre, envoyant dans cette cité des émissaires fidèles, ils convièrent les esclaves et les fils d'esclaves à des réunions clandestines. Alors, le long du fleuve passaient des canots légers, creusés dans le tronc d'un arbre. La pagaie et la rame, enveloppées de fibres de cocotier, ne faisaient aucun bruit en frappant l'eau; des bois arrivaient des files d'hommes en lambeaux, dont la chair saignait des morsures des épines; du haut des monts Gâthes, du creux des cavernes, des cratères éteints accouraient des prêtres, des fakirs. Les ruines s'animaient d'une vie nouvelle, des flambeaux résineux y répandaient une clarté plus vive que celle du jour. Le plus vieux des brahmes nous lisait des pages des Védas, et les vieillards chantaient des hymnes. Dans la foule, chacun de nous reconnaissait un frère, un ami, un être dont la vie avait côtoyé la sienne, et l'on se serrait les mains, en jetant un regard fiévreux sur les ruines du temple.

— Les dieux le relèveront! criaient par trois fois les vieillards.

Quand la course des étoiles nous apprenait qu'il était temps de nous séparer, les uns reprenaient la direction de la forêt, les autres le sentier de la montagne, les derniers gagnaient Goa-la-dorée.

— Et jamais, dans ces réunions ne se célébrèrent de sacrifices impies?

— Jamais, répondit Loki; elles n'avaient d'autre but que d'entretenir en nous l'amour de la patrie.

— Mais si un étranger, guidé par le hasard, vous eût surpris pendant ces rendez-vous nocturnes?

— Jamais il ne l'eût révélé, répondit l'Indien.

— Cela est horrible! s'écria le vice-roi.

— Maître, je t'ai donné assez de preuves de dévouement pour que tu ne doutes pas de moi. Jamais ma main ne se trempera dans le sang des Portugais, j'en ai fait le serment devant ton Dieu. Mais tous les anciens habitants du royaume de Canara ne vous ont point juré obéissance, et ce que vous pouvez attendre des plus sages est de ne point lever les armes contre vous.

Cet entretien troubla plus qu'il ne calma Garcia de Sà. Il ne devait cependant pas s'abandonner à l'inquiétude, jusqu'à ce que fût passée l'heure du retour de Lianor et de Pantaleone. Afin d'essayer d'oublier ses angoisses, il quitta son palais et se dirigea vers le port.

En voyant le nombre des navires venus du Portugal, du Maroc, de Cathay, qui était encore le nom de la Chine; en calculant l'accumulation des richesses et l'accroissement de grandeur que le Portugal tirait de sa conquête, le vice-roi oublia pour un moment les soucis qui le troublaient. Il s'entretint tour à tour avec des négociants Européens, des matelots de pays divers, leur témoignant une affabilité plus grande encore que de coutume. Tout à coup, l'attention de deux capitaines de galères fut attirée par un petit navire faisant force de voiles. Il accourait poussé par le vent, et bientôt il devint possible de le reconnaître. Pour les véritables marins un bâtiment possède une allure spéciale, un grément distinctif qui permet d'indiquer de loin son nom, comme nous faisons d'un ami accourant à notre rencontre. Cette fois, ce qui rendait le navire plus aisé à reconnaître, était une gigantesque figure de Victoire, dont les pieds nus effleuraient l'eau, tandis qu'elle tenait d'une main une bannière sur laquelle se trouvait inscrit le nom de *Diu*. On avait construit et lancé ce navire peu de temps après la conquête de la place la plus forte de la côte, et le sculpteur avait symbolisé cette victoire avec un rare bonheur.

Les regards du vice-roi ne tardèrent pas à suivre ceux de la foule. Tout ce qui venait de Diu, tout ce qui s'y rapportait, gardait le pouvoir d'exciter au plus haut point la curiosité et la sympathie.

— Je connais ce navire ! dit Garcia de Sà, mais aucun ordre émané de moi n'oblige Manuel Souza de Sepulveda à m'envoyer un messager. Il est donc survenu des événements graves?

Préoccupé par cette pensée, il éprouva la tentation de monter dans un canot et de se rendre à bord du navire, mais il craignit que son impatience devînt pour la foule un signal d'alarme, et il se contenta de suivre du regard la marche du navire. A mesure qu'il s'avançait, il devenait possible de comprendre qu'il avait subi des avaries considérables. Des mâts manquaient, certaines voiles ressemblaient à des haillons; par larges plaques, la figure ailée de la Victoire semblait avoir été tour à tour noircie de poudre et éclaboussée de sang.

La foule amassée sur le port commençait à donner des signes d'inquiétude. Garcia de Sà prévit un malheur.

Déjà ébranlé par son inquiétude paternelle, désireux de soustraire aux regards du public les émotions que peut-être il dissimulait mal, au lieu d'attendre l'arrivée du vaisseau qui, d'ailleurs, serait plus d'une heure peut-être avant de jeter l'ancre, en raison de la lenteur de sa marche, il reprit la route du palais après avoir ordonné à l'un de ses officiers de sauter dans un canot, et d'accoster le navire.

Deux heures plus tard, ce même officier se faisait annoncer chez le vice-roi, en même temps que Luiz Falçam, capitaine de *Diu*.

C'était un homme d'environ vingt-cinq ans, d'une beauté mâle et d'une noble prestance. La bravoure était héréditaire dans sa race, et ses compatriotes le croyaient destiné à un grand avenir.

Sa beauté intelligente et fière, l'enthousiasme d'une âme vraiment chevaleresque, un désintéressement très rare à une époque où le succès des découvertes semblait avoir communiqué à chacun la fièvre de l'or, faisaient de Luiz Falçam un des plus brillants représentants de cette armée portugaise qui avait, en peu d'années, accompli de si grandes choses.

Le choix même d'un semblable messager attestait la gravité des nouvelles dont il était porteur.

Falçam présenta au vice-roi une large missive scellée de rouge, et il attendit que don Garcia en eût, d'un regard, parcouru le contenu.

— La situation est-elle si grave? demanda le vice-roi d'une voix agitée, en posant sur la table la missive de Sepulveda, et en se penchant vers Luiz Falçam.

— Nous avions cru les Maures soumis, quand ils n'étaient que vaincus. Après le dernier siège de la citadelle de Diu, qui leur coûta si cher et qui nous couvrit de tant de gloire, forcés de se replier dans leurs forts, ils parurent vouloir laisser le grand Jean de Castro jouir paisiblement de sa victoire. Ne leur fallait-il point le temps de reconstituer une flotte, de lever une armée, avant de reprendre la lutte avec d'autant plus d'animosité que la défaite leur avait paru plus humiliante? Tant qu'ils se regardèrent comme impuissants, ils demeurèrent muets, et en apparence résignés. Leurs anciens alliés, les rois de la côte, les imitèrent; mais depuis quelques semaines nous observions, avec une certaine inquiétude, un grand mouvement de canots autour de la citadelle. Des Maures se montraient avec une certaine effronterie dans notre voisinage. Ils ne prenaient point l'offensive, mais il était facile de deviner leurs intentions dans l'avenir. Sepulveda doubla les sentinelles; la garnison sentait qu'il y avait de la bataille dans l'air. Vous connaissez ces braves, les plus vieux sont contemporains du premier siège de Diu; tous demandaient à faire parler la poudre contre les Maures. Entre eux, les soldats se racontaient les faits héroïques du dernier siège, et les nouveaux venus, qui n'avaient point eu encore occasion de signaler leur valeur, se réjouissaient à l'idée de se montrer à leur tour. Ai-je besoin de vous dire que, sans désirer la guerre, nous nous sentions prêts à la soutenir? Enfin, un matin, un certain nombre de fustes, portant le croissant du prophète, cernèrent la citadelle d'une façon absolue; il s'agissait d'un blocus. Dès que l'intention de l'ennemi devint manifeste, Sepulveda réunit ses officiers en conseil, et nous émîmes l'avis qu'un bâtiment devait, à tout prix, franchir la ligne des vaisseaux ennemis, afin de vous prévenir de la gravité de la situation. Le navire courait de grands dangers, mais la gloire de ceux qui le monteraient compenserait le péril; je réclamai l'honneur du commandement, Sepulveda voulut bien me l'accorder.

— Plus que tout autre, vous en étiez digne, Falçam; je n'ai pas oublié quelle place votre nom occupe dans le livre d'or de la vaillance portugaise.

L'officier s'inclina.

— Il fallait profiter à la fois du vent, de la marée et de la nuit. Le *Diu* reçut un peu d'artillerie. Nous étions résolus à passer à tout prix. Mais la ligne des forts Maures était cernée, de vigilantes sentinelles veillaient, et quelque soin que nous eussions mis à nous déguiser quand nous quittâmes le port, trois galères d'une légèreté extrême s'élancèrent à notre poursuite. Vous connaissez nos nuits de l'Inde, si claires qu'on y voit presque aussi bien qu'en plein jour. Nous déployâmes toute notre toile, les galères ennemies imitant cette manœuvre, force nous fut bientôt de nous départir de la prudence qui nous était commandée ; un boulet venait de raser le pont de la galère, de tuer un matelot à mes côtés. Notre rage alors ne connut plus de bornes ; au lieu de refuser la lutte, nous allâmes au-devant. Il s'agissait de diviser l'ennemi et de battre successivement chaque navire. Mieux valait un abordage qu'une bataille, laissant aux galères éloignées le temps de revenir sur nous. Un élan nous jeta sur un bâtiment monté par un capitaine Maure, dont la réputation de férocité est depuis longtemps connue, et qui s'est jadis battu sous les ordres de Kodja-Sofar. Nos grappins s'enchevêtrèrent dans les cordages de la galère, et en une seconde nos épées se choquèrent contre les cimeterres musulmans. Ce fut quelque chose d'horrible, que cette bataille à demi perdue dans les ténèbres. Nous ne pouvions faire de prisonniers, tout homme blessé devait mourir. Ceux qu'épargnaient nos glaives étaient jetés à la mer. Le sang couvrait le navire Maure, nos pieds glissaient dans des flaques rouges. Du reste, pas un mot, pas un cri, des râles sourds, des bruits étouffés, des clapotis de vagues... voilà tout. Mais, tandis que nous remportions sur le premier navire un avantage ressemblant à une victoire, la seconde galère accourait pour nous écraser. Encore un peu et nous nous trouvions pris entre les deux navires. Sur un ordre de moi, on coupe les cordages, les grappins sont enlevés, nous sautons sur notre navire ; mais avant de quitter la fuste Maure, nous y mettons le feu. Tourner le second navire, et en l'attaquant, le pousser vers la fuste incendiée, les détruire l'un par l'autre nous demanda peu de temps. Un vent propice nous secondait, et nous éloignait des derniers vaisseaux lancés à notre poursuite. L'un d'eux nous rejoignit cependant. Cette fois, la bataille ne ressembla en rien à celle qui venait d'avoir lieu. Fous de rage, les Maures nous attaquèrent en vomissant des flots d'injures et en poussant des cris farouches. Animés par les avantages remportés, mes soldats réalisent des prodiges de valeur. Au nom du Christ et du roi Jean III, la bataille s'engage furieuse. Il s'agit de mourir ou de vaincre. Et chacun de nous est convaincu, non seulement que le triomphe des Maures serait l'arrêt d'un trépas horrible, mais encore celui de la citadelle. Jamais vous ne parviendrez à vous représenter la furie de l'abordage, l'horreur de cette boucherie d'hommes, les férocités de l'ennemi, notre obstination à l'emporter en dépit de forces supérieures. Nous trébuchions sur des monceaux de morts, mais nous restions incertains du succès, quand j'eus la pensée d'ordonner à un de mes matelots de faire tous ses efforts pour découvrir la soute aux poudres de la galère ennemie. Un de ces héros obscurs, dont le nom échappe trop souvent à l'histoire, se dévoua pour tous. Atteint d'un coup de mousquet à la poitrine, et devinant qu'il lui restait peu d'instants à vivre, il disputa cette tâche à celui qui l'avait noblement acceptée et, serrant d'une main sa blessure, tenant de l'autre une mèche allumée, il descendit dans les flancs de la galère. Il s'agissait de ne point se laisser envelopper dans la perte du navire ennemi, et une manœuvre habile nous en sépara. Alors une détonation formidable se fit entendre, soulevant la mer en grosses vagues, et lançant à d'énormes distances, avec des débris de mâts et de bordages, des membres épars des soldats Maures. Une pluie de débris enflammés tomba sur les fustes arrivant à la rescousse, et quand nous nous trouvâmes libres et seuls sur une mer tranquille et sous un ciel étoilé, au loin, l'horizon devenait rouge des reflets d'un double incendie.

— Ah! c'est beau! c'est grand! s'écria Garcia de Sà.

— Nous luttions pour la gloire du Portugal, monseigneur. Sepulveda m'avait dit : Vous passerez; j'ai passé.

— Et vos compagnons?

— Je les recommande à votre protection. Tous ont bien mérité de la patrie lusitanienne. Un grand nombre d'entre eux sont blessés. Traitez-les en héros. Quels qu'ils soient, officiers et soldats, faites-les soigner à l'hospice des gentilshommes. Quant à ceux qui ne sont pas nécessaires à la garde du navire...

— Tous recevront chez moi l'hospitalité, Luiz Falçam... Ce matin, j'ai scellé des paquets de dépêches adressées au roi, je les rouvrirai cette nuit pour lui dire que, désormais, votre nom doit être inscrit à côté de ceux des premiers héros de Diu! Votre père sera bien fier d'une semblable conduite!

— Mon père est mort! répondit Luiz. Il ajouta, en regardant don Garcia de Sà avec une expression de modestie relevant encore davantage la bravoure dont il venait de donner des preuves si manifestes : Un jour, quand j'aspirerai à l'honneur d'entrer dans une autre famille, j'espère que ce fait d'armes sera mis en balance d'une modeste fortune.

— Retournez à bord, et donnez vos derniers ordres, Falçam; puis ramenez-moi les braves que j'ai hâte de féliciter.

Le jeune capitaine porta à ses lèvres une coupe de vin fortifiant, puis il reprit le chemin du port, tandis que don Garcia de Sà commandait un festin auquel assisteraient tous les officiers de Goa.

La nouvelle qu'un grand événement venait de se passer se répandit dans la ville comme une traînée de poudre. De tous les quartiers de Goa, on descendit pour voir le navire portugais fier de ses mâts brisés, de ses antennes pendantes, de ses bordages démolis comme un guerrier l'est de ses blessures. Les femmes, ardentes dans leur enthousiasme, apportèrent des couronnes et des guirlandes, et la grande figure de la Victoire apparut au milieu des couronnes et des bouquets. La présence de Luiz Falçam fut saluée par des cris d'enthousiasme, auxquels se mêla un profond attendrissement, quand, à la vue d'un prêtre, vêtu de l'humble costume des missionnaires, ont vit le valeureux jeune homme s'incliner sous la main levée pour le bénir.

A son tour, la foule plia les genoux, et comme un Hollandais, arrivé de la veille, paraissait surpris des témoignages de respect dont était l'objet l'apôtre venu d'Espagne pour évangéliser les Indes, le Portugais se contenta de lui répondre :

— C'est maître François, un saint et un héros.

Falçam remonta sur son navire, visita les blessés qu'attendaient les porteurs chargés de les conduire à l'hospice des gentilshommes. Il les encouragea fraternellement, leur répéta les paroles de Garcia de Sà, leur promit en son nom que Jean III connaîtrait la noble conduite de chacun d'eux, puis, voyant s'approcher maître François :

— Parlez-leur du ciel dont ils défendent la cause, mon Père.

Le missionnaire accompagna jusqu'à l'hospice le cortège des blessés.

Tous ceux qui pouvaient se tenir debout marchaient le front haut, souriant sous leurs rudes moustaches. Ces fronts balafrés semblaient plus fiers, on devinait que les bras enveloppés de bandelettes tireraient encore l'épée pour le service du pays. Quelques-uns, atteints à la jambe, s'appuyaient sur un camarade dont le casque dissimulait une entaille faite au crâne. En les voyant couverts de vêtements tailladés à coup de cimeterre, la poitrine défendue par des cuirasses bosselées, les épées sans fourreau, ébréchées, souillées de sang, battant les jambes, on se sentait pris d'admiration pour ces héros, vêtus comme des gueux, qui venaient d'ajouter une gloire à toutes les gloires de la Lusitanie.

Quant à ceux qui, comme Falçam, avaient à peine reçu quelques horions dans la bataille, souriants et la main sur la coquille de l'épée, ils atteignirent le palais, au moment où un grand nombre des gentilshommes présents à Goa arrivait au-devant d'eux.

Ce furent de cordiales étreintes, des embrassements chaleureux. Il n'y eut ni exagération dans l'éloge, ni fausse modestie dans la façon de les recevoir.

Luiz Falçam présenta ses compagnons au vice-roi, et jusqu'au moment où fut annoncé le souper, don Garcia de Sà s'entretint avec le brillant capitaine.

Quelquefois, cependant, il s'arrêtait brusquement. On eût dit que sa pensée lui échappait. Son front se couvrait d'une pâleur subite, sa voix s'altérait brusquement. Il questionnait les officiers du navire envoyé par Sepulveda avec une curiosité fiévreuse, comme s'il tentait d'échapper à un souvenir devenu pour lui une obsession.

Falçam s'expliqua ces distractions par l'inquiétude où les événements survenus jetaient le vice-roi. Ne devait-il pas, en peu de jours, rassembler le plus grand nombre possible de navires, les munir d'une artillerie et de soldats? Les deux précédents sièges de Diu avaient assez prouvé l'habileté et la ténacité du Maure, pour que l'on s'effrayât à l'idée de recommencer la lutte. Jean de Castro s'y était acquis une gloire immortelle. Garcia de Sà se sentait-il doué comme lui de la prudence d'un général et de la vaillance d'un soldat ?

Le capitaine du *Diu* se trompait en attribuant à la politique l'inquiétude d'esprit de don Garcia. Sans doute, il avait avidement prêté l'oreille au récit de Falçam ; quand il reçut ses compagnons, il les félicita avec toute la sincérité d'une âme généreuse. Mais, depuis que l'arrivée des officiers séjournant à Goa lui rendait un peu de liberté de pensée, il oubliait la réunion brillante de ces gentilshommes, pour suivre Lianor et Pantaleone dans l'excursion à laquelle il avait eu la faiblesse de consentir.

La nuit était venue et, suivant le calcul de Loki, la caravane aurait dû être de retour.

Quel obstacle imprévu l'avait retardée? Quel piège s'était dressé devant elle? Le cœur du vice-roi se serrait davantage à mesure que se passaient les minutes, dont chacune lui enlevait une espérance; son regard se tournait sans cesse du côté de la porte, comme s'il s'attendait à voir apparaître la svelte silhouette de Lianor escortée par Pantaleone de Sà.

Le bruit qui se faisait autour de lui, lui permettant de décider davantage, il oublia bientôt et la citadelle de Diu pour laquelle il ne pouvait rien à cette heure, et Sepulveda attendant du secours.

Sa fille, il ne songeait plus qu'à sa fille!

Oh! comme à cette heure il aurait donné sa vice-royauté, sa noblesse, ses trésors, pour la voir devant lui souriante, pour entendre sa voix douce lui adresser un mot de tendresse, pour sentir autour de son cou ses bras d'enfant! Où était-elle, à cette heure de ténèbres où tous les crimes deviennent faciles? Les Indiens maudits, ces fakirs fanatiques, dont lui avait parlé Loki, n'avaient-ils point rencontré l'escorte, étranglé ou massacré les soldats, et gardé en otage Lianor, exposée à toutes les insultes, à tous les périls?

Une sueur froide perlait alors au front du vice-roi, et l'angoisse de son âme finit par se trahir si bien sur son visage, que Luiz Falçam, s'approchant avec un respect empreint d'un sentiment d'affection virile, lui dit à voix basse :

— Don Garcia, votre préoccupation actuelle n'est pas seulement due aux nouvelles dont je suis le messager... De même que vous comptez sur mon épée pour défendre Diu aux dépens de ma vie, vous pouvez requérir mon bras si, dès ce moment, il peut vous être utile.

— Utile, oui, Falçam; et non pas seulement votre bras, mais votre tête et votre cœur.

— Parlez! parlez! s'écria Luiz la main tendue comme pour un serment.

— Ne vous êtes-vous point étonné de ne pas avoir encore vu Lianor! J'aurais voulu qu'elle vous félicitât sur votre noble conduite, si elle se fût trouvée au palais, mais Dieu sait où maintenant retrouver cette chère imprudente! Tandis qu'on porte la santé du roi et que l'on boit à la défaite des Maures, je me demande si je ne dois point pleurer mon enfant.

— Doña Lianor! s'écria Luiz Falçam avec une violence de passion qui surprit le vice-roi.

Il saisit les deux mains du capitaine, et les yeux dans les yeux, l'âme débordante, il lui raconta ce qui s'était passé le matin.

Elle n'est pas revenue! fit-il, comprenez-vous cela, elle n'est pas revenue! L'angoisse me rend fou, mes yeux se troublent, une terreur sans nom envahit mon cerveau; je sais, je sens que ma fille est en danger... Falçam, sauvez-la! Ramenez-la moi! Loki vous servira de guide.

— Merci, dit Falçam, merci, monseigneur, de me donner cette preuve de confiance. Laissez-moi choisir parmi mes compagnons ceux qui m'inspirent le plus d'estime. Mes matelots soupent avec vos serviteurs, ils se feront une joie de marcher quand je prononcerai le nom de votre fille. Enfin, vous me donnerez autant de soldats que vous le pourrez, et nous quitterons la ville avec assez de mystère pour ne point causer d'alarme. Pendant ce temps, vous ferez détacher deux barques qui remonteront le fleuve. Il faut prévoir le cas où quelques-uns d'entre nous ne pourraient revenir.

Falçam eut bientôt instruit ses amis de l'expédition projetée; un moment après ceux-ci quittèrent la salle du festin, sous prétexte de fatigue, et cent hommes, guidés par Loki, et armés jusqu'aux dents, prenaient au milieu de la nuit la route conduisant aux ruines du temple de Siva.

Elle en tira une aigrette qu'elle passa dans les cheveux de Lianor (Voir page 48.)

IV
L'ÉPÉE DE FALÇAM

Après avoir garrotté solidement les Portugais, et bâillonné Savitri dans la crainte que le bruit de ses sanglots arrivât jusqu'à la foule, les Indiens, laissant pour unique garde aux malheureux les esclaves qui n'avaient pas eu le courage de se ranger de leur parti, se dispersèrent les uns sur les rives du fleuve, les autres dans la grande cour où le cadavre du Rajah attendait que Savitri vînt le rejoindre sur ce funèbre lit d'hyménée.

Les torches s'éteignirent lentement, puis le sommeil s'étendit sur cette multitude. On avait tiré hors de la salle de Siva les cadavres des Indiens, et les purifications des corps devaient être faites le lendemain. Seuls, quelques fakirs conservaient une pose étrange, immuable, ayant pour résultat d'ankyloser les membres et de supprimer le cours régulier du sang dans les veines. Tandis qu'à l'extérieur se calmaient les passions politiques et religieuses qui devaient plus tard se manifester d'une façon si violente, les captifs songeaient avec une douloureuse résignation au sort qui les attendait.

La jeune veuve ne gardait plus d'illusions : Koumia la porterait elle-même toute vive sur le bûcher, plutôt que de souffrir qu'elle refusât de se conformer à la coutume. Satyavan mourrait du regret causé par son impuissance. Ah ! s'il eût été un homme ! Mais il n'était qu'un enfant et, voyant sa sœur menacée, il n'avait trouvé que des larmes ; cependant au fond des regrets de Satyavan se trouvait un peu du fatalisme musulman : ni lui ni sa sœur ne pouvaient échapper à leur destinée ; leur malheur tenait à leur race et s'était pour ainsi dire confondu avec leur sang. Tous deux n'avaient plus qu'à rassembler leurs forces pour souffrir, afin de ne pas rougir d'eux-mêmes.

Bien autrement profond était le désespoir de Pantaleone de Sà.

C'étaient ses imprudentes paroles, ses insistances qui avaient poussé Lianor à demander la permission de visiter les ruines. Elle n'y songeait point. Les immenses jardins du palais suffisaient à sa curiosité et servaient de limites à ses promenades. D'un mot, il l'avait jetée au milieu de dangers aboutissant à une mort horrible. Le cœur brisé, les yeux égarés par le désespoir, il voulut au moins implorer le pardon de celle qu'il avait perdue. Rampant sur le sol, s'appuyant avec peine sur ses bras entravés, Pantaleone se glissa jusqu'à sa cousine, et d'une voix dans laquelle s'étouffaient des sanglots :

— Pardonne-moi ! lui dit-il, pardonne-moi ! Je souffre plus que toi, ma Lianor. Si tu savais combien je t'aimais ! Une sœur ne m'eût jamais été plus chère ! Toi, si belle, devenir la victime de ces monstres ! J'ai prié Dieu, je lui ai offert ma vie en échange de ton salut. Je ne pourrai me résigner que si tu me promets de me garder une pensée d'affection et de miséricorde.

— Je ne songe qu'à mon père, Pantaleone, à lui seul. Dieu m'avait comblée de biens durant mon enfance, il me frappe à cette heure, et je me résigne. Tu m'aurais trouvée courageuse pour tenter un moyen de délivrance quel qu'il fût, tu me vois fortifiée par la résignation et par la foi.

En ce moment s'éleva la voix de fray José.

— Mes frères, dit-il, mes sœurs, ce n'est point une mort ordinaire qui va nous frapper, nous subirons le martyre. Acceptons-le comme faisaient les premiers chrétiens. Si nous n'avions essayé de lutter contre les assassins de cette jeune femme Indienne, si nous avions permis qu'on allumât son bûcher, à cette heure nous serions libres. Le Seigneur nous tiendra compte des efforts tentés pour sauver une de ses créatures, et ceux qui accepteront le trépas de sa main paternelle auront part à sa gloire. Priez avec moi, et passons dans le recueillement cette terrible veillée.

D'une voix faible, car il redoutait d'être entendu, mais douce et persuasive, fray José récita les psaumes des douleurs, puis s'approchant avec des peines infinies de chacun des infortunés, il écouta leurs aveux suprêmes et prononça les paroles qui rendent à l'âme sa première innocence. Ce fut un douloureux et sublime spectacle que celui présenté par ces hommes, ces femmes, oubliant les tortures du lendemain pour s'absorber dans la pensée de Dieu. Savitri seule n'eut point part à cette consolation, mais Satyavan, attentif à lui épargner la souffrance, Satyavan qui avait gardé le flacon d'opium, parvint à le tirer de sa poitrine, et à l'approcher des lèvres de la veuve du Rajah.

En dépit du sort qui les attendait, quelques-uns des prisonniers s'endormirent.

L'aube se leva sans qu'on parût s'occuper d'eux. Les Indiens préparaient le grand sacrifice des victimes expiatoires, au pied même du bûcher de Sing. Les Brahmes, les fakirs, quelques membres de la famille du Rajah se trouvaient dans l'enceinte. La foule demeurait campée sur les rives du fleuve, ou le long de la lisière de la forêt.

La nature s'éveillait, puissante et douce à la fois. De grands bruits d'ailes ébranlaient la cime des arbres, dont les branches ployaient sous le poids des singes, sautant à travers les ramures ; les fauves rentraient repus, la gueule sanglante ; l'herbe et les mousses gardaient la trace des corps allongés qui s'y étaient vautrés, tandis que les pousses rongées, les rameaux brisés, les larges empreintes laissées sur le sol attestaient le passage des éléphants.

C'était en face de cette merveilleuse nature de l'Inde, sous les rayons du soleil qui se levait, qu'allait s'accomplir un horrible massacre.

Tandis que s'achevaient les derniers préparatifs, trois grandes barques remontaient péniblement le fleuve. Les hommes courbés sur le plat-bord ne paraissaient pas sentir la fatigue, tant ils mettaient de zèle à activer la marche de leurs canots. Dans le fond de ceux-ci se trouvaient de lourdes machines, en ce moment dissimulées par des tapis. La sueur ruisselait sur le dos nu des rameurs, les muscles de leurs bras semblaient tendus comme des cordes, l'air manquait à leur poitrine ; qu'importe ! on leur avait dit : Ramez ! et ils ramaient.

C'étaient les condamnés à mort essayant de sauver leur vie. Arrachés aux horreurs des *Masmoras*, on leur jura, de la part du vice-roi, qu'ils auraient la vie sauve si, à l'aube, ils se trouvaient en face des ruines du temple de Siva. L'âpre amour de l'existence les avait ressaisis. Ils s'encourageaient l'un l'autre par la pensée de la récompense promise. Quand l'un des malheureux faiblissait, ses camarades lui permettaient de se reposer durant quelques secondes, jetaient à son front l'eau fraîche du fleuve, humectaient ses lèvres brûlantes d'une liqueur fortifiante, puis le misérable reprenait sa tâche, jusqu'à ce qu'il devînt nécessaire de rendre le même service à un de ses compagnons.

La vue de ces barques mystérieuses excita plus d'une fois la curiosité des Indiens étendus le long des rives du fleuve. Ils se demandaient ce que dérobaient aux regards les longs tapis dont les extrémités trempaient dans l'eau, et malgré eux, ils ressentaient cette épouvante vague qui s'attache à l'inconnu.

Tandis que les canots se rapprochaient du temple de Siva, la troupe commandée par Falçam suivait la route tracée la veille par l'escorte de Pantaleone. Le capitaine passa près de deux chevaux, qui furent reconnus pour appartenir au vice-roi ; et la litière de Lianor, cachée au milieu des branchages, attesta à ceux qui la venaient défendre, ou la venger, qu'elle avait mis pied à terre en cet endroit. A mesure que les Portugais approchaient, leur courage se doublait de leurs espérances. Il leur semblait que des traces de luttes se verraient en ce lieu, que les chevaux auraient disparu, et que la litière eût été brisée, si l'escorte de Lianor avait été surprise et massacrée. Avec une lenteur et des précautions d'autant plus nécessaires que Falçam connaissait par expérience la finesse de sens des Indiens, le capitaine s'avança dans les taillis. Évitant de froisser un branchage, de heurter une pierre, se courbant au niveau des broussailles, il parvint à gagner la clairière au milieu de laquelle s'élevait le temple de Siva. Par une trouée de verdure, il embrassa subitement la foule somnolente allongée sur le sol. Le danger ne venait pas de ce côté. S'aidant des brèches de la muraille, Falçam se hissa jusqu'au sommet des ruines. En ce moment, la vie y recommençait. Sur le bûcher du Rajah les brahmes répandaient les eaux purificatrices, et trois hommes, nus jusqu'à la ceinture, aiguisaient, sur la tête de marbre d'une figure, les couteaux des sacrificateurs. Le massacre qui avait eu lieu dans la salle de Siva ne laissait aucune trace dans la cour; de l'endroit où il se trouvait placé, il était impossible, à Falçam, d'entrevoir les cadavres des soldats Portugais. Attirés par un signe de leur chef, quelques officiers rejoignirent le capitaine, tandis que le plus âgé, descendant vers le fleuve, ordonnait à un des rameurs de venir le rejoindre.

— Tu le sais, dit Falçam à l'un des prisonniers, il y va de ta vie; condamné à mort, tu n'échapperas au supplice qu'en nous servant. Avant une heure, il se passera ici quelque scène terrible; tu connais ton devoir, tu te souviens du signal?

— Je m'en souviens, capitaine.

— Retourne au canot, et quand tu entendras le son aigu de ce sifflet, feu de tous côtés, de façon à prendre en écharpe la foule désarmée qui s'est endormie là.

Le condamné s'inclina en signe d'obéissance.

Les préparatifs semblaient terminés dans la cour. L'encens fumait aux angles du bûcher, la flamme des torches montait dans l'air paisible; les brahmes, après s'être consultés du regard, se dirigèrent vers la salle de Siva en travers de laquelle s'étaient étendus les Indiens composant l'escorte de Lianor.

Loki les reconnut le premier, et frissonna d'angoisse en songeant au châtiment qu'ils venaient d'assumer sur leurs têtes.

Debout sur un observatoire aérien, Falçam comprenait que ce n'était pas d'en haut qu'il devrait entamer la bataille. Encore une seconde, et il serait fixé sur le secret de cette réunion, car les prêtres venaient de disparaître dans la salle de Siva afin d'en ramener les victimes. Les fakirs et les membres de la famille du Rajah restaient seuls dans la cour au pied du bûcher. En contournant les ruines, il devenait facile de s'introduire dans l'enceinte. Seulement, il ne fallait se montrer que s'il se produisait des faits intéressant don Garcia et sa famille ou les Portugais qui, la veille, accompagnaient Lianor et Pantaleone.

En pénétrant dans la salle basse, les brahmes trouvèrent Savitri plongée dans un sommeil opiacé, et Satyavan en proie à une excitation fiévreuse. La veille il se révoltait contre les bourreaux de sa sœur; à cette heure, voyant qu'il n'existait plus de salut possible, il les accueillit avec des sarcasmes et des injures. Les Portugais se taisaient. Lianor tenta de se lever, mais ses liens l'en empêchèrent; Koumia aida à la jeune fille à se dresser sur ses pieds entravés, puis, soulevant à bras tendus Savitri, légère et faible comme une enfant, elle la porta sur le bûcher de son époux.

Pas un geste, pas un mouvement de Savitri, si léger qu'il fût, ne témoigna de sa révolte. Sous le grand voile rabattu sur son visage on ne devina ni le bâillon comprimant sa bouche, ni l'opium qui l'avait foudroyée. La foule devait se tenir pour satisfaite. Brahmes et fakirs témoigneraient de la résignation de la victime, et l'honneur de la famille de Koumia ne serait pas compromis. Un cri de rage expira sur les lèvres de Falçam quand il reconnut Lianor à côté de Pantaleone, et que derrière eux, entre les rangs des prêtres, il vit s'avancer une dizaine de Portugais.

D'un geste, il les désigna à ses compagnons.

Il était inutile de songer à faire usage des armes à feu. On allait se trouver tellement pressé que les balles pourraient atteindre ceux qu'il s'agissait de défendre. L'arme blanche seule était possible; on choisissait son adversaire, on savait où portaient les coups. Sur un mot de Falçam les cent hommes qui l'accompagnaient, l'épée au poing, et présentant de tous les côtés un hérissement de fer, pénétrèrent dans la foule des fakirs et des brahmes avec la violence d'un projectile. Cette attaque fut si soudaine, si imprévue, que les sacrificateurs, armés de couteaux, et quelques fakirs tailladant leurs membres, déjà couverts de cicatrices, purent seuls répondre à l'agression des Portugais. En une seconde, ceux-ci entourèrent le bûcher au pied duquel se trouvaient groupées les victimes, les isolant de leurs assassins, et présentant l'arme haute aux Indiens.

Une clameur d'épouvante s'échappa de la poitrine des prêtres, arracha à leur somnolente prière les hommes accroupis sur les bords du fleuve. Leur masse compacte, subitement grossie par les groupes occupant la lisière de la forêt, se rua vers la cour, tandis que, répondant à un coup de sifflet, six canons, démasqués à la fois, lancèrent leur mitraille sur la foule éperdue. Un tumulte effroyable succéda à cette détonation. Les plus agiles s'enfuirent écrasant les plus faibles; les femmes, foulées aux pieds, les vieillards, renversés, lancèrent vers le ciel une clameur de malédiction; ceux qui revenaient vers le fleuve n'eurent guère un meilleur sort. Une deuxième décharge d'artillerie en abattit une centaine, et bientôt un monceau de cadavres s'éleva contre l'entrée, formant une monstrueuse barricade.

Pendant ce temps, un des porteurs de torches, lançant contre le bûcher une branche de santal enduite de résine, venait d'y communiquer le feu. D'abord, il se contenta de lécher les piles de bois odoriférant, mais bientôt les aromates, les herbes, le beurre clarifié lui communiquèrent une force incroyable, et, avant que les Portugais se doutassent du danger qu'ils couraient, une insupportable chaleur se dégageait déjà de la couche funèbre.

Les soldats de Falçam, occupés à charger les Indiens, et à les empêcher d'accomplir leur odieux sacrifice, n'avaient pas eu le temps de couper les liens de Pantaleone et de ses compagnons. Le plus pressé n'était-il pas d'exterminer leurs adversaires? Déjà l'incendie du bûcher menaçait de les atteindre, quand Pantaleône de Sà, avec un courage et un mépris de sa souffrance que nul n'aurait attendu d'un adolescent de son âge, approcha de la flamme ses poignets liés de cordes de chanvre, et, quand le feu les eut à demi rongées, d'un geste violent, il acheva de les rompre.

Escalader le bûcher, saisir dans ses bras Savitri privée de sentiment, ramasser à terre une arme tombée, trancher les liens des Portugais condamnés, rendre la liberté à Satyavan fut pour lui l'affaire d'une minute.

— Pas d'armes! nous n'avons pas d'armes! s'écrièrent les soldats de l'escorte.

— Imitez-moi! leur cria Pantaleone.

Arrachant alors un morceau de bois enflammé, il l'agita au-dessus de sa tête, puis le lança au milieu des groupes de brahmes et de fakirs. Les vêtements blancs des prêtres s'enflammaient au contact des tisons, la chair des fakirs grillait sous l'incendie. Protégés par leurs armures, les Portugais continuaient à présenter la pointe de leurs glaives. L'épée de Falçam, semblable à celle de l'ange exterminateur, se levait et s'abaissait, toujours plus sanglante, toujours plus terrible. De temps à autre, quand il se sentait pressé davantage, il criait afin de ranimer le courage de tous :

— Pour Lianor! pour Lianor!

Et les coups pleuvaient, les blessés râlaient en mordant la terre, et le groupe des derniers combattants diminuait chaque fois que ce nom sortait des lèvres de Falçam.

Animé du même courage, Pantaleone de Sà répétait à son tour : — Pour Lianor! pour Lianor! — tandis que celle-ci, attirée dans un angle de la cour par Satyavan qui venait de mettre sa sœur en sûreté, demandait à Dieu de protéger les siens. Les derniers fakirs entravés se tordaient dans les flammes. Du bûcher il ne restait plus qu'un lit de charbons incandescents, quand Satyavan et Loki y traînèrent une forme humaine. Le voile de Savitri qui couvrait son visage empêchait de reconnaître la face contractée de Koumia.

L'Évangile n'avait point encore appris le pardon aux Indiens vindicatifs.

Quand la lutte fut finie, Luiz Falçam courut à l'endroit où Lianor, ses femmes et Savitri attendaient l'issue de la bataille.

En le voyant s'avancer vers elle, la fille du vice-roi s'écria :

— Nous vous devons tous la vie; mais je vous dois davantage, puisque, grâce à vous, j'aurai le bonheur de revoir mon père.

Luiz Falçam regarda longtemps la jeune fille, sans rien dire, l'admirant, la remerciant pour ainsi dire d'être si belle.

Il acheva de la rassurer, et tandis que les soldats lavaient les blessures de leurs compagnons, et débarrassaient des cadavres qui encombraient la baie de la grande porte, il lui annonçait qu'elle redescendrait le fleuve, non point dans sa litière dont le mouvement, quelque doux qu'il fût, pourrait la fatiguer, mais dans un des canots montés par les prisonniers. Lianor accepta.

Un moment après, les tapis des barques formèrent un lit moelleux à la jeune fille : Pantaleone et Falçam l'aidèrent à descendre dans la barque, Lalli, Tolla, Savitri et Satyavan y trouvèrent place à leur tour. Au moment où le capitaine allait donner le signal du départ, Loki l'Indien jeta aux pieds de Savitri, toujours immobile, un lourd paquet enveloppé dans un cachemire, puis il rejoignit ses compagnons.

Les cavaliers remontèrent sur leurs chevaux, les soldats, avant de quitter le temple de Siva, ramassèrent quelques souvenirs de cette expédition que jamais ils ne devaient oublier. Les uns brandissaient un couteau de sacrificateur, les autres une trompe d'ivoire, ceux-ci des cimbales de cuivre. Beaucoup se contentèrent de branches d'arbres, dont ils formèrent les cimiers de leurs casques. Quelques-uns, plus favorisés de la fortune, cachaient dans leur poitrine un collier d'or, un bracelet.

Les Portugais de l'escorte de Lianor se mêlaient aux compagnons qui les avaient secourus d'une façon si inattendue, tandis que les esclaves traîtres à Lianor marchaient entre deux rangs de soldats.

Le courant poussait les barques. Celle de Lianor, couverte de rameaux fleuris, défendant la jeune fille et ses compagnes contre les rayons trop brillants du jour, s'avançait triomphante. De temps à autre, Falçam et Pantaleone se tournaient de ce côté et saluaient de l'épée.

Tandis que les soldats et les barques revenaient vers Goa, une foule compacte qui commençait à comprendre que des faits terribles s'étaient passés depuis la veille, se dirigeait du côté des monts Gâthes, par où l'on savait que reviendraient les Portugais.

Enfermé dans la chapelle du palais, Garcia de Sà demandait à Dieu le salut d'une fille adorée, quand les acclamations de la foule, les cris de joie de la multitude lui apportèrent la certitude du retour de Lianor.

Il s'élança alors aussi vite que le lui permettaient ses forces épuisées par les émotions subies depuis près de quarante-huit heures. Au moment où il allait quitter le palais, Lianor y entrait appuyée sur le bras de Falçam, tandis que Satyavan, aidé par Lalli et Tolla, portait dans une chambre du palais Savitri plongée dans une torpeur ressemblant à la mort.

Garcia de Sà oublia, en cette minute, et la citadelle de Diu et les sinistres nouvelles apportées la veille ; il ne vit que sa fille, sa fille sauvée, sa fille que lui ramenait l'un des plus braves capitaines de la Lusitanie.

Comme pour prendre part à la fête de son cœur, les habitants de Goa illuminèrent spontanément la ville, et le vice-roi sentit ses yeux humides de larmes en voyant combien Lianor était aimée. Il ne voulut pas comprendre qu'il avait une part dans l'explosion de cette joie. Tout fut renvoyé à cette Lianor dont la beauté semblait merveilleuse même dans ce pays de la beauté, et qui, par ses vertus, avait conquis les petits, les opprimés et les souffrants.

Aux premières étreintes du père, succédèrent des curiosités ardentes auxquelles se mêlait un impérieux besoin de vengeance. Mais quand Lianor saisit cette nuance dans l'esprit de son père, elle posa sa main fine sur ses lèvres, et lui dit avec un regard empreint de mansuétude :

— Lorsque Dieu nous comble de bienfaits, avons-nous le droit de songer à des représailles?

Puis elle ajouta :

— Je vous laisse avec mes libérateurs, permettez-moi de me souvenir que votre fille a grandement endommagé sa parure.

En effet, la jupe de damas de Lianor, déchirée, lacérée, attestait les violences de la lutte ; de sa collerette de dentelle il ne restait que des lambeaux. Ses cheveux ruisselaient épars sur ses épaules, des taches de sang se voyaient sur ses bras meurtris... elle prit le chemin de son appartement en priant son père de lui envoyer un médecin.

— Souffres-tu? demanda le vice-roi avec angoisse.

— J'avoue sans honte, mon père, que je me sens brisée. Sans nul doute, le contre-coup des émotions reçues se fera sentir. Cependant, je songe moins à moi qu'à ma compagne.

— Ta compagne... Lalli ou Tolla?

— Ni l'une ni l'autre, père, je vous la présenterai ce soir.

Et adressant un baiser d'adieu envoyé du bout des doigts au père qui la contemplait avec l'ivresse que cause la possession d'un bien retrouvé, Lianor, laissant ensemble don Garcia de Sà et Luiz Falçam, regagna sa chambre où Lalli et Tolla prodiguaient ensemble leurs soins à la veuve du Rajah.

Satyavan n'avait plus la force de leur venir en aide ; penché sur le front de sa sœur, il attendait que les mouvements de ses cils, l'animation de sa joue signalassent son retour à la vie. Quoiqu'il connût les effets de l'opium, il s'épouvantait de cette persistante torpeur, et se demandait si la violence des émotions, les brutalités dont elle avait été l'objet, l'intense chaleur du bûcher, sur lequel un moment elle était restée, n'avaient point suffi pour éteindre à jamais cette jeune vie...

Lianor détacha la veste de brocart comprimant la poitrine de Savitri, l'allégea du poids de ses colliers, rapprocha la frêle jeune femme de la fenêtre, mouilla ses tempes de parfums pénétrants, puis, agenouillée près d'elle, elle pria.

Il lui semblait que l'œuvre de salut demeurerait incomplète si cette charmante créature ne survivait pas à ce drame horrible.

Mais avant même que le médecin fût arrivé, les paupières de Savitri battirent; ses doigts s'agitèrent avec un mouvement vague, cherchant à repousser un ennemi ; un gémissement s'arrêta dans sa gorge ; puis, avec lenteur, elle se souleva sur son lit. Presque au même instant un sourire effleura ses lèvres, elle venait de reconnaître Lianor. Satyavan se jeta d'un élan sur sa poitrine, et, pour la première fois, la veuve du Rajah comprit qu'elle ne faisait point un rêve.

— Ma sœur, lui dit Lianor de sa voix musicale, tu es sauvée.

— Oui, sauvée... Satyavan aussi, et les Portugais qui nous ont délivrés... et l'homme vêtu de noir qui nous parlait d'un Dieu que je ne connais pas.

Le médecin de Garcia de Sà entra dans l'appartement de Lianor.

— Allons, fit-il, les soldats seuls ont besoin de moi ; vous réalisez des miracles, dona Lianor. Cependant, je vous prie, ajouta-t-il en regardant ces beaux et jeunes visages sur lesquels se voyait encore un reflet pâle des craintes mortelles auxquelles ces jeunes femmes avaient été en proie, faites préparer des boissons calmantes, plongez-vous dans des bains tièdes, et tâchez surtout de perdre le souvenir du passé.

Savitri frissonna de tout son corps ; elle se rappelait le bûcher et la haine de Koumia.

Loki sourit avec une cruauté froide. N'avait-il pas traîné cette féroce créature sur le bûcher du vieux Sing?

Le conseil du docteur était bon, aussi les jeunes femmes se rendirent-elles au bain, pendant que les suivantes de Lianor préparaient la toilette de la jeune Portugaise, et réparaient le désordre des vêtements de Savitri. Le repos du bain, mais plus encore la certitude de ne courir désormais aucun danger, et de ne plus se séparer de Lianor rendirent aussitôt à la veuve du Rajah l'énergie de sa nature et la grâce de son sourire. Comme venait de l'affirmer le docteur, ce qui s'était passé restait un cauchemar terrible qu'elle devait s'efforcer de bannir de sa mémoire. Aussi, avec une bonne grâce aimable, se laissa-t-elle parer pour le festin du soir.

La riche toilette dont Koumia l'avait revêtue, pour faire honneur au Rajah défunt, s'était trouvée protégée par le voile qui l'enveloppait toute entière. Quelques fleurs de nuances vives, ajoutées par Lianor aux tresses noires de la jeune veuve, donnèrent à sa toilette un air de fête; cette veuve de Rajah, qui du mariage n'avait connu que la terreur du bûcher, n'eut pas même la pensée de porter le deuil de celui qui, en mourant, la condamnait à ce terrible supplice.

Dans ces Portugais qu'on lui avait représentés comme des monstres égorgeant et pillant tout sur leur passage, elle rencontrait des libérateurs; et dans Lianor, si belle, si tendre, si douce, l'ignorante Indienne n'était pas loin de s'imaginer trouver un esprit intermédiaire placé entre l'humanité et les dieux, et destiné à répandre le bonheur sur ceux qui l'entouraient.

Savitri sortit des mains de Lalli, belle comme la Sacountala du poète. Satyavan la regardait émerveillé, et portait souvent la main à une arme mignonne dont Lianor venait de lui faire présent. Au moment où les jeunes filles allaient quitter leur appartement pour rejoindre don Garcia de Sà, Loki, dont nul ne surveillait le manège, prit sur une table un bassin d'or pur, et y vida le contenu du cachemire qu'il avait eu soin de placer dans la barque. Un genou en terre, les bras alourdis par son fardeau, il vint ensuite s'agenouiller devant Savitri.

— Que m'offres-tu là, mon fidèle? demanda la jeune veuve. Tout à coup, elle trembla légèrement, il lui semblait reconnaître l'aigrette, les bracelets, les colliers de diamants et de perles dont l'on avait paré le Rajah.

— Ta dot, murmura l'Indien.

Savitri secoua la tête, puis, plongeant la main dans le bassin d'or, elle en tira une aigrette qu'elle passa dans les cheveux de Lianor, au milieu d'une touffe de fleurs rouges, ensuite elle attacha un bracelet aux poignets de Tolla et de Lalli, présenta une bague à son frère, et, faisant signe à Loki de la précéder, elle descendit avec Lianor pour rejoindre le vice-roi.

Le frère avait tué le frère. (*Voir page* 53.)

V

L'OISEAU D'OR

Les invités de Garcia de Sà attendaient avec impatience la venue des jeunes filles. Le dramatique épisode dont Falçam et Pantaleone étaient les héros donnait à la curiosité un aliment passionné.

— On avait beau me répéter qu'on brûlait encore les veuves aux environs de Goa, dit le vice-roi, je me refusais à le croire. Il me semblait que notre influence s'étendait bien au-delà de ces mers, et que les Indiens de l'intérieur commençaient à comprendre les bienfaits de la civilisation et les beautés de notre foi. Quand nous aurons assis d'une façon absolue notre domination dans les Indes, nous poursuivrons plus loin nos conquêtes, non pas cette fois au nom de la gloire et de l'agrandissement de notre négoce, mais surtout au nom de l'humanité.

Les officiers présents applaudirent aux paroles du vice-roi et s'engagèrent, par serment, à le suivre dans cette campagne.

En ce moment la porte s'ouvrit et les jeunes filles parurent.

Un des bras de Lianor entourait la taille flexible de la jeune veuve; la blancheur du teint mat de la Portugaise faisait davantage ressortir la couleur doucement ambrée du visage de Savitri. La lenteur, la grâce de sa démarche la rendaient plus touchante encore. Ses grands yeux de velours se tournèrent vers le vice-roi, et lorsqu'elle se trouva près de lui, elle voulut fléchir le genou.

Celui-ci la releva avec une bonté paternelle :

— Vous ne quitterez plus Lianor que si vous le souhaitez, dit-il. Je vous place sous la garde de son amitié, comme vous êtes sous ma protection; et si vos persécuteurs tentaient de vous reprendre, il n'est pas un de ces fidalgos qui ne fût prêt à mourir pour votre service.

Falçam et Pantaleone s'avancèrent à la fois.

— Voici la main d'un frère, dit le premier.

Pantaleone ne prononça pas un mot, et cependant les yeux de Savitri comprirent son silence.

Ce soir-là, il ne fut nullement question de la citadelle de Diu et du blocus commencé par les galères mauresques. On ne parla que des aventures de la nuit précédente, et du rôle joué par chacun des personnages présents. Le courage de Satyavan fut loué par Falçam, et le vice-roi décida qu'à partir du lendemain le frère et la sœur partageraient les leçons de Pantaleone et de Lianor.

Au moment où s'achevait le souper, Savitri prit, en souriant, le bassin d'or apporté par Loki et, de sa voix harmonieuse, elle supplia chacun de ceux qui avaient contribué à son salut, d'accepter d'elle un souvenir. Nul n'osa refuser. Les énormes diamants composant le collier de Sing, les cinq rangs de perles d'Ormuz qui descendaient sur sa poitrine furent partagés entre les officiers de l'escorte. Quand elle s'approcha de Pantaleone, la jeune veuve voulut choisir elle-même ce qu'elle lui destinait. Elle prit un poignard dont la garde, pavée de rubis, étincelait sous le feu des torchères.

En le lui tendant, elle prononça ces mots en langue hindoue :

— Pour mon service!

— Pantaleone en baisa la lame avant de passer le poignard à sa ceinture.

Ensuite, Savitri entra dans la salle où soupaient les soldats, elle épuisa pour eux le reste de son trésor.

Quand elle revint vers Loki le bassin était vide.

— Tu es un fidèle! murmura-t-elle, et elle tendit la main à l'esclave.

Elle venait d'acheter le dévouement de toute une vie.

Peu après, les jeunes filles se retirèrent dans la partie du palais qu'habitait Lianor, et Lalli et Tolla vinrent ensemble se mettre à leurs ordres.

Quelque affection que cette dernière eût toujours éprouvée pour Lianor, elle se sentit subitement attirée vers la jeune veuve. Toutes deux appartenaient à la même race, leurs yeux s'étaient ouverts devant les mêmes paysages ; elles parlèrent cette langue charmante qui semble encore adoucir la voix des femmes. Savitri s'endormit pendant que Tolla lui répétait un pantoum malais.

A l'aube, Savitri et Lianor se levèrent.

La jeune veuve entrait subitement dans la vie civilisée. Elle se sentait disposée à en accepter tous les usages, mais elle convainquit vite Lianor que jamais elle ne renoncerait à son costume. N'était-il pas mille fois plus riche et plus seyant que celui de la fille du vice-roi? Ces brocarts d'or, ces gazes de soie, ces colliers descendant jusqu'à la ceinture, ces écharpes de soie emprisonnant la taille, ces sandales d'or, étoilées de perles, ne mettaient-elles point la beauté dans un cadre plus gracieux que les corsages roides et les hautes collerettes des Portugaises? Du reste, Lianor approuva grandement Savitri. Elle jugeait, comme la veuve de Sing, que le costume hindou relevait la beauté délicate de la jeune veuve, dont le type rappelait les images de Sita, l'héroïne d'un des épisodes du Mahabaratha, ce poème qui contient tant de poèmes.

Tandis que tombaient les cascades de la fontaine, et que se développait sous la chaleur du midi le parfum des plantes exotiques,

Lianor, assise sur un haut fauteuil, ayant à ses pieds Savitri nonchalamment appuyée sur une pile de coussins, disséminés au hasard sur des fourrures de tigres noirs, écoutait Savitri lui raconter son enfance.

— Chez mon père, dit la jeune femme, on m'appelait le plus souvent l'Oiseau d'Or, à cause du son de ma voix que l'on trouvait harmonieuse quand je parlais notre langue indienne. Jamais enfant ne fut plus gâtée. Mon père avait chéri si complètement ma mère que sa tendresse pour moi en devint un reflet. Lorsque Satyavan vint au monde, je cessai sans doute d'être l'objet de ce culte absolu, mais je n'en souffris pas, tant je chérissais mon frère. Vous verrez quel être bon et doux est Satyavan. Des esclaves étaient chaque jour chargés de prévenir les moindres de mes désirs; mon père était riche et, jusqu'au moment où le malheur fondit sur moi, je n'ai jamais pleuré. Je vivais au milieu des oiseaux et des fleurs, passant mes heures à exécuter de magnifiques broderies, à jouer de divers instruments, à lire où à écouter relire nos poètes. Je m'imaginais que l'avenir serait la répétition du présent, et jamais je ne m'informai du sort qui devait m'attendre. Un matin, la foudre tomba sur nous. On arrêta mon père, accusé de conspirer contre la vie du Rajah, et de s'être allié à son frère qui souhaitait s'emparer à la fois de son pouvoir et de ses richesses. Je n'ai jamais cru que mon père fût coupable. Sing m'avait déjà demandée en mariage. J'avais eu l'occasion d'apercevoir le Rajah deux ou trois fois, et son aspect m'inspirait une répulsion profonde. Mon père recula devant mon dégoût, Sing chercha le moyen de triompher à la fois des refus de l'un et de l'épouvante de l'autre. Ce fut ma tante Koumia qui, gagnée par le Rajah, me vint dire que la vie de mon père était entre mes mains. Pouvais-je hésiter? Un mot de moi faisait tomber cette tête adorée. Je me sacrifiai, à la condition que mon père serait sur l'heure rendu à la liberté, et que ce serait lui qui présiderait à la cérémonie de mon mariage. Je ne vous dirai point que je pleurai. Je me sentais soutenue par mon sacrifice. Lorsque mon père me serra dans ses bras, je me crus trop payée. Je ne vis plus ni l'âge, ni la laideur et l'expression de dureté du Rajah... Mon père me souriait à travers ses larmes. Il appelait sur moi les bénédictions éternelles. Quand Sing me prit la main et me fit monter dans sa litière, je me penchai pour voir plus longtemps celui qui me devait son salut.

Koumia demanda à m'accompagner. Quoique je l'aimasse peu, je n'osai la refuser. Dans ce palais où je ne connaissais personne, elle représenterait la famille, et deviendrait une transition entre l'heureuse maison que j'abandonnais et le palais où j'allais entrer. Ces deux demeures ne se ressemblaient guère, Lianor ; chez moi, tout était jardins de roses, kiosques en treillis d'or fleuris de corolles embaumées, parterres éblouissants comme des tapis, cascades d'eau et pluies de parfums. Des femmes élégantes, des enfants du même âge que moi le peuplaient. A peine avais-je entrevu le palais de Sing que je compris la différence. Des gardes, au visage farouche, des eunuques dont l'expression basse et servile glaçait le sang ; au loin, dans les jardins, on distinguait les rugissements d'une ménagerie entretenue à grands frais. Dans les cages gigantesques, des vautours, le bec ensanglanté, des aigles captifs battaient des ailes en poussant des cris rauques. Et si mes yeux se reportaient sur le Rajah, je voyais un visage immobilisé dans une expression habituelle de dureté, et qui jetait plutôt sur moi des regards de tigre convoitant une proie, que des regards d'époux désireux de faire du bonheur de sa compagne, le premier de ses soins et le plus cher de ses devoirs.

Koumia m'aida à descendre de ma litière ; un groupe d'esclaves se précipita sur le pavé, dans l'attitude d'une servile adoration ; mais, en même temps, un homme bondit vers Sing, le frappa entre les deux épaules, et mon époux tomba la face contre terre. Je poussai un cri de terreur ; ma robe de noces était tachée de sang... Le frère avait tué le frère... Koumia m'entraîna au milieu du désordre qui suivit cette scène. Désormais Mirza devenait le maître des terres, des biens, comme des esclaves.

Je me demandai avec terreur si mon père avait été le complice de Mirza. Koumia m'affirma le contraire.

— Maintenant, dis-je à Koumia, je suis libre.

Elle me regarda avec une expression singulière, et se contenta de me répondre :

— Vous êtes veuve !

Je ne compris point le sens fatal qu'elle attachait à ces paroles. Il ne me restait d'autre pensée que celle-ci : Sing mort, je pourrais retourner chez mon père. Bien qu'il détestât son frère au point de l'assassiner, Mirza voulut lui faire des obsèques magnifiques. Peut-être s'imaginait-il apaiser son âme irritée par des sacrifices. Tandis qu'on préparait la solennité des funérailles, je descendis dans les appartements du harem, m'étonnant qu'on me refusât l'autorisation de revoir mon père. A cette heure, Mirza ne songeait qu'à se venger. En me frappant, il savait atteindre au cœur celui qui m'avait tant aimée. Ce fut avec Koumia que Mirza régla les détails dont on se garda de m'entretenir. Un matin, on m'amena Satyavan. Toute à la joie de le revoir, je le couvris de mes baisers les plus tendres. Pendant une heure, on nous laissa ensemble, puis Koumia reparut plus autère que jamais.

Elle me demanda si je connaissais mes devoirs à l'égard de l'époux que j'avais perdu.

— Je sais, lui répondis-je, que pour arracher mon père à sa prison, j'avais consenti à devenir la femme du Rajah. Le crime de son frère me délie, et sans me réjouir de la terrible fin de Sing, j'accepte la situation qu'elle me fait.

— Ainsi, reprit Koumia, vous êtes certaine de ne pas faiblir? En suivant le cortège de votre seigneur, de votre maître, vous garderez le courage de ne pas verser une larme, et de fixer des yeux paisibles sur le cadavre qui vous entraîne après lui ?

Je commençais à sentir une vague inquiétude, et cependant je n'osais pas encore interroger Koumia.

— Du reste, reprit ma tante en m'enveloppant de ses regards froids comme ceux d'un reptile, je ne vous abandonnerai pas, et vous me trouverez jusqu'au pied du bûcher.

— Au pied du bûcher... répétai-je machinalement. Suis-je donc obligée de m'associer à cette pompe funèbre, et ne m'est-il pas permis de demeurer dans mon appartement?

— Si peu de durée qu'ait eu la vie commune, Savitri, me répondit-elle, vous n'en fûtes pas moins la femme de Sing, le puissant Rajah. Celui-ci vous aimait tant que, pour obtenir votre main, il accusa votre père d'un crime dont il était innocent. Jugez si sa jalousie survit à son trépas. Vous êtes la plus belle créature sortie des mains de Brahma. Sing se réjouira d'autant plus de vous avoir pour l'accompagner et le servir dans l'autre monde.

— Je comprends mal, n'est-ce pas? m'écriai-je en serrant dans mes doigts frêles les mains de Koumia. Vous ne voudriez point envoyer à la mort la fille chérie de votre frère...

— C'est la loi ! fit-elle.

— Cette loi, je la repousse, je la renie, je la maudis ! Oh ! misérable vieillard qui d'un mot as lié à toi ma jeunesse, et qui m'entraînes dans la mort après m'avoir vouée au désespoir!..

Je cachai un moment mon front dans mes mains, puis, regardant Koumia en face :

— Je lutterai, je me défendrai. Je protesterai contre ces cruautés de tradition. Je veux revoir mon père, vivre près de Satyavan, chanter de cette voix qui m'avait fait appeler l'Oiseau d'Or, et m'enivrer de ma propre jeunesse.

Je parlais comme dans un rêve, m'exaltant au sein de ma terreur, et me figurant que j'effraierais Koumia par mes menaces. Je savais tout maintenant, je comprenais que je devais monter sur un bûcher, et que mes parents et la foule attendraient de moi plus que de la résignation, une sainte allégresse à l'idée de confondre mes cendres avec celles de Sing, et d'expirer, sa tête appuyée sur mes genoux. Je me jurais d'ameuter la foule, de la ranger de mon parti. Il me semblait, du reste, que j'aurais le temps de préparer un projet d'évasion. Toute misère me paraissait acceptable, pourvu qu'on me laissât la vie... Mais tandis que j'élaborais ces plans, que je m'affermissais dans ma révolte, l'heure était déjà venue de mourir... Dans la cour sonnaient les trompettes sacrées, les cymbales d'airain ; une foule empressée de brahmes, de fakirs, de mendiants et de peuple n'attendait plus que le cadavre du Rajah et sa veuve. Koumia m'entraîna en dépit de mes cris, adressa rapidement un mot aux prêtres. On rabattit mon voile sur mon visage, des doigts de fer serrèrent mes poignets, et je me sentis entraînée sans force pour m'arracher à l'étreinte des brahmes, et je poussai des cris de désespoir qui se perdirent dans le bruit de l'orchestre funèbre.

Vous savez le reste, sans vous, jamais plus l'Oiseau d'Or n'eût chanté les beautés de l'Inde et les charmes de l'amitié...

Lianor embrassa sa nouvelle amie.

Le jour même, Savitri prit une première leçon de portugais. Elle n'eut pas seulement pour maître le savant homme qui avait communiqué les richesses de son érudition à Pantaleone, mais aussi l'adolescent qui paraissait vouloir lui tenir lieu de professeur, de page et d'ami.

Depuis que la Providence l'avait fait sortir sain et sauf de la folle aventure dans laquelle il s'était jeté si inconsidérément, un changement complet s'était opéré dans ce jeune homme. L'étourdi devenait grave ; l'adolescent, qui ne se plaisait qu'aux jeux de guerre, à la lutte, à des exercices de corps qui entretiennent la souplesse, la force et la grâce, demeurait de longues heures, dans la bibliothèque, occupé à esquisser le portrait de Savitri, à l'écouter chanter des pantoums, à la regarder, indolemment assise sur une pile de coussins, recevoir de son maître une leçon de portugais. Il lui prenait de grandes idées de conquête dans l'intérieur de l'Inde, un désir impérieux de connaître les œuvres des poètes qui la chantèrent et en retracèrent les mœurs. Savitri ne comprenait ni l'attraction à laquelle cédait Pantaleone de Sâ, ni le changement qui s'opérait en lui. La façon dont elle voyait traiter Lianor lui paraissait plutôt due à la qualité de son père qu'à son titre de femme. Elle se trouvait heureuse qu'on lui parlât avec douceur. Elle bénissait ses nouveaux amis pour les soins dont ils environnaient Satyavan ; mais elle aurait jugé trop ambitieux de prétendre pour elle-même à des joies semblables.

Pour la hausser jusqu'à la civilisation européenne, il faudrait encore de longs mois, peut-être des années ; mais Pantaleone ne s'effrayait point de la durée de l'épreuve, et il lui suffisait, pour s'estimer heureux, de croire qu'il parviendrait, à force de persévérance et de soins, à transformer la jolie sauvagesse et à en faire une idole d'élégance et de raffinement.

Savitri accueillait ses soins avec une joie timide, et ses progrès étaient rapides ; sa mémoire la servait d'une façon si merveilleuse, qu'au bout de quelque temps elle prononçait quelques phrases de portugais avec une grâce infinie, et s'emparait, avec une faculté aiguë d'assimilation, des manières les plus aristocratiques de la cour de Garcia.

L'heure des repas la réunissait au vice-roi, qu'elle traitait avec une filiale reconnaissance.

Tout le temps que don Garcia de Sà ne consacrait pas aux affaires publiques, il le passait en famille ; mais depuis l'arrivée de Falçam, ses occupations étaient devenues graves, et quelque effort qu'il fît pour dérober ses inquiétudes aux jeunes filles, il n'y réussissait pas toujours.

— Quand je songe, disait-il à Falçam, qu'à cette heure peut-être les Maures multiplient leurs efforts contre Diu, et que cette citadelle, dont la conservation inspira tant d'héroïsme et coûta tant de sang généreux, est peut-être au pouvoir des infidèles ! J'ai beau hâter les préparatifs du départ, envoyer des courriers, il faut encore une semaine avant que vous puissiez partir. Sépulvéda est brave, mais pourra-t-il tenir contre des forces si supérieures aux siennes?

— Si le malheur voulait qu'il fût vaincu, répondit Fàlçam, si les Maures le chassaient du fort, je jure par mon éternité qu'à mon tour je reprendrais Diu. Nous n'avons pas dégénéré de nos pères, don Garcia; si je n'ai point encore suffisamment fait mes preuves, dans un mois vous m'aurez jugé!

— Pensez-vous que j'oublie que je vous dois la vie de ma fille?

Une vive rougeur parut sur le visage de Falçam; ses lèvres s'ouvrirent, il fut sur le point de confier son secret au vice-roi, et peut-être allait-il s'abandonner à l'expansion d'une confiance absolue, quand le capitaine de deux navires, qui devaient prochainement mettre à la voile pour Diu, vint interrompre l'entretien.

Falçam quitta le palais, et se dirigea vers l'habitation de Diniz Sampayo.

C'était son meilleur, l'on pouvait même dire son unique ami.

Durant de longues années, Falçam et Diniz réalisèrent le type de ces héroïques amitiés que les Grecs divinisèrent.

Nés à Lisbonne, de familles rapprochées, presque confondues par des alliances successives, ils partagèrent les mêmes jeux, jusqu'au jour où leurs pères, après s'être longuement consultés, décidèrent de les envoyer à l'université de Coïmbre.

On ne croyait pas alors, en Portugal, que l'art militaire suppléât à toutes les autres sciences. On estimait que le soldat capable de relire, entre deux batailles, Homère et Virgile, dépassait de beaucoup celui dont les connaissances se bornaient aux choses du métier.

A cette époque, la renommée de l'université de Coïmbre était européenne.

Ses maîtres, recrutés parmi les plus habiles, venaient d'Allemagne, d'Écosse, ou de la chaire de la Sorbonne. La vie y était non seulement studieuse, mais austère. On ne se contentait point d'y instruire des écoliers, on y formait des hommes. Les uns, plus tard, occuperaient les chaires de l'enseignement, les autres revêtiraient les hautes dignités ecclésiastiques; le plus grand nombre, entraîné par l'inconnu, monterait sur les navires en partance pour des terres lointaines, et prendrait sa part de la gloire des découvertes et des conquêtes réalisées. L'avenir n'appartenait pas seulement aux braves, mais aux savants. Une génération se préparait qui manierait avec un égal talent la plume et l'épée, et dont les plus illustres chanteraient les exploits auxquels ils avaient pris part. On ne se battait pas en Portugal. La gloire militaire se reportait plus loin, au-delà des caps dangereux, sur des côtes nouvelles. Le soldat se doublait d'un marin, le marin d'un géographe, et souvent d'un poète. Les plus fiers fidalgos pensaient faire leur cour au souverain en rendant leurs fils capables de lui rendre des services tels que la faveur les payait moins encore que la gloire.

A peine leurs études se trouvèrent-elles terminées que Luiz Falçam et Diniz Sampayo demandèrent à partir pour les Indes. Après avoir partagé les réprimandes et les succès à l'Université, ils avaient hâte de se distinguer par des actions d'éclat. Le nom de leur famille suffisait à les recommander à la bienveillance de Juan de Castro, qui leur prouva son bon vouloir en les envoyant tout de suite au feu. Ils prirent part à cet admirable siège de Diu qui plus tard inspira un poème, et tous deux furent blessés à la fois en essayant de sauver ce Fernando, fils bien-aimé du vice-roi. Combattant à côté l'un de l'autre, Sampayo et Falçam méritèrent les mêmes éloges, acquirent une égale renommée, et connurent une fraternité nouvelle : celle du sang prodigué au service d'un ami.

Diniz fut blessé au bras en préservant Falçam de la flèche d'un Maure ; et Luiz portait au visage une cicatrice faite par le cimeterre d'un Musulman. Ils se montraient ces blessures comme on fait d'un souvenir liant l'un à l'autre deux êtres qui se chérissent d'une façon absolue.

Quand les nécessités du service les séparèrent, ce fut pour eux un déchirement. Garcia de Sà envoya Luiz Falçam à Diu avec le grade de capitaine, et Sampayo se battit tour à tour avec les rois de la côte.

En arrivant à Goa, le capitaine comptait qu'après avoir transmis au vice-roi les graves nouvelles relatives à l'attitude agressive des Maures, il pourrait se rendre immédiatement chez Sampayo ; la prière que lui adressa don Garcia de Sà, d'aller au secours de sa fille, retarda la réunion des deux jeunes gens ; mais quand il eut rendu Lianor aux embrassements de son père et assuré la vie de la veuve du Rajah, Luiz Falçam courut chez Sampayo. Celui-ci apprit à la fois l'arrivée du capitaine et son départ pour les ruines du temple de Siva ; il courut chez le vice-roi afin de lui demander ce qu'il pouvait faire.

— Imitez-moi, lui répondit le vieillard, attendez ; si, à Dieu ne plaise ! Falçam payait son dévouement de sa vie, demain l'Inde entière serait en feu, et je vous confierais une armée afin de venger votre ami.

Sampayo erra sur le port, puis dans la ville ; mais il comprit vite que le meilleur moyen de revoir promptement Luiz Falçam était de l'attendre, et il rentra chez lui, épiant les bruits de la rue, envoyant dans des quartiers divers ses plus intelligents esclaves.

Quand il pressa Falçam dans ses bras, il lui sembla que son ami venait de s'échapper de la tombe.

Le reste du jour se passa en confidences, en épanchements remontant du passé jusqu'à l'heure présente. Sampayo se plaignait du repos qui lui était imposé depuis quelques mois ; Falçam se réjouissait de la nouvelle occasion de se distinguer, qui s'offrait à lui.

— Certes ! dit-il à Sampayo, le premier et surtout le second siège de Diu sont d'admirables pages de notre histoire militaire ; mais le troisième, si les Maures ont l'audace de le poursuivre, témoignera également de la valeur des Portugais. Il faut que je devienne grand et célèbre, Diniz ! Une seconde place ne me suffirait pas ; je veux la première.

— Tu l'auras, dit Sampayo en pressant les mains de son ami ; tu l'auras. Tout homme qui porte en soi le culte de la famille, l'amour de la patrie et la foi du chrétien est né invincible. Je n'entends pas dire que jamais tu ne seras blessé, mais que tu ne saurais être abattu par aucun malheur.

Une confidence intime allait s'échapper des lèvres de Falçam, quand l'arrivée d'un compagnon d'armes interrompit leur entretien. La conversation, devenue générale, roula successivement sur la citadelle de Diu, le drame dont Lianor avait failli être victime, et les chances probables du nouveau siège.

Don Garcia de Sà se multipliait afin de hâter l'heure du départ de son escadre, et Falçam attendait un ordre immédiat.

— Sais-tu ce qui me surprend ? demanda Luiz à son ami.

— Non.

— C'est que tu ne demandes pas à m'accompagner.

— J'y ai songé, répondit Sampayo ; s'il ne s'agissait que de combattre à tes côtés, j'aurais depuis longtemps supplié le vice-roi de me mettre sous tes ordres.

— Eh bien ?

— Tu n'es pas le maître à Diu.

— Sans doute, je ne suis que capitaine.

— Et Sépulvéda en est gouverneur

— Qu'en veux-tu conclure?

— Écoute, répondit Sampayo, je considérerais comme un crime de semer la défiance dans une âme et de calomnier un honnête homme ; mais Sépulvéda demeure pour moi un problème, dont vainement je cherche le mot. Très brave, il semble jaloux de ceux qui le sont autant que lui; et jamais un homme véritablement grand ne connut la jalousie. On l'accuse d'entasser des richesses conquises avec une sorte de rapacité incompatible avec la générosité d'un soldat. Dévoré par des passions violentes, peut-être l'hypocrisie lui sert-elle à en voiler les écarts... Tu pars, et tu vas le rejoindre. Je te donnerai un dernier conseil : défie-toi de Sépulvéda.

Falçam se leva, sérieux.

— Peut-être dis-tu vrai, répliqua-t-il en serrant la main de son ami, mais je regrette presque cet avertissement; j'aime tant à croire au bien que c'est pour moi une souffrance de supposer le mal chez autrui... A ce soir, au palais du vice-roi.

— A ce soir, répondit Diniz Sampayo.

Voici le gage de ma parole. (*Voir page* 65.)

VI

PAROLE DONNÉE

Tout était prêt pour le départ de la flotte destinée à écraser l'armée navale des Maures, entre le feu de la citadelle et celui des navires expédiés par le vice-roi.

Jamais plus d'ardeur n'anima une flotte, et Garcia de Sà devait plutôt en réprimer l'effervescence que multiplier des efforts pour la soutenir. Dans la ville de Goa on eût dit qu'un immense banquet réunissait tous ceux qui devaient prendre part à la guerre. Outre les salons du vice-roi, ouverts aux officiers, les maisons les plus nobles, les plus riches, tenaient à honneur de traiter les soldats et les marins. La ville toute entière présentait l'aspect d'un festin grandiose. Les appartements ne suffisant pas, les tables étaient dressées dans les jardins, dans les rues. Les santés se portaient en plein air, au roi Jean III, à don Garcia de Sà, aux héros ensevelis près de la citadelle de Diu, à ceux qui, dans peu de temps, reviendraient vainqueurs. Les femmes et les jeunes filles distribuaient des fleurs aux soldats. Au milieu de la foule circulaient des prêtres et des moines, donnant leurs dernières bénédictions à ceux qui devaient partir. A cette époque, la foi mettait son sceau sur toutes les grandes choses, et pour ces hommes, Jean de Castro paraissait moins grand, le jour de son entrée triomphale dans la ville de Goa, qu'à l'heure suprême où maître François disposait son âme à paraître devant Dieu, et enseignait à ce héros, couronné de toutes les gloires humaines, l'humilité du chrétien. On ne séparait point le crucifix de l'épée. La poignée de celle-ci formait une croix, afin qu'à l'heure de mourir chaque soldat la pût rapprocher pieusement de ses lèvres.

Tandis que les hommes voyaient avec joie s'avancer l'heure de l'adieu, les femmes couraient, devant les autels, recommander des êtres aimés à la protection divine. Certes, l'enthousiasme des soldats était bruyant, les flacons se vidaient vite, et cependant aucun désordre ne se produisait, et, à la voix d'un vieux capitaine, d'un prêtre en robe noire, l'exubérance de la gaieté rentrait dans de sages limites.

Pendant qu'un dernier banquet réunissait les hdalgos, qui devaient monter, à l'aube, sur les navires prêts à lever l'ancre, Lianor et Savitri demeuraient enfermées dans leur appartement. Tout ce bruit leur faisait mal. Ce tumulte joyeux leur arrachait presque des larmes.

L'Oiseau d'Or n'avait pas besoin de demander à Lianor le secret de son cœur. L'âme franche de la Portugaise était sans mystère. Ses larmes coulaient sans honte. Celui à qui elle devait la vie allait partir, et qui pouvait répondre de son retour? Combien de vaillants, parmi ceux que le Portugal envoyait aux Indes, dormaient ensevelis sur les côtes de Diu, laissant seulement un nom à ajouter à la liste des héros tombés en défendant la citadelle!

La main de Savitri étanchait doucement les larmes de Lianor, et, dans sa douce langue hindoustanienne, elle essayait de calmer son désespoir.

Satyavan et Pantaleone assistaient au festin.

Le dernier témoignait au jeune Indien une bonté touchante. A travers les grands yeux noirs de l'adolescent, il revoyait la veuve du Rajah.

Au moment où s'achevait le banquet, don Garcia de Sà adressa de nobles paroles aux soldats et aux marins groupés autour de sa table, puis les groupes d'invités se répandirent les uns dans les jardins, les autres dans les galeries du palais.

Luiz Falçam, très pâle et profondément ému, s'avança vers le vice-roi.

— Ceux qui s'éloignent ont souvent besoin de courage, dit-il, je ne parle point de cette bravoure souvent téméraire qui nous porte à nous jeter inconsidérément au milieu du danger, mais de ce grand et enthousiaste courage ayant sa source dans l'âme, s'inspirant d'une noble espérance ou d'un grand souvenir...

Le vice-roi prit amicalement le bras du capitaine.

— Je vous connais, et je vous apprécie depuis longtemps, répondit-il; c'est assez vous faire comprendre que votre fortune me regarde, et que je compte vous donner une des premières places dans l'armée, comme vous occupez la plus haute dans mon estime et dans ma reconnaissance.

— Monseigneur, les soldats comme les mourants ont le droit de confier leurs dispositions dernières, et de faire leurs suprêmes confidences...

— Sans doute, Falçam.

— Laissez-moi donc vous parler sans réticence et sans crainte. Ne m'accusez ni de présomption, ni d'orgueil; croyez seulement que, d'un mot, vous allez décider de ma vie.

Le vice-roi répondit à Luiz Falçam par une affectueuse pression de main.

— Quelque chose qui arrive, de quelque gloire que je me couvre jamais, il ne me sera point donné de réaliser plus que j'ai fait durant mon rapide séjour à Goa... J'ai sauvé votre fille, je le dis, croyez-le, avec moins de vanité que de joie; il m'a été donné de rendre à vos caresses la plus belle, la plus affectueuse, la plus noble des créatures... Les voyageurs qui gravissent les hautes montagnes avouent que le vertige les prend sur les sommets... Je le comprends, moi aussi j'ai succombé à ce vertige... L'humble capitaine s'est senti envahi par une tendresse, contre laquelle il lui a été impossible de lutter... Votre Lianor est en quelque sorte devenue mienne... Mon cœur, ma vie lui appartiennent désormais! Prononcez! ou je me ferai tuer pendant le siège de Diu, ou je vivrai pour vous demander plus tard la main de Lianor.

— N'avez-vous pas prévu quelle serait ma réponse?

— Je ne l'ai point osé.

— Et vous avez bien fait peut-être; j'aime mieux que vous entendiez celle de ma fille.

Le vice-roi donna un ordre à un serviteur, qui s'empressa de le transmettre à Lolli, laquelle vint trouver Lianor dans la chambre où elle prêtait l'oreille aux consolations de l'Oiseau d'Or.

— Mon père me demande! répéta Lianor; es-tu certaine d'avoir bien entendu, Lolli?

Lolli était très certaine et l'affirma de nouveau.

— Accompagne-moi, je t'en supplie, Savitri; je ne sais pourquoi j'ai peur...

— D'une trop grande joie!

Un sourire éclaira le visage de Lianor.

Elle descendit en s'appuyant mollement sur l'épaule de la jolie Indienne.

Pendant qu'elles se dirigeaient vers le vice-roi, l'entretien de celui-ci continuait avec Luiz Falçam.

— Depuis l'instant où vous m'apprîtes que Lianor se trouvait en danger, disait le capitaine, je n'ai cessé de songer à votre fille, et de faire de son affection le prix de mes efforts. Sans nul doute, d'autres prétendants lui apporteraient des richesses plus grandes, un nom plus glorieux; mais si vous voulez la voir heureuse, si vous rêvez seulement pour elle un époux qui n'ait dans la vie d'autre but que sa félicité, confiez-la moi, vous aurez trouvé l'appui dont elle a besoin, le compagnon sur lequel elle s'appuiera, sans jamais craindre de le voir faiblir. Je puis me rendre cette justice que, depuis ma sortie de l'Université, je n'ai songé qu'à remplir mes devoirs envers mon pays. Dans le fond de mon âme, vierge de toute passion, aucune idole n'a jamais trouvé place, et j'aimerai d'autant plus la femme qui me sera accordée, que je n'aurai prostitué ni mes sentiments, ni mes rêves.

— C'est bien. Oui, c'est bien ! répondit Garcia de Sà.

En ce moment, les deux jeunes filles parurent.

Lianor baissait les yeux, Savitri les levait avec confiance sur le vice-roi et sur le capitaine.

— Ma fille, dit don Garcia, tu m'autorises à parler devant Savitri?

— Savitri est ma sœur, répondit Lianor.

— Luiz Falçam vient me demander ta main...

La jeune fille rougit, hésita, puis elle répliqua :

— Que lui avez-vous répondu, mon père?

— Rien encore, dispose de ta vie.

— Si je connaissais un plus brave gentilhomme, un plus noble cœur, je le lui préférerais peut-être, car la grandeur et la bonté m'attirent... Je dois à Falçam de vivre encore pour vous aimer, permettez que je lui doive la joie et l'orgueil de savoir qu'il m'a élue entre toutes.

— Lianor! Lianor! s'écria Luiz, dont la voix tremblait d'émotion.

— A partir de cette heure vous êtes son fiancé, reprit le vice-roi. La guerre terminée, et l'ennemi vaincu, je vous rappellerai à Goa, afin d'y faire célébrer votre mariage.

Puis, tirant un anneau de son doigt, Garcia de Sà ajouta :

— Voici le gage de ma parole. A quelque heure, à quelque date que ce soit, je vous autorise à venir me rappeler ma promesse, promesse solennelle que je vous fais sur mon salut, et sur la tête de Lianor.

— Ne jurons jamais par la vie de ceux qui nous sont chers ! s'écria Luiz avec une sorte d'épouvante.

— Et maintenant, continua le vice-roi, allez si vous le voulez loin du bruit de la fête. Parlez bien bas de votre bonheur, de vos espérances. Il me reste à remplir mon devoir de représentant du Portugal.

Lianor accepta le bras de Luiz Falçam, puis tous deux s'éloignèrent dans la direction des jardins.

Pendant un moment ils gardèrent le silence, aussi troublés l'un que l'autre, sentant que, d'un mot tombé de la bouche de don Garcia, leur vie venait d'être changée. A leur joie se mêlait une sorte d'épouvante. Ils se sentaient trop heureux, le cœur leur battait à briser leur poitrine, et des larmes montaient à leurs yeux.

— Falçam, dit la jeune fille, tant que durera cette guerre et que vous serez en danger, j'irai chaque matin à la plus proche chapelle demander que Dieu vous conserve. Prier le Seigneur sera me rapprocher de vous. Je ne vous dirai point : ne vous exposez pas ; vous êtes brave, et vous me désobéiriez, mais on peut ne pas être téméraire, et vous devez songer que si je vous perdais...

— M'aimez-vous autant que cela ? demanda Luiz.

— Ce sentiment est né dans mon cœur en même temps que la reconnaissance. Du moment où vous m'avez délivrée, j'ai compris que Dieu nous fiançait dans sa volonté suprême. Vous allez à Diu, Falçam, et je sais que votre renommée y grandira encore ; mais quand nous serons unis, quand des liens tendres et chers nous attacheront au foyer, vous ne quitterez plus Goa, jamais ! Jamais !

— Ma volonté sera la vôtre, Lianor.

— Oh ! nous aurons à remplir une noble mission, mon Luiz ; aux malheureux qui ne croient pas en Dieu, aux misérables rendant à leurs idoles un culte barbare, nous enseignerons le code de l'Évangile. Vous attirerez à vous les hommes, j'appellerai à moi les femmes. Croyez-vous que les infortunées esclaves de leurs époux durant la vie, et forcées de subir un horrible supplice après leur mort, ne se rangeront pas vite sous le drapeau d'un culte qui fait de la femme l'égale de l'homme et lui laisse pleurer son mari en silence ? Nous montrerons, à toutes les femmes du royaume de Canara, ce qu'est une union bénie. Ah ! tenez, Luiz, une félicité semblable à celle qui vient de nous être promise me semble trop belle, trop complète pour ce monde. Dieu ne permet peut-être pas que l'on chérisse une créature avec autant de force que je le fais. Prions beaucoup, répandons autour de nous les aumônes, et montrons-nous dignes de notre bonheur.

— Vous m'apprendrez à le devenir, Lianor. Mais, je vous le jure, à cette heure où je vous quitte, je sens qu'au nom de cette tendresse je suis capable de tous les héroïsmes, de toutes les vertus.

— Combien croyez-vous que durera cette affaire ?

— Peu de temps. Lés Maures, pris entre deux feux, seront vite hors d'état de nous résister. Ce que ne détruira pas le canon de la citadelle, nous le balaierons à l'aide de notre artillerie. Si nulle complication ne survient, avant un mois nous aurons chassé les Maures.

— Et vous reviendrez?

— A moins qu'un ordre de Sépulvéda m'oblige à demeurer encore à Diu.

— Alors, vous en appellerez à mon père.

— Et je reviendrai vous offrir un nom auquel s'ajoutera un peu de gloire.

Longtemps, les deux jeunes gens passèrent et repassèrent dans les jardins, tandis qu'un autre groupe de promeneurs paraissait marcher dans leur ombre.

Il se composait de Satyavan soutenant Savitri, et de Pantaleone de Sà.

Ils allaient ainsi, couples heureux, jeunes âmes ravies. Ils parlaient bas, doucement, de peur d'effaroucher cet oiseau craintif qu'on appelle le bonheur, et qui chantait pour eux ses chansons les plus belles.

La fête se prolongeait dans le palais du vice-roi. Parmi les invités un grand nombre devait partir le lendemain, et combien reviendraient de cette expédition contre les pirates, anciens compagnons de Kodjà-Sofar? Ils voulaient emporter un souvenir de cette dernière nuit harmonieuse, avant d'entendre tonner les pierriers, les canons et les bombardes. Lianor redoutait un adieu qui sitôt allait la séparer de son fiancé d'une heure. Quand retrouverait-elle un moment semblable? Quand son cœur, son esprit seraient-ils aussi complètement satisfaits?

Au détour d'une allée, Luiz Falçam reconnut Diniz Sampayo au milieu d'un groupe d'officiers.

— Lianor, dit-il, voici mon ami, mon frère; aimez-le en souvenir de celui qui vous quitte.

— Je l'aimerai, fit Lianor, en tendant sa main au jeune homme.

— En te laissant à Goa, je pars moins inquiet, reprit Luiz Falçam en s'adressant à Diniz; si quelque péril menaçait ma Lianor, car nulle créature n'est à l'abri du malheur, défends-la et préviens-moi...

— Je te le jure.

Les torchères, les candélabres, les pots à feu s'éteignaient sur les terrasses, les étoiles pâlies se perdaient dans les profondeurs d'un ciel devenu rose à l'horizon. Quelque attrait qu'eût cette promenade, le jour allait y mettre fin, et les gentilshommes auraient à peine le temps de changer leur parure de bal contre leur armure de guerre.

Ils prirent congé de Garcia de Sà, qu'ils ne devaient plus revoir avant l'embarquement.

Savitri et Lianor rentrèrent, Satyavan et Pantaleone descendirent sur le port.

La ville présentait un merveilleux tableau. De tous les quartiers étaient descendus les habitants de Goa, curieux d'assister au départ des troupes, tandis que, du haut des clochers des églises et des chapelles, sonnaient les cloches appelant à la prière les mères, les filles, les sœurs de ceux qui s'éloignaient. A peine la conquête avait-elle donné Goa aux Portugais qu'une multitude de sanctuaires s'étaient élevés, rivalisant de splendeur, et rachetant par l'emploi des métaux précieux et des pierreries, ce qui manquait à la majesté des constructions. On avait bâti vite, avec une sainte hâte de dresser la croix sur l'emplacement des mosquées, et l'on eût vainement cherché à Goa les merveilles architecturales qui, à la même époque, couvraient le sol du vieux monde. En revanche, sur des autels d'or massif se dressaient des statues d'argent, dont les yeux de diamant avaient été arrachés à quelque idole de l'Inde. Le brocart couvrait les marches de l'autel ; les lambrequins, les dais semblaient une immense broderie de semence de perles. Et devant les autels fleuris, embaumés, des femmes et des jeunes filles demandaient à Dieu le salut d'êtres chers.

Dans l'une des églises de Goa officiait maître François.

On éprouvait pour lui une vénération due à sa ferveur autant qu'à son zèle pour le salut des pauvres Indiens. Mais il n'était pas seulement un homme marchant pieds nus quand il avait donné sa chaussure, un prêtre macérant sa chair, jeûnant, et menant au milieu d'une existence active la vie d'un cénobite. Avant tout, c'était un homme ardent pour la conquête évangélique : l'âme de saint Paul et l'esprit d'un chevalier. Aucun danger n'avait jamais épouvanté cette âme ardente ; les soldats savaient que s'il les accompagnait au feu, ce serait au premier rang, et la croix en main. Depuis qu'il avait appris la nouvelle tentative des Maures pour s'emparer de cette citadelle, contre laquelle s'étaient brisés les cimeterres de Mahmoud, et de Kodjà-Sofar, il ne cessait de visiter les soldats devant s'embarquer sur la petite flotte dont la conduite allait être confiée à Falçam. Si, dans chacun des hommes destinés à combattre le Croissant, il voyait par avance un héros, il tenait encore davantage à tourner vers Dieu ces cœurs battant si fort au nom de la patrie. Rien n'était plus touchant que de le voir multiplier ses voyages des casernes des soldats aux galères, dans lesquelles s'entassaient les vivres et les armes, dont le pont s'encombrait d'artillerie. Il était l'âme chrétienne de ce grand mouvement chevaleresque. On eût dit que son regret unique était de ne pouvoir s'embarquer pour Diu. Du reste, un indescriptible mouvement régnait dans la ville. Il s'agissait moins du salut d'une forteresse que des destinées de l'Inde entière. Les prières à Dieu, les encouragements aux guerriers se confondaient dans un élan magnifique. Les femmes apportaient les bannières brodées de leurs mains, les enfants, après avoir passé des journées à tresser des guirlandes, les attachaient aux châteaux de poupe des navires. Au dernier moment de l'embarquement, toutes les cloches de Goa sonnèrent à la fois, et le canon des galères leur répondit.

Il y eut de chaudes étreintes, des larmes refoulées, des embrassements maternels mêlés de larmes d'angoisse; puis, à un dernier signal, les soldats descendirent dans les canots qui les conduisirent jusqu'au pied des galères. Alors, s'aidant des échelles pendant à leurs flancs, ils gagnèrent vite le pont des galères, sur lesquelles s'allongeaient les cous minces des coulevrines, tandis que les obusiers trapus ouvraient la gueule de bronze qui devait vomir sur les Maures les boulets et la mitraille.

Le cuivre, l'acier, le fer, brillent à l'égal des métaux précieux. Les cordages enroulés forment de hautes pyramides; les voiles se gonflent lentement; encore une heure, et un vent favorable les poussera vers Diu.

Les trente deniers timbrant le blason du Portugal se mêlent à des bannières sur lesquelles rayonne l'image de Marie. Sur chaque navire, à côté du pilote chargé de guider le bâtiment à travers les brisants de la côte, se trouve le prêtre, ce pilote suprême chargé de conduire jusqu'au ciel les âmes que Dieu rappellera vers lui.

A cette heure, la puissance de l'idée religieuse domine comme la grandeur militaire.

Quand nous voyons arracher aujourd'hui les crucifix des murailles, supprimer les aumôniers des flottes, mettre la prière en interdiction, avec quelle admiration, mêlée de regret, nos yeux se tournent vers les siècles où régnait une foi ardente; où les souverains, qui tenaient de Dieu leur pouvoir, reconnaissaient la croix plus haute que leur sceptre. Ceux qui s'élançaient sur des mers inconnues, dans l'espoir de découvrir des mondes pressentis, étaient plus grands encore par leurs qualités morales que par leur courage. Et de grands cœurs ont rêvé de placer sur nos autels Christophe Colomb, qui nous donna un nouveau monde.

Sur le navire portant le pavillon amiral, Garcia de Sà vient adresser un dernier adieu à ceux qu'il charge de défendre l'honneur Portugais. Lianor l'a suivi. Elle s'interdit d'exprimer à Luiz des regrets qui pourraient l'attendrir, mais elle lui tend un écrin renfermant son portrait.

— Mon père me permet de vous l'offrir, dit-elle.

Le vice-roi serre les mains de Falçam et lui répète :

Revenez ! Revenez !

Garcia de Sà, Lianor, Pantaleone et quelques officiers de la suite du vice-roi regagnent leurs canots.

Les coups de sifflets de la manœuvre se font entendre, les ancres dérapent avec bruit, et tombent sur le pont. Une formidable salve d'artillerie salue la ville qui va disparaître, et quand ce roulement, répercuté par les échos, a cessé de se faire entendre, les hymnes des prêtres s'élèvent, apportant à ceux qui demeurent sur le port la suprême pensée de ceux qui s'éloignent.

Tant que la flotte reste visible à l'horizon, nul n'a le courage de regagner sa demeure. C'est seulement quand la dernière voile qui, à peine atteint la dimension de l'aile d'un oiseau, se confond avec la ligne du ciel, que les habitants de Goa rentrent dans leurs demeures.

Encore seront-ils incapables de se livrer, durant ce jour, à une occupation sérieuse. Le cœur comme l'esprit suit ceux qui s'en sont allés, et les mères se cachent pour verser des larmes.

Au palais du vice-roi, Lianor et Savitri souffrent d'une égale douleur : l'une voit s'éloigner l'homme à qui son père l'a promise; l'autre pleure le vaillant à qui elle doit la vie. L'unique consolation qui leur reste est de prier pour le retour de Luiz Falçam, et pour le succès des armes portugaises.

Tandis que la flotte envoyée au secours de Diu volait sur la mer, bleue durant les heures du jour, phosphorescente durant les nuits claires, Sépulvéda et les officiers chargés de la défense de la citadelle se demandaient, avec angoisse, si Luiz Falçam avait réussi à franchir la ligne des galères armées ceignant la ville et la forteresse. On avait bien vu le léger navire du capitaine opérer une trouée au milieu de l'escadre musulmane, mais six des navires maures s'étaient mis en chasse! et il paraissait presque impossible que le navire de Falçam, moins disposé pour la bataille que pour la course, eût remporté un avantage décisif sur les vaisseaux des mécréants, armés de la poupe à la proue, pliant sous le poids de leurs obusiers, crachant le fer, comme les monstres respirent. Aucune nouvelle relative à un fait de guerre n'était parvenue au gouverneur. Des guetteurs avaient, à la vérité, affirmé que des lueurs sanglantes se voyaient à l'horizon, mais dans un pays où les phénomènes atmosphériques sont fréquents, il se pouvait que ces clartés rouges fussent seulement le reflet d'un coucher de soleil.

Dans tous les cas, le départ du navire de Falçam avait été pour les Maures le signal d'un changement de tactique. Jusqu'alors, ils s'étaient contentés d'investir le golfe ; ils commencèrent à prendre l'offensive. Le lendemain du jour où le capitaine avait incendié et coulé bas leurs galères, l'attaque de la citadelle fut résolue.

Sans doute, les murailles de Diu étaient épaisses, mais l'artillerie des Maures semblait formidable. Bientôt il ne se passa pas de jour sans que l'on eût à constater les dégâts nouveaux causés par les boulets musulmans, sans que dans la petite garnison Portugaise on ne déplorât la perte de braves soldats.

Depuis l'ouverture des hostilités, Sépulvéda montrait une ardeur prodigieuse. Il ne voulait pas seulement se conduire en brave, comme ceux dont il était entouré, la vieille gloire de Jean de Castro excitait à la fois son enthousiasme et son envie. Il rêvait d'égaler son nom à celui du héros de l'Inde. Aucune place ne lui paraissait digne de lui, hors la première, et Diniz Sampayo le jugeait bien quand il lui croyait l'orgueil de Satan. Il avait fallu une nécessité bien imprévue pour qu'il se décidât à envoyer Falçam à Goa ; l'acte héroïque de ce jeune homme pouvait attirer sur lui les bonnes grâces de Garcia de Sà, et les faveurs de Jean III.

Bien des jours d'angoisse se passèrent ; durant bien des nuits il fallut réparer les brèches faites, pendant le jour, aux remparts et aux murailles. La conduite des soldats, des officiers, même des femmes de la ville qui déployaient un viril courage, en venant les soigner et les panser jusque sous le feu de l'ennemi, rappelèrent les temps héroïques de Mascarenhas, de Fernando de Castro, et de cette Isabel Fernandez que l'on appelait « la Vieille de Diu. » Chacun fit son devoir sang-froid, avec persévérance et résolution. On espérait tout de Diu, et si de Goa n'arrivaient pas les secours attendus, Sépulvéda ferait sauter la citadelle.

Enfin, on signala l'arrivée de la flotte.

A cette nouvelle, un mouvement enthousiaste régna dans la forteresse. L'intensité du feu redoubla. On était sûr de ne pas manquer de poudre. Chaque décharge d'artillerie semblait un fraternel salut aux soldats venant décider de la victoire.

Luiz Falçam, ne pouvant prendre aucun ordre de Sépulvéda, dut agir sous ses propres inspirations. Il déploya ses navires en large éventail, de façon à enserrer le croissant formé par les galères et les fustes musulmanes. De la sorte, la flotte, ennemie se trouvait placée entre le feu de la citadelle et celui des vaisseaux portugais. Les Maures combattirent avec un acharnement dont rien ne saurait donner l'idée, et répondirent en même temps à cette double artillerie. Cependant, pressés de toutes parts, abordés par Falçam, écrasés par Sépulvéda, ils ne trouvèrent plus de salut que dans la fuite, et la nuit en descendant protégea leur retraite. Il eût été imprudent de les poursuivre ; d'ailleurs, il suffirait à l'honneur des soldats de Jean III d'avoir mis les Musulmans en déroute, sans qu'ils cherchassent à pousser plus loin cet avantage. C'eût été risquer de compromettre les armes des Portugais dans l'Inde.

Quand la dernière galère maure eut disparu de la baie, il fut possible à Luiz Falçam de quitter son navire, et de se rendre chez Sépulvéda.

Une reine serait tentée par un trésor semblable. (*Voir page* 80.)

VII
SÉPULVÉDA

Rongé par une ambition démesurée, par une avidité insatiable et un orgueil immense, Dom Manuel Souza de Sépulvéda, le gouverneur de Diu, se livrait, dans son cabinet de travail, à des labeurs dévorants, à des méditations fébriles. Pour s'élever au-dessus de ses rivaux, rien ne paraissait pouvoir l'entraver; capable de tout pour atteindre son but, il était prêt aux plus grands sacrifices comme aussi aux pires excès. Son district s'insurgeait contre la dureté de son administration, il réprimerait la révolte par la cruauté. Cet homme féroce oubliait que la croix surmonte toute épée pour rappeler le guerrier à ses devoirs pacifiques et le ramener de la barbarie à des sentiments plus humains, quand l'heure sanglante est passée. Sépulvéda, lui, continuait la conquête par des actes de déprédation et de sauvagerie monstrueux. Son avarice, les rigueurs exercées contre les habitants paisibles de Diu, pour leur ravir leur or et leurs pierreries, l'avaient rendu redoutable. Aussi on le méprisait autant qu'on pouvait le craindre.

Depuis son arrivée dans les Indes, les razzias étaient légendaires. Il avait nié aux habitants du pays le droit de fonder des familles, de bâtir des cabanes, d'errer dans les grands bois, de camper le long des rives du Gange et de l'Indus. Il ne voyait en eux que des esclaves qu'il était juste de ployer sous le joug et d'en faire les instruments des caprices du maître. Sans doute, avant lui, Don Vasco et le grand Albuquerque n'avaient pas toujours eu pour les Indiens des tendresses de père, mais la mansétude des missionnaires adoucissait la domination brutale des conquérants. Sépulvéda, pour excuser son banditisme, s'autorisait des regrettables faiblesses de ses devanciers et ajoutait ainsi la dévastation à la conquête et la terreur à la pacification.

Justement, un malheureux indigène, condamné à mort par le tribunal, venait de lui faire demander, par l'intervention d'un missionnaire, de commuer sa peine. Le saint prêtre avait imploré la clémence du gouverneur, au nom du ciel et de la miséricorde chrétienne. Mais ce sentiment divin n'habitait pas le cœur de Sépulvéda, et le généreux missionnaire avait dû repartir, l'âme angoissée, sans une parole d'espérance pour le malheureux Indien.

Pas de faiblesse avait répondu durement Sépulvéda. La clémence serait de la folie, et nous devons rester maîtres de nous-mêmes si nous voulons commander aux autres. Le tribunal a prononcé, que sa sentence s'exécute — une grâce affaiblirait l'autorité de notre justice chez ces naturels à demi sauvages, incapables de sentir encore les bienfaits de la civilisation.

Le gouverneur s'absorbait dans un travail opiniâtre, prenant un dossier de mémoires qui, successivement, lui avaient été adressés sur la situation des divers comptoirs de la côte ; il allait se plonger dans leur lecture, lorsqu'on vint lui annoncer l'arrivée de Luiz Falçam.

Bien ! fit froidement Sépulvéda, qu'on l'introduise.

Quelques instants plus tard, le glorieux jeune homme faisait son entrée chez le gouverneur de Diu.

L'accueil du gouverneur de Diu, pour le vaillant jeune homme qui venait de lui aider à sauver la « Clef des Indes, » fut glacial. Dans Luiz Falçam, Sépulvéda trouvait un rival de gloire. Il commençait par le redouter, peut-être en viendrait-il à le haïr. Jaloux de toutes les nouvelles renommées, jamais il n'envoyait au vice-roi le récit des belles actions accomplies par ses officiers. Tandis que Garcia de Sà se faisait un bonheur d'appeler sur de braves gentilshommes les faveurs de Jean III, Sépulvéda se gardait de citer, dans sa correspondance, ceux qui se signalaient par leurs talents et leur bravoure. Uniquement préoccupé de son avancement personnel, et de l'accroissement de ses richesses, il rejetait sournoisement dans l'ombre tout ce qui pouvait projeter un éclat rival de sa propre renommée.

L'action qui venait de se terminer à l'avantage des Portugais, laissait aux mains du commandant de la citadelle un butin considérable. Sous Mascarenhas et Jean de Castro, ces généraux qui se faisaient une gloire de leur pauvreté, les prises se partageaient d'une façon égale. Chaque compagnon de guerre en recevait sa part. Le premier navire faisant voile pour le Portugal était chargé de souvenirs destinés à des largesses pour les familles des absents ; l'argent envoyé servait partie à faire dire des messes d'actions de grâces, partie à solder un banquet joyeux compensant pour le soldat des nuits sans sommeil, le pain devenu rare et les estafilades reçues.

Le gouverneur estima le partage traditionnel du butin contraire à la régularité de la discipline. Si l'expression du mécontentement du soldat ne parvint pas à Sépulvéda, elle fut connue de tous les chefs, et pas un d'entre eux n'osa prendre la défense de Manuel de Sépulvéda.

Celui-ci comprit peut-être ce qui se passait dans l'esprit de ses soldats. Au lieu de tenter de les apaiser, il redoubla de dureté et de hauteur, et ce fut sous une impression de mécontentement sourd qu'il reçut Luiz Falçam, lorsque celui-ci vint lui remettre les lettres du vice-roi.

Le gouverneur les lut avec une lenteur étudiée. Arrivé au passage où Garcia de Sà vantait le courage de Luiz, Sépulvéda leva sur le capitaine un regard inquisiteur et froid.

— Le capitaine commence à devenir vraiment dangereux ! pensa le gouverneur.

Avec sa brusquerie habituelle, Sépulvéda ordonna à Falçam de placer sur le bureau les divers papiers qu'il apportait de Goa. Le jeune homme en avait encore quelques-uns sur lui ; il les tira vivement de son pourpoint, et, avec eux, fit tomber l'écrin qu'il tenait de Lianor.

Le choc le fit ouvrir, et la ravissante image de la jeune fille frappa les yeux de Sépulvéda.

Ce fut lui qui releva le portrait.

Sans paraître s'apercevoir de l'impatience irritée avec laquelle Luiz Falçam attendait que le gouverneur le lui restituât, celui-ci le considéra avec une attention curieuse, obstinée, insultante pour le capitaine.

Puis, avec un geste hautain, il le posa sur la table, et fit un signe à Falçam, qui venait de le reprendre, pour lui indiquer que son audience était terminée.

Les deux hommes échangèrent un long regard qui devait décider de leurs destinées, et aussitôt Falçam quitta l'appartement du gouverneur.

— Lianor de Sà ! murmura Sépulvéda, est-elle vraiment aussi belle ? C'était une enfant quand je la vis, et la voilà jeune fille, belle à éblouir...

Il se mit à marcher dans la salle, fiévreusement, le sourcil soudain froncé.

— J'ai eu tort d'envoyer Falçam à Goa... Pourquoi possède-t-il le portrait de dona Lianor ? Oserait-il l'aimer ? Aurait-il le bonheur d'être distingué par elle ? Je ne veux, je ne puis pas le croire... Un simple capitaine... mais c'est impossible. Si cela est ! Oh ! je le saurai, je le saurai...

Parmi les officiers de Diu, Sépulvéda paraissait affectionner particulièrement un jeune homme que sa mère lui avait recommandé ! Confiant, inoffensif et doux, Simon Vaz s'était fait, sans le savoir, l'âme damnée de Sépulvéda. Incapable de feindre, ne sachant pas mentir, à l'aide de questions adroites, Sépulvéda apprenait de Simon tout ce qu'il désirait savoir, et jamais le malheureux ne se douta, un seul instant, qu'il servait d'espion à celui qu'il appelait son bienfaiteur.

A partir de ce moment, Vaz devint l'ami de Luiz Falçam. Il put le voir souvent tirer de sa poitrine l'écrin renfermant le portrait de Lianor, et lut sur une adresse de large missive le nom du vice-roi des Indes.

Du reste, si Sépulvéda avait conservé un seul doute, la visite qu'il reçut quelques jours après de Luiz Falçam devait lui enlever ses dernières incertitudes.

— Je viens demander au gouverneur de la citadelle l'autorisation de me rendre à Goa, dit Falçam d'une voix dont le tremblement trahissait l'émotion.

— Mais vous arrivez pour ainsi dire, senhor.

— Cela est vrai, répondit Falçam ; vous aviez bien voulu me charger d'une mission importante, je crois l'avoir dignement remplie ; je sollicite aujourd'hui une faveur, qui me permettra de m'occuper d'intérêts particuliers. Diu est libre, c'est la récompense des services rendus que je vous demande aujourd'hui.

— Pourquoi n'ajoutez-vous pas que vous êtes le Jean de Castro ou le Silveyra de ce siège?

— J'ai l'orgueil de remplir mon devoir, et non la vanité de me vanter de ce que j'ai pu faire. Je serai, cette fois, comme la première, le messager chargé de porter à Garcia de Sà des nouvelles de la forteresse.

— Ne prenez aucun souci de l'en instruire.

— Soit ; je l'entretiendrai seulement de ce qui me concerne personnellement.

— Vous ne pouvez partir.

— Vous me refusez ?

— Je vous refuse.

— Permettez-moi d'insister ; j'ai laissé à Goa des intérêts graves et chers.

— Aucun n'est plus grand, pour un soldat, que celui de la discipline.

— Elle ne souffrirait nullement de mon absence.

— Il ne vous appartient pas d'en juger.

— Cependant, senhor.

— Je suis le gouverneur de Diu, et j'y commande, comme le vice-roi lui-même commande à Goa. Vous êtes sous mes ordres, ne l'oubliez pas... Un capitaine, soucieux de ses devoirs, ne quitte ni ses soldats, ni son poste.

Falçam s'inclina avec une réserve hautaine et sortit.

Il était en proie à un sentiment de douleur mêlé de défiance. Les paroles de Diniz lui revenaient à la mémoire. Sampayo lui avait recommandé de se tenir en garde contre Sépulvéda, il comprenait que son ami avait raison.

De son côté, Sépulvéda ressentait au fond du cœur une rage concentrée.

— Ah ! ah ! fit-il, Falçam lève la tête. Se saurait-il assez appuyé à Goa pour ne redouter ni mon blâme, ni ma haine ? La main de Lianor lui serait-elle promise, à lui, simple capitaine, cadet de famille venu aux Indes pour y réaliser une fortune que jamais, sans doute, il ne saura acquérir... Il faut être d'une autre trempe que la sienne pour s'enrichir dans ce pays de soleil, de parfums et de diamants... Lianor doit cependant être ambitieuse ; fille d'un vice-roi, elle ne saurait épouser qu'un homme capable de succéder un jour à son père... Et qui mieux que moi... Tout m'a servi : mes instincts, les circonstances... Cette dernière tentative des Maures va mettre mon nom en lumière, Jean III s'en souviendra un jour... Cette Lianor, belle comme une déesse ! Il me semble maintenant que c'est pour elle seule que j'ai dépouillé tant d'idoles de l'Inde et accumulé dans mes coffres des richesses dont nul ne soupçonne le chiffre... Lianor ! Je la verrai... Moi seul raconterai à Garcia de Sà le dernier siège de Diu ; moi seul lui apprendrai le nom de ceux de mes compagnons qu'il doit récompenser généreusement et signaler à la faveur du Roi...

Sépulvéda travailla jusqu'à la nuit.

Quand elle fut venue, il chargea son page d'aller chercher le maître du navire le *San-Bento,* et de le lui amener.

L'adolescent disparut, et deux heures plus tard, tandis que dînaient les officiers, le maître du navire se présenta devant le gouverneur.

— Votre bâtiment a-t-il souffert de la bataille ?

— Fort peu, senhor, et ses avaries sont réparées.

— Quand vous sera-t-il possible de mettre à la voile ?

— J'attends, soit un chargement, ce qui serait long, soit un ordre, ce qui peut être bref.

— Vous recevrez l'ordre.

— De qui, senhor?

— De moi.

— Je lèverai l'ancre?

— A la prochaine marée.

— Cette nuit, alors?

— Cette nuit.

— Nous mettrons le cap...

— Sur Goa...

— Emporterai-je des dépêches?

— Non.

— Viendra-t-il des passagers à mon bord?

— Un seul, moi.

— Cela suffit, dit le capitaine en s'inclinant.

— Une recommandation cependant, senhor, ajouta Sépulvéda en posant sa main nerveuse sur le bras du capitaine. Jusqu'à l'heure où vous lèverez l'ancre, tachez que mon départ soit ignoré de tous.

— Comptez sur ma discrétion, répliqua le capitaine.

Quand Sépulvéda se trouva seul, son visage refléta une joie cruelle.

— Pas une lettre ne sera emportée par le *San-Bento,* dit-il; quelle sera la surprise de Luiz Falçam en apprenant demain mon départ... Afin de lui ôter toute pensée d'abandonner Diu, je lui en laisserai le commandement en mon absence... Sa responsabilité sera si grande que sa fortune, son amour fussent-ils en jeu, il n'osera jamais s'éloigner.

— Sépulvéda cacheta ses missives; puis, se dirigeant vers une porte secrète masquée par la tenture de la chambre, il se trouva dans un corridor, gagna un escalier étroit, et descendit jusqu'à un caveau dont il portait la clef sur lui.

— Mascarenhas enfermait ici de la poudre, murmura-t-il; moi j'y cache des armes d'un succès plus sûr, car ce qui est ici peut acheter la parole d'une femme, la fidélité d'un homme!

Il ouvrit un coffre bardé de bandes de fer, et, sous la clarté de sa lampe étincelèrent des joyaux d'une splendeur merveilleuse. Qui aurait pu dire d'où provenaient ces aigrettes qui paraissaient avoir dérobé leurs rayons au soleil. Quels poignets ou quelles chevilles avaient orné ces bracelets, dont chaque gemme était de la grosseur d'un nid de petit oiseau? Quelles oreilles roses, ou quelles figures d'idole s'éclairèrent du feu de ces pendeloques? Colliers de brillants, fils de perles, amas de pierres arrachées de leur sertissure, couronnes de roi, ou bandeaux de jeunes princesses hindoues confondaient leurs reflets, leur éclat, leur beauté.

Sépulvéda passa ses mains dans cette profusion de pierreries; elles roulèrent entre ses doigts semblables à une cascade lumineuse; puis il choisit un collier, unique au monde, arraché du cou d'un rajah expirant et, refermant le coffret, il murmura:

— Une reine serait tentée par un trésor semblable; Lianor ne saurait être plus fière qu'une reine.

Le soir même, son feutre rabattu sur les yeux, roulé dans son manteau, Sépulvéda quittait Diu, en chargeant son page de remettre le lendemain à Falçam, la lettre par laquelle il lui confiait la garde de la citadelle.

La traversée se fit sans accident et dans des conditions admirables de rapidité.

Le *San-Bento* pavoisé fut à peine en vue de Goa, que les marins le saluèrent avec des cris de triomphe.

En un instant, toute la ville se pressa vers le quai de débarquement. Sépulvéda entendit prononcer son nom au milieu des exclamations de joie; il vit les femmes jeter à ses pieds leurs bouquets, et les enfants étendre des palmes; il sentit en lui ce frémissement d'orgueil qui perdit tant d'hommes, même parmi les plus grands. Un cortège, grossissant à chaque minute, l'accompagna jusqu'au palais du vice-roi.

Il allait y entrer quand Lianor de Sà, revenant de l'église accompagnée de Lalli et de Tolla, s'avança gravement. Préoccupée d'une idée unique, elle ne fit point d'abord attention à l'animation qui débordait dans toute la ville. Bientôt cependant le nom de « Diu » et celui de « Sépulvéda, » lui révélèrent que l'on venait de recevoir des nouvelles. Évidemment elles étaient heureuses, sans cela le peuple n'eût pas donné ces marques d'enthousiasme. Pressée de voir tout de suite son père, et d'apprendre ce qui venait de se passer, Lianor gagna rapidement le péristyle du palais qu'elle traversa avec une rapidité que l'on pourrait dire ailée.

— Elle est plus belle encore que son portrait! murmura Sépulvéda.

Un page courut annoncer à Garcia de Sà l'arrivée du gouverneur de Diu.

Garcia, cédant à un irrésistible mouvement de joie patriotique, tendit les bras à Sépulvéda.

— Victoire, n'est-ce pas? Je le lis sur votre visage, je l'entends dans les acclamations. En dépit des Turcs et de Mahmoud, la Clef des Indes nous reste. Depuis le départ de la flotte nous n'avons pas eu un jour de repos. Nous ne doutions pas de votre courage, seulement nous nous souvenions des horreurs du siège soutenu par Jean de Castro, et nous nous demandions si vous n'auriez point autant d'épreuves à subir.

Sépulvéda raconta de quelle façon les Maures avaient d'abord traîné l'action en longueur, comptant affamer la citadelle, et la bloquer jusqu'à la saison de l'hivernage. Puis, avec un grand luxe d'images, il peignit cette bataille qui avait duré trois jours et trois nuits. Avec une incroyable adresse, il sut se montrer toujours présent, portant les coups les plus brillants, animant les soldats par son exemple.

Le vice-roi l'écoutait et l'admirait. Doué d'une grande bonté, d'une généreuse franchise, Garcia de Sà ne croyait point qu'il fût possible à un homme de mentir. Il crut Sépulvéda sur parole; mais, se souvenant de la vaillance avec laquelle le capitaine de Diu avait traversé la flotte ennemie, il dit à Sépulvéda :

— Parlez-moi de Luiz Falçam?

Sépulvéda eut l'air surpris.

— Je regrette de ne pouvoir nommer tous les officiers qui ont rempli leur devoir, répondit-il.

— Je n'exige pas tant. Falçam a dû se distinguer dans cette bataille homérique; j'ai pu juger de son sang-froid et de son courage quand il s'est agi de venir jusqu'ici m'apporter votre demande de secours.

— Je le crois doué d'une grande faculté poétique, répliqua Sépulvéda.

— Laquelle?

— Celle de l'exagération.

— Nous savons comment il sait se battre, fit Garcia de Sà avec une certaine hauteur.

— Je ne lui reproche rien, croyez-le ; mais vous semblez me demander s'il s'est rendu digne de louanges exceptionnelles, et je vous réponds : il s'est battu comme tous nos soldats l'ont fait.

Garcia de Sà n'ajouta rien. Il se sentait secrètement peiné. Le soir, pendant le banquet, l'entretien roula sur les anciennes attaques subies par Diu, sur les héros des premiers sièges, sur ceux qui venaient d'ajouter leurs noms à cette liste déjà si longue.

Déjà les gobelets d'or s'étaient choqués plus d'une fois joyeusement, quand Pantaleone, se tournant vers Sépulvéda, lui dit brusquement :

— Je porte la santé de Luiz Falçam.

Un murmure de satisfaction se fit entendre parmi les gentilshommes. Ce nom restait un des plus chers parmi leurs souvenirs. La façon hardie et presque miraculeuse dont l'héroïque jeune homme avait échappé à la flotte musulmane, datait pour eux de la veille. Aussi la proposition de Pantaleone parut-elle accueillie avec une sorte d'enthousiasme.

Le regard froid de Sépulvéda se promena avec lenteur sur les convives. Il n'osa point, devant tous, refuser ce témoignage d'estime et de sympathie au capitaine ; cependant, jamais il n'eût consenti à ce qui, pour lui, équivalait à donner un brevet de bravoure à celui qu'il considérait comme son ennemi.

Sans répondre directement à Pantaleone, à son tour, il éleva sa coupe :

— A tous les braves défenseurs de Diu ! fit-il en l'approchant de ses lèvres.

L'adolescent n'insista pas. Ses camarades, quelque amitié qu'ils eussent pour lui, pensèrent que le gouverneur de Diu voulait simplement lui donner une leçon, en lui prouvant qu'il n'appartenait point à un enfant de son âge de prendre la parole au milieu d'une réunion dont chaque membre avait droit au respect, soit pour sa science, soit pour les hauts faits qu'il avait accomplis.

Ceux qui se trouvaient près de Sépulvéda remarquèrent seuls l'étrange regard dont celui-ci embrassa le neveu du vice-roi. Du reste, cet incident, qui n'eut aucune suite, demeura inaperçu de la plupart des convives. Le léger embarras qu'il suscita se perdit au milieu de l'animation générale. La joie des succès remportés, l'excellence des vins, cet enthousiasme facile qui se répand dans les foules sympathiques, tout contribua à faire oublier la question de Pantaleone et la réponse de Sépulvéda.

Un seul souvenir demeura inquiétant au fond de la mémoire du gouverneur de Diu :

— Pantaleone est l'ami de Falçam.

Cependant, le gouverneur s'applaudit de ce qu'il appelait les avantages remportés. Dans l'esprit du vice-roi, il venait de diminuer le prestige de la bravoure de Falçam. Si celui-ci était arrivé à Goa, couvert de ses habits noirs de poudre, délabrés par la guerre, avec l'empressement d'un messager de victoire, il eût même ajouté aux souvenirs du passé. Grâce à Sépulvéda, il restait au contraire dans l'ombre ; Garcia de Sà subirait vite l'influence du gouverneur de Diu ; il serait peut-être facile de lui faire oublier la promesse faite à Falçam. Quant à Lianor, il s'efforcerait de lui plaire par tous les moyens, et mettrait en œuvre les séductions du rang, de la richesse et du succès.

Sépulvéda avait quarante ans. Grand, robuste, beau de visage, portant le satin et le velours avec grâce; il eût été capable de séduire toute autre femme que Lianor. La promesse faite par elle à Falçam ne lui permettait pas même de comprendre l'espèce de fascination que le gouverneur de Diu exerçait autour de lui. Trop pure et trop grande pour deviner quelles passions s'agitaient autour d'elle, la jeune fille attendait avec impatience, mais sans trouble, le retour de son fiancé.

Après avoir accepté pendant deux jours l'hospitalité du vice-roi, Sépulvéda, autorisé par lui à prolonger son séjour à Goa, loua un palais et monta sa maison.

Cent esclaves et cinquante chevaux la remplirent bientôt de mouvement et de bruit. Dans les maisons importantes de la ville, à la table de Garcia de Sà, il ne fut bientôt plus question que du luxe déployé par Sépulvéda.

Celui-ci avait jusqu'alors différé de demander au vice-roi qu'il voulût bien le présenter à Lianor.

La jeune fille avait appris par Pantaleone l'incident fâcheux du souper. Cependant, elle n'y attacha pas autant d'importance que son cousin.

— Tu es presque un enfant, mon gentil fidalgo, lui dit-elle, un brave enfant qui, pour moi, donnerait sa vie ; mais tu n'as point le droit de te mêler de choses si graves. Garde ton indignation pour des faits sérieux. Si l'on insulte Falçam, défends-le ; si on le menace, préviens-moi ; mais tant qu'il s'agira seulement d'une santé portée, reste sans inquiétude. Je dois la vie à mon fiancé, mon père ne l'oubliera jamais.

— Et s'il l'oubliait, Lianor...

— Je m'en souviendrais, alors !

— Serais-tu donc assez brave pour soutenir quand même les droits de Falçam ?

— Je l'aime, répondit Lianor, cela doit te suffire... D'ailleurs, la victoire remportée à Diu ajoutera encore à la réputation de bravoure de Luiz, et mon père...

En ce moment, Lolli vint demander à Lianor si elle pouvait recevoir don Garcia de Sà et le gouverneur de Diu.

Pantaleone et sa cousine échangèrent un regard.

— Emmène Savitri, répondit doucement la jeune fille.

Puis, se tournant vers Lolli :

— Introduis mon père.

Garcia de Sà présenta Sépulvéda à sa fille, en ajoutant à son nom les louanges les plus flatteuses.

Les yeux de Lianor se levèrent sur le gouverneur, dont le visage exprimait une admiration ardente. Le regard de la jeune fille resta fier et presque dur. Elle se souvenait des avertissements de Pantaleone, et parut défier l'homme qui allait devenir l'antagoniste de celui à qui elle était fiancée. Quelques mots tombèrent à peine de ses lèvres pour répondre aux compliments de Sépulvéda. Mais la froideur de l'accueil de la jeune fille, loin de le décourager, ne fit que rendre sa résolution plus implacable ; et quand il quitta le salon de Lianor, il murmura :

— Elle sera ma femme ! Si quelqu'un se place entre elle et moi, malheur à celui-là !

Diogo atteint d'un coup violent à la tête, tomba au fond du canot. (*Voir page* 95.)

VIII

DINIZ SAMPAYO

Il ne fut bientôt bruit, dans Goa, que de la magnificence des fêtes données par Sépulvéda. Banquets, carrousels, concerts de nuit, il multiplia les divertissements, prodigua l'or avec la générosité d'un rajah, et conquit en un mois une popularité si éclatante qu'elle dépassa bientôt de beaucoup les limites de la capitale des Indes. Les gentilshommes conviés à ses réunions, et à qui il permettait insoucieusement de lui gagner au jeu des sommes considérables, le déclaraient le fidalgo le plus accompli du Portugal. Les femmes qui assistaient à ses bals, et dont il liait les bouquets avec des fils de perles, se demandaient quelle jeune fille serait assez heureuse pour se voir aimée de lui. Sépulvéda ne possédait pas seulement des parasites, des amis, des flatteurs; il comptait un parti puissant lui promettant par avance la succession de Garcia de Sà. Le brillant fait d'armes de Diu le signalait à la reconnaissance du roi, à l'admiration du Portugal tout entier. Certes, don Garcia de Sà était un homme doué de grandes qualités; mais il lui manquait le côté brillant qui se révélait dans Sépulvéda. Honorable en toutes choses, et même généreux, il ne semait cependant ni l'or, ni les pierreries à la façon du fastueux gouverneur de Diu.

Le vice-roi, nature malléable, susceptible de recevoir des impressions, nature fluctuante à l'excès, subit bientôt d'une façon complète le charme de ce capitaine héroïque, de ce prodigue plein d'élégance.

Plus d'une fois, Lianor s'étonna d'entendre Garcia de Sà faire un éloge enthousiaste d'un homme qui lui inspirait une secrète terreur. Le souvenir des avertissements de Pantaleone lui revenait constamment à la mémoire, et chaque fois qu'elle se trouvait en présence de Sépulvéda, elle se sentait le cœur comprimé comme dans un étau.

Depuis que le gouverneur de Diu avait conquis les bonnes grâces de don Garcia, la jeune fille ne goûtait plus une heure de joie sans mélange. Sa tendresse filiale se trouvait froissée à toute heure. La protection éclatante dont son père couvrait Sépulvéda, la place qu'il lui donnait dans sa confiance, la façon élogieuse dont il en parlait semblaient autant de menaces pour Lianor. Si le vice-roi donnait des signes si apparents de son admiration pour le fastueux gouverneur de Diu, Lianor s'enfermait dans le sanctuaire de son cœur, gardant avec respect le serment prêté à Luiz Falçam, dont l'oubli lui eût semblé un crime.

L'accueil trop prévenant du père, et l'aversion peu déguisée de la jeune fille pour Sépulvéda faisaient naître chaque jour, entre eux, des froissements pénibles, rendus plus cruels encore par leur fréquence.

Garcia de Sà ne paraissait tenir nul compte des préventions insurmontables de Lianor.

Dans le mémoire adressé au roi du Portugal, pour lui annoncer de quelle façon ils avaient repoussé les Musulmans, il avait fait de la valeur de Sépulvéda un éloge enthousiaste, et en même temps, dans une lettre écrite à l'un de ses amis d'enfance, fort bien en cour et très avant dans les bonnes grâces de Jean III, Garcia laissait clairement entrevoir qu'il serait très honoré si un lien plus intime pouvait un jour unir à sa famille la fortune magnifique d'un si brillant seigneur.

Lianor, pour ne pas manquer à l'autorité paternelle, se voyait donc forcée d'accueillir sinon avec empressement, du moins avec politesse l'hôte fêté de Garcia. Sépulvéda, d'ailleurs, très infatué de ses charmes et de sa gloire, paraissait ne pas s'apercevoir de l'attitude cérémonieusement froide de la jeune fille.

Autant Lianor aimait jadis le mouvement et l'éclat des fêtes, autant elle le haïssait depuis que Sépulvéda en faisait le prétexte. La parure devenait pour la jeune fille une sorte de supplice. En se prêtant à des soins qui l'égayaient jadis, elle aurait cru encourager des inclinations dont elle se sentait épouvantée.

Le gouverneur de Diu ne semblait pas disposé à quitter Goa de si tôt; il avait, pour y demeurer, une raison excellente. Au moment où il y arriva la saison devenait mauvaise; quinze jours plus tard il se voyait, suivant ses plans, forcé à un hivernage de plusieurs mois. Aucune surprise, aucun dérangement n'étaient possibles. Falçam, chargé de veiller sur la citadelle, ne pouvait s'en éloigner; l'eût-il voulu, les tempêtes du golfe l'en auraient empêché, car faire en ce moment la traversée de Diu à Goa, quoiqu'elle ne fût que de quarante lieues, eût été courir à une mort certaine.

Sépulvéda avait le temps de le supplanter, et dans l'esprit de don Garcia, et dans le cœur de Lianor.

La pensée de l'emporter sur Falçam et de devenir le mari de la jeune fille était devenu pour lui une idée fixe, obsédante. La beauté de l'héritière de don Garcia qui le frappa si vivement quand il vit son portrait, cette beauté si noble, si pure, si fière s'empara de lui d'une façon tyrannique. Obligé de dissimuler ses impressions, de jouer un rôle, d'attendre l'heure propice pour déclarer au vice-roi le but de son ambition, il laissa grandir sa passion au milieu de tous les obstacles, décidé qu'il était à en triompher par quelque moyen que ce fût.

En attendant qu'il pût s'expliquer avec Garcia de Sà, Sépulvéda entourait le vieillard de prévenances; il trouvait pour le louer, et pour flatter ses goûts, des délicatesses pleines de diplomatie. Il en vint à se rendre nécessaire. Chaque jour il prit place à la table du vice-roi. Lianor, qui devinait son but, ne tarda pas à s'effrayer; elle voyait croître l'empire de Sépulvéda sur son père. Si Falçam avait été là, Lianor n'eût rien redouté; le jeune capitaine aurait su se défendre; mais Luiz était loin, et les rigueurs de la saison ne permettaient point d'espérer qu'il revînt à Goa avant le printemps. Sentant l'orage gronder autour d'elle, Lianor pleurait souvent dans les bras de Savitri.

Pantaleone la surprit un jour dans un véritable accès de désespoir.

— Veux-tu que je le provoque? lui demanda-t-il.

— Un duel! s'écria Lianor en serrant les mains de son cousin, un duel! Ne t'y trompe point, ami, un duel est un assassinat mal déguisé. Non! non! point de sang, les crimes retombent sur ceux qui les commettent. Je puis me tromper d'ailleurs, et la galanterie du gouverneur de Diu m'effraie sans doute plus que de raison...

— Non! fit Pantaleone. Sépulvéda est venu ici avec un projet arrêté d'avance. La mise en scène à laquelle il a recours, pour se mettre en lumière depuis son arrivée, a certainement un but. Nous ne nous trompons ni l'un ni l'autre.

— Il n'a rien dit à mon père, cependant.

— Oh! Sépulvéda est prudent. Il ne joue une partie que quand il est certain de la gagner; mais ou je me trompe fort, ou il ne se fait pas scrupule de piper les dés quand il joue.

— Je ne puis rien! rien! fit Lianor. En proie à une inquiétude que je n'ose révéler à mon père, je suis forcée d'attendre les événements. Mais quels qu'ils soient, Falçam à qui je dois la vie, a reçu une parole que je tiendrai.

Tandis que la jeune fille confiait ses secrètes angoisses à Pantaleone, le gouverneur de Diu, incapable de maîtriser plus longtemps sa passion pour Lianor, résolut de la demander en mariage. Les fiançailles de Luiz Falçam et de Lianor étaient demeurées secrètes, il pouvait agir comme si aucun indice ne lui eût révélé ce secret de famille.

Il se trouvait dans le cabinet de travail de Garcia de Sà, quand celui-ci, montrant un long mémoire, dit avec un sourire :

— Lorsque notre souverain, que Dieu garde! aura lu ces pages, il n'est point d'emploi auxquels vous ne puissiez prétendre, et vous demanderiez la main d'une infante, que vous seriez certain de l'obtenir.

— Le croyez-vous véritablement? fit Sépulvéda.

— Rappelez-vous les honneurs rendus à Jean de Castro, pour comprendre ce que devra être la reconnaissance du roi Jean III. Sans doute, la forteresse de Diu n'était point, cette fois, assiégée par des forces aussi considérables ; mais vous avez chassé si vivement l'ennemi que la citadelle n'a, pour ainsi dire, pas souffert, et ce fait d'armes est certainement un de ceux dont on parlera longtemps à Lisbonne.

— Écoutez-moi donc, dit le gouverneur avec une expression de joie ardente. Si puissant que soit le roi, il l'est moins que vous à cette heure... Ma fortune dépasse celle d'un rajah de l'Inde, et je ferai ruisseler aux pieds de la femme qui m'aimera les plus magnifiques perles d'Ormuz, les plus splendides diamants de Visapour. Vous vantez ma bravoure, je deviendrai ambitieux! Il faudra presque une couronne de reine sur le front de ma compagne; je conquerrai cette couronne. Garcia de Sà, ne me devinez-vous pas? daignerez-vous m'exaucer après m'avoir compris? Donnez-moi votre fille; qu'elle devienne ma femme bien-aimée ; je la chéris de toute la puissance d'un cœur où nulle ne régna avant elle, et l'épée qui défendit Diu la disputerait à quiconque oserait faire valoir les droits d'une égale passion.

— Vous! s'écria Garcia de Sà, vous épris de ma fille! Pourquoi parler si tard? Pourquoi avoir laissé à cette tendresse le temps de grandir dans votre âme? Je vous aurais révélé la vérité : ma fille est fiancée...

— Quel que soit celui qui a obtenu une promesse de Lianor, il est mon ennemi, et je le jure...

— Ne jurez rien! dit Garcia de Sà, Luiz Falçam, lors de son dernier voyage à Goa, arracha Lianor des mains des Indiens, et nous avons échangé des promesses.

— Ainsi, fit Sépulvéda, Falçam a réclamé le salaire d'un service? Défendre Lianor, la délivrer au prix de sa vie, qui ne l'aurait fait à sa place? Que risquait-il? son existence! Je voudrais pouvoir exposer mille fois la mienne pour elle.

Garcia raconta la scène terrible qui s'était passée dans les ruines du temple de Siva ; tandis qu'il écoutait ce récit, Sépulvéda tourmentait la coquille de son épée; et quand le vieillard eut fini, il reprit avec une sorte d'impatience :

— Falçam a exploité votre reconnaissance et surpris votre bonté. Est-ce que, durant un péril, on ne promet pas plus qu'on ne saurait tenir ensuite? Quoi! donner Lianor à ce petit capitaine dont l'avancement sera forcément borné; qui, sans doute, mourra au poste qu'il occupe à Diu; à Falçam dont la fortune se base sur les modestes possessions de sa famille! Est-ce là ce que vous avez rêvé pour Lianor? La placerez-vous dans une situation inférieure à celle de la plupart de vos parents? Vous, vice-roi des Indes, le premier après le souverain de la Lusitanie, vous contenterez-vous pour elle d'un rang semblable? Vous allez me répondre que le bonheur peut se passer de richesse. Qu'en savez-vous? Si élevée que soit Lianor au-dessus des faiblesses de son sexe, elle en garde du moins tous les goûts. Il lui faut un palais, de nombreuses esclaves, les étoffes de brocart, des diamants, des perles. Du sommet où elle se trouve aujourd'hui, en souffrez pas qu'elle descende. Peut-être, car les femmes très jeunes ont des idées préconçues, croit-elle avoir conclu avec Falçam un de ces engagements que rien ne brise. Mais à quoi doit-elle votre acquiescement? A l'élan d'une reconnaissance exagérée : Luiz Falçam a conduit dans les ruines des soldats portugais afin d'en chasser des fakirs demi-nus et des prêtres désarmés. Permettez-moi de vous dire que ce grand exploit diminue considérablement, à distance. Le dernier de ceux qui se battaient près de lui méritait une récompense égale; mais Falçam sut se mettre en avant et réclamer le prix d'un courage banal. Vous teniez à récompenser ce petit capitaine? Il suffisait, pour cela, de lui confier la dot et la destinée de Savitri. La veuve du rajah est belle ausi; ses joyaux constituent une fortune considérable; une Indienne, si grande dame qu'elle soit, se réjouit toujours d'épouser un Européen. Vous parlez de la bravoure de Falçam, je l'ai vu à l'œuvre, et sa contenance durant le siège de Diu ne lui procurera pas un avancement exceptionnel.

— Je ne vous cacherai point que je vous eusse préféré pour gendre, répondit Garcia de Sà. Fier de la beauté, de la grâce, de toutes les qualités de ma fille, j'aurais aimé que celui dont elle serait devenue la femme me succédât quelque jour dans le gouvernement des Indes. Si rien ne vient entraver votre carrière, Sépulvéda, vous serez vice-roi quelque jour. Mais la parole d'un noble portugais est sacrée, j'ai promis...

— Promesse arrachée habilement pendant une heure de fièvre paternelle.

— C'est vrai, répondit le vice-roi, oui ; dans l'expansion de ma reconnaissance, je dis à Luiz Falçam : « Je vous jure de vous accorder ce que vous me demanderez... » Il me demanda Lianor...

— Et vous vous croiriez lié? Non! non, Garcia de Sà ; le prix dépasse le service. Trois mois se sont passés depuis lors ; vous avez eu le temps de réfléchir. Un père garde toujours des droits souverains. J'aime Lianor d'un amour tel que les obstacles dont vous parlez l'augmentent plus qu'ils ne le découragent. Peut-être Lianor n'oserait-elle point retirer sa promesse, agissez sur son esprit; peignez-lui les avantages de la situation que je lui offre. Obtenez d'abord qu'elle renonce à Falçam; plus tard, je l'espère, elle se prononcera. Forcément, elle demeurera plusieurs mois sans nouvelles de Falçam ; nous pourrions être mariés avant qu'il soupçonnât même un changement dans vos projets. Une fois cette union consommée, que pourrait-il? Rien. Vous l'enverriez commander quelque forteresse éloignée, et jamais Lianor n'entendrait parler de ce fiancé d'un jour... qu'elle oublierait bientôt...

Le vice-roi ne pouvait nier qu'il existât une grande différence entre la situation de Falçam et celle de Sépulvéda; il regretta la parole donnée ; pressé par le gouverneur de Diu, il en vint à lui promettre de sonder les sentiments de sa fille. Si Lianor ne témoignait pas un grand regret à l'idée de rompre ses fiançailles avec Falçam, il écouterait les propositions de Sépulvéda. L'affectation de dédain avec laquelle ce dernier avait traité Luiz impressionnait cet esprit faible. Garcia de Sà était à son tour tenté de diminuer les preuves de courage données par Falçam. Un peu plus et il se serait accusé d'avoir, sous l'empire d'un accès d'amour paternel, poussé la reconnaissance jusqu'à la folie ; Garcia de Sà, dès le soir même, voulut questionner sa fille et sonder ses intentions.

Dès les premiers mots, Lianor comprit quelle influence il subissait. Elle le regarda tristement, longuement.

— Les grandes âmes ne savent pas trahir, dit-elle ; Luiz Falçam a votre parole, et ma bague de fiançailles ; je garde l'une, je lui laisse l'autre... Tant que Falçam vivra, je lui serai fidèle... répétez cela à Sépulvéda, mon père.

Le vice-roi connaissait trop bien la force d'âme de sa fille pour insister. Les mots qu'elle venait de lui dire, le reproche muet surpris dans son regard assombri le troublèrent, et quand après le repas du soir le gouverneur de Diu chercha Garcia de Sà, celui-ci lui dit, d'une voix à laquelle Lianor semblait avoir communiqué un peu de son énergie :

— N'espérez rien, Sépulvéda.

Celui-ci s'inclina sans répondre.

Lianor se sentit beaucoup plus inquiète qu'elle ne voulut le paraître, de la démarche de son père. Quoique ce dernier n'eût point insisté, le fait de lui avoir transmis la démarche de Sépulvéda prouvait qu'il ne se serait point fait scrupule de manquer à sa première promesse. Sans nul doute le gouverneur de Diu reviendrait à la charge ; Garcia de Sà pouvait se laisser influencer, dominer par cet homme dont la perversité masquait des qualités éclatantes. Désormais, elle n'aurait plus une heure de repos. Ah ! combien Pantaleone avait raison de craindre Sépulvéda. Le serpent venait de franchir le seuil de son paradis.

A qui se fier? de qui implorer l'aide? Pantaleone était un enfant, ne connaissant d'autre moyen de défendre Lianor que de tuer Sépulvéda en duel. Si celui-ci était jamais provoqué par l'adolescent, il s'en tirerait par une raillerie, et Garcia de Sà exilerait peut-être son neveu. Tout à coup, un nom lui revint à la mémoire : Diniz Sampayo!

N'avait-il pas été le compagnon d'études, le frère d'armes de Luiz Falçam? Quand celui-ci s'éloigna, ne supplia-t-il point Diniz de veiller sur un trésor qui lui était plus cher que la vie?

Du moment où ce nom traversa son esprit, Lianor se crut sauvée ; elle savait maintenant qui la protégerait contre Sépulvéda.

Les fêtes étaient assez nombreuses, au palais, pour que la jeune fille n'attendît pas longtemps l'occasion de rencontrer l'ami de son fiancé.

Un soir, tandis que l'orchestre, dissimulé derrière de hauts buissons de fleurs, jouait des danses auxquelles prenaient part les jeunes femmes de Goa, Lianor, qui marchait avec Savitri au milieu d'une allée du jardin, reconnut de loin Diniz, et lui adressa un signe imperceptible auquel il se hâta d'obéir.

S'avançant alors vers les jeunes filles, il demanda à Lianor :

— En quoi puis-je vous servir?

— Vous êtes l'ami de Falçam, lui dit-elle d'une voix vibrante.

— Nous eussions jadis risqué notre vie l'un pour l'autre. Aujourd'hui encore je me sacrifierais pour son bonheur.

— Savez-vous que Sépulvéda le menace?

— Je le soupçonne. Que voulez-vous de moi?

— Luiz Falçam doit être prévenu de ce qui se trame contre lui. Je me sens menacée par Sépulvéda, et à demi abandonnée par mon père. Ébloui, gagné par Sépulvéda, il finira par céder à son influence. Mon premier refus ne ruinera point les espérances d'un homme accoutumé à compter pour rien les obstacles, qu'ils viennent des hommes ou des choses. Savitri, femme comme moi, ne sait que pleurer de mes larmes; mon cousin est un vaillant enfant dont le zèle, en ce moment, me compromet plus qu'il ne me sert... Vous seul pouvez prendre en main mes intérêts. Croyez bien que s'il s'agissait uniquement pour moi d'un penchant de mon cœur à vaincre, afin de témoigner à mon père mon obéissance et mon respect, j'essaierais de triompher de moi-même. Mais une promesse solennelle me lie à Falçam; je suis sa fiancée devant Dieu; nous avons échangé des anneaux, je me dois à lui, et je me dois à moi-même de le prévenir que l'on menace son bien et sa vie. Il faut que, désormais, il se tienne en garde contre Sépulvéda. Je tremble maintenant en songeant qu'il se trouve sous les ordres de celui que Pantaleone me représente comme implacable dans ses haines. Ils ne peuvent désormais demeurer ensemble à la citadelle; quelque catastrophe suivrait une rencontre. Je dois prévenir Luiz, il faut qu'il vienne rappeler à mon père une promesse sacrée, et disputer celle qui doit être sa femme à Manuel de Sépulvéda. Pouvez-vous envoyer un message à Falçam?

Le jeune homme secoua la tête.

— Avant deux mois encore, au moins, pas un vaisseau ne sortira du port.

— Mais alors, dit la jeune fille, c'en sera fait de mon bonheur et du bonheur de celui qui m'a sauvé la vie. En présence de ma fermeté, mon père a pu refuser Sépulvéda. Mais le gouverneur de Diu n'est pas de ceux qui renoncent à un projet. Il y a de l'audace dans la façon dont il me regarde. Mon père finira par le préférer à Falçam; mon père m'imposera sa volonté et, placée entre l'obéissance ou une malédiction, que ferai-je? Nous pourrions tout sauver encore aujourd'hui... O mon Dieu ! pourquoi ne suis-je qu'une femme trop faible pour tenir une rame et diriger une voile, il me semble qu'en quelques jours j'arriverais à Diu en dépit de tous les obstacles.

Diniz pressa les mains de Lianor.

— Je serai le messager dont vous avez besoin, dit-il.

— Vous !

— Je monterai dans un canot et, avec l'aide de Dieu, j'arriverai peut-être...

— Seul, vous risqueriez une traversée semblable?

— Tout seul, oui, Lianor.

— Mais vous paierez votre dévouement de votre vie.

— Dieu protège toujours les femmes constantes et les hommes de cœur.

— Non ! non ! c'est impossible ! s'écria la jeune fille.

— Tout homme n'eût-il pas été aussi exposé que moi ?

— Mais, je songeais à envoyer un petit navire, muni de voiles, de rames, capable de tenir la mer et de résister à la lame; tandis que vous pensez à vous embarquer dans un canot de sauvage...

En ce moment, Sépulvéda, soucieux de ne plus apercevoir la jeune fille dans les salons du palais, la chercha dans les jardins. En reconnaissant Diniz, il ne put maîtriser un mouvement de rage. Il savait quelle amitié liait Sampayo à Falçam, et, poussé par une jalousie dont il ne restait pas maître de réfréner les mouvements, il s'avança du côté où se tenaient Diniz, Savitri et Lianor.

— Le voici, murmura la jeune fille.

Diniz sourit, et murmura tout bas :

— Ne craignez rien !

Sépulvéda n'était plus qu'à quelques pas des trois jeunes gens.

— Vous disiez donc, dona Lianor, reprit Diniz, que vous aimez les vieilles chroniques... permettez-moi de vous en rappeler une... Peut-être la connaissez-vous? Garcia de Sà a dû vous bercer de ces récits héroïques qui sont la gloire et le charme de nos annales... Je veux vous parler de Diogo Botelho Pereira... Mon père l'a connu jadis. Il était né dans les Indes, et son père avait été capitaine à Cochin... Excellent géographe, habile marin, doué d'une indomptable énergie, bon gentilhomme et soldat courageux; il obtint rapidement la faveur du roi Jean III et devint un des gentilshommes de la chambre... Vous êtes trop jeune, trop loyale pous savoir ce que peuvent d'habiles calomnies et des paroles envenimées... Peut-être sa hâte de voir toutes les nations de l'Europe imiter l'audace des Espagnols et des Portugais, l'entraîna-t-elle dans une correspondance dangereuse. Ce que l'on sait, c'est qu'accusé de trahir le Portugal pour la France, Botelho fut, en 1534, exilé aux Indes. Son humiliation, son désespoir furent sans bornes. Il souffrait moins encore, cependant, du chàtiment immérité qui le frappait, que de la pensée d'être mal apprécié par un roi dont ses travaux avaient aidé à fonder la gloire. Il ne cessait, depuis son arrivée en exil, de chercher le moyen de prouver son innocence par quelque miracle qu'il attendait de la bonté de Dieu. Il crut l'avoir trouvé quand, sur la côte de Diu, les Portugais obtinrent l'autorisation de bâtir la citadelle de ce nom. A peine le sultan et les Portugais eurent-ils réglé les conditions de l'érection du fort, qui remettait aux mains du roi Jean les clefs du commerce de l'Arabie et de la Perse, et l'unique rempart que l'on pût opposer au roi de Cambaye, qu'il fit secrètement construire à Cochin une barque de 22 palmes de long sur 12 de large et 6 de profondeur... Une coquille de noix, comme vous le voyez, dona Lianor. Il partit du port de Dabal, dans ce canot, avec cinq Portugais, à qui il persuada qu'il comptait faire une excursion aux îles voisines. Ce fut seulement quand Diogo eut mis entre lui et la terre une distance énorme, qu'il révéla à ses compagnons que son intention était d'aller jusqu'en Portugal. Supplications, larmes, prières, tout fut inutile; les malheureux durent se résigner à partager la gloire de cette folle entreprise. Au cap de Bonne-Espérance, les aventuriers furent assaillis par une épouvantable tempête. Privés de vivres, mourant de faim, les matelots de Diogo prennent la résolution de l'assassiner. Dans cette barque étroite, au-dessus de l'abîme, eut lieu un combat épouvantable. Diogo, atteint d'un coup violent à la tête, tomba au fond du canot, et il y resta comme mort durant plusieurs jours. On eût dit que son cadavre seul devait aborder la côte portugaise... Il atteignit pourtant Lisbonne en mai 1537; le roi se trouvait, en ce moment, à Almirim; Botelho s'y rendit. Admis à l'audience de Jean III, il lui annonça l'érection de la citadelle, ce grand triomphe remporté sur les Maures; puis il plaida sa propre cause, ajoutant qu'un homme capable de risquer sa vie pour venir se défendre était incapable de trahison. Jean III le crut, lui rendit sa confiance et le rétablit dans ses honneurs... Quant aux deux compagnons de son entreprise périlleuse, ils furent enfermés dans une prison d'où ils ne sortirent jamais. Le roi punissait ainsi leur tentative d'assassinat sur Botelho, et les empêchait de révéler qu'un courage à toute épreuve permet de braver des obstacles regardés comme invincibles...

— Oui, répondit Lianor en fixant sur le visage de Diniz des regards remplis de l'expression d'une prière ardente; quand il s'agit de prouver son dévouement à son roi ou son affection à un ami, tout est possible aux grands cœurs.

— Vous contez les légendes à merveille! fit Sépulvéda en effleurant le bras de Diniz Sampayo. Si j'avais pensé que vous trouveriez aussi facile d'aller dans un canot de Cochin à Lisbonne, vrai Dieu! je vous aurais ménagé ce plaisir.

Puis se tournant vers Lianor :

— Don Garcia de Sà m'autorise à vous offrir la main pour regagner les salons, où vont se faire entendre les orchestres hindous.

— Le bras de Savitri me suffit, répondit fièrement la jeune fille. Nous accompagnez-vous, Sampayo?

Un moment après, et tandis que l'orchestre commençait des mélodies familières à Savitri, Diniz prit la main de Lianor, l'approcha de ses lèvres avec respect, et murmura :

— Priez Dieu pour moi!...

— Tous les jours et à toute heure, répondit Lianor.

Diniz vit deux larmes rouler sur ses joues pâles, et quand il passa devant Sépulvéda il le regarda avec une hauteur si menaçante que le gouverneur de Diu pensa :

— Le lendemain de mon mariage avec Lianor, tu recevras un ordre d'exil.

En quelques instants, la tête du naufragé émergea de l'eau. (*Voir page 100.*)

IX

LES CROCODILES

Tandis qu'au palais du vice-roi Lianor souffrait doublement de l'éloignement de son fiancé et de la persécution de Sépulvéda, Luiz Falçam, resté dans la citadelle de Diu, ne parvenait point à chasser la tristesse qui s'était emparée de lui. L'incident du portrait relevé par Sépulvéda, son départ inattendu, cette circonstance au moins bizarre de n'emmener avec lui aucun des défenseurs de Diu, comme s'il voulait rester seul maître de raconter les épisodes de ce siège suivant ses préférences, ses ambitions ou ses haines, tout concourait à jeter l'inquiétude dans l'âme de Falçam. Il n'avait pu cacher à Pedro Moniz ce qui s'était passé dans le cabinet du gouverneur, et loin de rassurer son ami, Pedro doublait ses angoisses en lui racontant divers traits de la vie de Sépulvéda, prouvant la violence de ses passions, et le peu de scrupule qu'il mettait à les satisfaire. Quelquefois Falçam eut souhaité oublier jusqu'au nom de Sépulvéda, mais de même qu'un blessé porte involontairement la main à sa blessure, Luiz cherchait son ami, et quelque détour que prît leur entretien, il finissait toujours par ramener le nom de Lianor et celui de Sépulvéda.

L'unique consolation du jeune homme était d'écrire à la fille de don Garcia de longues lettres qui s'entassaient dans une cassette. Il y racontait les longues journées, mornes, les regrets du passé, les angoisses du présent.

« L'homme tremble toujours pour son trésor, et je tremble de vous perdre, Lianor; il me semble qu'un immense malheur me menace ; je suis aussi certain que l'on s'attaque à notre bonheur, que je suis sûr du soleil qui luit là-haut. Vous souffrez comme je souffre, vous pleurez comme je pleure, et je ne suis plus là pour vous défendre comme dans le temple en ruines. L'épée que je viens de tirer contre les Musulmans est désormais inutile. J'aurais donné une part de ma vie, de cette vie qui vous appartient, pour avoir le droit de suivre Sépulvéda, ce chef orgueilleux, dont les regards ont osé se fixer sur votre image. S'il n'eût été que mon égal, je ne saurais répondre des proportions qu'aurait pris notre querelle; mais, entre le gouverneur et le capitaine, il n'y avait ni discussion ni lutte possible. J'ai dévoré ma rage, et Dieu sait à quel degré ma colère est montée, quand j'ai appris, le lendemain, qu'il était parti... Parti sans rien dire, comme un voleur, comme un traître... Il est à Goa, et je reste à Diu, inutile, presque désespéré...

« Me direz-vous pourquoi je pressens un malheur ? Il est dans l'air, il m'environne ; je ne saurais pas plus l'éloigner que l'on ne réussit, le soir, à chasser les oiseaux funèbres. Lianor, vous que votre père m'a promise, et qui m'avez juré de me donner une vie que j'ai défendue, à la pensée de vous voir souffrir, à la crainte de vous perdre, ma tête se trouble, mon cœur bat, je ne vois plus rien que votre image, cette chère image qui semble s'éloigner comme disparaissent les mirages.

« L'unique consolation qui me reste est de m'entretenir de l'avenir avec le prêtre qui nous parle ici de Dieu, de charité, d'espérance. Il est jeune. Formé à l'école de maître François, il joint à un entier dévouement aux hommes une compassion admirable pour leurs faiblesses, une fraternelle sollicitude pour leurs attachements. Il se souvient que les pages de la Bible sont comme éclairées par les radieuses figures de Rébecca, de Sara, de Rachel. Quand je lui parle de vous, il m'écoute avec une attention patiente. Que voulez-vous, Lianor, c'est toujours votre souvenir qui hante ma pensée : tantôt je vous revois entravée, pâle de la pâleur de la mort, dans la chapelle du roi de Louka ; tantôt éblouissante de parure dans le palais de votre père ; ou bien les yeux baissés, votre main dans la mienne, écoutant la promesse que je vous fais de n'aimer que vous en ce monde... »

Au moment où Falçam écrivait la fin de cette phrase, la porte de sa chambre s'ouvrit brusquement, et un soldat lui dit d'une voix exprimant une émotion très vive :

— Capitaine, un homme à la côte, dans un canot désemparé...

— Des secours, vite, courons à son aide! s'écria Luiz. Quelqu'un de la garnison a-t-il donc eu la témérité de sortir?

— Non, capitaine.

— Prenez avec vous quelques-uns de vos camarades, munissez-vous d'amarres et de gaffes, tandis qu'à l'intérieur on préparera un grand feu, des couvertures et des boissons chaudes.

Le jour baissait; à ses dernières lueurs, on pouvait distinguer un homme maniant une rame avec peine; l'autre lui avait sans doute échappé pendant la tourmente. Les vagues hautes, menaçantes, tantôt portaient à leur cime la fragile embarcation, tantôt paraissaient l'engloutir au sein d'énormes masses d'eau. Parfois le canot roulait, un cri d'angoisse s'échappait des lèvres de ceux qui le suivaient du regard, puis il reparaissait à la cime d'une vague, craquant de toutes ses planches, embarquant des paquets de mer. Celui qui le montait gardait à peine la force de résister à la tourmente; au moment où les soldats de la garnison se préparaient à venir à son aide, lassé d'une lutte durant depuis de longs jours et des nuits plus longues encore, il commençait à désespérer d'aborder à Diu, quand des voix amies lui crièrent :

— Courage!

Une amarre lui fut lancée des rochers sur lesquels se dressait la orteresse; et une exclamation de joie s'échappa des lèvres du naufragé, car c'était bien un naufragé que cet homme qui, privé de vivres, sans rames, balotté par les vagues, commençait à perdre l'espérance d'accomplir une mission sacrée.

Ses doigts se crispèrent autour du câble; certain désormais de ne pas mourir, il repoussa du pied le canot qu'une dernière lame broya, puis, perdant soudainement ses dernières forces, il se laissa aller au mouvement lent mais continu des soldats tirant sur l'amarre. En quelques instants, la tête du naufragé émergea de l'eau; un soldat s'agenouilla sur le derrière des roches, tendit les bras, afin de protéger le corps privé de mouvement, et de l'empêcher de heurter les pierres formant les assises de la forteresse, puis, aidé par ses camarades, il transporta le naufragé dans la salle basse servant de corps de garde.

Suivant les ordres du capitaine, le feu flambait; on roula le malheureux dans des couvertures chaudes, on versa entre ses lèvres un cordial vivifiant, puis, les soldats penchés sur lui épièrent son retour à la vie.

Falçam entra dans la salle, il amenait le médecin.

A peine eut-il jeté un regard sur le naufragé, qu'il poussa un cri d'angoisse :

— Diniz! Diniz!

— Un ami? fit le médecin.

— Mon frère, répliqua le capitaine.

— Tranquillisez-vous, reprit le docteur, aucun danger ne le menace : il vivra.

En effet, au bout de quelques instants d'insufflations énergiques, l'air rentra dans les poumons du naufragé; sa poitrine se souleva, et ses yeux, en s'ouvrant, se fixèrent longuement sur Luiz agenouillé près de lui, et dont l'expressive physionomie exprimait une affection profonde.

La main du naufragé serra significativement la main de Luiz Falçam.

— Dieu est bon; il n'a pas voulu que je meure avant de te voir, dit-il.

Un quart d'heure plus tard Sampayo, assis dans la chambre de Falçam, faisait honneur à un repas réconfortant.

Falçam avait refusé d'entendre ses confidences avant qu'il se trouvât un peu remis de ses horribles fatigues et de se retrouver seul à seul avec son ami.

— Écoute, lui dit-il, avant même que tu parles, je suis convaincu d'une chose, on n'exécute le voyage que tu viens de faire ni pour des raisons politiques, ni par ambition. Tu te dévoues pour moi, et ton arrivée justifie mes craintes. Depuis plus de trois mois je le devine, un malheur me menace.

— Tu ne t'es pas trompé.

— Et ce malheur vient de Sépulvéda?

— Qui t'a dit...

— Personne... c'est une intuition.

— Deux cœurs fidèles te restent malgré tout : celui de Lianor et le mien.

— Veux-tu dire que Garcia de Sà est capable de manquer à sa parole?

— Garcia de Sà est faible. Accoutumé à la vie princière des Indes, il fait grand cas d'une haute fortune. D'ailleurs, Sépulvéda est arrivé à Goa, pour ainsi dire, couvert des lauriers remportés à la suite de cette nouvelle tentative des Maures. A une bravoure très réelle sans doute, Sépulvéda joint l'habileté de mise en scène d'un comédien. L'accueil qu'il a reçu à Goa, sans rappeler en rien celui de Jean de Castro, suffirait cependant aux plus affamés de gloire. Il a bien vite souhaité une plus haute récompense que les louanges de don Garcia. Du jour où il a vu Lianor, il s'en est épris avec une violence telle que cet amour n'est plus maintenant un secret pour personne...

— Et Lianor?

— Tout occupée de ses souvenirs, vivant avec la pensée de l'homme qui la sauva, la noble fille fut longtemps avant de s'apercevoir de l'impression qu'elle avait produite sur le gouverneur de Diu... Elle n'a jamais beaucoup aimé le bruit et les fêtes; mais depuis ton départ il semblait qu'elle considérât comme un devoir de vivre davantage dans la retraite. Des études partagées avec Savitri, Satyavan et Pantaleone de Sà; des promenades faites, le soir, pendant les heures fraîches; de longues prières dans les églises; des audiences données aux pauvres, aux esclaves dont elle connaît les besoins et soulage les misères, occupaient ses heures. Tandis que toutes les femmes de Goa rivalisaient de coquetterie aux fêtes données par Sépulvéda dans le palais qu'il vient d'acheter, Lianor aussi simple, aussi candidement belle, passait sans se douter de l'impression produite. Ce fut à don Garcia de Sà que Sépulvéda fit sa demande. Tu le connais. Il possède en lui un charme étrange. La force de sa volonté semble s'imposer à autrui. Ceux qui ignorent jusqu'à quels excès peuvent l'entraîner ses passions, subissent vite une sorte de puissance fatale. C'est un être ondoyant, prismatique. Il possède une éloquence dont la fougue entraîne, captive et sert une obstination féroce. Ce qu'il veut, il le fera, à n'importe quel prix. Pour satisfaire un amour ou une vengeance, il conclurait un pacte avec Satan, et lui vendrait son âme. Si j'insiste autant sur certains détails de ce caractère, c'est afin d'atténuer la faute du vice-roi, et sinon d'excuser sa faiblesse, du moins de te montrer par quelle gradation de pensées il en est venu jusqu'à croire qu'il pouvait, sans déshonneur, te retirer sa parole...

— Lui! s'écria Falçam en se levant, lui, un fidalgo! lui dont la promesse est promesse royale!

Il se calma, reprit sa place en face de Diniz, et ajouta d'une voix qui ne trahissait aucune crainte :

— Et Lianor...

— Oh! celle-là t'a soutenu vaillamment. Elle a montré sa bague de fiançailles et, au nom de sa vie défendue et sauvée, elle a juré qu'elle te garderait la foi promise.

— Sais-tu ce qu'a répondu Sépulvéda?

— Il a répondu : « J'attendrai! »

Les poings de Falçam heurtèrent la frêle table de bois des îles sur laquelle s'appuyait Diniz.

Celui-ci poursuivit :

— Les jours devenaient précieux. Lianor commençait à s'effrayer, la protection dont le couvrait le vice-roi grandissait l'audace de Sépulvéda. Tes fiançailles étaient restées secrètes. Nul ne pouvait s'étonner de voir le vice-roi marier Lianor au gouverneur de Diu. Un soir, durant une fête, Lianor me demanda mon aide... Je me souvins de la traversée de Botelho allant de Cochin à Lisbonne afin de porter une nouvelle heureuse au roi Jean, et je suis venu te dire : Lianor est maintenant seule pour lutter contre Sépulvéda et son père. Ton absence sert et l'ambition de l'un et la faiblesse de l'autre. Viens réclamer ta fiancée dont tu as aujourd'hui le droit de faire ta femme. Lorsque Garcia de Sà se trouvera en face du sauveur de Lianor, de celui qu'il serra sur sa poitrine en l'appelant son fils, il reviendra à ses premiers sentiments d'équité...

— Oui, oui, tu as raison, fit Falçam, il faut que je parte, et je partirai.

— Peux-tu te procurer une embarcation demain?

— Y songes-tu, Diniz, demain! Pourrais-tu si vite reprendre la mer. Ta faiblesse est grande, tu as tant souffert... tes bras sont couverts de meurtrissures; jamais tu ne pourras recommencer aussi tôt une semblable traversée.

— Je le ferai, répondit Sampayo; depuis mon départ Lianor est plus seule que jamais; Pantaleone, trop jeune, ne suffira pas à la défendre.

Un violent combat se livrait dans l'âme de Falçam; d'un côté, il tremblait pour la vie de son ami, cet ami incomparable dont il avait reçu tant de preuves de dévouement; de l'autre, il s'effrayait à la pensée des obsessions dont Lianor était en ce moment victime. Il connaissait assez Sépulvéda pour le craindre. Cependant, l'avis du médecin l'emporta sur la hâte généreuse de Sampayo. Il fut convenu que Diniz attendrait trois jours avant de reprendre la mer. Falçam employa ce temps à se procurer un canot léger. On y arrima deux paires de rames; des provisions suffisantes emplirent la portion pontée du bateau; quatre Indiens, séduits par les promesses du capitaine et les arrhes brillantes du marché, consentirent à partir avec les aventureux Portugais. Ils devaient ramer durant la nuit, tandis que Sampayo et Diniz nageraient durant le jour.

Le capitaine laissa ses ordres à Pedro.

— Ami, lui demanda celui-ci, avez-vous bien réfléchi aux conséquences de votre départ?

— On ne réfléchit guère quand il s'agit de son bonheur.

— Il y a l'honneur, plus cher que le bonheur, ami.

— Nul ne doutera jamais du mien.

— Ne quittez-vous point votre poste?

— Je vous crois aussi brave que je puis l'être.

— Sépulvéda, votre chef, vous hait; prenez garde, Falçam, je vous en prie!

— Je veux lui dire en face que je partage sa haine.

— Dieu sait si je la trouve justifiée! et cela ne m'empêche pas de trembler pour vous...

— Dieu seul sait comment nous devons mourir... dit Luiz avec une mélancolie profonde, je me fie à sa bonté comme à sa justice. Oui, vous avez raison, Pedro, Sépulvéda m'a confié la garde de la forteresse, mais pendant ce temps il essaie de m'enlever ma fiancée, et celle-là j'ai juré devant Dieu de l'aimer et de la défendre... Veillez sur Diu, Pedro, vous êtes brave, vous m'aimez. Ceux de mes camarades qui me connaissent devineront qu'une raison puissante m'oblige à partir... Au revoir! si Dieu ne permet pas que nous nous retrouvions en ce monde, n'oubliez pas celui qui fut toujours votre ami.

Les deux jeunes gens s'étreignirent fortement les mains, puis ils restèrent, durant l'espace d'une minute, les yeux dans les yeux, sentant monter un attendrissement profond : cet indéfinissable attendrissement de l'adieu, qui, peut-être, doit être éternel. Falçam s'arracha des bras de Pedro et, franchissant rapidement la porte de la forteresse, il gagna la rive, sauta d'un rocher dans la barque où déjà l'attendait Diniz, puis, saluant d'un dernier regard le fort de Diu et ceux de ses camarades qui assistaient à ce départ aussi imprévu que dangereux, il s'assit tranquillement dans le canot et dit aux lascars :

— Nagez!

Ceux-ci se penchèrent sur les rames, et la petite embarcation, profitant d'une embellie, s'éloigna assez rapidement de la forteresse. Elle ne fut bientôt plus qu'un point pour Pedro, et, lorsque tomba la nuit, elle enveloppa dans ses voiles mystérieux et la barque ballotée par les ondes, et les deux amis qui ramaient à leur tour afin de permettre aux Indiens de se reposer. Pendant deux jours, on eût dit que le ciel protégeait Falçam et Diniz ; la tempête faisait trêve, et bien que la vague demeurât forte, il était possible d'avancer. Mais, le troisième jour, un vent terrible les fit tournoyer sur l'abîme, et ce fut au prix de mille efforts qu'on parvint à vider l'eau dont la barque s'emplissait. Il fut impossible à Diniz, à son ami et aux Indiens de goûter une seule heure de sommeil; quatre d'entre eux maniaient l'écope, tandis que les autres ramaient. Les vivres prenaient un goût détestable au contact de l'eau salée. Heureusement les passagers avaient à bord un petit baril de vin. Il suffit pour les soutenir pendant trois journées. Si le temps avait été favorable, ils auraient gardé l'espoir d'arriver prochainement à Goa, mais la tourmente augmenta, on perdit une des rames. On avait eu heureusement la précaution d'en emporter des pairesde rechange, mais tout devient inquiétude et danger dans la situation où se trouvaient les navigateurs. Les lascars, effrayés, fatigués, affamés, privés de sommeil, faisaient entendre de sourdes plaintes. Les encouragements n'ayant plus le pouvoir de remonter leur courage, Falçam et Diniz eurent recours aux promesses. Pendant quarante-huit heures, l'espoir de toucher une grosse somme en or leur rendit la patience ; mais la crainte de la mort l'emporta à la fin sur l'avarice et la soif des jouissances. Ils proférèrent des plaintes suivies bientôt de sourdes menaces. Sans doute, Falçam et Diniz se trouvaient mieux armés que les Indiens, mais ceux-ci étaient quatre contre deux ; de plus, ils pouvaient, dans une heure où la colère arrive au niveau de la folie, se servir de leurs rames en guise de massue. A chaque instant, la discorde survenue pouvait se changer en rixe sanglante.

Heureusement une brise légère poussa la barque vers Goa, et il devint possible à Falçam et à Diniz de croire que le lendemain ils toucheraient au port.

Cette fois encore, leurs espérances se trouvèrent déçues. Ils ne s'effrayèrent point de perdre quelques heures, après avoir attendu tant de jours. Ils auraient même souhaité entrer au matin dans la ville, mais ce fut au milieu de la nuit qu'ils se trouvèrent près de la côte.

En ce moment un bruit étrange, et qui fit courir sur la peau des lascars un frisson d'épouvante, s'éleva dans la baie où les voyageurs pensaient atterrir. On eût dit les vagissements d'une multitude d'enfants nouveau-nés. Puis, au milieu de ces cris plaintifs qui, dans la nuit, semblaient doublement sinistres, on distinguait des froissements secs et durs, semblables à ceux que feraient en se heurtant des cuirasses de fer.

La lune était alors cachée sous un amas de nuages. Le canot demeurait immobile. Les lascars, pris d'une étrange terreur, n'osaient plus faire usage de leurs rames, et les jeunes gens se serraient les mains en silence.

Chacun d'eux savait ce que signifiaient ces bruits étranges, terreur nouvelle ajoutée à celle de la tourmente et de la nuit.

Tout à coup, émergeant d'un îlot de nuages, la lune se montra blanche, lumineuse, plus brillante qu'elle n'est jamais dans notre ciel d'Europe, et ses clartés, tombant en larges nappes sur la mer, montrèrent dans toute son épouvante un terrible spectacle.

Au-dessus de l'eau, levant leurs têtes écailleuses, nageaient des centaines de crocodiles, en quête d'une proie qui rarement leur manquait.

Les alligators formaient une des principales défenses de la ville de Goa.

Gardiens du port, ils en défendaient les approches, et quiconque y abordait dans les ténèbres s'exposait à une mort horrible. La férocité des crocodiles était, du reste, entretenue soigneusement. Il ne se passait guère de nuit sans qu'on leur jetât une proie vivante. Souvent ils remplaçaient le bourreau. Au lieu de la hache ou de la corde, on livrait les condamnés aux crocodiles.

Quand les coupables manquaient, le crime veillait. Combien de fois, après des rixes sanglantes, les survivants d'un combat acharné jetèrent-ils aux alligators le corps frémissant de leur adversaire, le blessé dont les révélations auraient pu les perdre. On vivait, à cette époque, dans un mouvement capable de causer de l'ivresse aux plus calmes. Les fureurs de la guerre, la passion de l'or, l'amour du jeu, le dédain de la vie se trouvaient poussés à outrance, chez des multitudes d'aventuriers venant chercher aux Indes des chances de fortune, ou la possibilité de faire oublier des fautes de jeunesse. A côté des gentilshommes se battant pour Dieu et le roi, à côté des prêtres poursuivant les conquêtes évangéliques au milieu des périls de tout genre, se glissait une armée de soldats de hasard, de spadassins n'ayant d'autre légitime qu'une rapière ramassée au coin d'une borne, et qui conservaient dans le nouveau monde les habitudes qui les avaient portés à s'expatrier de l'ancien. En quittant, la nuit, les maisons de jeu, des querelles s'élevaient fréquemment au sujet de la légalité du gain; on dégaînait sous une lanterne, à l'angle d'une rue; celui qui tombait était porté par les survivants sur le port de Goa, et lancé par dessus le bord, les crocodiles soupaient; et, le lendemain, une tache rouge sur le pavé, indiquait seule la place de la lutte.

Les gigantesques et redoutables sauriens savaient à quelle heure il leur était possible de compter sur une proie; quand elle se faisait [illegible] attendre, ils se livraient entre eux de gigantesques batailles. [illegible] voyait alors, sur le bord de la mer, qu'un assaut monstrueux de bêtes affamées, un fourmillement de corps squameux, de mâchoires ouvertes puis subitement refermées, des jets de sang roulant sur des ventres blanchâtres. Des cris, des gémissements, des plaintes se mêlaient. Les queues articulées sonnaient sur les dos écailleux; des fracas d'armures retentissaient, des claquements de dents frappaient l'air. On eût dit que les monstres, quittant leur retraite, allaient se répandre dans la cité endormie, et l'emplir de leurs troupeaux affamés.

Diniz et Falçam comprirent vite quel horrible danger ils couraient. Les Indiens connaissaient le cri des alligators, mais ils ignoraient le nombre de ces ennemis redoutables, et Falçam et Diniz qui, en ce moment, maniaient deux des rames, se courbaient le plus possible, tentant de se dissimuler aux yeux clignotants des amphibies. Un des lascars, debout à l'avant, une rame en main, afin de s'en servir en guise de massue, surveillait d'un regard rempli d'épouvante la foule grouillante des alligators.

Trompés dans leur espérance de recevoir de la justice ou du hasard une proie convoitée, ceux-ci quittèrent le quai, et s'approchèrent du canot. Diniz tendit son poignard à un des lascars, le second prit un pieu aiguisé qui pouvait, dans ses mains, devenir une arme redoutable, tandis que le dernier, plus mort que vif, se roulait au fond de l'embarcation, en se recommandant à Yama, le dieu de la mort.

La barque aurait pu aborder à l'endroit où elle se trouvait, si une masse grouillante ne se fût placée entre elle et une ligne de navires communiquant à la terre par des sortes de ponts volants. Il était impossible de franchir l'espace occupé par les monstres, et déjà ceux-ci, grimpant sur le dos les uns des autres, s'efforçaient d'atteindre le canot.

Le premier qui enfonça ses dents dans le bordage du bateau reçut un coup d'aviron si terrible, qu'il plongea étourdi, entraînant à sa suite une troupe d'amphibies. Mais d'autres revenaient, et la barque allait se trouver assaillie des deux côtés à la fois, quand Falçam, rejetant sa rame désormais inutile, saisit dans le fond du canot un grappin d'abordage muni d'un long filin, et, le lançant dans les manœuvres du navire le plus proche, il cria à son ami :

— Prends la corde, Diniz, et suis-moi, il ne nous reste que ce moyen de salut.

Sampayo s'empressa de suivre le conseil de Falçam, et sous leurs mains réunies la corde se roidit bientôt. Avançant alors avec lenteur, suspendus au-dessus de l'abîme, sentant au-dessous d'eux la fétide haleine des crocodiles, ils se trouvèrent bientôt hors de leur portée.

— A votre tour! cria Falçam aux lascars, saisissez le câble, et suivez-nous...

Deux des Indiens réussirent à imiter la manœuvre des jeunes gens; le troisième venait de saisir la corde, et se trouvait suspendu entre le canot et le navire quand, prenant son élan, un des gigantesques sauriens lui coupa les deux jambes d'un seul coup de mâchoire. Des tronçons mutilés jaillit un flot de sang, et, vaincu par la douleur, le lascar laissa échapper le filin auquel il s'était cramponné. Il se fit alors un épouvantable mouvement au milieu des terribles amphibies. Ceux qui ne purent avoir part au dépècement de la victime se ruèrent sur les alligators voisins; une lutte acharnée ensanglanta la baie, et les vagissements des sauriens allèrent porter l'épouvante dans l'esprit de ceux pour qui cette nuit était une nuit d'insomnie.

Le lascar qui venait de voir tomber son ami poussa un gémissement de douleur. Élevé près de lui sur la plage de Diu, il lui avait juré une affection éternelle; le premier sentiment de son désespoir fut si grand qu'il eut la pensée de se laisser glisser dans le même abîme, pour y trouver une semblable mort; mais Falçam, redoutant de lui voir subir le même sort, l'enleva et le porta, pour ainsi dire, jusque sur le pont du navire.

Tout semblait y dormir. Point de gardiens sur le pont; nulle lumière à travers les sabords. La pensée qu'ils se trouvaient enfin en lieu sûr, après avoir subi de si cruelles épreuves, causa à Luiz Falçam et à Sampayo une joie si profonde qu'ils tombèrent en pleurant dans les bras l'un de l'autre.

En deuil! fit-il, elle vient en deuil à cette fête. (*Voir page* 118.)

X
FÊTE INTERROMPUE

Il fallait désormais que les naufragés regagnassent l'habitation de Diniz. Elle ne se trouvait pas trop éloignée du port; mais la faiblesse des deux jeunes gens était si grande qu'ils tremblaient de ne pouvoir arriver jusque-là. La privation de sommeil, la faim, l'exaltation cérébrale causée par la conscience d'un danger sans cesse renaissant, tout contribuait à les abattre. Cependant le jour ne pouvait beaucoup tarder à paraître. Ils se trouvaient sur un bâtiment inconnu, en pitoyable équipage, et ressemblant plus à des aventuriers qu'à des hommes appartenant aux plus nobles familles du Portugal. Il fallait rapidement prendre un parti. Après s'être accordé une minute de répit qu'ils passèrent appuyés sur le bastingage du bâtiment, ils cherchèrent le moyen de gagner le quai. Heureusement, le navire qui leur servait de refuge était chargé de marchandises que l'on débarquait depuis deux jours. Le pont volant établi entre le bâtiment et le quai n'avait pas été enlevé, par suite de la négligence du matelot chargé de ce soin. Au moment de remplir ce devoir, il tomba ivre-mort sur la passerelle qu'il paraissait garder durant son lourd sommeil.

Diniz marchait le premier, suivi de Falçam; les trois Indiens venaient ensuite. Sampayo trébucha en heurtant le corps du matelot ivre; il se retint à la rampe de la passerelle, puis se tournant vers Falçam :

— Un obstacle facile à franchir, dit-il, le corps d'un homme.

Il l'enjamba et, suivi de son ami et des lascars, il se trouva sur le quai.

Aucun bruit dans cette grande ville baignée par la clarté des étoiles et les rayons de la lune. Point de lumière derrière les fenêtres garnies d'écailles de nacre translucide; de loin en loin, seulement, on distinguait le reflet d'une lampe brûlant dans les églises et les chapelles devant l'autel abandonné.

Luiz et Diniz se traînaient le long des maisons, s'appuyant contre les murailles, si faibles qu'ils redoutaient de tomber sur le pavé avant de gagner la demeure de Sampayo.

Du plus loin que celui-ci aperçut sa maison, il poussa un soupir de soulagement. Fidèle à l'ordre reçu, un serviteur l'attendait; une lumière brillait entre les jalousies de bois des Iles. Cette vue ranima le courage des jeunes gens, et un moment après la main de Sampayo laissait tomber le heurtoir de fer.

Un bruit de pas légers se fit entendre, la porte s'entr'ouvrit et, d'une voix mourante, Diniz murmura :

— C'est moi !

Le vieux serviteur reçut son maître dans ses bras. Falçam et les lascars se trouvaient dans un égal état d'affaiblissement. Devinant une partie des misères que les naufragés venaient de subir, Gil ouvrit la salle à manger sur la table de laquelle se trouvait dressé un repas léger, et les deux amis, tendant aux esclaves quelques aliments et une fiole de vin généreux, réparèrent enfin leurs forces épuisées par les terribles aventures de ces derniers jours.

Gil les regardait, stupéfait, attendri. Ses yeux allaient de Sampayo, dont les habits ruisselaient d'eau de mer, à Falçam qui semblait couvert de lambeaux.

Il supplia les jeunes gens de modérer par prudence leur appétit, ensuite il les guida dans une vaste chambre à demi remplie par un lit monumental. Il enleva les haillons qui couvraient les jeunes gens, et à peine ceux-ci se trouvèrent-ils étendus sur cette vaste couche, qu'ils tombèrent dans la prostration d'un sommeil ressemblant presqu'à la mort.

Les lascars venaient de s'allonger sur une natte de la salle à manger.

Le lendemain, à l'aube, les deux amis s'éveillèrent d'un pénible sommeil presque en même temps.

Avant qu'ils l'appelassent, Gil accourut.

— Depuis combien de temps sommes-nous ici, Gil? demanda Sampayo.

— Depuis plus de quarante-huit heures. Un bain vous attend; le déjeuner sera prêt quand vous en sortirez.

Et le serviteur se retira avec une profonde révérence.

Luiz et Diniz se levèrent, rafraîchirent et reposèrent dans un bain leurs membres lassés, s'assirent devant une table plantureuse, puis quand ils sentirent leurs forces à peu près revenues, ils se demandèrent ce qu'ils allaient faire.

— Je ne veux qu'une chose, s'écria Falçam, courir immédiatement chez le gouverneur et le sommer de tenir la parole qu'il m'a donnée.

Diniz frappa sur un timbre, et Gil reparut.

— Que s'est-il passé pendant mon absence? lui demanda le jeune homme.

— Peu de chose, senhor; rien de marquant même, sinon les fêtes données par le gouverneur de Diu, qui semble vouloir surpasser le vice-roi en magnificence... Ce soir il y a bal chez Garcia de Sà, et j'ai entendu dire à quelques valets que l'on faisait des préparatifs merveilleux.

— Un bal, répéta Diniz; il me semble que depuis mon naufrage je manque des choses les plus indispensables à un fidalgo.

— J'ai pensé que mon maître ne serait pas satisfait des costumes qu'il a portés déjà; aussi le premier couturier de Goa, celui qui emploie les plus habiles brodeuses d'or et de perles, attend ses ordres dans l'antichambre, ainsi qu'une parfumeuse et un armurier.

— Tu es un homme de ressources, Gil, fais donc entrer ces marchands.

Le premier mouvement de Luiz avait été de courir chez Garcia de Sà, et de lui rappeler brusquement sa promesse. L'annonce de la fête donna une autre direction à ses pensées, et modifia ses projets. Ce ne fut plus dans la solitude de son cabinet, et tête à tête avec le vice-roi qu'il voulut faire valoir ses droits, mais en présence d'une foule choisie, à côté de la fiancée qu'on tentait de lui ravir, en face de celui qui jouait le rôle d'un insigne larron.

Imitant donc l'exemple de Diniz, il choisit un magnifique costume de velours bleu couvert de broderies en semence de perles fines. Puis il essaya les armes que venait lui soumettre l'armurier, et se décida pour une épée dont la poignée en forme de croix lui parut solide à la main. Quant à la pointe, elle eût percé une cotte de mailles sans s'émousser.

Ces précautions prises, les deux jeunes gens se livrèrent aux mains de leur valet de chambre. Les cheveux chargés d'eau salée reprirent leur souplesse; les moustaches tombèrent avec grâce sur les lèvres; des parfums venus d'Orient achevèrent d'effacer les âcres senteurs de la mer.

Quand vint le soir, tous deux se trouvaient merveilleusement reposés.

— Allons au banquet du vice-roi, fit Diniz, nous apprendrons certainement quelque chose.

Don Garcia de Sà ne dînait pas tous les jours à la table de trois cents couverts dressée quotidiennement dans son palais. Sa fille et Pantaleone le gardaient dans l'intimité de la famille. Lorsque le vice-roi chargeait un de ses amis de faire les honneurs du repas, la gaieté gardait un cours plus libre, et la conversation s'animait du charme de l'imprévu. On était certain d'apprendre en une demi-heure tout ce qui se faisait, se disait et se préparait dans la capitale des Indes. Il était probable que le vice-roi, donnant le soir un bal, se dispenserait de présider le dîner.

En effet, à la place de Garcia de Sà se trouvait un de ses vieux compagnons d'armes.

Lorsque les deux jeunes gens entrèrent dans la salle, ils furent accueillis par un cri dans lequel vibrait autant de joie que de surprise. Peut-être leurs amis intimes auraient-ils demandé une explication sur l'absence prolongée de Diniz, et sur le voyage de Falçam qui, à cette époque de l'année, pouvait passer pour un trait d'héroïsme ou un acte de folie; mais le regard que Sampayo leva sur eux parut adresser à chacun une prière instante, et il arrêta sur les lèvres les questions prêtes à en jaillir.

Cependant, si la curiosité fut scrupuleusement bannie de l'entretien, les gentilshommes se dédommagèrent en demandant au vaillant capitaine des détails sur le dernier siège de Diu, ce siège qui venait d'être levé d'une façon aussi rapide que honteuse.

— Certes, dit un ancien soldat, je ne suis point capable d'adresser une flatterie, et mes camarades me font l'honneur de croire que je m'y connais en bravoure; eh bien! Falçam, je place votre conduite aussi haut que le courage du vicaire de Diu, que la noble témérité de Fernando de Castro, que la valeur de Mascarenhas. Si vous n'eussiez point accompli le prodige de passer au milieu de la flotte de fustes et de galères des Musulmans, jamais Garcia de Sà n'aurait pu venir à temps au secours du fort. Il aurait eu contre lui la saison terrible dans laquelle nous sommes, et le Portugal aurait perdu la clef des Indes.

De bruyantes acclamations prouvèrent à Falçam combien ces justes et nobles paroles trouvaient d'écho dans la foule des fidalgos et des soldats. Le capitaine en fut profondément touché. Ces louanges le vengeaient de l'orgueilleux égoïsme avec lequel Sépulvéda s'était attiré tout le mérite de la défense de Diu.

Des coupes se vidèrent en son honneur, et il lui parut que la cordialité de cet accueil était de bon augure pour le succès qu'il attendait de son voyage à Goa.

Quand les convives eurent épuisé le sujet par lequel avait débuté l'entretien, la causerie prit une forme plus légère, et les différentes nouvelles circulant dans la ville furent tour à tour commentées.

— Capitaine, dit un très jeune homme en se tournant vers Luiz Falçam, mes compagnons, cependant, ne vous parlent pas de la plus importante.

Sans savoir pourquoi, Luiz Falçam pâlit; son cœur battit avec violence, et il fallut tout l'empire qu'il s'était promis de garder sur lui-même, pour demander d'une voix paisible :

— Quelle est cette nouvelle, Vicente? je serais heureux de l'apprendre.

— Le mariage de la plus ravissante créature qu'aucun de nous ait jamais pu voir. Lianor de Sà épouse Sépulvéda.

— Vous en êtes sûr? reprit Falçam d'une voix tremblante.

— Sépulvéda se vante tout haut de son bonheur. Du reste, il n'est pas de jour où il ne prouve à la fille du vice-roi la passion qu'il ressent pour elle. Depuis qu'il habite Goa, le gouverneur de Diu multiplie les bals, les carrousels, les sérénades. Il déploie ici une magnificence dont le roi Juan III pourrait être jaloux du fond de son palais de Lisbonne...

Sampayo serra la main de Luiz; il le voyait si troublé qu'il redoutait que son malheureux ami ne pût se contenir davantage. Mais Falçam le rassura vite, et reprit d'un accent plus calme :

— Lianor de Sà paraît-elle satisfaite de ce projet?

— Non, elle est la tristesse et le deuil mêmes. On dirait qu'elle porte la mort dans son cœur.

Un éclair de joie traversa le regard de Falçam, mais il ne répliqua rien. Désormais, il savait tout ce qu'il avait besoin d'apprendre Il était sûr de la fidélité de Lianor.

Après le repas, Sampayo prit le bras de Falçam :

— Viens, dit-il, la fête commence au palais dans deux heures, ce n'est pas le moment de juger la parure superflue. Quelque futiles que paraissent souvent de pareils détails, ne laissons pas même cet avantage à Sépulvéda.

Tandis que les fidalgos se répandaient dans les galeries et dans les jardins, une scène d'un caractère bien différent se passait dans l'appartement de Lianor.

Assise sur un divan près de l'Oiseau d'Or, le front penché sur l'épaule de la petite veuve, Lianor parlait à voix basse, et laissait couler ses larmes sans contrainte :

— Tu te souviens, disait-elle, tu te souviens, Savitri, du jour terrible où toutes deux nous vîmes la mort si près... Et non pas la mort telle que d'habitude elle nous frappe, avec les lenteurs de la maladie, mais une mort terrible, un supplice effroyable au milieu de démons croyant honorer leurs dieux en multipliant nos tortures... L'as-tu jamais oublié cet instant où, couchées aux pieds de Ravana, nous attendions l'heure où les brahmes nous offriraient en sacrifice ?

— Non, répliqua la veuve... Chaque nuit encore elle se représente à moi... Koumia me tend la coupe de poison, les prêtres arrosent d'aromates et d'huile le bûcher de Sing, et je pleure mes quinze ans... Puis, tout à coup, éclatant de jeunesse, et semblable à Krisna, m'apparaît Pantaleone, celui que tu appelles ton cousin... Celui que j'aime comme un frère... Il me regarde, et je vois le salut dans ses yeux... Il me parle, et je ne crains plus de mourir... Il m'enlève de l'autel du sacrifice, et je me sens en sûreté sous sa protection...

— Comme j'ai cru au salut quand Falçam vint à mon aide.

— Tous deux sont braves, reprit l'Oiseau d'Or, tous deux nous aiment...

— Ce soir, mon père exige que je paraisse à une fête nouvelle, et chaque fois que pèse sur moi le regard de Sépulvéda, il me semble qu'il me menace d'un malheur... Si je désobéissais? Savitri.

— Tu aurais trop l'air de craindre le gouverneur.

— Peut-être as-tu raison. Mais, du moins, je ne revêtirai pour lui aucune de mes parures. Je ferai plus : tant que Falçam est absent, je me considère comme en deuil; aujourd'hui je mettrai une robe noire ; et si Sépulvéda m'en demande la raison, je lui dirai la vérité en face. Tu es heureuse, toi, Savitri ! te voilà maîtresse de ta vie.

— Mais non point de ma destinée, répliqua la petite veuve. Durant les premiers jours, j'ai senti pour ainsi dire l'enivrement de l'existence. Il me semblait que j'entrais dans un autre monde, et le paradis d'Indra m'aurait semblé moins beau... Depuis, je réfléchis et je compare. Quelque bons que vous vous montriez tous pour moi, je suis Indienne, j'appartiens à une race dont le sang n'est pas le même ; le soleil a doré ma peau comme l'écorce de nos fruits. Mes croyances froissent les vôtres. Dans chacun des mythes de la religion de Brahma vous voyez une erreur sinon un crime ; vous raillez mes dieux souriants... Bon nombre des hommes et des filles de ma race sont vos esclaves. Lalli et Tolla n'appartiennent pas sans doute à la même caste que moi, mais vous semblez, même à l'égard de nos rois, des conquérants orgueilleux, prenant en dédain les vaincus. Oh ! je le sais, ton amitié me protège ; les hommes admirent ce qu'ils appellent ma beauté, cependant, je ne suis point ton égale, et le dernier des fidalgos se croit au-dessus de mon père...

Lianor serra la jeune veuve dans ses bras.

— Toute distinction cessera un jour, lui dit-elle, je le sens au fond de mon âme. Il ne nous est point permis de hâter l'heure de Dieu, mais il viendra un moment où tu tomberas aux pieds d'un crucifix, et où, devenant ma sœur dans la foi, tu te confondras avec notre famille...

— Ta famille!.. répéta Savitri. Penses-tu donc que Pantaleone m'aimerait davantage?...

— Je ne sais, dit Lianor en souriant. Il ne me fait point ses confidences. C'est un enfant, d'ailleurs, et il n'est point dans nos usages que les hommes se marient aussi vite que le font les Indiens. La situation de mon cousin n'est pas assurée; sans nul doute, elle ne le sera même pas d'une façon absolue quand mon père cessera d'être vice-roi...

— Quitteras-tu donc les Indes alors?

— Oui, si je ne suis pas mariée... Le climat de ton pays est meurtrier pour les Européens; dès qu'un gouverneur ou vice-roi a terminé les cinq années d'exercice de sa charge, il revient en Portugal, jouir du repos qu'il a trop bien gagné...

— Mais, si tu pars...

— Je t'emmènerai, mon Oiseau d'Or, répliqua Lianor en embrassant au front la jeune veuve; nous ne saurions plus nous passer l'une de l'autre.

En ce moment, les sons de l'orchestre montèrent du jardin jusqu'aux jeunes filles.

— Sois courageuse, habille-toi et descendons...

Lianor comprit que son amie avait raison; elle hésitait encore, cependant; mais Pantaleone et Satyavan entrèrent ensemble dans la pièce où se trouvaient les deux amies, et Lianor se leva en comprenant que son cousin la venait chercher de la part de son père.

— Attends-moi, dit-elle à Savitri, je reviens.

En apercevant le jeune homme, Savitri sourit et rougit tout ensemble. Le costume de satin gris argent que portait Pantaleone de Sà lui seyait à ravir; l'agrafe de sa toque étincelait et paraissait ajouter à l'éclat de son regard; il appuyait la main sur la poignée de son épée de bal avec un air de bravoure, et la grâce de son sourire gardait quelque chose de la naïveté de l'enfance. Satyavan, dans son riche costume indien, semblait presque aussi beau que Pantaleone

Un moment après Lianor revint.

Jamais sa beauté n'avait paru plus éclatante que dans cette toilette sombre. Une expression de fierté mêlée de douleur prêtait une inconcevable majesté à son visage pâle. Elle ne portait pas une perle, pas un bijou ; ses magnifiques cheveux noirs, noués très bas sur le cou, accompagnaient seuls son charmant et triste visage.

Quand elle la vit paraître, Savitri frappa l'une contre l'autre ses petites mains.

— Combien tu es belle, ce soir ! fit-elle avec l'expression de l'admiration. Lianor sourit avec tristesse :

— Il n'y a vraiment pas de ma faute ! répondit-elle.

Puis, brusquement, comme si elle voulait ajouter encore à l'effet que devait produire ce costume de deuil au milieu d'une fête éclatante, elle alla prendre dans un coffret un bouquet de fleurs sauvages desséchées, arrachées par elle aux fentes des murs du temple de Siva, et fixa ce bouquet à son corsage.

Ensuite, s'appuyant sur l'épaule de Satyavan qui releva orgueilleusement la tête à la pensée qu'il entrerait au bal à côté de la fille du vice-roi, elle s'effaça avec un sourire :

— Précède-moi, Savitri, dit-elle, tu es l'espérance, la grâce, le sourire ; je n'ai au cœur que des regrets, et je sens des larmes me monter aux yeux.

La jeune veuve accepta la main que lui présentait Pantaleone, et descendit les larges escaliers afin de gagner la salle remplie d'invités qui, après avoir salué le vice-roi, cherchaient en vain dona Lianor, dont ils ne s'expliquaient pas l'absence.

Sépulvéda se demandait, avec une sourde inquiétude, si elle refuserait de paraître.

Depuis son arrivée à Goa, il s'efforçait d'engager Don Garcia par une promesse formelle, et répandait si bien le bruit de son mariage avec Lianor que tout le monde finissait par y croire. Or, le gouverneur de Diu ne pouvait manquer de se trouver humilié au dernier point par l'absence affectée de celle que chacun désignait comme sa future compagne. Animé d'une colère dans laquelle il entrait moins d'affection que d'orgueil froissé, il parla à Garcia de Sà avec plus d'entraînement et de vivacité que de coutume. Son mécontentement provoqua celui du vice-roi, qui commençait à regarder l'absence de Lianor comme une offense à l'autorité paternelle. A mesure que s'exhalait le regret mêlé de colère du gouverneur, le vice-roi s'irritait davantage contre sa fille.

— Je vous en conjure, lui dit Sépulvéda d'une voix tremblante, mettez fin à mon angoisse, et faites cesser une situation à la fois pénible à mon cœur et offensante pour ma dignité. Vous avez bien voulu m'autoriser à faire ma cour à dona Lianor, donnez-moi ce soir devant tous le titre de fiancé. Je n'aurai d'autre souci que son bonheur, d'autre ambition que celle de faire de ma compagne la plus grande dame du Portugal. Avant trois années, mes richesses auront certainement doublé. Tout ce que je possède lui appartient déjà. Serait-elle la fille la plus pauvre de Lusitanie, je ne l'en aimerais pas moins. Sans elle je ne comprends plus l'existence, et plutôt que de la perdre...

Il s'arrêta, craignant d'en trop dire.

— Prenez confiance, répondit Garcia de Sà, je lui ferai comprendre quelle différence de situation existe entre vous et...

— Ne lui faites pas même l'honneur de le nommer. Je sais le respect que dona Lianor vous porte. Jamais elle n'osera vous résister... Un mot de vous ce soir, et vous assurez mon bonheur, et vous attachez à vous le plus dévoué, le plus reconnaissant des fils.

Pour Garcia de Sà, entre le fastueux Sépulvéda et le modeste capitaine, le choix n'était pas douteux. Il serra la main du gouverneur, mais avant qu'il eût le temps de lui répondre, le murmure qui s'éleva dans la grande salle lui fit diriger ses yeux du côté de l'entrée.

Il aperçut alors Savitri éblouissante de parure, accompagnée par Pantaleone, puis en arrière, blanche et comme glacée, Lianor, le front haut, portant sur le cœur un bouquet flétri.

Une exclamation de colère expira sur les lèvres de Sépulvéda. Son regard étincela, et ses doigts se crispèrent violemment sur le bras de don Garcia.

— En deuil! fit-il, elle vient en deuil à cette fête, comme si elle voulait ainsi m'apprendre combien elle regrette Falçam, et le peu d'espoir que je dois conserver!

Lianor rejoignit son père.

L'accueil du vice-roi fut sévère.

— Lianor, demanda-t-il d'une voix contrainte, narguez-vous donc l'autorité paternelle? Faut-il bien haut, devant tous, vous signifier ma volonté de telle sorte qu'il vous devienne impossible de la transgresser jamais! Manuel de Souza de Sépulvéda vous aime ; il me supplie de vous donner à lui pour femme ; jusqu'à ce moment, j'ai été assez faible pour consulter votre vouloir plus que mon désir. Vous avez abusé de ma faiblesse. En venant ici, ce soir, dans un semblable costume, vous paraissez me jeter un défi... apprenez comment je le relève...

— Mon père, oh! mon père, par pitié! murmura Lianor.

— M'obéirez-vous?

— Je ne puis me résoudre à épouser un autre homme que Falçam, répondit la jeune fille. Sans doute, Sépulvéda mérite l'estime que vous lui portez, mais nul n'a le droit de me relever de mon serment.

— Merci, Lianor, dit une voix vibrante.

La jeune fille tressaillit; elle n'eut pas besoin de se retourner. Elle reconnaissait cet accent qui jadis lui rendit confiance, cette voix qui avait murmuré à son oreille des promesses d'avenir, et les regrets de l'adieu.

— Luiz! s'écria-t-elle, Luiz Falçam!

C'était bien lui, superbe dans son magnifique costume bleu brodé d'argent, le front pâle des souffrances éprouvées, le regard étincelant d'orgueil.

Dans son étonnement de voir entrer Falçam à cette heure, le vice-roi demeura muet. Mais Sépulvéda, le visage livide, la lèvre blême, s'avança sur lui menaçant :

— Vous ici! s'écria-t-il, vous!

— Moi, répondit tranquillement Falçam.

— Je vous avais ordonné de garder la citadelle de Diu.

— J'ai pensé que j'avais besoin de défendre ma fiancée.

— Vous avez déserté votre poste, senhor.

— Je remplis un devoir également sacré.

— Un crime tel que le vôtre s'expie par la mort, le savez-vous?

Le regard de Falçam, un beau regard clair et droit, alla de Sépulvéda à Garcia de Sà.

— Voici, dit-il à don Garcia en tirant une bague de son doigt, le gage de votre promesse : « A quelque jour que ce soit, m'avez-vous dit, revenez réclamer la main de ma fille, dès que Diu sera délivrée. » Nous avons chassé les Musulmans, et me voici... Le gouverneur de la citadelle m'avait intimé un ordre; mais tandis que je m'y soumettais il faisait ici acte de félonie. Votre parole de fidalgo me couvre, cette parole qui vaut une parole de roi!

— Vous êtes mon hôte! fit Garcia de Sà.

— Falçam, ajouta Lianor de sa douce voix, je m'étais habillée de deuil parce que je souffrais de votre absence, maintenant que vous voici de retour je voudrais pouvoir mettre autant de diamants que Savitri... J'ai vaillamment soutenu vos droits, mon Luiz...

— Je le sais, et mon épée les appuyera au besoin.

— Assez! fit Garcia de Sà d'une voix sourde, nos invités pourraient nous entendre, ne traitons pas en public des affaires de famille.

— Soit! répliqua la jeune fille; cependant, ce soir même, et devant tous j'aurais voulu révéler que ma vie est engagée à Falçam, et que tant qu'il vivra...

Une exclamation de Sépulvéda étouffa la fin de la phrase de Lianor.

Le gouverneur de Diu jeta sur tous ceux qui l'entouraient un regard de défi. Il semblait croire que sa déconvenue allait devenir un sujet de joie pour ceux qui jalousaient sa fortune, ou qui se plaignaient de sa hauteur insolente.

Il ne se trompait pas; la jeunesse ardente, enthousiaste, préférait à Sépulvéda Luiz Falçam, si plein de bravoure, de franchise, de sève généreuse. Le bruit s'était lentement répandu dans Goa que, cédant à l'espèce de fascination exercée par Sépulvéda, le vice-roi allait sans doute lui accorder la main de sa fille, et par avance on plaignait Lianor.

Ce fut donc au milieu d'un silence glacial que Sépulvéda, descendant la grande galerie, quitta la salle où il laissait Lianor, le vice-roi et Falçam. Quand il fut hors du palais, il s'abandonna à toute sa rage :

— Repoussé! fit-il, vaincu! Non! non! Cela ne doit pas, cela ne peut pas être... Tant qu' « il vivra » a-t-elle dit... Eh bien! s'il mourait...

Sépulvéda n'acheva pas sa pensée, il s'enfuit du jardin de Garcia de Sà, et regagna sa demeure en roulant dans son cerveau de sinistres pensées.

Je vis l'avant-garde d'une de ces bandes. (*Voir page* 123.)

XI
MAITRE FRANÇOIS

Autour d'une des chapelles de la ville de Goa, se pressait une foule compacte composée de pauvres et de souffrants. Les uns avaient besoin du pain qui soutient la vie, les autres de la parole qui réconforte le cœur.

Des vieillards dont les cheveux avaient blanchi sous le harnais de la guerre, des femmes strictement enveloppées d'une mantille cachant à peine les pleurs ruisselant sur leur visage ; des enfants étiolés couchés sur le sein de leur mère ; tous, à quelque rang qu'ils appartinssent, venaient implorer le même secours.

La cloche sonnait, saluant le réveil d'un jour radieux, conviant l'homme à la prière, lui rappelant que l'heure la plus sereine du matin appartenait à Dieu.

De temps en temps, des groupes de fidèles pénétraient dans l'église, après avoir jeté un regard compatissant sur ceux qui demeuraient au dehors, les uns accotés contre les murs de la chapelle, les autres humblement prosternés dans la poussière.

— Maître François tarde bien ! murmura une jeune femme en effleurant de ses lèvres le front d'un petit enfant qui semblait n'avoir plus que le souffle... S'il ne venait pas aujourd'hui, que deviendrais-je ! Mon pauvre ange ne vivrait plus demain. Mon unique espérance est dans ses prières. J'ai trop pleuré pour que Dieu dédaigne mes larmes, quand maître François y joindra sa bénédiction.

— D'habitude il arrive plus matin à la chapelle, répondit un vieillard à la jeune mère ; vous le savez, son apostolat ne connaît point de repos. Jour et nuit il parcourt les rues, les faubourgs, les campagnes de Goa, cherchant ceux qu'il chérit par-dessus tout : les enfants. Presque jamais il ne rentre seul dans son couvent. A quelque race qu'appartiennent ces petits, il les recueille, les adopte, les aime. Toute sa joie est de faire briller dans ces jeunes âmes la lumière de l'Évangile. Les uns doivent la vie à des parents Maures; les autres sont fils des Parsis; beaucoup, faibles, malades, difformes, sont ramassés sur la voie publique... Il les prend dans ses bras, les enveloppe dans son manteau, les réchauffe sous ses caresses. C'est le butin de la mort... Et il joint ce trésor à tous les pauvres êtres qu'il a déjà sauvés. Si la moisson est grande, le Père rentre plus tard dans son couvent, et nous l'attendons avec plus d'impatience à la porte de la chapelle.

— Qu'il vienne ! Seigneur, qu'il vienne ! répéta la jeune mère, mon enfant va mourir...

L'angoisse de la jeune femme, les paroles du vieillard avaient ému le groupe désolé attendant maître François.

En même temps, ces paroles échangées encouragèrent les confidences.

Ce fut bientôt entre ces malades, ces attristés, ces pauvres, une suite de récits touchants, ou d'histoires héroïques. Chacun tenait à honneur de raconter quelque trait à la louange de maître François.

Je me souviendrai toujours, dit un Portugais au teint bronzé, à l'air énergique accentué par une martiale moustache, d'une terrible affaire à laquelle je pris part, et où maître François intervint providentiellement. Vous avez entendu parler des Badages, peuplade féroce, vivant de rapines, se jetant sur les habitants des côtes comme un troupeau de tigres affamés, pillant les cabanes, volant les enfants, semant partout l'incendie et le meurtre. Je me trouvais alors au cap Comorin avec les pêcheurs de perles, appelés Pellawares, qui toujours dans la crainte d'une irruption fréquente de ces hordes sauvages, avaient coutume de poster des guetteurs pour prévenir un coup de main. Un jour que j'étais en vedette derrière le tronc d'un arbre immense, je vis jaillir soudain du bois l'avant-garde d'une de ces bandes de fauves ; je n'eus que le temps de jeter l'alarme. Les Badages tombèrent comme la foudre sur nos postes, et en dépit du courage avec lequel nous nous défendîmes, nous fûmes obligés de reculer devant le nombre. Au milieu de la nuit, guidés seulement par la clarté de nos cabanes incendiées, nous nous jetâmes dans des pirogues, et abordâmes sur des îles de rochers n'offrant aucune ressource pour notre subsistance. Un grand nombre de malheureux étaient blessés. Il se trouvait dans cette foule des vieillards, des enfants. Jamais je n'oublierai ce qui se passa : avisé de la catastrophe, maître François vint trouver les braves colons les plus voisins. — « Camarades, dit-il, mes amis les pêcheurs de perles ont été assaillis par des brigands. Ils manquent de tout. Affamés et nus, couchés sur des roches, ils attendent le secours de la Providence. La Providence, ce sera vous. Trouvez des barques, pendant ce temps je mendierai pour les pauvres Pellawares des vêtements et des vivres. »

Ce fut alors un mouvement général sur le port. Chacun tenait à honneur d'arriver le premier et de témoigner par son zèle de son respect pour le saint prêtre. Dans une attente pleine d'angoisse, nous étions sur des îlots serrés les uns contre les autres, meurtris, saignants, affamés, prêts d'être engloutis par la mer qui baignait le roc et le couvrait parfois de vagues et d'écume. De temps en temps, la voix d'un vieillard implorait la clémence du ciel. Puis tout à coup une clameur s'éleva : « Maître François ! — maître François! » Nous sommes sauvés. Et, en effet, quelque temps après nous couchions sur des rivages plus hospitaliers grâce aux prompts secours du vénérable missionnaire.

— Ah! ajouta un vieillard, il n'aime pas seulement les pauvres, les faibles, les opprimés, son âme est consumée du feu sacré de l'apostolat. Quel intérêt il prend au succès de nos armes dans les Indes! Il n'existe point de soldat qui, plus que lui, se réjouisse d'une victoire.

Je me trouvais à Macao, tandis que se livrait une bataille navale dont dépendait le sort d'une de nos plus importantes possessions. Maître François était à l'autel, célébrant la messe ; une foule immense se pressait dans la chapelle.

Le peuple suppliait Dieu d'accorder la victoire à nos soldats...

Tout à coup le prêtre, le visage rayonnant, se tourne vers le peuple et d'une voix vibrante, il dit :

— Entonnez le *Te Deum*, mes frères, nous venons de disperser la flotte ennemie.

Debout, le cœur palpitant, nous chantâmes l'hymne de la victoire... Deux jours après nous apprenions, d'un pilote, qu'à l'heure indiquée par maître François les Portugais avaient remporté une victoire décisive...

— Oui! oui! s'écria la jeune mère, maître François est l'ami du ciel; s'il demande que Dieu me laisse mon enfant, il me le laissera...

— Savez-vous dans quel pays est né maître François? demanda un jeune homme au vieillard qui venait de parler.

— Nous sommes compatriotes, répondit celui-ci, et je fus l'ami de son père, Jean de Lasso, oydor du Conseil royal de Navarre. Sa mère s'appelait Maria de Azpilcuoto y Xavier ; maître François vint au monde au moment où Vasco de Gama doublait le cap des Tempêtes. On était loin alors, dans la famille de Lasso, de songer que le petit enfant qui venait réjouir le foyer de la famille demanderait un jour sa part du monde nouvellement découvert.

— L'avez-vous vu grandir, senhor?

— Non, répondit le vieillard, je sais qu'il continua, à Paris, de brillants travaux dans cette école Sainte-Barbe où se trouvaient paternellement accueillis les Portugais allant y compléter leurs études.

Plus tard, il visitait Venise et Rome. Ce fut à son retour de ces voyages qu'il obtint de se vouer à l'évangélisation.

— Cette fois, dit la mère en se levant, c'est lui ! c'est bien lui !

Dominée par l'espérance, elle fendit la foule et, au moment où le prêtre s'avançait vers la chapelle, elle tomba sur les genoux, élevant son enfant à demi-mort, dans ses mains tremblantes.

— Sauvez-le ! dit-elle, sauvez-le ! Je n'ai plus que lui, son père est mort... Une prière pour que Dieu me le garde ! Une bénédiction pour que mon ange me soit laissé !

— Pauvre mère ! fit maître François, Dieu seul dispose de la vie qu'il nous a donnée... Vous possédez la foi comme la femme de Chanaan, allez en paix comme elle !

Il effleura de ses doigts le front du petit être dont les paupières s'ouvrirent, et dont les lèvres pâles ébauchèrent un sourire.

La jeune femme tomba le front dans la poussière, et baisa les pieds du missionnaire.

Celui-ci se recula, et s'adressant à la mère folle de joie :

— Entrez dans l'église, remerciez Dieu, lui dit-il.

Tour à tour, ceux qui avaient attendu maître François le consultèrent sur un cas difficile.

Un riche habitant de Goa lui remit une lourde bourse pour ses pauvres.

Une femme le pria de venir visiter son père malade.

L'ancien soldat, qui jadis avait été sauvé avec les Pellawares, le supplia d'accepter l'aide de son épée.

Tous s'exprimaient avec un respect profond, une tendre reconnaissance. On comprenait qu'ils savaient de quel poids étaient les prières de celui dont une ardente invocation décidait du gain d'une bataille.

En effet, maître François était à cette époque l'âme des Indes. On l'eût dit doué du don d'ubiquité à voir avec quelle rapidité il se transportait d'un lieu à l'autre, apparaissant comme un ange sauveur chaque fois que l'on avait besoin de son aide.

Encourageant ici des soldats à la veille d'un combat ; luttant au milieu de ces pauvres Indiens durant une épidémie mortelle ; apprenant tous les idiomes parlés de la baie de Cambaye au cap Comorin afin d'annoncer à tous l'Évangile ; abordant les îlots les plus difficiles, les plus éloignés, afin d'en ramener un enfant destiné à l'un de ses collèges.

Il vivait dans une fièvre de charité. Oublieux de lui-même, soucieux seulement des progrès de la foi, il traversait le Nouveau-Monde comme emporté sur les ailes de son zèle.

Sur toute la côte, il était réellement plus maître que le vice-roi lui-même. Garcia de Sà parlait au nom de Juan III, maître François commandait au nom du Christ.

Il pénétra enfin dans l'église, puis, quand il y eut offert le saint Sacrifice, il se disposa à se rendre près du mourant qui l'attendait.

Le malade que maître François allait visiter demeurait dans un quartier désert terminé par des terrains boisés.

Le prêtre traversa les rues de Goa entre deux rangs d'hommes recueillis.

Bientôt il ne rencontra plus que de rares passants. Enfin, il se trouva dans des quartiers absolument déserts.

Sur le seuil d'une maison isolée, située au milieu d'un jardin, maître François reconnut la jeune femme en pleurs qui l'était venu chercher une heure auparavant.

Après avoir écouté la confession du moribond, le prêtre promit de revenir le lendemain, et d'apporter au malade le Viatique du dernier voyage.

La porte de la triste maison se referma, et maître François allait reprendre le chemin de la ville, lorsqu'il lui sembla reconnaître, derrière un bouquet de bois, le bruit sec de deux épées. Il ne pouvait s'y tromper, trop de fois sur les champs de bataille il avait entendu ce choc meurtrier.

— On se bat ici ! fit-il d'une voix émue, et soudain il se dirigea du côté où retentissaient des froissements de fer.

Il ne s'était pas trompé.

Deux hommes, dont les pourpoints gisaient sur l'herbe, luttaient avec une ardeur désespérée.

Une expression de haine terrible animait le visage de l'un d'eux ; l'autre calme, comme s'il attendait le succès de la justice de sa cause, se défendait avec une habileté consommée, et tirait parti des fautes de son adversaire qu'une fougue aveugle paraissait emporter.

Ces deux duellistes étaient Luiz Falçam et Sépulvéda.

Le lendemain de la scène qui s'était passée chez le vice-roi, le gouverneur de Diu se rendit chez le capitaine. Un de ses amis l'accompagnait.

Falçam s'attendait à cette visite et Diniz Sampayo ne le quittait pas.

— Senhor, dit Sépulvéda d'une voix hautaine, je veux oublier à cette heure que vous êtes mon subordonné dans la hiérarchie militaire, et me souvenir seulement, qu'aspirant ensemble à la main de la même femme, un de nous deux est de trop en ce monde.

— Pourquoi? demanda froidement Falçam. J'ai mon droit, un droit sacré, fondé sur une promesse de Garcia de Sà, et sur l'engagement de sa fille.

— Le vice-roi n'entend plus tenir une promesse extorquée à sa reconnaissance.

— J'attendrai qu'il me l'apprenne lui-même.

— Me croirez-vous, si je vous dis que je viens de sa part?

— Tout à l'heure, vous m'avez prévenu qu'il ne se trouvait ici ni gouverneur, ni capitaine, mais deux hommes en présence... Luiz Falçam a donc le droit de répondre à Sépulvéda : Non, je ne vous crois pas!

— Vous osez me taxer de mensonge?

— Vous accusez bien le vice-roi de trahison.

— Tout vous prouve que je dis la vérité ; la faveur dont je jouis, les paroles que vous avez surprises... Je ne suis pas même votre rival... Vous ne comptez plus dans les projets d'avenir de Garcia de Sà pour Lianor... Savez-vous que je puis leur offrir autant de diamants que le ferait un rajah de l'Inde... Quant à mes ambitions, elles sont telles que, servies par ma volonté, j'arriverai à tout... Un jour je deviendrai à mon tour vice-roi des Indes, et Lianor régnera sur toute la côte de Canara... Si vous l'aimez comme vous l'affirmez, dans son intérêt même, renoncez à des prétentions qui engendreraient des luttes terribles, et ne pourraient manquer d'avoir des suites funestes. Mettez nos deux situations en balance, et vous comprendrez qu'il ne vous reste qu'à vous retirer.

— Jamais! s'écria Luiz Falçam. Vous feriez Lianor riche, moi je la rendrai heureuse!

— Me jugez-vous incapable de réaliser ce même bonheur?

— Oui, répondit Falçam, en regardant Sépulvéda en face. Et jugez de la différence de mes sentiments avec les vôtres! Si je croyais ce que vous dites, si je pouvais me convaincre que le faste que vous étalez et que l'ambition dont vous êtes doué dussent suffire à la félicité de Lianor, renonçant à mes rêves, et brisant mon propre cœur, j'irais cacher au loin ma douleur sans remède, et la pensée de sa félicité me consolerait de son abandon... Mais cette âme droite et fière ne comprend ni la trahison, ni le mensonge ; ce noble cœur ne tient à l'or que pour le répandre dans les mains des pauvres, et si Lianor savait de combien de larmes et de sang est taché celui que vous entassez dans vos coffres...

— Prenez garde ! fit Sépulvéda.

— Lianor ne vous aime pas, et Lianor ne saurait vous aimer. Autorisée par son père elle s'est fiancée à moi, et jamais, jamais elle ne sera votre femme...

— Tant que vous vivrez ! a-t-elle dit ; eh bien ! je vous tuerai.

— Je ne me battrai pas ! répliqua Falçam.

— Il le faudra bien, sous peine de vous entendre traîter de lâche par tous ceux qui vous connaissent.

— Ceux-là savent combien je lutte contre les ennemis de l'Église et ceux du roi. Ils ne me feront jamais cet outrage.

— Je commencerai donc ! s'écria Sépulvéda. Oui, devant tous, si vous refusez de vous mesurer avec moi, je vous jetterai votre infamie à la face, je vous cracherai votre lâcheté au visage, et après vous avoir souffleté de mon gantelet, nous verrons si la fière Lianor consentira encore à prendre pour époux un homme déshonoré.

— Vous ne ferez pas cela ! s'écria Falçam.

— Je le ferai, publiquement, et pour que vous n'en doutiez pas... Sans achever sa phrase, il arracha son gantelet de buffle, et le lança au visage de Luiz.

Diniz Sampayo arrêta le gant au passage.

— Nous nous battrons, dit froidement Falçam, nous nous battrons. J'ai fait ce que j'ai pu pour empêcher une rencontre. Le duel me paraît un crime. Mais défendre mon honneur est un devoir, et je vous attendrai demain.

— Où ? demanda Sépulvéda.

— Derrière les bouquets d'arbres de la maison Mauresque.

— Aurons-nous des témoins ?

— Dieu nous verra.

Vainement Diniz et Diogo insistèrent pour que les deux rivaux leur permissent de les accompagner.

— Non ! non ! fit Sépulvéda, l'un de nous restera sur le terrain, il suffit. C'est un duel sans merci, un duel à mort. Il vous suffira d'en apprendre le résultat... Et, soyez tranquilles, vous me reverrez...

Sépulvéda se leva, et s'éloigna suivi de Diogo.

Falçam et Diniz se trouvaient seuls.

Luiz marcha dans la salle avec agitation. Ce qu'il allait faire répugnait à sa conscience. En consentant à se battre, il obéissait à un entraînement coupable. Pour éviter d'être accusé de lâcheté, il allait devenir meurtrier, peut-être!

Diniz lisait clairement dans l'âme de son ami. Un moment, il songea à prévenir le vice-roi; mais il trembla que, dans la situation d'esprit où se trouvait Manuel Sépulvéda, quelque chose de plus terrible que la perspective d'une rencontre menaçât Luiz Falçam.

Comprenant qu'à cette heure il ne pouvait lui être utile, il l'abandonna à lui-même, et Falçam profita de cette liberté pour écrire à sa famille, puis à Lianor.

Ce fut comme un double testament : dans chacune des pages qu'il traçait il mit de son cœur, de son sang, de ses larmes...

Après avoir cacheté ses missives il sortit; n'osant aller chez Garcia de Sà, dans la crainte de se trahir, il se contenta d'errer autour du palais. Il en vit sortir Lianor et Savitri, suivies de Lalli et Tolla, et il les regarda en fixant sur elles des yeux obscurcis par les pleurs.

Un sourire de la jeune fille lui prouva qu'elle l'avait reconnu.

Les pauvres l'attendaient, elle passa... Elle passa sans deviner que quelques heures plus tard il risquerait sa vie.

— La reverrai-je? la reverrai-je encore? se demanda Falçam.

Une tristesse poignante envahit son âme, et il rentra chez lui, poursuivi par de sinistres pressentiments.

Il avait chargé Diniz de l'éveiller le lendemain.

— Écoute, lui dit-il, Sépulvéda sera exact. Si à l'heure habituelle du déjeuner je ne suis pas revenu, accours au bouquet de bois de la maison Mauresque, tu me trouveras là...

Sampayo se jeta dans les bras de son ami.

— Défends ta vie, lui dit-il, c'est en même temps défendre le bonheur de Lianor. Si elle épousait Sépulvéda, elle serait à jamais perdue...

— Oui, répondit Falçam, je me défendrai. Je n'attaquerai pas. En me battant, je cède à une coutume barbare que Dieu condamne et que ma conscience repousse. Mais je ne suis point l'ennemi de Sépulvéda, quelques justes motifs de haine que je doive garder contre lui.

Il reposa tranquillement et fut éveillé par son ami.

En quittant Sampayo pour se rendre au petit bois voisin de la maison mauresque, il devait forcément passer devant cette même église où, d'habitude, officiait maître François.

Falçam y entra.

Cependant, il n'osa point monter jusqu'à l'autel. Il savait qu'en risquant sa vie il commettait une faute grave. Il en demandait pardon par avance, et s'il implorait de Dieu le succès, ce n'était point un succès suivi de la mort de Sépulvéda. Tout en désirant le vaincre, il ne songeait pas à le tuer.

Lentement, il se dirigea vers le bois servant de lieu de rendez-vous.

Il s'y trouva le premier; assis sur un tronc d'arbre renversé, il attendit son adversaire.

Sépulvéda n'avait pas fermé les yeux durant sa nuit fiévreuse; l'exaltation de son esprit, la haine débordante de son cœur se lisaient sur son visage.

En apercevant son adversaire, frémissant de rage, oublieux même de ces habitudes courtoises qui président aux préliminaires d'un duel, il lança sa toque sur l'herbe, arracha son pourpoint, et, tirant son épée, il l'agita d'une façon menaçante, avant de tomber en garde.

Luiz se leva lentement, se débarrassa de son pourpoint, et aussi calme que s'il se fût agi d'une joûte sans danger, ne pressentant aucun péril, il salua de l'épée son adversaire.

Le jeu de Sépulvéda fut terrible.

Il ne semblait plus se souvenir des lois de l'escrime et des coutumes des gentilshommes. Tantôt il se ramassait sur lui-même, puis bondissait sur son adversaire à la façon des fauves, espérant le surprendre et traverser sa poitrine à l'aide d'un coup inattendu.

Tantôt, agitant son arme en tous sens, comme s'il prétendait éblouir Falçam du reflet de son épée, il paraissait à la fois le menacer à la tête, au bras, à la poitrine.

Suivant la promesse faite à Sampayo, Luiz se contentait de défendre sa vie. Calme et froid, tandis que Sépulvéda paraissait en proie à une fièvre de haine, Luiz parait les coups, et le glaive du gouverneur, si rapide, si menaçant qu'il fût, trouvait toujours celui de Falçam pour l'abaisser ou le relever avec un bruit sec.

Une fois, même, la riposte de Luiz fut si vive que l'épée de Sépulvéda s'échappa de ses mains.

D'un bond il la ramassa, et se jetant sur le capitaine, il déchira la manche de sa chemise qui se teignit de quelques gouttes de sang.

Un sourire de son adversaire lui apprit que cette blessure était sans importance, et le combat recommença.

— Ta vie ! il me faut ta vie ! cria Manuel.

Cette fois la lutte devint acharnée. Falçam, voyant l'inutilité de sa générosité, comprit que son jeu devait prendre un caractère plus agressif. Il ne s'agissait pas seulement de l'existence, mais de l'avenir de Lianor.

Les deux épées se lièrent avec une égale furie et, sans aucun doute, l'un des adversaires allait succomber à cette bataille sans merci, quand un nouveau personnage apparut sur le théâtre du duel.

Maître François ne pouvait rester spectateur indifférent de ce duel homicide.

A peine fut-il entré dans le bois qu'il aperçut Sépulvéda et Falçam.

Il les connaissait tous deux. Une seule minute d'examen le convainquit de la différence du mobile qui les animait. Il comprit que le gouverneur de Diu en voulait à l'existence de Luiz, que sa haine ne reculerait pas même devant un meurtre, et, arrachant de sa ceinture le crucifix qui y demeurait passé, il en frappa à la fois les deux épées.

Les combattants reculèrent.

— N'êtes-vous donc ni des fidalgos, ni des chrétiens, pour essayer de vous enlever une vie dont Dieu seul est le maître ?

— Mon Père... dit Falçam d'une voix empreinte de respect.

— L'épée au fourreau, mon fils ! ajouta maître François.

Le jeune homme obéit lentement.

Sépulvéda resta l'arme haute.

— Soldat, lui dit-il, je fais en me battant acte de soldat. Il n'appartient pas aux moines de nous donner des leçons d'honneur.

— La robe de bure ne nous enlève pas notre qualité de gentilhomme, repartit maître François. Vous vous trompez si vous croyez que je ne saurais prononcer sur la justice de votre cause. Parlez, Falçam, si vous m'acceptez pour arbitre.

— Mon Père, demanda le capitaine, quand une jeune fille nous a été fiancée, avons-nous le droit de la défendre contre les prétentions d'un rival ?

— Dieu, qui entend le serment des hommes, veut que toute parole soit sacrée.

— Lâchement, et en usant de subterfuges indignes de lui comme de moi, Sépulvéda prétend rompre des liens qui m'attachent à Lianor. Son père me l'a promise ; Lianor m'est fidèle ; ne puis-je la protéger contre l'homme qui la rendrait malheureuse en l'épousant?

— Celui qui tire l'épée périra par l'épée, Falçam, ne l'oubliez pas... Séparez-vous tous deux... Je verrai le vice-roi aujourd'hui même ; je l'adjurerai de ne point réduire au désespoir deux êtres jeunes et bons... Me donnez-vous votre parole de ne plus recommencer ce combat coupable?...

— Je vous la donne, mon Père...

— Et vous, Sépulvéda?

— Je ne promets rien ! répondit celui-ci.

— Prenez garde ! fit maître François avec la double autorité du juge et du prêtre, prenez garde ! La vengeance de Dieu marqua d'un signe le front de Caïn. Falçam s'en tient à son droit, abjure toute haine ; je vous l'atteste au nom du Christ dont voici l'image, si vous touchez à un seul des cheveux de cet homme, un châtiment terrible vous atteindra, et vous frappera jusque dans vos fils !

— Soit, dit Sépulvéda, je garde ma haine ! et je brave le châtiment.

Il remit l'épée au fourreau, et disparut dans le bois laissant seuls Luiz Falçam et l'Apôtre des Indes.

Arrachant un poignard de sa ceinture, il le lui tendit. (*Voir page* 143.)

XII

LES FILS DE SIVA

Il pouvait être minuit, quand le quartier le plus sinistre de Goa parut tout à coup s'animer d'une vie étrange, grouillante, capable de causer plus d'effroi que de curiosité.

Les rues, les carrefours, les ruelles, les culs-de-sac formant cette partie de la vieille cité étaient depuis longtemps abandonnés. Les gens qui les habitaient jadis s'empressèrent de descendre vers la ville neuve; aussi les maisons s'étaient-elles crevassées, lézardées, effondrées, formant un amas sans nom de toits inégaux, de cahutes étranges, de logettes sans portes, de toits sans fenêtres. Le marteau des démolisseurs avait aidé au temps.

Ce quartier gardait de l'époque de sa conquête une réputation détestable. A mesure que les établissements portugais s'élevaient dans la nouvelle capitale des Indes, des ramassis de Juifs, toujours empressés de suivre les armées afin d'acheter aux soldats leur part de butin, les Maures rebelles à toute pensée d'abjuration, les Indiens qui cédaient avec peine à l'influence de la civilisation, et pleuraient en secret les dieux auxquels ils renonçaient en public, se refixèrent dans ce quartier perdu. Il devint si dangereux de s'y hasarder, tant d'attentats nocturnes s'y commirent, que le chef de la police en chassa ceux qui l'habitaient.

Les rues s'emplirent d'herbe, les maisons demeurèrent vides de bruit, et cette partie de l'ancienne cité ressembla bientôt à une vaste nécropole.

Cependant si, durant le jour, ces rues conservaient leur aspect abandonné, durant la nuit elles reprenaient, à de fréquents intervalles, une animation bizarre.

Les fils de ceux que l'on avait chassés revenaient rallumer les foyers éteints de ces maisons maudites, et dans ce lieu d'où on les avait proscrits, ils prononçaient à leur tour des proscriptions.

Les Maures dépossédés, les Indiens devenus esclaves, les Juifs désignés au mépris public, unis dans un égal sentiment de haine et un farouche besoin de représailles, s'érigeaient en juges de ceux qui les avaient condamnés.

D'abord une seule famille eut l'audace de parler ouvertement de sa haine dans de nocturnes rendez-vous; puis chacun de ses membres recueillant les plaintes, enregistrant les sujets de rancune, chercha des adhésions.

De proche en proche, semblable au feu couvant sous la cendre, les revendications, les soifs de vengeance, les complots ténébreux s'étendirent. Alors l'association devint redoutable. Il fallut bien y croire quand chaque nuit un nouveau crime ensanglanta les rues de Goa, et que sur chacun des cadavres on reconnut un signe étrange,

sorte de cachet posé par les assassins afin de témoigner de leur puissance et de la sûreté de leurs coups. Les victimes portaient, gravés sur le front, ces mots : *Les Fils de Siva.*

Certes, jamais association ne choisit une appellation plus juste et plus terrible. Le Dieu de la destruction pouvait seul inspirer cette série de crimes perpétrés sous les formes les plus diverses.

Tantôt on trouvait étendu sur le port un homme dont le cou bleui gardait la trace des cinq doigts qui l'avaient étranglé ; une autre fois, sur le seuil même de sa maison, on relevait un cadavre frappé à la poitrine d'un coup de poignard. Plus rarement, le poison accomplissait son œuvre mystérieuse. Mais sous quelque forme que se présentât la mort, elle était signée de ce nom collectif : *Les Fils de Siva.*

La police de Goa multiplia en vain les recherches après avoir questionné les criminels enfermés dans les prisons, afin de savoir s'ils n'avaient aucune ramification avec cette association sinistre ; on dut renoncer à pénétrer ce mystère au moyen de l'intimidation. Des sommes énormes furent promises à celui qui éclairerait la justice. Nul ne parla. Croyant enfin qu'aucun trésor, si magnifique qu'il soit, ne vaut la vie, on promit grâce complète au malfaiteur quel qu'il fût, qui fournirait un indice à la justice.

Aucun homme ne fut tenté, la police n'apprit rien.

Ceux qui, après un malheur sans remède, entraient dans l'association des *Fils de Siva*, avaient assez renoncé à tout ce qui fait le charme de la vie, pour ne lui demander que des jouissances plus âpres. La vengeance seule, une vengeance aveugle, féroce, faisait désormais battre ces cœurs ulcérés.

A l'heure où Goa s'endormait lasse de bruit, de mouvement; tandis que les négociants comptaient en rêve les piastres de leurs coffres, que les fidalgos luttaient en songe contre les Musulmans ou les Indiens, des ombres demi-nues rampaient le long des maisons basses, avec les mouvements muets et allongés des reptiles.

Sous les pâles clartés de la lune, on les voyait glisser en files silencieuses, puis sans qu'il fût possible de dire comment ces nocturnes rôdeurs avaient disparu, la rue redevenait déserte, jusqu'à ce que de nouveaux groupes suivissent la même route pour s'évanouir d'une façon identique.

A mesure qu'ils arrivaient devant l'amas de bâtiments en ruines qui semblait être le but de leur course, ils s'engouffraient sous une

porte basse masquée le jour avec un soin qui la rendait impossible à deviner, et qui la nuit s'ouvrait sur un trou béant.

Fixée à un solide crampon de fer, une corde munie de nœuds se balançait contre les parois avec la régularité d'une pendule. Chaque fois qu'un homme se penchait sur la margelle à peine saillante du puits, il cherchait de la main un anneau de fer, s'y cramponnait, enjambait le rebord de l'excavation, puis saisissant la corde, il descendait avec lenteur, suivi bientôt par un autre affilié, au-dessus duquel ne tardait point à paraître une nouvelle ombre.

La grappe humaine oscillait, puis le câble se tendait sous l'effort du premier homme mettant pied à terre.

Une arche béante s'ouvrait à gauche du puits; sous cette arcade disparaissaient bientôt les *Fils de Siva*.

Ils se trouvaient alors dans une salle énorme au fond de laquelle se dressait une monstrueuse idole.

Accroupis sur une natte, sept Indiens, dont la plupart touchaient aux dernières limites de la vie humaine, formaient le tribunal auquel Maures, Juifs et Indiens devaient soumettre leurs griefs.

Quand la réunion se trouvait complète, une lourde porte de fer roulait sans bruit sur ses gonds, et la discussion commençait.

Ou plutôt il n'y avait pas de discussion. Tout se passait d'une façon sommaire.

L'homme qui croyait avoir à se plaindre d'un Portugais exposait ses griefs, et après l'échange de quelques mots prononcés à voix basse entre les juges, on tendait à l'Indien une corde, un poignard ou du poison. A partir de ce moment il devenait libre de se venger de celui qui l'avait offensé!

Si, ce qui était fort rare, les juges ne votaient pas la mort, celui qui venait de leur être dénoncé se trouvait signalé à l'association entière. Elle devait le surveiller jusqu'à ce qu'un nouveau crime, ou seulement un délit, le rendît enfin passible de la condamnation des *Fils de Siva*.

Il n'existait point de degrés dans les châtiments infligés par eux. La mort seule punissait les coupables.

Quelquefois, par un raffinement de cruauté, le châtiment au lieu de tomber directement sur le coupable frappait un être qui lui était cher.

La barbarie des *Fils de Siva* gardait des raffinements terribles. On vit souvent un enfant bien-aimé payer pour son père, un mari pleurer sur le cadavre de sa compagne. Les infortunés, en voyant ces créatures bien-aimées frappées au nom de cette association mystérieuse, interrogeaient leur conscience avec une épouvante pleine d'angoisse. Ils se rappelaient alors, confusément souvent, avoir fait châtier un esclave, avoir dénoncé un crime à la justice. Jusqu'à la fin d'une existence que le remords devait rendre misérable, ils se souviendraient que leur défaut d'indulgence et leur facilité à soupçonner le mal avait coûté la vie à ce qu'ils aimaient le mieux au monde.

Il n'était permis à aucun *Fils de Siva* de manquer aux assemblées générales.

La défiance naissait vite dans ces âmes ulcérées. Le nom de celui qui ne répondait pas à l'appel était effacé du livre.

Le lendemain les crocodiles de la baie se disputaient un cadavre.

Tandis que, dans la ville neuve, les magistrats, l'armée, les prêtres s'efforçaient de répandre la civilisation, au fond de ce vieux quartier perdu des sectaires défendaient leurs coutumes et leur culte.

Cette Goa ignorée et souterraine semblait l'enfer de la brillante capitale, dans laquelle affluaient les rois des côtes et des îles venant apporter leurs tributs ou abjurer leurs anciennes croyances.

Une grande animation régnait cette nuit-là dans l'assemblée.

Les succès récents des Portugais augmentaient la haine des Indiens contre ceux qu'ils appelaient leurs persécuteurs. Quatre sentences de mort furent prononcées ; les hommes condamnés devaient, à courte échéance, être marqués au front du signe des *Fils de Siva*.

Trois dénonciations furent reçues, sans être suivies d'un ordre de sentence. Les juges exigèrent de nouvelles preuves.

Deux heures après que les membres de l'association se furent glissés dans la maison en ruines, dérobant à tous les yeux l'entrée mystérieuse de la salle des délibérations, la corde du puits vibra de nouveau sous le poids des corps qui s'y suspendaient dans le vide. Quelques instants plus tard, un à un, avec des précautions infinies, les Indiens quittèrent les masures, se glissèrent le long des murailles, et se retrouvèrent dans la ville, dormant du même sommeil sous la clarté des mêmes étoiles.

Aucun d'eux n'avait deviné la présence d'un homme enveloppé d'une longue cape couleur muraille, et qui avait eu la patience d'attendre la sortie du dernier des conspirateurs.

Appartenait-il à la police, surveillait-il les quartiers dangereux pour obéir à un chef; simple curieux se demandait-il le mot d'une énigme dont la ville était préoccupée depuis si longtemps?

Ce qui est certain, c'est qu'après avoir vu s'évanouir la dernière ombre, il traversa la ruelle, prit dans la poche de son pourpoint un morceau de sanguine, et traça une croix au-dessus de l'amas de décombres masquant l'entrée du puits.

Désormais, il était certain de reconnaître cette maison ruinée au milieu de toutes celles qui encombraient ce quartier perdu.

Ensuite, du pas lent et inoffensif d'un promeneur, il descendit de l'ancienne ville dans la nouvelle, monta les degrés de marbre d'un palais, introduisit une petite clef dans une serrure de bronze, et la porte retomba derrière lui.

Le lendemain, dès que la nuit commença à descendre, il se rendit dans un quartier assez éloigné du port, mais bâti au bord de la mer.

Il était presque entièrement habité par des pêcheurs.

La vie était dure pour ces hommes. Ils gagnaient au prix de mille dangers la poignée de riz nécessaire à leur existence. La plupart d'entre eux avaient exercé jadis un périlleux métier au profit de riches Portugais. Fatigués de la pêche des perles, ils lançaient maintenant leur barque à la mer, et rentraient plus ou moins chargés de poissons. Celui qui passait pour avoir exercé une sorte d'autorité sur ses camarades, avait longtemps ramassé les perles azurées que récoltent sur leur côte des Pelawares. Alors il était père d'une belle enfant dont la tendresse faisait toute sa joie. Un jour l'innocente créature disparut, et le père, depuis ce moment, voua aux Portugais une haine sans nom.

Rien ne prouvait cependant que le crime eût été commis par l'un d'eux. Peut-être l'imprudente jeune fille s'était-elle aventurée dans les bois remplis de fauves, et avait-elle péri victime de son imprudence; mais il s'imagina que sur un vaisseau déjà loin en pleine mer, on emmenait son enfant pour en faire une esclave.

De ce jour, il vit un ennemi dans chaque Européen et s'affilia à l'association des *Fils de Siva*.

De nouveaux enfants lui avaient été envoyés, mais ils ne le consolaient pas de la perte de sa fille aînée.

Il raccommodait ses filets de pêche lorsque l'homme qui, la veille, avait surpris le lieu de rendez-vous des Indiens, entra dans sa pauvre demeure. Le costume de celui qui pénétrait chez lui indiquait assez sa race. Le pêcheur se leva presque menaçant.

— Nous avons à causer, lui dit le Portugais.

— Les fils de ta nation n'ont rien de commun avec ceux de la mienne.

— Tu te trompes, ils gardent un lien : la haine.

— Si tu parles de la vengeance, nous nous entendrons peut-être.

— Combien exiges-tu pour tuer l'homme que je te désignerai?

— Me prends-tu pour un assassin? Et ma misère autorise-t-elle tes insultes?

— Je sais ton histoire; tu pleures Loxia enlevée à ta tendresse, et tu fais expier à tous les Portugais le crime d'un seul.

— L'Indien est faible et pauvre, on l'accuse vite.

— L'Indien est fort et patient. Il se rit souvent de nos timidités, de nos faiblesses. Il frappe droit au cœur quand Siva lui met le poignard à la main...

— Siva n'a plus d'autel, repartit l'ancien pêcheur de perles, son autel a croulé dans les herbes et jusque dans les eaux du fleuve sacré, le Mandâva. Toi qui ne connais pas nos dieux, ne profane point ici leurs noms. D'ailleurs, que me parles-tu de Siva? Pourquoi rappeler ces souvenirs à ma mémoire. J'obéis aux lois des Portugais, j'ai reçu les enseignements de ceux qui ont abattu ce qu'ils appelaient nos idoles.

— Tu mens! fit l'homme au manteau.

Encore une fois le pêcheur se leva, et sa main chercha une arme à la muraille.

— Je ne t'accuse pas, je ne te trahirai point. J'ai besoin d'une âme inaccessible à la crainte, d'un bras qui ne tremble pas en maniant le poignard, et je suis venu à toi parce que tu es resté de cœur avec les Indiens, que tu pries encore tes dieux dans le secret de ta cabane, et qu'au fond de quartiers perdus tu te réunis à tes frères...

Les lèvres de l'Indien laissèrent échapper ces mots :

— Espion! traître!

— Tu te trompes, je ne suis qu'un curieux. Je tiens, il est vrai, ta vie entre mes mains, qu'en ferais-je? Ta mort ne me servirait à rien. Tu ne m'as jamais offensé. Je sais ton histoire, et j'ai surpris ton secret, voilà tout. Voici une bourse pleine de cruzados... tu recevras le double de cette somme, si dans deux jours tu m'as débarrassé d'un homme.

— Un Portugais?

— Oui.

— Tous les Portugais sont ennemis des Indiens.

— Je puis compter sur toi?

— Comptes-y; rappelle-toi seulement que si tu tentais de me faire disparaître une fois la vengeance satisfaite, tous ceux que tu as épiés se lèveraient pour la vengeance. Et maintenant qui dois-je frapper?

L'homme au manteau se rapprocha de l'Indien, comme s'il pouvait craindre que ses paroles fussent surprises. Il lui apprit, avec de minutieux détails, quelles étaient les habitudes de celui dont il venait de payer la mort; puis il ajouta au moment où il quittait la cabane de l'Indien :

— Je serai là! A peine l'auras-tu frappé que tu recevras le reste de ton salaire.

— Dans deux jours, répondit le fils de Siva.

Et il ajouta, avec l'expression d'une joie farouche :

— Je te venge, Loxia, je te venge!

Le visiteur, dont il lui avait été impossible de distinguer les traits, s'éloigna de la demeure de l'Indien, rentra dans la ville neuve, et comme s'il éprouvait le besoin de prouver un alibi et d'affirmer ailleurs sa présence, il se dirigea du côté du palais du vice-roi.

Une foule joyeuse en sortait, il se mêla à cette foule, et suivit quelques amis dans une maison de jeu où on remua les dés jusqu'à l'aube.

Falçam, lui aussi, quittait le palais de Garcia de Sà.

La défaveur dans laquelle il était tombé n'était un mystère pour personne; Lianor et Pantaleone s'efforçaient d'adoucir l'amertume d'une situation si tendue qu'elle ne pouvait durer. Luiz tenait la parole donnée à maître François; non seulement il ne provoquait point Sépulvéda, mais il évitait même de se trouver sur sa route. Il attendait tout de la fermeté de Lianor. Si marquée que fût pour le gouverneur de Diu la préférence du vice-roi, celui-ci n'osait plus cependant imposer ses volontés à sa fille. Après avoir fait miroiter devant elle les richesses de Sépulvéda, la haute situation à laquelle il ne pouvait manquer de parvenir, il dut s'arrêter sous peine de perdre devant Lianor une part de cette autorité paternelle faite de respect et de vertu. Il n'osait lui commander un parjure. Il se sentait pris de honte quand il rencontrait le fier regard de sa fille. Celle-ci pourtant se gardait de l'accuser. Elle le savait faible, mais elle l'avait vu si bon, si tendre, qu'elle comptait sur un retour de son affection indulgente. D'ailleurs, pensait-elle, les hommes de la trempe de Sépulvéda, si protégés qu'ils soient par leur orgueil et leur habileté, finissent toujours par laisser voir le défaut de la cuirasse. Garcia de Sà comprendrait que dans l'orgueil de Sépulvéda il entrait moins de grandeur que de vanité bruyante. Le faste dont il faisait abus, cette magnificence prodigue qu'il déployait chaque fois qu'une de ses fêtes devait être honorée de la présence de Lianor se doublaient d'un amour âpre pour ces mêmes richesses.

Pantaleone répétait à la jeune fille des traits au moins étranges, racontés dans l'abandon de l'intimité par ceux qui avaient vécu près de lui.

Elle croyait alors voir sur les diamants et les perles du gouverneur de Diu du sang et des larmes. Sans cesser de souffrir, elle gardait cependant l'espérance. Quand la navigation redeviendrait possible, Sépulvéda reprendrait la mer et regagnerait la citadelle.

Lorsque Luiz Falçam, plus attristé qu'elle-même, poursuivi par de sinistres pressentiments, lui exprimait l'angoisse à laquelle il était en proie, elle le rassurait avec une grâce infinie.

— Mon Luiz, disait-elle, si mon père a flatté Sépulvéda de vagues promesses, vous gardez au doigt ma bague de fiançailles; tant qu'elle y brillera ne redoutez rien... maître François, qui daigne compatir aux faiblesses des jeunes cœurs, ne vous a-t-il point affirmé que, devant Dieu, l'engagement de mon père était sacré... Vous vivant, pas un prêtre ne bénirait mon mariage avec un autre. J'en appellerais à Dieu de la violence faite à ma volonté! Laissons passer l'orage, mon Luiz; nous sommes de ceux qui se savent assez forts pour attendre, et qui puisent dans les difficultés à vaincre un sujet d'encouragement plutôt qu'un motif d'effroi.

— Lianor, Lianor, quand je vous écoute le calme rentre dans mon âme ; avec vous je crois, j'espère avec vous. Mais sitôt que je vous quitte la crainte me reprend. Cette terreur n'a point de source dans la faiblesse, vous le savez. Je me sens brave, autant que n'importe quel homme au monde. Mais il s'agit de mon bonheur, et ce bonheur est plus que ma vie ! Je puis bien vous l'avouer, chaque fois que je m'éloigne de vous, il me semble vous avoir vue pour la dernière fois. Je me sens environné de pièges, dans lesquels une voix secrète me prédit que je tomberai un jour... Dites-moi que vous prierez pour moi si je meurs, Lianor. Je ne demande rien de plus. La vie est un rude combat. Peut-être vous verrez-vous forcée d'accorder à un autre la main qui me fut promise... mais devant

Dieu, vous vous souviendrez du fiancé dont vous fûtes toute la joie...

— Taisez-vous ! taisez-vous ! Luiz, fit Lianor, vous parlez comme si vous n'étiez plus de ce monde. Mon cœur bat, mes mains sont glacées, vous me faites peur !

— Priez pour moi ce soir, Lianor ! répéta le jeune homme d'une voix grave. Il effleura de ses lèvres les mains de la jeune fille, et s'éloigna lentement.

— Saints anges, gardez-le ! s'écria l'héritière de Garcia de Sà en tombant sur les genoux.

Bouleversée par l'adieu de Falçam, et cédant enfin à la tristesse qui pesait sur elle depuis l'arrivée de Sépulvéda, Lianor éclata en sanglots.

Il lui sembla brusquement que sa jeunesse était finie, qu'un voile de deuil s'étendait sur elle. Éveillée, mais en proie à une surexcitation effrayante, nerveuse, elle se crut environnée de fantômes, et ce fut avec un cri d'angoisse sans nom qu'elle se jeta dans les bras de la veuve du rajah qui la cherchait.

— Qu'as-tu ? qu'as-tu ? lui demanda Savitri.

— Falçam ! où est Falçam ?

— Il vient de quitter le palais, répliqua Pantaleone. Rassure-toi, cousine, ton épreuve finira. L'influence de Sépulvéda est trop semblable à un mirage pour ne point disparaître comme lui. A peine le commandant aura-t-il quitté Goa que ton père, en échappant à son obsession, se rappellera que Falçam t'a sauvée.

— Et s'il s'en souvient trop tard ? murmura Lianor.

— Ah ! répondit Savitri, combien je regrette, à cette heure, que votre culte ne soit pas le mien ! Je demanderais à toutes les déesses bienfaisantes de récompenser votre tendresse. Mais m'adresser à elles vous semblerait coupable, je ne puis que pleurer avec vous.

Elle couvrit de caresses le front pâle de Lianor.

— Demain, dit celle-ci, demain à la première heure, je me rendrai à la chapelle de maître François ; je lui exposerai mes craintes, je lui demanderai l'aide de ses prières, et Dieu rendra la paix à mon âme. Pardonnez-moi tous deux de vous accabler de mes tristesses.

Pantaleone et la petite veuve la ramenèrent dans son appartement.

Pendant ce temps Falçam regagnait lentement la maison de Diniz.

Comme il venait de le dire à Lianor, son âme était en proie à une de ces tristesses qui sont les pressentiments de l'avenir. Il lui semblait que le bonheur entrevu croulait sous ses pas, que pour lui Lianor était à jamais perdue, et sous l'impression du désespoir que lui causait cette pensée, il murmura :

— Pauvre mère !

Ne savait-il point qu'elle ne survivrait pas à son fils?

Le temps était voilé; le bruit de la mer arrivait de loin, éternel sanglot berçant les douleurs humaines.

Luiz apercevait déjà les pâles clartés de la lampe éclairant le vestibule de la maison de son ami, quand de la baie d'un portail voisin, deux ombres se détachèrent. L'un des hommes, embossé dans son manteau, cachait soigneusement son visage, tandis que l'autre, presque entièrement nu, se coulait sans bruit le long des murs avec des allures de reptile.

Tout à coup, et sans que Falçam eût la possibilité de se défendre, l'Indien le saisit à la gorge. Le sang-froid n'abandonna pas le capitaine; il noua ses bras autour de la poitrine de son adversaire, et cette étreinte fut si vigoureuse que les os de l'assassin craquèrent et que ses doigts se détendirent.

— A l'aide ! confession ! cria Luiz d'une voix rauque.

Cet appel fut entendu, et bientôt dans la maison de Diniz un déplacement de lumière indiqua que le secours viendrait de ce côté. Les deux hommes luttaient avec une énergie égale. L'un pour gagner son salaire, l'autre pour défendre sa vie.

L'homme au manteau, qui suivait la lutte d'un regard fiévreux, eut peur que l'Indien manquât de temps pour achever sa funèbre besogne et, arrachant un poignard de sa ceinture, il le lui tendit.

Le misérable frappa son adversaire entre les deux épaules. Les bras de Luiz battirent l'air, puis il tomba comme une masse sur le pavé.

Alors l'Indien, s'approchant de l'homme au manteau, tendit la main :

— Les cruzados! dit-il.

Une bourse lui fut présentée.

Après l'avoir coulée dans son étroite ceinture, il toucha du doigt la chaîne d'or étalant ses triples rangs sur la poitrine de l'homme au manteau.

— Le bijou, ajouta-t-il.

L'homme au manteau allait refuser peut-être, mais on tirait les verrous de la porte de la maison, il eut peur, enleva la chaîne de son cou et la remit à l'Indien. D'un brusque mouvement, il se jeta de côté, la porte de la maison venait de s'ouvrir.

L'Indien se pencha sur le corps immobile, arracha le poignard de la plaie, puis il s'enfuit à travers les rues, et regagna le quartier des pêcheurs.

Le serviteur de Diniz, une lanterne à la main, tournait autour de lui un regard inquiet. D'abord, il ne vit personne. Bientôt, ses yeux distinguèrent sur le sol une masse noire immobile. S'approchant rapidement, il se pencha sur le corps sans mouvement puis, après avoir posé sa lanterne à terre, il tenta de le soulever.

Le vieillard n'y put réussir, et d'une voix rendue tremblante par la peur autant que par la pitié, il cria à son tour :

— A l'aide ! à l'aide !

Diniz accourut en même temps que deux esclaves.

Il souleva le corps déjà couvert de sang, le retourna avec des précautions infinies, puis il approcha la lanterne du visage pâle qu'en ce moment il tenait appuyé contre son épaule.

Peu s'en fallut que, dans son saisissement, il le laissât retomber.

— Luiz ! fit-il, Luiz assassiné !

Le vieux serviteur retrouva sa présence d'esprit, prit le corps par les pieds, pendant que Sampayo le tenait par les épaules, et tous deux rentrant dans la maison le transportèrent sur une sorte de lit de repos placé dans la salle basse.

Diniz appela un de ses Indiens.

— Reprends cette lumière, lui dit-il, reste assis sur les marches du perron de la maison, et veille afin d'empêcher que les empreintes soient effacées. Demain la justice remplira son office.

Maître François écoutait le récit des fautes du jeune homme. (*Voir page* 148.)

XIII

LE PRIX DU PARDON

Fidèle à la promesse faite à son fiancé, Lianor, après une nuit pénible, se leva pour se rendre sans retard auprès de maître François.

Celui-ci venait de célébrer l'office divin quand la jeune fille arriva dans la chapelle.

Au moment où elle arrivait près de lui un laquais, portant une riche livrée, traversa rapidement l'église et, suivant l'indication du sacristain, s'approcha du missionnaire :

— Mon Père, dit le domestique, daignez me suivre, je vous en conjure, il s'agit d'apporter les derniers sacrements à un homme assassiné.

— Assassiné ! répéta le prêtre.

— Vers trois heures du matin, il a été frappé d'un coup de poignard entre les deux épaules, et le docteur s'étonne qu'il soit encore en vie.

— Il se nomme? demanda maître François.

— Luiz Falçam, répondit le serviteur.

En entendant ce nom, Lianor abandonna son siège, rejeta sa mantille en arrière, et sa main tremblante se crispant sur le bras du serviteur :

— Vous avez bien dit Luiz Falçam... Luiz Falçam assassiné ?...

— Si j'avais pu croire, Senhora...

— Dieu l'a voulu ! fit la jeune fille, essayant de rassembler ses forces. Elle joignit ensuite ses doigts tremblants, et se tournant vers l'Apôtre :

— Je lui fus fiancée par mon père... dit-elle. Vous qui représentez ici la religion, permettez que je m'agenouille près de son lit funèbre... Assassiné ! lui... Par qui? par qui?

Elle tremblait comme une feuille au vent.

Les grands cœurs, remplis de la charité divine, ont des pitiés sublimes.

Maître François leva les doigts pour bénir Lianor.

— Venez ! dit-il.

La foule commençait à s'ameuter dans le quartier habité par Falçam et Diniz Sampayo.

Un cercle de curieux entourait toute la portion de terrain que, sur l'ordre de son maître, l'Indien avait pris soin d'enclore. On y distinguait des piétinements furieux et de larges plaques de sang.

Lianor détourna les yeux.

Diniz, entendant ouvrir la porte, s'avança pour recevoir le prêtre. Il étouffa une exclamation de regret en reconnaissant Lianor.

— Vous ! s'écria-t-il, vous !

Sans lui répondre, elle se dirigea vers le lit de Falçam.

Le docteur avait pansé son horrible blessure, mais sans donner la moindre espérance. Tout ce qu'il avait pu promettre c'était une journée de vie. Lianor le devina en contemplant Falçam.

Les doigts de la mort avaient déjà tiré ce beau visage, creusé les paupières, plombé le teint, enlevé aux prunelles la vive flamme de l'amour et de l'enthousiasme.

Un regard de Luiz, exprimant l'immensité des regrets que peut contenir l'âme d'un homme, tomba sur Lianor prosternée.

— Tu es venue, lui dit-il, je te remercie d'en avoir eu le courage... Je mourrai plus tranquille, ma main dans ta main... Car je vais mourir, Lianor! Dieu nous sépare à jamais! à jamais!

Elle sanglota, la tête sur les pieds de la couche du blessé.

— Ne pleure pas, reprit-il, j'ai tort de te parler ainsi; les âmes se retrouvent, et tu me rejoindras...

Maître François s'avança :

— N'affaiblissez point votre cœur par les larmes, mon fils, lui dit-il, et vous, ma fille, vous qui deviez partager sa vie mortelle, aimez-le assez à cette heure suprême pour le confier à Dieu.

— Cela est horrible! horrible! mon Père! murmura Lianor.

— Oui, vraiment, fit le blessé, c'est horrible! mourir à vingt-cinq ans, à l'heure où tant d'espérances me souriaient! mourir quand j'étais préféré par elle... Mais tu me vengeras, Diniz, tu me vengeras!

— Dieu ne permet pas la vengeance, mon fils, dit maître François.

— Il autorise la justice, mon Père.

Sampayo se pencha avidement vers son ami :

— Connais-tu donc le nom de l'assassin?

— Oui, répondit Falçam d'une voix sifflante.

Maître François passa doucement la main sur ses lèvres.

— Silence! lui dit-il, silence! Si vous voulez que Dieu vous fasse miséricorde, commencez par pardonner.

— Je pourrais pardonner mes souffrances, répondit-il, je ne pardonne pas de m'avoir privé des années de joie que je devais passer avec Lianor.

Maître François était debout.

Son regard, rempli d'une indulgente tristesse, allait de Lianor prosternée à Falçam mourant. Tous deux souffraient avec une patience égale, à tous deux il devait partager les consolations divines.

— Mon fils, dit-il, oui, vous mourez dans toute la sève de jeunesse, au moment où une légitime tendresse allait être récompensée. Cette jeune fille dont la main tremble dans la vôtre eût été à vous... Qui sait cependant si les voies de Dieu, qui en ce moment vous semblent cruelles, ne sont point miséricordieuses? Êtes-vous certain que l'épreuve eût passé au-dessus de votre tête sans vous atteindre tous deux... A cette heure, votre fiancée verse sur vous des larmes, peut-être auriez-vous vu votre femme souffrir, puis s'éteindre dans vos bras. L'homme vit peu de jours, mon fils. Votre course est finie. Ce soir, vous vous endormirez dans la paix du Seigneur, et du ciel où vous irez l'attendre, vous suivrez Lianor du regard comme un ange gardien! Dieu ne défend pas les larmes; il a d'avance sanctifié les vôtres par les pleurs qu'il versa. Pleurez! mais résignez-vous. Pleurez! mais criez au milieu de vos sanglots! « Que votre volonté soit faite. » — Mon Dieu s'incline vers les cœurs déchirés pour panser leurs blessures de sa main divine... Falçam, il y a quelques jours je vous trouvais l'épée à la main en face d'un homme... A ma voix vous laissâtes tomber votre arme... Aujourd'hui, je veux éloigner de vous jusqu'au nom du coupable. O mon fils! avec quelque violence que vous puissiez souhaiter être vengé, jamais vous n'arriverez à la puissance de remords qui déchireront un jour cet homme... Jamais vous n'oseriez lui souhaiter l'horreur du châtiment qui l'atteindra...

Une des mains de maître François s'étendait en avant, son corps se renversait légèrement en arrière et, de ses yeux fixés devant lui, il paraissait entrevoir une scène lointaine se déroulant au sein d'immenses espaces.

Lianor et Falçam le contemplaient avec un respect craintif. Il revint à lui lentement, et quand il abaissa son regard vers la pâle figure de Falçam des pleurs ruisselaient sur ses joues.

Lianor se leva. Entraînée par Diniz, la jeune fille gagna l'extrémité de la salle. Durant ce temps, maître François, l'oreille collée contre les lèvres pâles de Falçam, écoutait le récit des fautes du jeune homme. A mesure qu'avançait cette confession, et que les paroles de l'apôtre descendaient dans son âme, ce qui d'abord lui eût semblé impossible changea d'aspect. Ses regrets s'adoucirent. Il ne vit plus dans Lianor que la fiancée immortelle près de laquelle il retrouverait purifiés les souvenirs de la terre. Il remit son assassin aux mains de la divine justice, puis il rappela ses amis.

Pendant cette confession, Lianor envoya chercher Pantaleone;

quand celui-ci arriva, Falçam tenait dans une de ses mains le crucifix que maître François venait de prendre à sa ceinture, et de temps en temps il l'approchait de ses lèvres.

Presque bas, car ses forces déclinaient, il s'entretenait avec ceux qui lui étaient chers. Quand il se taisait, pris de faiblesse, le prêtre se penchait vers lui :

— Vous étiez brave, lui dit-il, et vous mourrez avec le courage des grands cœurs. Le pays vous devait beaucoup déjà, vous aviez le droit de hausser vos ambitions, et dans quelques années sans doute on vous eût compté au nombre de nos plus célèbres capitaines ! Eh bien ! mon fils, pas plus que l'amour humain ne suffit au cœur de l'homme, la célébrité militaire ne satisfait son esprit. J'ai été l'ami de Juan de Castro, celui que nul Portugais ne nomme sans ajouter l'épithète de *grand*. Il possédait tout : une compagne aimée, un renom dont l'Europe entière fut remplie... Il entra en triomphateur dans Goa, mais son âme saignait au dedans, et quand il s'agenouilla devant l'autel illuminé dans le temple qu'emplissait le chant du *Te Deum*, il murmurait avec des sanglots : — « Mes enfants ! mes enfants ! » — Juan de Castro mourut dans mes bras en s'accusant d'avoir trop aimé la gloire humaine, et en me suppliant de lui obtenir de Dieu l'humilité ! Ne regrettez pas la gloire des armes, ô mon fils ! mieux vaut expirer le crucifix entre les mains, qu'armé d'une épée sanglante.

Les yeux de Luiz remercièrent le prêtre.

— Priez ! lui dit-il ; priez !

Alors, d'une voix dont l'émotion pénétrait jusqu'au fond de l'âme, maître François récita les sublimes invocations qui achèvent de détacher le mourant de la terre. Il purifia les yeux qui s'étaient détournés de Dieu pour contempler avec une tendresse si grande la jeune fille prosternée à ses pieds, les lèvres qui plus d'une fois laissèrent échapper des paroles de colère ; il demanda au Seigneur d'oublier les fautes de sa créature faible, tourmentée, si facile à l'entraînement, si vite arrachée de la voie étroite.

Lorsqu'il se tut, Falçam tira de son doigt la bague de Lianor.

— Tu es libre ! lui dit-il, libre !

Elle ne répondit que par des pleurs.

— Diniz, fit-il, je pardonne à mon meurtrier ! à Lui, surtout...

Les lèvres de Sampayo se fermèrent fortement, il ne répondit rien.

Dans la salle basse étaient rangés les serviteurs, les esclaves de Diniz. Plusieurs pleuraient au spectacle de la douleur de leur maître.

Vers midi, la dernière lutte commençait. Falçam tenait les yeux clos, sans force pour parler ; il entendait encore. De temps à autre, sa main cherchait la main de Lianor. C'était elle qui, maintenant, approchait le crucifix de ses lèvres décolorées.

Enfin sa tête se souleva, ses bras se tendirent en avant, il retomba. Tout était fini.

Après avoir déposé un chaste baiser sur le front de Falçam, Lianor dit à maître François :

— Je vous en supplie, faites-moi don de ce crucifix... Un jour aussi, il m'aidera à mourir...

— Pauvre enfant! répondit le prêtre, allez en paix!

Il la bénit, et Inès l'entraîna. Arrivée au palais du vice-roi, la jeune fille rassembla ses forces ; elle n'avait plus le droit de pleurer. Tous les regards allaient être fixés sur elle. Mais si fortes que fussent ses résolutions, à peine eut-elle franchi le seuil de la bibliothèque qu'elle tomba inanimée dans les bras de Savitri. Celle-ci ne poussa pas un cri, n'appela pas à l'aide. D'instinct, elle devina qu'elle seule devait rester témoin de l'excès de douleur de son amie. Aidée de Satyavan, elle souleva le corps de la jeune fille, le transporta sur un large divan, puis cherchant parmi ses flacons celui dont le parfum lui parut le plus actif, elle en frotta doucement les tempes de Lianor, donna de l'air à sa poitrine comprimée, puis rapprochant cette tête pâle de son cœur, elle parla lentement, doucement à son amie, tantôt dans sa langue natale, tantôt en portugais.

Satyavan, agenouillé sur le tapis, pleurait tout bas. Il redevenait enfant en voyant souffrir celle à qui il devait la vie.

Au bout d'une demi-heure Lianor ouvrit les yeux. D'abord, elle ne se rappela rien.

Elle se trouvait dans le palais de son père, entre Savitri et Satyavan, aucun fait étrange ne revenait à sa mémoire.

Peu à peu, cependant, une clarté progressive se fit dans ses idées. Elle passa les mains sur son front, écarta ses cheveux dénoués comme si elle pouvait, par ce geste, enlever également le voile couvrant encore sa pensée. Les yeux fermés, les lèvres serrées, on devinait, à l'expression de son visage, qu'elle faisait un effort persistant pour ressaisir une lumière fuyante. Elle n'y parvint pas d'une façon absolue, et saisissant la main de la veuve du rajah :

— Parle, dit-elle, que s'est il passé ?

— Je l'ignore, répondit Savitri. Ce matin tu es sortie afin d'assister à l'office de maître François...

— Maître François... répéta Lianor.

Tout à coup ses mains enlacées se tordirent au-dessus de son front :

— Je me souviens! Je me souviens! fit-elle. Oui, je me rappelle tout à présent... la messe... le confessionnal... le laquais demandant l'apôtre... Et moi courant sur ses pas... On l'a tué, Savitri! On l'a tué... Tiens, mes doigts sont rouges... C'est son sang, le sang de Luiz Falçam...

Puis avec une lenteur étrange, et comme si elle trouvait une joie douloureuse à retracer les moindres détails de la scène qui s'était passée, elle raconta tout. Sa voix gardait une sorte de monotonie lugubre... Elle versait dans les âmes tendres qui l'écoutaient le trop plein d'un cœur brisé, comme un homme expirant dicte son testament à ceux dont la mort va le séparer.

Satyavan et Savitri l'écoutaient en proie à un sentiment où le regret le disputait au désir de la vengeance. Ni l'un ni l'autre ne comprenait encore la loi du pardon, et l'unique moyen qui s'offrît à eux pour consoler la jeune fille, fut d'infliger au coupable la peine du talion.

Lorsque Savitri exprima cette pensée à Lianor la jeune fille secoua la tête :

— Mon noble ami a pardonné, dit-elle; c'est dans les bras d'un saint qu'il abjura sa haine... Que la justice accomplisse son œuvre, c'est son droit! Ma religion m'interdit la vengeance.

Elle se leva, mouilla son visage d'eau fraîche, rattacha ses cheveux, effleura d'une caresse la tête bouclée de Satyavan, serra la main de Savitri, leur fit de la main un signe qui leur interdisait de la suivre, puis, quittant son appartement, elle gagna celui de son père.

Un cri de douloureux étonnement s'échappa des lèvres de Garcia de Sà quand il vit paraître sa fille.

Était-ce bien Lianor dont la renommée de beauté était allée jusqu'en Portugal, qui, les yeux grands ouverts, les lèvres serrées et pâles, les bras tombants, s'avançait vers lui d'un pas automatique.

— Ma fille! ma fille! s'écria Garcia de Sà, avec angoisse.

L'infortunée étendit le bras avec lenteur, comme si, en ce moment, elle voulait se dérober aux caresses paternelles. Une de ses mains s'appuya sur le bureau, l'autre froissait d'un geste nerveux et lent les plis de sa robe de brocart.

— Vous êtes le maître des Indes, lui dit-elle, de cette même voix sans timbre qui trahit dans l'âme un brisement absolu; le roi vous a confié le souverain exercice de la justice... Je veux oublier que je vous suis attachée par des liens sacrés... Portugaise, je dénonce un crime commis sur la personne d'un noble Portugais...

— Que veux-tu dire? demanda le vice-roi effrayé plus encore de l'expression du visage de sa fille, que du caractère étrange de ses paroles.

— Vous ne savez rien, n'est-ce pas? Non! rien! Personne n'est venu vous apprendre que, cette nuit, le sang a coulé dans les rues de Goa... Un des fidalgos sortant de votre fête est tombé assassiné sur le seuil de son palais... Le temps a manqué pour le jeter aux crocodiles... Et je l'ai vu, moi... J'ai vu Falçam...

Elle réprima le sanglot montant à sa gorge, et répéta :

— J'ai vu Falçam...

Un terrible soupçon traversa l'esprit du vice-roi.

— Que veux-tu dire, malheureuse enfant?

— Devant la demeure de Sampayo s'étale une large mare de sang, le sang de mon fiancé, de mon bien-aimé Luiz; il a taché mes doigts, il doit avoir rejailli jusqu'à mon front.

Garcia de Sà devint presque aussi livide que sa fille.

— Le malheureux! fit-il, on le savait riche, il sortait d'une fête et portait des diamants de prix... Quelque misérable voleur...

Lianor secoua la tête :

— A sa toque était restée son aigrette de diamants; il gardait au cou sa chaîne d'émeraudes; ce n'est pas un larron qui l'a tué.

— A-t-il dénoncé le coupable?

— Il allait révéler son nom, quand maître François, lui montrant le crucifix, lui dit : « Je mets votre pardon au prix de votre silence. » Il s'est tû, et il a pardonné... Et moi qui le pleure, moi qui me considère comme sa veuve, je viens vous dire : Vous êtes le maître à Goa, le maître dans les Indes, cherchez l'assassin de Falçam!

— Je te jure de ne rien négliger pour le trouver et le punir.

— L'unique adoucissement que vous puissiez apporter à ma douleur sera dans la célérité et dans la réussite de vos démarches.

— Eh quoi! pas un mot pour moi; pas un baiser?

— A cette heure, répondit Lianor, je ne songe qu'à mon deuil. Et, du même pas automatique, elle traversa le cabinet de son père, et rejoignit Satyavan et Savitri qui pleuraient dans les bras l'un de l'autre.

Le bruit du crime commis ne tarda pas à se répandre; à peine Lianor venait-elle de quitter le cadavre de Falçam que les magistrats de Goa arrivèrent sur le théâtre de l'assassinat. Grâce aux précautions prises par Diniz, les empreintes ayant été respectées, chaque acteur de ce drame lugubre put être aisément évoqué.

Les traces des pas de Luiz Falçam se voyaient d'une façon très nette; puis brusquement s'y mêlaient celles d'un pied nu. Un pied d'Indien courbé, léger à la course. Toutes deux furent mesurées puis relevées; puis on constata bientôt une troisième empreinte. Un nouveau personnage entrant en scène ne s'était pas mêlé d'une façon absolue au groupe formé par Luiz, et par l'Indien.

On eût dit qu'après avoir fait quelques pas en avant, il avait soudainement reculé vers le mur où se trouvaient des vestiges profondément indiqués.

Après avoir noté ces détails, les magistrats pénétrèrent dans la maison de Diniz.

Le grand recueillement de la mort allait faire place au mouvement pénible qu'occasionnent les constatations médicales et les investigations de la justice.

Luiz Falçam, étendu sur son lit dans le repos suprême de l'éternité, gardait grands ouverts ses yeux qui, pour la dernière fois, avaient fixé le visage en pleurs de Lianor. La vie paraissait les animer encore. La bouche, légèrement entr'ouverte, conservait l'expression d'une bonté sereine. Ses mains se joignaient avec une expression de ferveur. Rien ne paraissait indiquer en lui les épouvantes du trépas. En le bénissant pour le ciel, maître François lui avait donné un avant-goût des rémunérations célestes.

En voyant entrer les magistrats, Pantaleone et Sampayo se levèrent en même temps. Les serviteurs continuèrent à prier.

— Nous vous attendions, senhor, fit Pantaleone de Sà; et je suis certain que mon oncle vous saura grand gré de votre empressement à découvrir les auteurs de cet assassinat.

Celui des magistrats qui semblait avoir pris la direction de l'enquête, regarda le jeune homme :

— Vous pensez aussi qu'ils étaient deux?

— Oui, deux, fit Diniz, un Européen et un Indien.

Il écarta avec un douloureux respect la couverture couvrant le corps de son ami, et entr'ouvrant la chemise de batiste du jeune homme :

— Voyez, dit-il, autour de son cou la trace des doigts d'un étrangleur; jamais un Européen n'essaierait d'assassiner de cette façon. Les *Fils de Siva* seuls emploient ce moyen terrible qui arrête les cris dans la gorge, et paralyse presque instantanément les efforts de la victime.

Les marques bleuâtres avaient pris une lividité si grande qu'on pouvait juger de la place des doigts de l'étrangleur sur la gorge de Falçam.

Le magistrat parut respirer plus à l'aise. Il lui convenait mieux de trouver le coupable dans un Indien que dans un Portugais.

— Ainsi, fit-il, c'est un des membres de cette ligue maudite qui s'est rendu coupable de ce nouveau crime...

— Peut-être, répondit Sampayo, l'Indien seul a-t-il assassiné Falçam ; mais il avait sûrement un complice... Je crois assister à cette scène de mort...

Au moment où Luiz arrivait au bas des degrés de cette demeure, un Indien, tapi sous le portail de la maison voisine, s'est précipité sur lui. Sur une certaine partie du terrain, les empreintes se mêlent et se confondent; on ne voit plus qu'un piétinement forcené... Falçam parvint à se dégager, il appela à l'aide... C'est alors qu'intervint le complice qui, jusqu'alors, était demeuré spectateur de l'attentat. La marque de ses pas vient de la muraille au groupe des lutteurs... Comprenant que de cette maison on accourait au secours de Luiz, l'Européen tendit un poignard à l'Indien...

— Comment le pouvez-vous affirmer?

— Senhor, mon ami est mort non point étranglé, mais atteint entre les deux épaules d'un coup de poignard.

Avec autant de précautions que s'il devait faire souffrir Falçam, Diniz enleva l'appareil et découvrit la blessure.

— Plaie mortelle, fit laconiquement le docteur accompagnant les magistrats.

— Remarquez, senhor, reprit Diniz en se tournant vers le médecin, que le coup a été frappé à l'aide d'une arme de fabrication portugaise. Les poignards des Indiens, outre qu'ils sont de forme plus large, sont pour la plupart imprégnés de poison.

Les magistrats demeuraient pensifs.

— Vous avez peut-être raison, répondit le plus âgé des magistrats. Mais découvrez donc, dans les cinquante mille Indiens de Goa, presque tous également ennemis de la race blanche, celui qui, cette nuit, assassina Luiz Falçam !.. On infligerait la torture à la moitié de ces misérables qu'ils souriraient à nos chevalets en invoquant leur dieu Siva. Qui sait si, en tuant Luiz Falçam, ils n'ont pas songé seulement à venger la bataille terrible qu'il leur livra dans les ruines du temple situé sur les bords du Mandava ?...

— Cette pensée m'est venue la première, je l'ai abandonnée depuis.

— Pour quelle raison ?

— L'Européen qui fut l'instigateur du crime paya l'Indien pour le commettre.

— Vos soupçons désignent un Portugais ?

Une flamme de colère passa sur le visage de Diniz.

— Senhor, fit-il en se tournant vers Henrique Peireira, en fait de justice une erreur est un crime. Où mon rôle finit, le vôtre commence. Questionnez les amis, les admirateurs de Falçam, vous apprendrez qui jalousait sa gloire et menaçait son bonheur.

— Je sais ! moi, je sais ! fit Pantaleone de Sà.

Diniz reprit vivement :

— Pantaleone sait, comme nous tous, que la jalousie suscite des colères furieuses...

— Vous alliez nous faire une révélation, reprit le magistrat en s'adressant à Pantaleone.

— Si imprudente qu'elle fût devenue coupable.

Les questions qu'Henrique Peireira adressa au vieux Gil et aux serviteurs des maisons voisines demeurèrent sans résultat. Les magistrats se retirèrent sans avoir rien appris.

Ce crime odieux souleva toute la population de Goa, qui voulut faire au vaillant capitaine de Diu de magnifiques funérailles.

Maître François prononça les paroles du dernier adieu :

— Il est mort en chrétien ! fit-il : sur ses lèvres décolorées le crucifix arrêta le nom du coupable... Dieu le sait, il suffit... A partir de l'heure où l'assassin commit ce crime, il appartient à la race de ceux que Dieu marque au front... Si jamais vous entendez raconter un de ces drames effroyables dont s'épouvantent les siècles, peut-être y trouverez-vous le mot qui vous manque aujourd'hui.

Au moment où maître François achevait ces mots, Diniz et Pantaleone se serrèrent la main, et leurs yeux se fixèrent à la fois sur le même homme qui, la tête haute, la main sur la garde de son épée regardait maître François avec une hauteur dédaigneuse.

Une heure après, Diniz et Pantaleone se trouvaient seuls sur le tombeau de leur ami.

— Tu le soupçonnes ? demanda Sampayo.

— Oui, répondit l'adolescent.

Diniz rentra chez lui, et Pantaleone rentra au palais du vice-roi, où régnait une stupeur mêlée d'inquiétude. Le jeune homme monta chez sa cousine, et lui raconta les funérailles de Falçam, sans oublier de citer les paroles prononcées par maître François.

— Tout n'est pas dit ! s'écria l'adolescent. Je ne suis qu'un enfant, mais l'enfant est doué d'un cœur d'homme. Nous serons deux pour venger Falçam : moi et Diniz.

— Braves cœurs ! murmura Lianor.

Les heures se passèrent ; le soir vint ; Lianor refusa de descendre ; elle ne voulut pas même se coucher dans sa chambre, et resta sur le divan où Savitri l'avait étendue, comme si, au premier signal, elle avait besoin d'être debout.

Mais, presque au même instant, un valet apporta une lettre sur un plateau d'argent. Elle en brisa le sceau rapidement.

De Diniz, dit-elle, Diniz est sur la voie !

Soyez béni ! mon Dieu, murmura Lianor, justice sera faite !

Cent cruzados ; [explique cela à l'Indien. (*Voir page 159.*)

XIV

LA BOUTIQUE DU JUIF

A cette époque le commerce de l'or et des pierreries se trouvait déjà, comme aujourd'hui, presque complètement entre les mains des Juifs.

Ils étaient nombreux à Goa et y avaient, ainsi que dans la plupart des villes habitées par les Européens, un quartier à part, sale, repoussant, honni de tous.

Le plus riche, de tous ces marchands d'or et de ces trafiquants de bijoux, avait nom Phinée. C'était un vieillard usé par l'âge, plus affaibli par de secrètes douleurs que par les maux physiques. Après avoir subi maint emprisonnement, avoir vu exiler une partie des siens, il était arrivé à Goa avec une arrière-petite-fille, la brune Miriam.

Phinée plaçait son unique joie dans ce dernier rejeton de sa famille éteinte. C'était pour elle qu'il vendait si cher, et qu'il achetait à si bas prix; pour elle qu'il entassait l'or dans des caisses de fer scellées aux murailles de sa demeure misérable. Vêtu sordidement, méprisé, n'ayant plus que le souffle, il voulait vivre assez pour voir Miriam mariée, à force d'or, à un gentilhomme chrétien.

Miriam se tenait souvent dans la boutique, et certes quand elle y apparaissait, ses grands yeux noirs, ses lèvres roses, ses traits fins mettaient dans l'ombre les diamants, les perles et toutes les parures de Phinée.

Les jeunes Portugais fréquentaient beaucoup le magasin de celui-ci. Tandis que Miriam leur montrait des colliers, des bagues, ils payaient sans compter. Plus d'un hasarda, sur la beauté de la jeune fille, des éloges qui la firent rougir. Dans le ton léger avec lequel il formulait l'éloge, la jeune fille devinait le mépris rejaillissant sur elle.

Alors elle se prenait en pitié, et souvent pleurait sur elle-même, pensant que mieux valait la mort qu'une aussi méprisable existence. L'admiration inspirée par sa beauté lui paraissait une injure.

Un jour Phinée et Miriam se trouvaient ensemble dans la boutique; le vieillard comptait et inscrivait des chiffres sur un gros registre; Miriam tournait vers la rue sombre un regard dont le rayon paraissait s'éteindre. Cependant, ce regard s'anima tout à coup en se fixant sur un homme aux allures étranges, vêtu du costume sommaire des Indiens pauvres.

Il se coulait le long des boutiques du Juif avec une expression de crainte basse et rusée. En apercevant le visage de Miriam, il fut sans doute encouragé par ses deux grands yeux pensifs, car il se décida à franchir le seuil de la maison de Phinée.

Celui-ci, sans lever la tête, continua ses calculs.

L'Indien se rapprocha de Miriam, fouilla dans les plis de l'écharpe qui lui servait de ceinture, en tira une lourde chaîne, puis un poignard dont la garde était constellée de pierreries, posa les deux objets sur le comptoir, et dit à la jeune fille :

— Cruzados... Combien ?

Miriam examina les deux objets, jeta la chaîne dans une balance, fit miroiter les pierres du manche du poignard, puis, comme son père restait en apparence étranger à ce qui se passait, elle lui dit doucement :

— Qu'offres-tu à l'Indien, pour ces deux bijoux?

Les yeux de Phinée étincelèrent sous ses paupières, mais il répondit sans paraître regarder la chaîne et le pommeau :

— Cent cruzados; explique cela à l'Indien.

L'Indien hésita. Il paraissait se livrer à un calcul mental. Un moment même il étendit le bras pour reprendre le poignard et la chaîne; mais sans doute il se dit que le Juif voisin ne lui en offrirait pas davantage, car il saisit les cruzados, et quitta rapidement la boutique.

— Vous venez de conclure un riche marché, mon père.

— Moins bon que celui de l'Indien.

— Comment cela?

— J'ai payé ces objets cent cruzados en bon or fin; l'Indien les a volés...

Phinée ferma son registre, examina la chaîne émaillée, puis le pommeau du poignard, et souriant dans sa longue barbe blanche :

— J'ai conclu un bon marché, en effet, mon enfant... On tirerait de ces deux objets trois mille cruzados; et peut-être, si l'on démontait cette poignée, y aurait-il encore du bénéfice... trois mille cruzados... Je ne céderai pas ces deux objets pour une somme inférieure.

Miriam ouvrit un coffret de bois de fer, placé à l'extrémité du comptoir, et y plaça la chaîne et le pommeau.

Elle retomba dans sa rêverie, en même temps Phinée rouvrait son registre et reprenait ses comptes.

Il n'eut pas le loisir de les achever; un page, portant les couleurs d'une des plus nobles maisons du Portugal, entra dans la boutique, salua Miriam avec le respect que la beauté inspire à un tout jeune homme, puis se tournant vers Phinée :

— Ma maîtresse, doña Urraque Menezes, vous prie de porter chez elle vos plus magnifiques émeraudes. Au dernier bal du vice-roi, celles de son amie, la belle Lianor de Sà, l'ont rendue jalouse.

— J'y vais, mon gentilhomme, trop heureux de prouver par mon empressement le respect que je professe pour votre noble maîtresse.

Il ajouta en se tournant vers Miriam :

— La parure achetée hier, vite, mon enfant.

La jeune fille remit l'écrin à son père, et le Juif, serrant à ses flancs sa houppelande de velours râpé, suivit le page de doña Menezes.

Miriam resta seule.

Elle ouvrit une bible, en lut quelques lignes, puis la referma. Pendant un moment elle joua distraitement avec des perles jetées dans une coupe, ensuite elle se leva et s'approcha de la porte de la boutique.

Elle n'y resta pas longtemps; deux cavaliers venaient d'apparaître au commencement de la ruelle.

Le plus jeune regardait autour de lui avec un sentiment de curiosité visible; l'autre, accoutumé depuis longtemps sans doute à venir négocier des achats ou des échanges dans ce quartier, marchait avec insouciance. Il ralentit seulement le pas en approchant de la demeure de Phinée.

Les deux jeunes gens étaient Diniz Sampayo, et son ami, Miguel Alvarez.

La gaieté de la jeunesse s'épanouissait sur le visage de celui-ci; tandis que la physionomie de Sampayo trahissait une douleur latente. Cédant aux instances de Miguel, il avait consenti à l'accompagner; néanmoins, il était aisé de voir que, souvent, une partie des saillies de son ami frappaient son oreille sans arriver jusqu'à son esprit.

— Voici la boutique de Phinée, Miguel, fit Diniz en désignant la maison basse et lézardée. Ne jugez point sur l'apparence. On affirme que Phinée achèterait la moitié du Portugal, s'il le voulait ! La race d'Isaac et de Jacob est bien forte.

— Et bien belle, ajouta Miguel en désignant à son ami le visage pâle, de la Juive Miriam, qu'il avait vu un moment apparaître.

— Oui, répondit Diniz, cette jeune fille est admirablement belle ! Mais ce n'est pas sa beauté seule qui la rend intéressante. Ce qui me touche, en elle, c'est bien plus la souffrance à laquelle elle paraît livrée, comme on succombe inévitablement à une maladie mortelle. On dirait que cette admirable créature porte tout le poids de la malédiction prononcée sur sa race. Chaque fois que je l'ai rencontrée, j'ai été frappé de la douloureuse expression de sa physionomie. Un regret éternel passe dans ses yeux... Entrons... Elle nous a vus et s'est dissimulée dans la boutique.

Les deux jeunes gens franchirent le seuil de la maison de Phinée.

Miriam se leva et leur adressa un salut cérémonieux. Non point celui d'une jeune fille qui, voyant entrer deux jeunes gens, comprend qu'elle doit mettre dans ses manières une grâce engageante et mercantile, mais celui d'une femme obligée par sa situation à se trouver souvent en présence du public, et lui rappelant par son attitude, et le respect qu'on lui doit, et celui qu'elle se garde.

Diniz entra le premier. Il s'inclina devant elle comme il l'eût fait devant une femme de sa race. Diniz ne croyait point qu'on eût le droit d'infliger à personne l'horrible sentiment du mépris.

— Senhora, dit-il de sa voix grave et triste, mon ami souhaite acheter quelques bijoux ; voulez-vous lui montrer ce que vous avez de curieux en agrafes, chaînes, bagues et autres gemmes montées?

— Et vous, senhor, ne désirez-vous rien? demanda Miriam, dont les grands yeux noirs se fixèrent sur le visage de Diniz.

— Moi, mon enfant, j'ai au cœur le deuil d'un ami, et sans doute je le porterai toute la vie.

Il laissa échapper de ses doigts une grande fleur rouge arrachée à un magnifique arbrisseau, puis il s'accouda sur le comptoir, et laissa durant un moment sa main voiler ses paupières.

Miriam ouvrit tour à tour plusieurs tiroirs, des cassettes, en sortit des bagues, des aigrettes, des chaînes émaillées, des fils de perles; parmi ces bijoux, les uns se composaient de rubis d'un magnifique éclat; les autres d'émeraudes au ton de velours. Quelques agrafes ne présentaient qu'un brillant unique ressemblant le soir à une escarboucle. Miguel regardait, admirait, sans se décider à faire son choix ; cependant il mit de côté une bague et une aigrette.

— Avez-vous une autre chaîne? demanda-t-il; je souhaiterais un travail artistique, et quelque riches que soient celles que vous me présentez, aucune ne réalise ce que je désire.

— Senhor, je n'ai rien de plus, répondit Miriam, rien!

Elle se ravisa cependant et, plongeant la main dans un coffret de bois de fer, elle en tira un poignard et une chaîne émaillée.

— Voici deux belles pièces! dit-elle.

Ensuite, tranquillement, elle rangea les bijoux qui ne convenaient point à Miguel, ne laissant sur le comptoir que ceux qu'il venait de choisir.

Le jeune homme passa les deux objets à Diniz.

— Comment trouves-tu cela? lui demanda-t-il.

Le jeune homme les prit machinalement, et les garda dans ses mains, sans leur donner plus d'attention qu'à tout autre bijou; mais, bientôt, il les tourna et les retourna avec un singulier intérêt. Son regard s'anima, ses doigts devinrent fiévreux. Il rapprocha le fermoir de la chaîne de ses yeux, comme s'il voulait davantage se convaincre de la vérité d'un premier soupçon; enfin, gardant la chaîne dans sa main gauche, il prit le poignard, et fit subir au pommeau le même examen qu'au fermoir.

Après les avoir assez regardés pour être sûr de ne se point tromper, il dit à Miguel :

— Je croyais ne plus jamais songer à acheter de bijoux; mais on ne saurait répondre de rien en ce monde. Senhora, ajouta-t-il en se tournant vers Miriam, à quel prix estimez-vous ce poignard et cette chaîne?

— En vérité, senhor, je n'en sais rien. Il n'y a point une heure qu'ils sont entre mes mains; mon père venait à peine de terminer ce marché quand un page est venu le chercher de la part de dona Urraque Menezes; il me semble qu'il en faisait une appréciation de trois mille cruzados... mais augmenterait-il ce prix après réflexion, je ne saurais vous l'affirmer... Il ne peut être longtemps absent ; la parure d'émeraudes qu'il porte à la noble Portugaise était assez belle pour la séduire au premier regard... daignez l'attendre, à moins qu'il vous convienne mieux de me donner vos ordres : il se rendra chez vous aussitôt son retour...

Diniz se pencha vers Miriam.

Il me faut ces bijoux, comprenez-moi et aidez-moi... Il me les faut tout de suite; si j'attends votre père il soulèvera une difficulté... qui sait s'il ne vient pas d'en parler à Menezes? C'est pendant son absence, tout de suite qu'il faut que je les emporte... Bien décidé à ne rien acheter, je n'ai pas pris un ducat sur moi; avant une heure je serai revenu, et j'aurai acquitté ma dette. Ah! je vous en supplie, n'ayez ni crainte ni défiance...

— Défiance! répéta la jeune fille, défiance! de moi à vous? De la juive au chrétien! vous me donnez votre parole, elle me doit suffire... tenez, j'y joins un gage : cette fleur rouge que vous viendrez dégager dans une heure...

— Allons! fit Miguel, tu prends les deux seuls objets vraiment originaux de toute cette collection de merveilles, et me voilà réduit à me contenter de vulgaires diamants.

Il tira une poignée d'or de son escarcelle, et pria Miriam de compter la somme qui lui était due, en retour des objets rares qu'il choisit.

Elle le fit avec une sorte de dédain. On eût dit que le commerce lui répugnait et offensait ses délicatesses natives. Diniz, qui l'observait avec une attention mêlée de bienveillance, lui dit quand elle eût fini de régler avec Miguel :

— Je vous en prie, remettez-moi une preuve écrite de la vente que vous venez de conclure.

— Il s'agit d'une affaire grave?

— Si grave, répondit le jeune homme, que je paierais de dix années de ma vie le prix de ces bijoux.

Il se leva.

— J'ai à vous demander des renseignements importants; mais, quelque lié que je sois avec Miguel, je ne traiterai rien de ce qui a rapport à ceci devant lui. Dieu veuille que je sois revenu vous apporter les trois mille cruzados avant le retour de votre père!

Miriam prit, à la table du comptoir, un tiroir rempli de perles non montées et les passa à Miguel pour les lui faire examiner, tandis que, sous prétexte d'envelopper la chaîne et le poignard, elle se retirait dans un angle de la boutique, en faisant signe à Diniz de la suivre de ce côté.

— Je ne sais où vous habitez, lui dit-elle, mais, si vite que vous alliez chez vous et que vous reveniez ici, vous n'aurez point réglé le prix de ces bijoux avant l'arrivée de mon père. S'il s'agissait d'un marché, je lui laisserais le soin d'accorder ou de refuser crédit... Les instants que je passe dans ce magasin en attendant la clientèle sont pour moi un véritable supplice... Je suis la fille d'un Israëlite, ajouta Miriam d'une voix humble, mais je ne suis Juive ni d'esprit ni de cœur... Vous venez de prononcer des paroles qui m'ont profondément émue... La vente de ces bijoux cache sans doute un mystère; je ne vous questionne pas... Ce que j'ai à vous demander est une preuve d'estime, d'amitié peut-être... On peut en avoir pour une pauvre fille qui souffre... Emportez le poignard et le collier; je possède à moi, bien à moi, quatre milles cruzados, sur lesquels je paierai votre acquisition... Demain vous me la rembourserez; en venant ici de dix à onze heures du matin, vous me trouverez *seule*, et vous me demanderez ce que vous avez intérêt à savoir.

— J'accepte et je vous remercie.

— Le remerciement est de trop; je fais encore de l'usure.

Elle montra la fleur rouge qu'elle venait d'attacher à sa robe de brocart ramagé.

— A demain donc! fit Diniz.

Miguel venait de choisir encore quelques perles, dont il acquitta le prix.

Les deux jeunes gens quittaient la boutique du juif, quand Phinée apparut à l'extrémité de la ruelle.

Diniz le désigna à son ami.

— Ce vieux mécréant est l'aïeul de la belle senhora, dit-il.

— C'est dommage! fit Miguel, il me la gâte.

Phinée rentrait chez lui, radieux.

— Fille de mon cœur! dit-il, la matinée a été bonne! J'ai vendu les émeraudes le double de leur valeur à cette coquette Portugaise, puis comme je savais où en trouver de plus admirables encore, je suis entré chez le vice-roi pour les lui offrir... Je ne pourrais affirmer que son abord a été gracieux, mais il a acheté les parures sans marchander.

« Si au moins elles pouvaient plaire à ma fille! » a-t-il murmuré.

Tiens, les deux sacoches sont pleines; ouvre la caisse que j'y jette cet or... vois comme il brille, Miriam, c'est de bel et bon or, de l'or vierge! sonnant comme la meilleure musique! Et la vue de l'or, comme cela égaie, et comme cela réchauffe!

— Moi aussi, père, ajouta Miriam d'une voix insouciante, j'ai conclu des affaires... le poignard et la chaîne que vous veniez d'acheter sont vendus...

— Vendus! fit le vieillard; tu as eu tort. Je n'avais pas assez calculé leur valeur... j'aurais démonté le manche du poignard et fait sertir autrement les diamants. Vendus, comme cela, sans réfléchir, sans me consulter...

— Mais, mon père, quand je ne conclus pas de marchés vous me reprochez de ne point m'intéresser à des affaires qui, en réalité, sont aussi les miennes... aujourd'hui je réussis à vendre quelque chose, et vous vous plaignez... Vous-même aviez déclaré pouvoir retirer trois mille cruzados de ces objets... Voici la somme...

— C'est un chiffre, je ne dis pas! avec de l'adresse je l'eusse doublé... Enfin, c'est fait. Je ne gronde point, ne t'afflige pas. C'est bien assez de te voir si triste et si pâle...

Il l'attira vers lui et mit un baiser sur son front.

— Oh ! fit-il, si mon amour pouvait te suffire !

— Je ne demande rien de plus, père !

— Non, mais tu t'étioles, tu pâlis. Ma rose de sâarons est devenue un lis des eaux, blanc et frêle...

La jeune fille caressa la grande corolle rouge, et resta plongée dans une méditation dont elle ne révéla pas le secret.

Durant tout le jour elle resta songeuse ; le lendemain, quand elle s'éveilla, il lui sembla qu'il y avait du soleil dans la rue sombre, et qu'elle entendait des chansons d'oiseaux. Peut-être n'écoutait-elle que son cœur... ce cœur naïf, tendre, refoulé, craintif, qui, tout à coup, se prenait à battre des ailes.

Elle descendit vite dans la boutique de Phinée, la rangea avec un goût inaccoutumé, car d'ordinaire elle ne s'inquiétait nullement de savoir si les pierres, les bijoux et les morceaux d'orfèvrerie se trouvaient dans leur jour. Phinée, surpris d'abord, se réjouit ensuite, et quand il se disposa à quitter sa maison, il dit avec un sourire :

— Ce n'est pas pour rien que tu as du sang d'Israëlite dans les veines ! tu en viendras à aimer le commerce et, si tu suis mes leçons, tu seras un jour plus habile que moi...

Miriam ne répondit pas.

Enfin ! elle se trouvait seule. De nouveau, elle passa l'inspection du logis, plaça une gerbe de fleurs dans un vase, consulta le sablier placé sur le comptoir, et attendit avec impatience la visite de Diniz.

Il y avait depuis la veille un intérêt dans sa vie. Elle se trouvait mêlée à un mystère. Pour trouver ce mot d'une chose si grave, qu'elle semblait une question de vie et de mort, on avait besoin d'elle. Et qui? Diniz Sampayo ! Ce n'était point la première fois qu'elle le voyait, quand il entra la veille dans la triste maison de Phinée.

Elle l'avait rencontré souvent soit dans les rues de Goa, soit aux abords du palais du vice-roi.

Seul peut-être de tous les fidalgos qui la trouvaient belle, il ne l'avait jamais offensée par un regard insolent. Elle avait pris l'habitude de songer à lui; et quand son aïeul lui répétait que, pour la voir échapper au mépris dont souffraient tous ceux de sa race, il sacrifierait une partie de sa fortune afin de lui donner un Portugais pour époux, malgré elle, son souvenir évoquait Diniz.

Elle n'espérait rien, n'attendait rien ; mais il suffisait souvent, pour lui rendre un peu de courage, de rencontrer ce regard loyal, de contempler cette belle tête, que l'on eût dite à l'avance frappée d'un signe de malheur.

Elle allait le revoir, lui rendre service, l'aider peut-être dans sa tâche. Miriam avait tort de désespérer; le Dieu d'Israël la protégeait encore.

— Le Dieu d'Israël! murmura-t-elle. Non! non! je n'ose plus, je ne veux plus l'invoquer, puisqu'il nous sépare.

Enfin elle aperçut Diniz. Il marchait rapidement, et passa le seuil de la porte avec empressement.

— J'avais hâte de vous voir, lui dit-il, moins, croyez-le, pour m'acquitter d'une misérable dette d'argent, qu'afin de vous remercier. Peut-être saurez-vous, plus tard, quel service vous venez de me rendre... Jetez ces trois mille cruzados dans le coffre-fort de votre père, et promettez-moi de m'aider encore, de m'aider toujours.

— Toujours, et quoi qu'il faille trouver pour cela.

— J'espère ne vous faire courir aucun danger.

— Je suis brave! fit Miriam en levant la tête.

— Pauvre enfant! murmura Diniz.

— Vous me plaignez?

— Profondément.

— Pourquoi? demanda-t-elle en fixant ses beaux yeux humides sur Diniz.

— Pourquoi? Parce que vous semblez triste de vivre!

— Oui, vous avez raison, triste de vivre! excepté depuis hier où j'ai compris que je pouvais être utile à quelqu'un.

— Je suis presque pris de remords cependant, Miriam ; la tâche à laquelle je me voue est difficile. Je paierai peut-être de ma vie la tentative que je hasarde... Je combats pour le droit et pour la justice ; mais quelle ne serait pas ma douleur si je vous entraînais avec moi...

— Eh! qu'importe! s'écria Miriam. N'est-ce pas trop d'honneur pour la petite fille de Phinée le juif, d'entrer dans le même complot que Diniz Sampayo. Quand on a peine à vivre, on reste toujours courageux pour mourir... Parlez sans crainte, sans remords ; j'entre avec vous dans la voie que vous allez suivre, sans m'inquiéter de ce qui m'attend.

— Étiez-vous là, senhora, quand votre père acheta la chaîne émaillée et le poignard enrichi de diamants?

— Oui, senhor, j'étais là.

— Qui les lui a remis?

— Un Indien.

— Croyez-vous qu'il remplît seulement le rôle d'un étranger?

— Non, il venait pour son propre compte.

— Qui vous le prouve?

Miriam devint pourpre et baissa la tête.

— Je vous en supplie, senhora, au nom de tout ce que vous vénérez, de tout ce qui vous est cher.

— Je parlerai, senhor, dût mon cœur saigner de l'aveu que j'ai à vous faire... cet Indien, vêtu de haillons, avait caché le poignard et la chaîne dans les plis de sa ceinture... Je n'ai pas besoin de vous rappeler que mon père est un négociant habile, avide de saisir les occasions favorables... Je compris tout de suite que l'Indien s'était procuré la chaîne et le poignard au moyen d'un crime...

— Oui, d'un crime... murmura Diniz.

— Quand mon grand-père eut les objets entre les mains, il en offrit cent cruzados...

— Cent cruzados!

— Soyez indulgent, senhor...

— Pauvre enfant! répéta Diniz.

— L'Indien paraissait avoir l'intuition qu'il concluait un mauvais marché ; mais s'il refusait la somme offerte par mon père, il lui faudrait entrer chez un autre joailler qui, sans être plus généreux, se montrerait peut-être plus défiant... Il saisit les cruzados avec un geste de colère, et quitta la boutique sans ajouter un mot... C'est alors que mon père examina le travail de la chaîne, les pierreries du poignard, et me dit : — Jamais je ne cèderai cela à moins de trois mille cruzados... — Je vous ai remis la chaîne et le poignard pour ce prix, et...

— Après?

— Et j'ai été fortement grondée, ajouta-t-elle en souriant. Réflexion faite, mon aïeul affirmait qu'il en eût tiré davantage en démontant les pierres... Mais, soyez sans crainte ; je ne m'inquiète guère des reproches de mon grand-père : ce qu'il amasse est pour moi, et j'ai bien peur de ne savoir que faire de ces richesses, tant je les prends en dégoût.

— Connaissez-vous le nom de cet Indien?

— Non, senhor.

— Croyez-vous pouvoir l'apprendre?

— Je l'ignore absolument; il me semble pourtant qu'il doit faire partie des pêcheurs de la côte.

— Retrouvez cet homme! retrouvez-le! au nom du ciel!

— J'essaierai, répondit Miriam.

— Puis-je revenir demain?

Miriam se troubla.

— Demain! répéta-t-elle.

— Vous ne sauriez deviner combien j'ai hâte...

— De savoir le nom de cet homme... Si, je le comprends... Au fait! je suis folle! Un fidalgo compromet-il jamais la fille d'un juif?

Il y avait plus de souffrance que d'âpreté dans la façon dont elle prononça ces mots.

Diniz Sampayo lui prit les mains.

— Je vous traitais en sœur, venant en aide à son frère dans une tâche sacrée, dit-il; certes, je ne me reconnais ni le droit de vous faire souffrir, ni surtout celui de troubler votre existence. Si vous me le défendez, je ne reviendrai point... Sachez seulement qu'il s'agit d'un secret si terrible, que je n'oserais pas même vous écrire à ce sujet, tant j'aurais crainte qu'on devinât quel but je poursuis.

— Revenez demain! dit Miriam en tendant l'extrémité de ses doigts blancs à Sampayo; ou je connaîtrai ce que vous voulez apprendre, ou ce sera impossible de le savoir au prix d'une fortune, au prix d'une vie!

Lorsque le magistrat s'approcha, il poussa un cri d'horreur. (*Voir page* 180.)

XV

AVEUGLE ET MUET

Le soir du jour où Diniz supplia Miriam de s'inquiéter du nom de l'Indien qui avait vendu à Phinée la chaîne et le poignard, la jeune fille, sitôt le repas fini, regarda son père avec un sentiment de tendresse, et croisant ses bras sur la table, elle lui dit avec cette douceur qui charmait et réchauffait ce vieux cœur :

— Grand-père, sais-tu que tu m'as presque grondée, hier?

— Tu t'en souviens encore?

— Je m'en souviendrai toujours...

— C'est bien long.

— A moins que...

— Poursuis.

— A moins que tu me dises que tu me pardonnes.

— C'est déjà fait, Miriam. Je ne puis exiger d'une jeune fille de ton âge une connaissance des affaires aussi grande que la mienne... Sans doute, on aurait pu tirer meilleur parti de la chaîne, et surtout du poignard, mais enfin j'avais prononcé le chiffre des trois mille cruzados, et tu as pu te croire autorisée à livrer les deux objets pour cette somme...

— Mais, reprit Miriam, vous réparerez aisément ma faute, je l'espère; l'Indien qui vous vendit ces objets est un client...

— Non, répondit le Juif; deux ou trois fois seulement il est venu dans ma boutique. Cet homme n'est pas un voleur... assassin plutôt. Et, encore, l'assassinat a pour lui une sorte d'excuse dans le fanatisme qui anime la plupart de ces hommes. Je jurerais qu'il appartient à une secte formidable : association qui menace Goa, et la ruinera quelque jour peut-être, affiliation des vaincus révoltés contre les vainqueurs; union d'êtres demi-nus, vivant d'une écuelle de riz, et passant leurs nuits et leurs jours à rêver d'exécrables vengeances. J'ignore son nom, mais je suis certain de l'avoir rencontré sur les bords de la mer : si je ne me trompe, il avait un filet sur l'épaule et à la main une couffe remplie de poissons. Le dernier des faubourgs de Goa est occupé par une population de pauvres gens demandant à la mer le peu dont ils ont besoin pour vivre.

— Ce quartier doit être curieux.

— Je ne trouve curieux que les endroits où l'on peut faire du trafic.

— Qui vous dit que les cabanes de ces Indiens ne renferment pas des richesses?

— C'est peu probable.

— Cependant, s'il existe une association terrible, menaçante, ayant pour but de livrer une guerre sans fin aux chrétiens de Goa, ceux qui en font partie, après avoir étranglé leurs victimes, les doivent dépouiller. Il y aurait imprudence à vendre brusquement les produits de ces vols. Une indiscrétion, la vue d'un objet précieux reconnu par un membre de la famille de la victime, mettraient sur les traces du coupable. Croyez-moi, dans le quartier misérable dont vous parlez doivent se dissimuler d'énormes richesses. Il y aurait là une mine à fouiller. Afin de rassurer ceux qui vous céderaient les produits de leurs vols, quand il s'agirait de bijoux faciles à démonter, vous ôteriez devant eux les diamants des griffes, et vous en briseriez les montures.

— Peut-être, murmura Phinée, oui, peut-être as-tu raison.

— Je crois être sûre de reconnaître l'Indien, ajouta Miriam. Il semble robuste en dépit de son extrême maigreur. Si vous m'en croyez, mon père, voici comment nous agirons tous deux.

— Tous deux? Quoi! tu ne rougirais pas de venir en aide à ton père?

— Je suis comme vous une fille d'Israël. Nous irons ensemble dans ce quartier de pêcheurs; sous des prétextes divers, nous pénétrerons dans leurs cabanes. Peut-être s'y trouve-t-il un grand nombre de misères à soulager. Je commencerai par offrir des secours et de bons offices aux femmes. Vous trafiquerez plus tard avec les hommes, quand j'aurai préparé le terrain.

— Oui, répondit Phinée, ce plan est à la fois simple et bon.

Et en effet, dès le lendemain, Miriam et son père le mirent à exécution.

Lorsque la jeune Juive eut atteint le résultat qu'elle attendait, elle eut hâte de quitter le triste quartier qu'elle venait de parcourir.

Phinée, dans sa presse de regagner le temps perdu, rentra chez lui, se munit de diverses marchandises capables de tenter les hommes prodigues et les femmes coquettes, et quitta Miriam pour courir chez sa noble clientèle.

La jeune fille ne resta point dans la boutique.

Après avoir donné ordre à Issachar, jeune garçon chargé de ranger le magasin, de faire monter chez elle le gentilhomme qui la demanderait, elle s'assit sur le divan de soie brochée d'argent, et attendit dans un salon qu'elle s'était aménagé pour elle seule.

Cette pièce, d'un goût délicat, d'une richesse inouïe, offrait au regard, sur une table d'argent massif, une Madone en terre émaillée d'un travail précieux, et dont le manteau était incrusté de magnifiques pierreries. Prise d'une sympathie secrète pour cette image vénérée, la jeune Juive l'avait arrachée au trafic de son père et lui avait dressé une sorte d'autel, comme à la plus pure, à la plus belle des Vierges de Judée, ne s'expliquant pas autrement l'invincible attrait que cette statue exerçait sur elle.

Bien qu'envahie d'une émotion douce dans l'attente du jeune homme, elle ne regarda point dans la rue, afin de surveiller l'arrivée de Diniz.

Il lui semblait qu'elle reconnaîtrait son pas dès qu'il franchirait le seuil de la boutique. En effet, une heure après que Phinée eut quitté sa maison, Sampayo pénétra dans le magasin.

Il tourna autour de lui un regard désappointé, en ne voyant pas Miriam à la place qu'elle occupait d'ordinaire.

Issachar, avec sa finesse de jeune Israélite, devina dans Diniz le gentilhomme qu'il avait ordre d'introduire.

— Seigneur, dit-il, si vous veuez pour acheter la statue décorant le salon de ma jeune maîtresse, daignez me suivre.

Sampayo comprit que Miriam avait choisi un prétexte pour l'entretenir sans témoin.

Il suivit Issachar, et trouva Miriam, non plus assise, mais debout à côté de sa merveilleuse madone.

Elle avait revêtu une robe flottante en soie d'un jaune paille, doux comme l'ambre, et légèrement brodée d'or. Ainsi habillée, ses opulents cheveux noirs tordus avec une sorte de négligence, elle était si belle, que Diniz demeura un instant ébloui.

— Voici la statue, fit-elle, en adressant à Diniz un signe qui lui recommandait la prudence; puis elle ajouta en se tournant vers Issachar :

— Préviens-moi, s'il arrive des clients importants.

A peine la porte se fut-elle refermée que la jeune fille dit à Diniz :

— Ce matin, j'ai visité un faubourg de pêcheurs dont je vous ai parlé; leur existence semble problématique à mon père... J'y retournerai, je le fouillerai maison par maison; si l'homme qui vendit la chaîne et le poignard y demeure, il faudra bien que je le retrouve.

— Ne craindrez-vous rien, dans ces quartiers perdus?

— Les Indiens haïssent les chrétiens et les Portugais, ils épargneront toujours les Juifs. Pour cela, ils ont plusieurs raisons. La première, c'est que considérant leurs vainqueurs comme des ennemis, ils deviennent presque nos alliés. Les adorateurs de Jéhovah sont pourchassés et persécutés avec non moins de violence que les sectateurs de Siva; en général, les bannis fraternisent; d'ailleurs, de quelque main qu'elle tombe, l'aumône est toujours bien reçue par des enfants affamés et des mères en haillons.

— Ainsi, vous avez pour moi passé votre matinée dans ces lieux tristes, malsains et dangereux!

— Vous me remercierez quand j'aurai réussi.

— Au moins, permettez-moi de m'associer à votre bonne action.

Comment? demanda Miriam.

— En confondant ma bourse avec la vôtre.

— Non! fit Miriam en secouant la tête, je suis déjà trop riche. Cela me soulage et me console de distribuer de l'or, dont je n'ai que faire.

— Alors, ajouta plus timidement Diniz, laissez-moi vous accompagner...

— A ce village de pêcheurs?

— Oui, sans cela je tremblerais pour vous.

Les yeux de Miriam se baissèrent, elle demeura un moment muette puis, quand elle eut retrouvé la force de parler, elle dit d'une voix altérée:

— Ne craindriez-vous donc point de vous montrer en compagnie d'une Juive?

— D'une Juive qui risque sa vie pour moi! non, non.

— Eh bien! jamais, entendez-vous, jamais je ne vous laisserai commettre une telle imprudence. Qui sait où elle vous entraînerait... Je sais bien que vous avez besoin de connaître la demeure de l'Indien, mais ne pouvez-vous attendre quelques jours? S'il habite ce petit village, je l'aurai bientôt reconnu, retrouvé.

— Je vous en prie, souffrez que je vous attende au commencement de ce quartier misérable, nous le parcourrons ensemble; vous êtes bonne et habile, je suis brave. Vous ne pouvez savoir quels intérêts sacrés sont en jeu. Il s'agit de sauver, peut-être d'un éternel malheur, la plus belle, la plus parfaite des jeunes filles.

— Vous l'aimez? demanda Miriam d'une voix qui faiblit.

— Une sœur ne me serait pas plus chère!

Il prononça ces mots avec une telle franchise, que Miriam ne garda pas un doute sur la véracité de ses paroles.

— Soit! dit-elle, je vous trouverai sur la grève, à l'heure où rentrent les barques de pêche.

— J'y serai, ajouta Diniz Sampayo.

Il se leva, n'osant abuser de l'hospitalité de la jeune fille, et ses yeux se fixèrent une dernière fois sur la vierge émaillée.

— Cela vous paraît étrange, lui dit Miriam, de trouver chez moi cette madone : le jour où, pour la première fois, je la vis dans la boutique de mon père, elle me parut l'éclairer tout entière de son sourire. Je sais que vous la considérez comme la mère du Messie ; pour moi, sans doute, elle ne garde pas ce titre ; mais elle a du moins celui de mère d'un prophète.

Je la juge une représentation si complète, si consolante de l'idéal de la femme, que je suis heureuse de vivre à son ombre, et que pas un des objets de prix de cette maison ne m'est aussi cher.

— Cela est étrange, bien étrange ! murmura Sampayo à voix basse.

Il regarda de nouveau et tour à tour la statue et la jeune fille, puis il ajouta plus timidement :

— Voulez-vous m'apprendre votre nom ?

— Je m'appelle Miriam, répondit-elle.

— Miriam... Marie...

Un moment il resta immobile, perdu dans une sorte de rêverie. Quand il en sortit, il enveloppa la jeune Juive d'un regard plus brillant.

— Adieu, lui dit-il.

— A bientôt, sur la grève.

Il quitta le salon tendu de rose, descendit l'escalier, faillit renverser Issachar qui peut-être guettait curieusement, puis il se trouva dans la rue sombre.

— Miriam ! Marie ! répéta-t-il.

Dès qu'il se trouva hors de la ruelle, il poursuivit lentement et pensivement son chemin et se rendit, dans un demi-rêve, jusqu'au palais, où il rencontra Pantaleone qui le conduisit auprès de Lianor occupée dans la bibliothèque.

— Senhor, dit à Diniz l'infortunée jeune fille, pardonnez-moi de vous faire entrer dans cette salle d'étude, mais quelque chose me dit que vous avez à m'apprendre le résultat de vos démarches.

— Un résultat ! c'est trop dire, dona Lianor.

— Ne croyez point que je me sois méprise sur les motifs de votre absence. Un homme tel que vous ne perd jamais de vue son but, ni sa promesse. Que savez-vous de l'assassin?

— Rien de précis. On m'a seulement affirmé qu'il faisait partie d'Indiens fervents adorateurs de ce dieu Siva, dont vous-même avez failli être victime... Je ne puis ni ne veux encore vous apprendre quelles preuves étranges se trouvent entre mes mains. Tout semble me dénoncer, sinon l'assassin, du moins son complice. Je ne me connais pas le droit de vous communiquer mes soupçons aujourd'hui. Mais si, comme je l'espère, je découvre demain l'Indien que je cherche, vous le saurez immédiatement.

— Ne m'écrivez pas, fit Lianor.

— Voulez-vous que je confie mon secret à Pantaleone?

— Pas davantage. Il y aura demain concert dans les jardins, vous trouverez bien le moyen de me parler. Pouvez-vous donc seul atteindre le but que vous poursuivez?

— Non, dona Lianor, je suis aidé par une femme.

— Pensez-vous que je la connaisse?

— Vous! non certes! quel rapport peut-il exister entre vous et une pauvre Juive!

— Quoi, Sampayo, vous vous mêlez à des Juifs?

— Pour vous rendre service, dona Lianor, je retournerais dans le temple de Siva, et cependant les Indiens sont plus redoutables que les Israélites.

— Une Juive! répéta Lianor avec dédain.

— Si, comme moi, vous aviez pénétré dans l'appartement qu'elle habite, je suis convaincu que vous eussiez été touchée de voir la madone qu'elle conserve avec un soin pieux, et à laquelle elle rend le culte inconscient d'une enfant.

— Pauvre fille! Oui, vous avez raison, ce détail m'intéresse... La croyez-vous malheureuse?

— Par le cœur, certainement, c'est une noble créature ; par l'esprit aussi, elle souffre de l'humiliation de sa race... Plus tard! plu tard ! qui sait... Si vous lui deviez la joie de connaître ceux que doit frapper la justice...

— Oui alors, vous avez raison, elle aurait le droit de compter sur moi.

— Je la verrai ce soir, et je le lui dirai.

— Remettez-lui en même temps ce reliquaire de ma part; qu'elle le garde comme un souvenir, sinon comme un objet précieux. Si jamais elle souhaite me parler, il lui suffira de me l'envoyer pour être reçue.

— Bénie soyez-vous, Senhora, Miriam sera bien fière d'apprendre que vous songez à elle.

Sampayo prit congé de Lianor et, dans son impatience de retrouver Miriam, se dirigea vers le quartier pauvre, distribuant de larges aumônes sur son passage.

Il venait de pénétrer auprès d'une malheureuse femme entourée de six petits enfants souffreteux, lorsqu'une main légère se posa doucement sur son épaule.

Enveloppée de son voile, souriante et plus belle que jamais à la chaude lumière du jour, Miriam, fidèle à sa parole, rejoignait Diniz sur la grève.

Elle se mit à jouer avec les enfants, tout en liant conversation avec la pauvresse.

— Le produit de la pêche est-il bon? demanda-t-elle.

— Il suffit à peine à nous nourrir. Les hommes de cette côte sont peu aimés dans la ville; à peine le poisson que nous vendons suffit-il pour nous permettre d'acheter les objets les plus nécessaires.

— Les barques rentreront bientôt?

— Avant le coucher du soleil.

— Comment se nomme votre mari?

— Iarima, répondit-elle. Le malheur m'a liée à sa pauvreté, car je suis d'une caste riche, et j'ai préféré suivre un nouvel époux pauvre dans la vie, qu'un époux riche dans la mort. Je suis révoltée, sacrilège et réprouvée.

— Se montre-t-il bon pour vous?

— Oui, répondit-elle avec une réticence dans la voix. Oui, il se montre bon pour ses enfants. Souvent des querelles naissent entre nous; mais ses querelles sont causées par la différence de nos opinions. Je me souviens trop de ce que j'ai été jadis; j'oublie que sans lui je serais morte de faim.

— Je m'appelle Miriam, dit la jeune fille, si jamais vous souffrez venez à moi; je demeure dans le quartier juif, tout le monde vous indiquera ma demeure.

Elle causa quelques instants encore avec elle, et s'éloigna avec Sampayo.

— Je reconnaîtrai la maison de cette femme, dit-elle au jeune homme. Voyez, des arbres verts l'environnent, elle semble la plus coquette de toutes celles du village. Nous y reviendrons...

— Oui, fit Sampayo, nous y reviendrons...

Bientôt sur la mer, tout au loin, on aperçut les voiles des barques; peu à peu femmes et enfants quittèrent les cabanes et se rapprochèrent de la grève. Les hommes appelaient de leurs canots; les enfants répondaient en tendant les bras. Miriam s'enveloppa strictement de son voile. Elle ne voulait point être reconnue par celui qu'elle espérait retrouver.

L'animation devint grande sur la plage. On entendit le bruit des rames; les canots se rapprochaient comme des bandes d'oiseaux revenant au nid. Enfin l'un d'eux accosta; deux enfants sautèrent de la plage dans la mer, et se penchèrent vers le fond couvert de poissons magnifiques auxquels la mort n'avait pas encore enlevé leur couleur cuivrée. D'autres enfants s'attachaient au bordage des canots, qu'ils aidaient à traîner à terre. Le pêcheur l'amarrait à un pieu; la femme jetait les poissons dans les couffes, et sa famille regagnait la cabane. Un mouvement plein de grâce régnait dans ce hameau misérable. Miriam et Diniz oublièrent un moment la préoccupation à laquelle ils étaient en proie, pour contempler ce spectacle.

Lentement, suivie de ses enfants, la jeune femme dont Miriam venait d'entendre l'histoire descendit sur la plage. La barque de Iarima arrivait avec plus de lenteur que celle de ses compagnons. Peut-être une pêche plus abondante l'alourdissait-elle? Elle la reconnaissait cependant, car elle agita la main. Un signe semblable lui répondit et, quelques minutes plus tard, la barque toucha la grève. Jusqu'à ce moment l'ombre de la voile avait caché le visage du pêcheur, mais au moment où celui-ci débarqua, il se trouva en pleine lumière.

Un cri s'arrêta sur les lèvres de Miriam, sa main s'attacha avec force sur le bras de Sampayo.

— Suivons-les, dit-elle.

La Juive voulait être bien certaine que Iarima habitait la maison de la veuve qui, d'une situation brillante, enviée, était descendue à celle de compagne d'un pêcheur de la côte.

Elle vit la femme, l'homme et les enfants franchir le seuil; elle entendit les enfants prononcer le mot « père ; » alors elle murmura à l'oreille de Sampayo, comme si elle redoutait d'être entendue :

— Ne cherchez pas ailleurs. C'est Iarima qui vendit à mon père le poignard et la chaîne.

Diniz s'arrêta un moment, comme s'il voulait graver dans sa mémoire les moindres détails de cette scène :

— Cabane basse... autour de la porte des montants du bois enjolivés de couleurs gaies... des arbrisseaux autour, des arbres derrière formant parasol... Iarima, se disait-il... Merci, Miriam, fit-il à la jeune fille, que Dieu vous rende un jour en bonheur ce que vous avez fait pour moi, et pour une noble fille dont vous pouvez à toute heure vous réclamer.

Il tira de son sein le reliquaire confié par Lianor.

— Je suis autorisé à vous apprendre, maintenant, qui vous obligiez avec tant de dévouement et de grâce... C'est Lianor de Sà... En échange de ce que vous avez bien voulu me désigner l'homme qui vendit la chaîne et le poignard à votre père, vous obtiendrez tout ce que vous désirerez du gouverneur et de sa fille. Voici le gage de la promesse de Lianor... Quand un chrétien jure sur les reliques saintes, rien ne saurait le faire manquer à sa parole...

— Lianor de Sà, le vice-roi des Indes... Oh! tenez, maintenant, monseigneur, voilà que je tremble... Il me semble qu'en vous aidant à découvrir cet homme, j'ai accompli une œuvre de justice; mais qu'en même temps, je viens de perdre mon père...

— Ne redoutez rien de moi, ayez confiance en Lianor; si un danger vous menaçait, je serais là, et je vous défendrais.

— Hélas! on ne défend pas une Juive...

— On défend toujours la femme que l'on...

Il s'arrêta comme effrayé. Son regard se détourna de la jeune fille, qui devint blanche comme son voile de gaze broché d'argent.

— Écoutez-moi, lui dit-il, ce soir, vous écrirez le récit de ce qui se passa il y a deux jours dans la boutique de votre père; vous cacherez cet écrit dans le socle de la vierge que j'ai admirée chez vous. Rentré dans ma maison, j'en ferai autant, et vous recevrez ma déclaration dans quelques heures. Ces deux pièces nous serviront peut-être plus tard. Demain, après une visite à Lianor de Sà, je vous rendrai le poignard et la chaîne; ces objets me seront devenus inutiles jusqu'à l'heure où nous pourrons agir ouvertement. Quoi qu'il advienne, jamais on ne soupçonnera que ce dépôt puisse être caché dans cette statue.

— Ce sera fait, répondit Miriam.

Elle ajouta : Nous voici près de la ville, séparons-nous, je prierai le Dieu d'Israël de vous prendre sous sa protection.

— Miriam, répondit Sampayo, demandez-le plutôt à la madone.

Ils se quittèrent, et chacun d'eux regagna sa maison.

Jamais Sampayo n'avait peut-être ressenti une joie plus complète.

La certitude de pouvoir venger son ami faisait battre son cœur avec violence. Rentré chez lui, il s'empressa d'écrire un récit détaillé de ce qui s'était passé dans la boutique du Juif, depuis la visite qu'il y avait faite en compagnie de son ami Miguel. Il raconta l'achat de la chaîne et du poignard, décrivit la demeure de l'Indien ayant vendu ces objets à Phinée, puis il termina en ajoutant que, certain de la puissance de l'ennemi contre lequel il aurait à lutter, il confiait ces renseignements et cette déclaration à une personne dont le dévouement lui était connu, et qui, s'il courait un danger, se chargerait de remettre cette attestation à la justice.

Vers le soir Issachar, qui gardait la boutique en l'absence de Phinée, reçut, avec l'ordre de le remettre à Miriam, un paquet enveloppé d'un mouchoir de soie bleue. La Juive le déplia, y trouva des papiers, auxquels elle joignit ce qu'elle venait d'écrire, et enferma le tout dans le piédestal de la statue.

— Vous que l'on m'a dit d'invoquer, fit-elle en joignant les mains devant la Vierge, vous savez combien est juste la cause défendue par Diniz Sampayo, protégez-le et protégez-moi.

Un moment après Phinée rentrait chez lui. Il avait conclu d'excellents marchés, et sa vieille figure jaunie s'éclairait du reflet des pièces d'or qu'il venait d'ajouter à son trésor.

Pendant que Miriam écoutait le récit des courses de son père, Diniz se rendait chez le vice-roi.

Lianor l'attendait avec une impatience fébrile. Jamais depuis la mort de Falçam son visage n'avait brillé d'une expression si ardente. Garcia de Sà remarqua l'animation de sa fille, et l'embrassa avec une tendresse qui la troubla. Il pensait :

— Elle oublie!

Et Lianor songeait :

— Mon pauvre Luiz sera donc vengé!

Elle attendit Sampayo dans un bosquet du jardin. Pantaleone et Savitri étaient près d'elle. Pour eux elle ne gardait point de secrets. D'ailleurs, l'un lui aiderait dans l'accomplissement de son œuvre, l'autre l'avait consolée, et avait essuyé ses pleurs. Quand elle reconnut Diniz elle alla vers lui, la main tendue :

— Venez! dit-elle, venez et parlez... Nous sommes seuls ici, bien seuls... Que savez-vous?

— Dona Lianor, je connais le nom de l'assassin de mon ami, de votre fiancé; je sais qui tua Falçam, et qui paya le meurtre... J'ai en ma possession la preuve de ce que j'avance : l'arme qui frappa Luiz et un bijou qui solda le crime... La Providence a tout conduit d'une façon miraculeuse... Le coup fut porté par un Indien appartenant à la population des pêcheurs de la côte... il s'appelle Iarima...

En ce moment, un bruit se fit entendre dans le feuillage, et Savitri aperçut une ombre fuyant à travers les jardins.

— Quelqu'un vous a entendu, fit la veuve du rajah...

— Qu'importe! dit Lianor, ce soir même je parlerai à mon père, et demain, oui demain, meurtrier et complice seront jetés dans les prisons de Goa. Adieu, Diniz! Il me serait désormais impossible de demeurer au milieu de cette fête. Il faut qu'à l'aube la justice se transporte à ce village de pêcheurs, et que Iarima soit arrêté.

Lianor chercha le vice-roi.

— Mon père, lui dit-elle, ce que j'ai à vous apprendre est si grave que vous voudrez bien m'entendre sans retard. Il s'agit de vie et de mort pour moi et... il s'agit de venger Falçam. Venez recueillir les renseignements que j'ai à vous donner...

Garçia de Sà avait d'abord prêté une médiocre attention aux paroles de sa fille. Tant de fois elle l'avait supplié de chercher les assassins de Falçam! A ces prières s'étaient mêlés des reproches amers. Cependant, quand Lianor lui eut raconté ce qu'elle savait, Garcia de Sà lui promit que, le lendemain, l'Indien serait arrêté!

En effet, il donna immédiatement des ordres et, dès l'aube, une escouade de huit soldats se rendit à la maison désignée.

La porte en était close, mais comme elle était peu solide, il fut aisé de la briser.

Alors apparut un épouvantable spectacle.

Dans un angle de la cabane, la mère et les enfants, la tête enveloppée dans des lambeaux d'étoffe, gisaient pêle-mêle, si fortement liés de cordes d'écorce que leurs poignets et leurs jambes saignaient. Sur le cadre de bois était étendu un homme dont les traits disparaissaient sous une sorte de masque sanglant.

Lorsque le magistrat s'approcha il poussa un cri d'horreur.

Iarima avait les deux prunelles arrachées et la langue coupée.

Les prisonniers, irrités, l'accablaient de malédictions. (*Voir page* 189.)

XVI

SOUS TERRE

Sur un signe du magistrat les soldats qui l'accompagnaient s'occupèrent à délier la femme et les enfants, tandis que Ferreira, oubliant de quels crimes on accusait ce misérable, lavait son visage sanglant avec l'eau fraîche puisée dans une jarre. D'abord, Iarima tenta de repousser ceux qui s'approchaient de lui, les prenant sans doute pour des bourreaux; mais quelques mots, prononcés à voix basse dans sa langue, le convainquirent que la justice avait pour mission de chercher les coupables et non de les torturer. Un bandeau fut noué sur ses yeux à jamais privés de la lumière, puis il avala une gorgée d'eau fraîche, et s'assit sur une natte de roseaux.

La femme revenait à elle en même temps que les enfants. A demi étouffés par leurs bâillons, ils revinrent cependant assez vite au sentiment de l'existence. Le premier mouvement de la femme fut de compter du regard les petits êtres renversés sur le sol; quand elle leva les yeux sur son mari elle jeta un cri d'épouvante, puis se redressant elle se précipita vers la couche de Iarima. Celui-ci ouvrit sa bouche sanglante... L'Indienne comprit alors quelle mutilation terrible on lui avait fait subir.

— Je le vengerai! murmura-t-elle, je le vengerai!

Le magistrat ne crut pas qu'il fût possible de transporter tout de suite le blessé. Un des soldats courut chercher un médecin, tandis que le juge s'asseyant auprès de la femme, lui demanda comment s'étaient accomplis ces attentats.

Elle répondit tantôt en mauvais portugais, tantôt en hindoustani très pur, et il fut possible au juge de démêler la vérité dans un récit souvent interrompu par les pleurs.

— Dès que mon mari est rentré de la pêche, j'ai préparé le souper. Les enfants se sont endormis, nous avons causé un peu, puis chacun s'est étendu sur son cadre. Nous avons été brusquement arrachés à notre repos. Cinq hommes, pénétrant dans notre maison, se sont précipités sur nous comme des tigres. Je suis tombée sur le sol, étourdie par un coup violent porté à la tête, et mes enfants roulés dans des pagnes, garrottés, ont été jetés sur mon corps comme si déjà on les traitait en cadavres. Tandis que je subissais ces violences, un homme, portant l'habillement d'un gentilhomme, bondissait vers mon mari, et deux coups d'une arme aiguë firent sauter ses prunelles hors de l'orbite. J'entendis un cri terrible, puis rien. Un troisième coup de poignard venait de trancher la langue de Iarima, et je ne distinguai que des sons rauques échappés de sa gorge et de sa poitrine.

— Pourriez-vous reconnaître les auteurs de cet attentat?

— Non, ils étaient masqués.

— Soupçonnez-vous pourquoi ils éprouvaient de la haine contre votre mari ?

— La femme indienne ignore les secrets de son compagnon.

En ce moment le médecin arriva. Il jugea l'état du blessé très grave, mais cependant, lorsque le juge lui eut parlé à l'écart durant quelques minutes, il fit un signe d'assentiment et répondit :

— Sa vie ne court aucun danger.

Le magistrat se tourna vers l'Indienne.

— Votre mari est accusé d'un grand crime, dit-il ; la loi met la main sur lui ; s'il parvient à prouver son innocence, nous vous le rendrons ; s'il doit porter la peine de son forfait, vous pourrez venir demander sinon justice, du moins assistance.

— Vous allez l'emmener? s'écria la femme avec l'expression d'une douleur poignante, vous me laissez seule avec des orphelins... Car, vous ne me le rendrez pas, jamais ! jamais ! Je le sais bien... Tenez, monseigneur, je puis vous le dire, je ne suis point de sa caste, et souvent j'ai pu prendre en dédain le métier qui me faisait vivre...

— Vous le connaissiez donc?

— Tout le monde sait qu'il est pêcheur.

— Continuez...

— Vous me comprenez, vous êtes Portugais, et les Portugais protègent les femmes. Née riche, mais devenue veuve, j'ai fui le bûcher des sutties, et je suis venue jusqu'ici cacher mon existence. Yama, le sinistre dieu de la Mort, me fit peur. Mais comment vivre ? Tendre la main... J'étais jeune, belle, l'insulte m'aurait été jetée en même temps que l'aumône... Et puis, ce rêve des femmes : des enfants dans les bras... Un homme me ramassa mourante sur la grève, partagea son riz et son poisson avec moi... Le refus que j'avais fait de monter sur le bûcher de mon époux m'avait déshonorée. Jamais un Indien de ma naissance ne fût descendu jusqu'à moi... Je devins la compagne de Iarima... Parfois j'ai souffert de la dureté de ses paroles, de la grossièreté de ses habitudes, mais j'avais les enfants...

— Achevez, dit le magistrat. Vous avez dû recevoir les confidences de votre mari....

— Je ne comprends pas ce que vous voulez dire.

— Iarima sortait souvent durant la nuit?

— Monseigneur sait que l'on pêche aux lumières.

— Il ne s'agissait point de pêche, ces soirs là ; Iarima se rendait avec ses affiliés dans des souterrains où ils traitaient ensemble des opérations d'une société terrible : celle des *Fils de Siva*... Avez-vous vu dans cette cabane, votre mari cacher de l'or ou des bijoux, produits, de ses vols et de ses assassinats?...

— Jamais, répondit la jeune femme avec l'expression d'une épouvante qui n'était pas jouée.

— Il est dénoncé, cependant, accusé.

Le juge se tourna vers le mutilé.

— On va te conduire aux *Masmoras*, lui dit-il ; on t'y soignera ; si tu consens à livrer le secret de l'association, je te promets non seulement l'impunité pour le passé, mais de l'or, cet or que tu aimes, et tout ce que tu souhaiteras comme compensation du supplice que tu viens de subir.

Le visage de l'Indien se contracta d'indignation, et il secoua la tête de façon à faire comprendre qu'au prix d'une délation les faveurs lui sembleraient vendues trop cher.

Pendant que le juge s'entretenait avec la jeune femme, les soldats s'occupaient du moyen de transporter le blessé.

Ils s'arrêtèrent à celui-ci :

Une longue natte fut étendue à terre. On y roula Iarima, puis deux soldats saisirent les extrémités de la natte.

La jeune femme tomba sur les genoux.

— Il n'est pas coupable ! Iarima était bon ! Jamais il n'assassina de Portugais !

— Qu'importe ce qu'il ait fait, puisque sa grâce lui est promise. Plus tard on te permettra d'entrer dans sa prison, et tu le décideras à parler...

D'un geste ferme sans brusquerie, le juge repoussa l'Indienne et les enfants qui se traînaient à ses pieds.

L'infortunée tomba à la renverse sur le sable de la grève, tandis que les pauvres petits criaient en se jetant sur son corps immobile.

Au moment où le cortège sinistre entrait à Goa, le juge donna ses ordres à quatre soldats, en même temps qu'un billet était adressé au directeur de la prison. Ensuite, accompagné seulement par deux estafiers, il se dirigea à travers un lacis de rues, jusqu'à ce qu'il se trouvât en face du palais de Diniz Sampayo.

Il frappa lourdement à la porte, et le vieux Gil vint ouvrir.

— Mon jeune maître dort encore, répondit le fidèle serviteur à la demande qui lui fut adressée.

— Conduis-moi dans sa chambre, ajouta le juge.

Gil crut avoir mal compris. Mais le magistrat montra au vieux serviteur un ordre émanant du chef de la justice, et portant un sceau redouté.

Gil s'inclina, précéda le juge, ouvrit la porte de la chambre de son maître, et laissa passer celui qui venait remplir un effrayant mandat. En même temps, les deux estafiers se placèrent devant la porte de la pièce.

Diniz avait passé la nuit au bal du vice-roi; il dormait de ce bon et robuste sommeil de la jeunesse. La lumière d'une fenêtre tombait en plein sur son visage. Rien de gracieux et de pur comme cette physionomie. Un souffle égal soulevait la poitrine de Sampayo, et le magistrat accoutumé à juger les hommes sentit s'évanouir les soupçons préconçus. Il était entré chez Diniz avec la conviction d'y trouver un coupable. On lui avait fait un récit étrange, dans lequel se confondaient, ou plutôt se succédaient le vol et l'assassinat; mais quant, à loisir, il examina celui qu'on lui désignait comme un misérable, une voix, la voix intime des intuitions qui semble l'écho de celle de la conscience, lui cria :

— Cela n'est pas! Cela n'est pas!

Il demeurait debout, au pied de ce lit, suivant sur le front du dormeur le reflet mobile de ses rêves. Depuis une minute, une expression triste d'abord, pénible ensuite, passait sur le visage de Sampayo si calme tout à l'heure. La bouche se contracta, les sourcils se rapprochèrent, les cheveux parurent se hérisser. Évidemment, il assistait à une scène terrifiante; ses mains s'agitèrent; il se souleva sur son lit et cria d'une voix rauque, comme s'il repoussait un épouvantable fantôme :

— Sépulvéda! Sépulvéda!

En ce moment, il se dressa complètement sur sa couche et il ouvrit les yeux.

Le jeune homme crut continuer un rêve étrange en voyant assis dans un fauteuil, au pied de son lit, un homme qui le regardait avec une fixité inquiétante.

— Qu'y a-t-il? Que se passe-t-il? demanda Diniz. En vérité, je rentre avec peine dans le domaine du réel... Cependant, senhor, je crois vous connaître... Oui, vous êtes le juge Henrique Ferreira.

— Je suis Henrique Ferreira, en effet, répondit le magistrat d'une voix grave.

— Que voulez-vous savoir de moi? reprit Diniz, qui recouvra subitement sa présence d'esprit.

— Pourquoi le nom de Sépulvéda se trouvait tout à l'heure sur vos lèvres?

— Ai-je donc rêvé de lui?

— Oui, et ce rêve vous faisait souffrir...

— Vous le saurez un jour, répondit Sampayo d'un accent profond... Peut-être même dans quelques heures. Il n'est pas étrange que cet homme hante mon sommeil quand son souvenir me poursuit durant toutes mes journées.

— Vous le haïssez? demanda Henrique Ferreira.

— Je dois compte à Dieu seul de mes amitiés et de mes haines. Cependant, jamais je n'appliquerai ce mot au sentiment que m'inspire Sépulvéda. Je le regarde et je le juge de plus haut.

— Il s'est passé presque chez vous, il y a quelque temps, un drame terrible ; votre ami le plus cher, Luiz Falçam, fut assassiné, et le nom des coupables est demeuré inconnu... Le magistrat qui étudia les lieux, et visita le cadavre de Falçam, m'a beaucoup parlé de votre douleur, et de l'âpreté avec laquelle vous jurâtes de tirer vengeance de ce meurtre... Avez-vous renoncé à poursuivre vos recherches, en voyant que la justice demeurait impuissante?

— Non, senhor, loin de là. Mais accuser un homme est grave. Nul ne doit le faire sans preuves, et ces preuves, je les ai cherchées longtemps...

— Les avez-vous trouvées?

— Je m'occupe à les rassembler.

— En possédez-vous déjà quelques-unes?

— Vous venez de me rappeler, senhor, que la justice n'avait pu parvenir à découvrir le coupable... Permettez-moi d'agir à mon heure, et de ne remettre à personne le soin d'achever ce que j'ai commencé.

— Diniz Sampayo, reprit le juge, je viens ici chargé d'un mandat... Pour l'exécuter je mettrai toute la douceur compatible avec mon devoir, mais je ne faiblirai pas. Levez-vous, habillez-vous. Je dois pratiquer une perquisition dans votre appartement.

Les yeux de Diniz étincelèrent, un cri de rage s'échappa de ses lèvres.

Avec une promptitude telle que Henrique Ferreira ne put se rendre compte de la façon dont Sampayo s'était levé et habillé, le jeune homme se trouva devant lui, vêtu de noir, presque menaçant.

— Vous opposez-vous à ce que je remplisse l'obligation de ma charge ? Des estafiers sont à votre porte...

— Ne les appelez pas, répondit Sampayo.

Il se rapprocha de la table sur laquelle se trouvait une boîte étroite assez longue.

Les yeux du juge et les siens s'y fixèrent à la fois.

Henrique étendit la main; les doigts de Diniz s'abattirent sur le poignet du magistrat :

— Sur mon éternité, lui dit-il, si vous touchez à cela, je suis perdu, et avec moi...

— Je ne vous demande point le nom de vos complices, répondit le juge.

Il ouvrit la boîte, en tira une chaîne et un poignard dont la garde était pavée de pierreries; tira de sa poitrine un papier qu'il lut attentivement comme s'il comparait la description d'un objet avec l'objet même, puis il enveloppa la chaîne et le poignard dans ce même papier.

— Pouvez-vous m'expliquer comment ces deux objets se trouvent en votre possession?

— Je le ferai, senhor, mais non pas devant vous seul! Il me faudra un tribunal, des témoins, une foule...

— Parmi ces témoins, comptez-vous Iarima? reprit le juge avec une lenteur calculée.

— Peut-être, et un autre...

— Diniz Sampayo, reprit le magistrat, l'Indien Iarima vient d'être trouvé par moi sanglant dans sa cabane... On a, cette nuit, arraché les yeux et coupé la langue du misérable; celui-là ne parlera jamais!

— Mon Dieu! mon Dieu! cria Diniz avec l'accent du désespoir...

— Consentez-vous à me suivre? demanda Henrique.

— Où me conduirez-vous?

— Je n'ai pas mission de vous l'apprendre. La loi et la force sont pour moi.

— J'ai pour moi Dieu et mon droit! fit Sampayo.

Le juge et Diniz traversèrent la chambre; les estafiers s'écartèrent, et comprirent à un signe du juge que Diniz Sampayo ne résisterait pas. Le jeune homme traversa les rues de Goa sans regarder devant lui, sans chercher à comprendre ce qui se passait. Tout ce qu'il savait, c'est que ses plans échouaient d'une façon misérable, et qu'un être plus habile, plus fort que lui, anéantissait les preuves qu'il avait trouvées.

Il croyait cependant, au milieu du trouble de son esprit, que Henrique Ferreira le conduisait chez le chef de la justice. Mais, tandis qu'il cherchait comment il avait été vendu et livré, il arriva au but de sa course, et se trouva en face d'un monument à l'aspect sinistre :

— Les *Masmoras* ! murmura-t-il.

Il se recula. La pensée de soutenir une lutte avec les estafiers traversa son esprit ; mais il comprit soudain la honte inutile de ce combat, et fort de la pureté de sa conscience, il franchit la lourde porte de la prison.

Au moment où il traversait un couloir à demi obscur, il entendit une voix faible, mais aiguë, répéter :

— Dieu d'Israël ! Dieu qui vengez l'innocence, et châtiez les juges prévaricateurs comme les témoins vendus, vous savez que Phinée n'a jamais, du doigt, poussé un de ses frères à l'abîme... Me laisserez-vous voir ma fille Miriam ? Dans la géhenne où vous me jetez, son doux visage fera-t-il luire un rayon d'espérance ? Que deviendra mon négoce, tandis que vous me détiendrez injustement ?... Qui consolera ma fille ! la joie de ma vieillesse ? Dieu d'Abraham et de Jacob, viens à mon aide !

— Phinée ! murmura Diniz Sampayo, Phinée amené ici le même jour, à la même heure...

Deux ou trois exclamations désolées du Juif parvinrent encore à l'oreille du jeune homme ; puis la voix grêle de Phinée s'éteignit dans les profondeurs des couloirs, mourant sous les arcades surbaissées des corridors.

Diniz venait d'entrer dans une salle assez claire entourée de larges bancs de bois.

Deux ou trois groupes, composés d'hommes de la basse police et de prisonniers, se tenaient au milieu de cette pièce. Quatre soldats déroulaient avec précaution une natte tachée de sang, et le visage d'un homme sans yeux, dont les orbites ressemblaient à deux trous vides, apparut aux regards de Diniz.

Sur un ordre d'un médecin, on étendit le mutilé sur le banc, et le docteur pansa ses horribles blessures.

— Mourra-t-il ? demanda le magistrat debout à côté de l'Indien.

— J'espère le sauver.

Il secoua pourtant la tête, et ajouta :

— Je guérirai ses plaies, mais on vit peu de temps au fond des *Masmoras*.

Diniz Sampayo venait de reconnaître l'Indien.

Il lui sembla qu'il perdait pour un moment la notion de ce qui se passait autour de lui. L'arrestation simultanée des deux hommes capables de lui aider à dénoncer et à faire châtier l'assassin de Luiz Falçam était le résultat d'une habileté si consommée, d'une pénétration et d'une influence si grandes, qu'il demeura ébranlé. Sans doute, il raconterait tout à ses juges, mais cette idée lui traversa l'esprit que jamais, peut-être, il n'aurait la possibilité de se défendre.

Le magistrat et les estafiers se rapprochèrent d'un personnage vêtu de noir, ayant devant lui un lourd registre assez semblable à un livre d'écrou.

Cet homme adressa à Henrique Ferreira une question à laquelle celui-ci répondit à voix basse. Puis, se tournant vers Diniz :

— Votre nom?

— Diniz-Sampayo, fidalgo.

— Accusé d'un vol de diamants... ajouta l'homme noir en écrivant sur son registre .

— D'un vol! s'écria Sampayo, en bondissant vers le juge, d'un vol, moi, Diniz Sampayo, gentilhomme!

— Ajoutez, fit Henrique, que les diamants volés ont été trouvés en sa possession.

Sampayo porta les deux mains à son front. Il chancela, et s'appuya contre la muraille.

Le regard d'Henrique Ferreira ne le quittait pas.

— Tous trois, murmura Diniz, tous trois : l'Indien, le Juif et moi!

Un frémissement parcourut tout son corps, et une sorte d'éclat de rire passa sur ses lèvres.

Cependant, comprenant l'inutilité de la résistance, il n'en fit aucune quand deux gardiens lui prirent les poignets et l'entraînèrent dans les profondeurs des *Masmoras*.

Un seul cri lui échappa :

— Des juges! donnez-moi des juges!

Le même jour, à la même heure, à peine à quelques minutes d'intervalle, Phinée, Iarima et Diniz Sampayo étaient jetés dans ces immondes cachots par le geôlier, que les prisonniers irrités, effrayants, accablaient de malédictions à l'arrivée de chaque proie nouvelle.

Le premier n'eut pas un seul instant la pensée qu'on le soupçonnait d'un vol ou d'une acquisition illicite. Il s'imagina qu'on en voulait simplement à son immense fortune.

— Je suis si vieux, pensait-il, qu'on aura peur de me voir mourir avant de connaître le secret de mes richesses... On mettra ma liberté à prix, mais qu'importe! Je paierai; je viderai mes coffres...

Tour à tour, il s'abandonnait au désespoir ou se livrait à l'espérance.

Iarima se trouvait dans un état plus misérable encore. Souffrant d'horribles tortures, laissé au fond de son cachot sur une poignée de paille pourrie, il se rappelait avec une double ivresse de colère et de douleur la scène de la nuit et celle de son arrestation.

Tordu sur son lit, il revivait dans une crise de rage la scène douloureuse de sa mutilation. Il revoyait, comme en un cauchemar terrible, huit hommes masqués, conduits par un chef, roulé dans un grand manteau, rentrer dans sa cabane, le garrotter et lui couper la langue. Puis l'homme au manteau lui dit en se courbant vers lui :

— De même que tu ne parleras jamais, jamais tu ne pourras me reconnaître.

La main du tortionnaire, qui venait de lui trancher la langue, se posa sur son front qu'elle parut écraser, et en deux mouvements rapides il avait fait sauter les prunelles sanglantes...

Non, il ne parlerait pas! Il ne verrait plus jamais!

Tout à coup la lumière jaillit de son cerveau.

Après l'avoir mutilé, l'homme au manteau l'avait fait jeter dans les *Masmoras*.

Et il ne se vengerait pas de celui qui avait conseillé ce dernier crime?

Il ne le livrerait pas à la justice? Cela ne pouvait pas être! Il chercherait, il trouverait le moyen de l'accuser quoiqu'il ne pût voir son visage, quoiqu'il lui fût impossible de dire : Le voilà!

L'excès de ses douleurs l'empêcha de trouver le sommeil. Il vida le contenu de sa cruche, et demeura étendu sur le dos, les doigts crispés dans ses cheveux.

Pour Diniz Sampayo, la vérité se faisait d'une façon lente, mais sûre.

Le premier moment d'étonnement, de colère une fois passé, il se rappela avec une logique absolue l'enchaînement de faits qui s'étaient passés depuis la veille.

Celui-là seul qui avait fait assassiner Falçam gardait un intérêt à le perdre.

Le souvenir des confidences faites la veille dans les jardins du vice-roi, à dona Lianor et à Pantaleone, devait avoir déterminé sa perte.

Il se rappela que Satyavan, tandis qu'il racontait la découverte, faite chez Phinée, du poignard et de la chaîne d'un des complices du meurtre de Falçam, avait interrompu Diniz avec terreur, en lui disant qu'un homme caché derrière le bosquet les écoutait...

Cet homme, c'était le véritable meurtrier de Falçam, celui qui avait payé larima pour l'assassiner...

— Oui, répéta-t-il, c'est Lui! Lui! et nul autre! Mais comment lui échapper désormais? Son influence est grande, si grande qu'il lui a suffi de quelques heures pour se débarrasser de tous ceux dont il redoutait les accusations... Qui le démasquera jamais, ce misérable? Et qui nous arrachera des *Masmoras*, nous qui venons d'y être jetés, et qui ne savons pas quand on nous donnera des juges!

Si dona Lianor savait ce qui venait de se passer! Mais elle ne le savait pas. Le vice-roi lui-même, Garcia de Sà, l'ignorait sans doute. La justice et le gouvernement général des Indes formaient deux puissances complètement séparées. Le vice-roi pouvait accorder une grâce, il est vrai, mais pour cela il fallait d'abord une condamnation, et Diniz Sampayo ne savait pas même quand il serait interrogé.

Il avait entendu de terribles histoires de prisonniers morts de faim dans ces puits profonds. Il avait frémi au récit des tortures subies par les malheureux plongés dans ces cachots sans lumière et sans air; bien des fois, sa main généreuse laissa tomber de l'or dans le tronc des aumônes destinées aux captifs. Qui lui eût dit jamais qu'il attendrait avec angoisse l'heure d'un repas sordide, et s'inquiéterait de savoir si les riches de Goa n'avaient pas oublié de songer au pain des prisonniers?

Il mangea un peu, non parce qu'il avait faim, mais dans le but de garder l'énergie dont il aurait besoin pour soutenir une lutte dont il comprenait le danger. Il voulait se trouver assez fort pour répondre aux interrogatoires ; le corps ne devait pas plus défaillir que l'esprit. A force de demander à Dieu son salut, et de l'espérer de sa bonté comme de sa justice, il finit par s'endormir sur la paille qui lui servait de lit.

Quand il s'éveilla il était plus las que la veille. Autour de lui pas un bruit, pas un souffle. Tout restait morne, lourd et froid, ainsi que dans un tombeau. Était-il jour? Était-il nuit? Il n'en savait rien...

Il s'appliqua à rassembler ses idées, ses souvenirs. Il se figura qu'il se trouvait en face du juge qui l'interrogeait sur la possession du poignard et de la chaîne, et il racontait tout... tout! et le nom du coupable s'échappait de ses lèvres!

Mais nul ne vint le chercher, nul ne descendit même l'escalier en spirale conduisant aux cachots. On ne tira pas de verrous, un homme armé de clefs, chargé d'un pain noir et de cruches d'eau ne lui apparut pas dans les couloirs sombres... La nuit, le silence, toujours, sans cesse autour de lui, au-dessus de lui. Et cette obscurité finit par lui peser comme un couvercle de tombe, et il s'épouvanta plus de ce silence qu'il n'aurait fait d'une menace de mort...

Bien des fois il s'endormit, s'éveilla, chercha vainement à calculer le nombre des heures passées, des jours évanouis; il fatigua son cerveau à un calcul impossible... La cruche vide avait roulé à terre, il ne lui restait plus une miette de pain...

— Si je pouvais mourir, mon Dieu! murmura-t-il.

Elle roula sur le sol, inanimée. (*Voir page 202.*)

XVII

LA VOLONTÉ PATERNELLE

Le temps avait passé sans apporter d'adoucissement à la douleur de Lianor. Elle gardait au fond de son âme un de ces deuils qui durent toute la vie. Les premiers éclats de son désespoir s'étaient calmés. Sous l'empire de la religion elle offrit à Dieu son sacrifice, mais il ne fut pas en son pouvoir d'oublier, et l'infortunée n'oublia pas. Depuis la catastrophe qui brisa son existence elle redoublait de bontés à l'égard des malheureux, de générosité pour les pauvres. Au lieu de se renfermer dans le sentiment d'un égoïste regret, elle s'efforçait de dilater son âme par la charité.

Chaque jour une longue file de pauvres se présentait au palais afin de recevoir, des mains de la jeune fille, l'aumône quotidienne. Durant les premiers mois qui suivirent la mort de Luiz Falçam, Lianor espéra que les auteurs du crime seraient découverts. Elle comptait pour cela moins sur les estafiers de la police que sur le dévouement de Diniz et de Pantaleone. Le cousin de Lianor s'était juré d'aider au châtiment du coupable. Pendant longtemps il entretint des relations avec des employés de la police, cherchant, questionnant, fouillant Goa avec eux, ne marchandant ni l'or ni la peine. Mais un jour son oncle le manda dans son cabinet et lui défendit avec sévérité de s'occuper davantage de cette affaire.

— A quoi bon, lui dit-il, ramener sans cesse, à l'esprit de Lianor, le souvenir de ce crime? Dieu m'est témoin que s'il m'était possible de lui rendre le fiancé qu'elle a perdu, je le ferais au prix de mes projets les plus chers. Quelle présomption est la tienne, d'espérer réussir où échoue la justice?...

— Mon oncle, répondit Pantaleone, la police exerce un métier, tandis que ma tendresse pour votre fille me guide seule.

— Tu comprends mal cette tendresse, répliqua froidement le vice-roi. Au lieu d'alimenter les regrets de Lianor, et de rappeler à son souvenir l'homme qui lui fut si cher, aide-lui plutôt à surmonter sa douleur. Distrais son esprit absorbé, occupe-le d'autres pensées. Je puis bien te l'avouer, j'ai gardé sur l'avenir de Lianor des projets qui doivent s'accomplir. Par compassion pour sa faiblesse, j'ai laissé passer quelques mois avant de lui parler de projets nouveaux. Si Falçam vivait encore, il serait certainement devenu mon gendre; je me serais senti sans force pour résister à la persistance de la volonté de ma fille; mais rien ne ressuscite les morts. Falçam n'a déjà été que trop pleuré par elle. Obéis à l'ordre que je te donne; ne prononce plus le nom de Luiz devant Lianor; travaille à la distraire, de concert avec Savitri et Satyavan. Me le promets-tu?...

— Non, mon oncle, répondit Pantaleone en relevant la tête. Sur le cadavre de Luiz un de mes amis et moi nous avons juré de retrouver l'assassin.

— Cet ami s'appelle?

— Diniz Sampayo, vous n'avez pu l'oublier.

— J'ai entendu dire qu'il avait quitté la ville assez mystérieusement; ce qui est certain, c'est que nul n'en a entendu parler depuis la mort de Falçam.

— Voulez-vous connaître mon opinion à ce sujet, mon oncle?

— Tu vas accuser quelqu'un...

— Devant Dieu, j'accuse le meurtrier de Falçam de la disparition de Diniz.

— Et sur quoi se fonde cette accusation?

— Sur ce fait que le même jour un Indien capable de fournir des renseignements précieux a été emprisonné; enfin, le juif Phinée s'est vu arrêter.

— Phinée est un misérable juif vivant d'usure; l'Indien appartenait à l'association des *Fils de Siva* ; un troisième criminel impliqué dans cette affaire est détenu dans les *Masmoras*, et le jour du procès la vérité luira pour tous. Ne cherche plus, ne ravive pas la douleur de Lianor. Au contraire, prépare-la doucement à comprendre qu'elle doit fixer un avenir qui m'inquiète. Ma santé décline. Le climat de Goa m'épuise; il n'est pas certain que je puisse retourner jamais en Portugal. Je veux voir ta cousine mariée à un homme de mon choix, un homme considérable, capable par sa situation et sa fortune de satisfaire toutes ses ambitions. Elle a cédé au premier rêve de la jeunesse, en s'attachant à Falçam, gentilhomme pauvre, n'ayant que sa vaillance et sa tendresse; ce rêve s'est évanoui sans retour.

L'heure est venue de regarder la vie en face, avec ses réalités et ses devoirs.

— Mon oncle, répondit Pantaleone, j'aime ma cousine comme ma sœur; je lui suis dévoué comme à vous-même. Mais il me semble, à cette heure, que vous menacez son repos et que vous allez lui causer un désespoir plus grand, s'il se peut, que celui qui l'a frappée.

— Je ne te demande pas conseil, et t'intime un ordre.

— Me croyez-vous toujours un enfant, mon oncle?

— Oui, devant moi, et en raison de l'autorité que m'a léguée ton père.

— Et si je me révoltais contre votre tutelle afin de suivre l'instinct de mon cœur qui me commande de continuer à prendre le parti de Lianor?

— On ne défend pas les causes perdues.

— On y demeure fidèle quand elles sont justes.

— Obstiné! s'écria Garcia de Sà.

— Je suis de la famille! mon oncle.

Le vice-roi marcha à grands pas dans la salle, puis il revint brusquement vers Pantalone, tira une longue missive d'une cassette scellée de rouge, et la tendit au jeune homme.

— Je prévoyais ta réponse, lui dit-il. Je savais que, placé entre moi et Lianor, tu prendrais le parti de ma fille. Je n'ai que trop souvent manqué d'énergie, il est temps, grand temps de racheter ma faiblesse; j'ai pris des armes contre elle. Mon frère m'a remis sur toi tous les droits, et jusqu'à ce moment je t'ai traité en fils chéri. Vois si tu veux conserver cette place à mon foyer, ou si tu préfères quitter ma maison...

— Abandonner Lianor! s'écria Pantaleone.

— Oui, puisqu'elle seule t'occupe, et que tu sembles oublier que tu me dois quelque reconnaissance.

— Je ne l'oublie pas, je ne l'oublierai jamais, répondit l'adolescent dont la voix mollit comme s'il se sentait gagné par les larmes. Mais nous avons grandi ensemble, et dans les ruines du temple de Siva nous avons failli mourir l'un près de l'autre. Si je connais le métier des armes, si je me sens déjà brave, je le dois à vos exemples et à vos conseils; si je garde un cœur pur, enthousiaste et bon, je sais que j'en suis redevable à Lianor. J'essayais d'imiter ses vertus. Nous échangions ensemble non seulement des idées, mais les sentiments les plus hauts qui puissent faire battre le cœur de l'homme. J'aimerais mieux mourir que de me séparer de ma cousine, mais mieux vaudrait mourir cent fois que de la trahir jamais...

— Lis la lettre de ton père. J'ai l'autorisation de te faire monter sur le premier navire en partance, quelle que soit sa destination.

— Un exil! s'écria douloureusement Pantaleone.

— Un long exil.

— Et vous m'enverriez...

— Aux Moluques.

— C'est plus qu'un exil, alors : une condamnation... J'y mourrais au bout de deux ans.

— Et tu ne pourrais plus ni consoler, ni soutenir ta cousine.

Le jeune homme devint très pâle, et il demeura un moment la tête baissée.

— Pour moi, reprit-il, j'accepte tout, châtiment et disgrâce. Mais je crois que Lianor me porte une vive affection, et sans son ordre je ne disposerai point de ma vie. Je la lui avais dévouée, elle prononcera. Vous aviez raison de le dire tout à l'heure, mon oncle, vous avez pris des armes contre votre faiblesse.

— Écoute, reprit don Garcia de Sà, je te défends de parler à Lianor de mes projets sur elle. Tout doit venir à son heure. Qu'elle cesse seulement aujourd'hui de s'occuper de Falçam, et de la vengeance à tirer de ses assassins.

— Je me conformerai à votre volonté, mon oncle.

— Le navire en partance pour les Moluques met à la voile dans trois jours.

Pantaleone s'inclina et quitta le cabinet du vice-roi.

Il monta immédiatement chez sa cousine.

En ce moment, Lianor s'entretenait vivement avec Tolla :

— Tu dis donc, Tolla, que cette jeune fille juive t'a suppliée de lui obtenir une audience ?...

— Oui, dona Lianor, mais non point une audience du vice-roi ; elle ne veut parler qu'à vous, et doit paraît-il vous apprendre des choses graves...

— T'a-t-elle dit son nom?

— Miriam, fille de Phinée.

— Phinée le juif?

— Oui, dona Lianor.

— N'a-t-elle point ajouté qu'elle possédait un objet envoyé par moi, et devant lui ouvrir les portes de mon appartement à quelque heure que ce fut?

— En effet, elle m'a montré un reliquaire.

— C'est elle, c'est Miriam! Pantaleone, nous apprendrons quelque chose, nous saurons pourquoi Phinée a été jeté dans les *Masmoras*, de quoi il est accusé ; qui sait même si ce Juif ne pourra nous donner les raisons de l'absence, ou plutôt de la disparition de Diniz Sampayo?

— Tolla, demanda Pantaleone, Miriam est-elle ici?

— Elle a laissé son adresse, la voici...

— Va, Tolla, dit Lianor, va ma fidèle! Béni soient tous ceux qui m'aident dans ma tâche, une tâche sacrée à laquelle jamais je ne renoncerai... Ni toi non plus? demanda la jeune fille en pressant la main de son cousin.

— Je venais te demander ta volonté à ce sujet, répondit le jeune homme.

Il lui raconta l'entretien qu'il venait d'avoir avec son père.

Lianor l'écouta, gravement, sans l'interrompre; gardant la main sur ses yeux, comme si elle ne voulait point qu'il devinât tout de suite ce qui se passait en elle. Quand il eut fini elle releva le front.

—Obéis, Pantaleone, obéis sans restriction. L'œuvre de Dieu s'accomplira sans nous, sois en certain. Il serait trop cruel vraiment de t'entraîner dans un abîme de douleurs semblable au mien... T'envoyer aux Moluques, ce lieu d'exil peuplé de bannis et de désespérés, ce serait un crime! Étrange contradiction des choses humaines! A l'heure où Miriam la juive venait sans doute nous mettre sur la voie, et peut-être nous révéler le nom du meurtrier, mon père t'interdit, sous peine d'un châtiment terrible, de te mêler à ce drame sinistre. Il est vrai que cette défense ne m'a pas été faite. Mais si je poursuivais mes recherches, il croirait que tu me viens en aide. Mieux vaut y renoncer. Le généreux Falçam approuve le sacrifice que je fais de ma vengeance. Tu peux apprendre à mon père que tout est fini, bien fini. Je pleurerai toujours, mais je ne chercherai plus...

— Quel sacrifice tu me fais, Lianor!

— Le tien était plus grand encore... Tu ne quittais pas seulement ta cousine, ta sœur, tes amis, tu abandonnais Savitri...

— Tais-toi! tais-toi! fit Pantaleone avec l'accent de la prière.

— Pourquoi? Me suis-je trompée? tu n'oserais me le dire. Le penchant ingénu qui vous rapproche l'un de l'autre, la joie que vous trouvez dans cette tendresse innocente m'a plus d'une fois consolée de mes propres chagrins. Aime-la, Pantaleone. Peu à peu la distance s'effacera entre vos deux races. Elle acquerra vite l'instruction d'une fille d'Europe, et quand elle sera digne de toi, ton père ne te la refusera pas.

— Tu es bonne, Lianor! tu es bonne!

— Je souffre tant! répondit-elle.

A partir de ce jour, la jeune fille s'enferma davantage chez elle. Mais bientôt une grave altération survenue dans la santé de don Garcia de Sà, la cloua au chevet de son père, et près du lit de douleur du vieillard, Sépulvéda, remplacé maintenant à Diu par un nouveau capitaine, vint s'asseoir chaque jour.

Le médecin témoigna de l'inquiétude. Le prêtre fut appelé, on prononça le mot de danger imminent, et bientôt Lianor ne demanda plus d'autre grâce à Dieu que le salut de son père.

Une nuit, Garcia de Sà, très abattu par la fièvre, dormait d'un lourd et pénible sommeil; de sinistres images l'assaillaient; des mots entrecoupés s'échappaient de ses lèvres brûlantes. A côté de lui, Lianor s'efforçait d'apporter un peu de soulagement à ses souffrances. Tantôt elle posait sur son front une compresse d'eau froide, tantôt elle humectait sa bouche d'un breuvage rafraîchissant; elle lui parlait doucement, comme aux enfants qu'on endort, et baisait son visage fiévreux. On eût dit qu'il conservait l'instinct du soulagement dont il lui était redevable, car à différentes reprises il murmura avec l'accent de l'angoisse :

— Ma fille! ma fille!

L'impression produite par le rêve effrayant auquel il était en proie fut si forte qu'il s'éveilla, baigné de sueur, les yeux hagards, les mains tremblantes.

— Lianor? appela-t-il, Lianor!

— Je suis là, répondit-elle, cher père, depuis quinze jours je ne vous ai point quitté.

— Si tu avais pu chasser mes rêves! fit-il avec un geste rempli d'épouvante.

— Étaient-ils donc si terribles...

— J'assistais à une scène horrible de naufrage, et je te voyais en vain tenter de lutter contre les vagues menaçant de t'engloutir... J'ai plus souffert de ce rêve que du mal qui me cloue sur ce lit. Où est Pantaleone?

— Il se repose un peu; presque chaque nuit il a veillé avec moi.

— C'est un noble enfant, répondit le vice-roi. Je me suis montré un jour un peu dur à son égard, mais il le fallait, oui, il le fallait...

Il avala une gorgée de boisson fraîche, puis il reprit :

— Ma vie est usée, ma fille. J'ai combattu pour la patrie et pour le roi, je ne regretterai point de mourir après une carrière bien remplie, si je me sentais rassuré sur ton sort... Tu n'as pas vingt ans! et je te laisserai sur cette côte de Canara qui fut ton berceau, mais qui n'est pas ta patrie. Les parents que nous avons encore sont loin, bien loin! Qui te ramènerait en Portugal si je venais à mourir?...

— Vous ne mourrez pas, mon père, s'écria Lianor en serrant le vieillard dans ses bras, Dieu daignera vous conserver à ma tendresse.

— Tu m'aimes bien? lui demanda-t-il.

— Si je vous aime! Je donnerais pour vous ma vie...

— Je le crois, fit-il, je le crois... La vie est quelquefois moins pourtant que le sacrifice d'une volonté, d'un rêve...

— Je ferais le serment, dit-elle, d'achever votre guérison au prix même de mon bonheur.

— Répète cela, ma fille...

— Je jure, dit Lianor, d'offrir à Dieu tel sacrifice qu'il exigera de moi si vous êtes sauvé...

— Il me semble parfois que je pourrais l'être... l'angoisse de mon esprit égale au moins les douleurs de mon corps... Les préoccupations d'un père sont incessantes... Je suis inquiet de toi, Lianor, et soit que je meure, soit que je vive, j'aurais besoin d'un mot de ta bouche pour retrouver la paix...

Lianor garda le silence, elle tremblait de deviner.

Garcia de Sà se souleva sur son lit, emprisonna les petites mains de sa fille dans ses mains brûlantes, et reprit :

Laisse-moi assurer ton sort et te choisir un protecteur. Que je puisse, si je quitte ce monde, croire que tu seras heureuse et protégée.

— Heureuse! Je ne le serai plus jamais, mon père. Quant à me protéger, Pantaleone est là. Si, ce qu'à Dieu ne plaise, vous me quittiez, vous pourriez vous en reposer sur la tendresse de mon cousin.

— Pantaleone est bon et loyal, cependant il est trop jeune pour qu'on lui confie une jeune fille... et qu'on le charge de la ramener en Portugal... C'est à un époux que je veux te laisser, Lianor; un époux seul aura le droit, la force de te protéger devant tous...

— Falçam est mort, répondit la jeune fille d'une voix brisée.

— Je t'ai laissée le pleurer. Avant même qu'il pérît d'une façon mystérieuse et terrible, je m'étais demandé s'il était bien complètement le mari qui te convenait... Tu le sais, le premier moment de reconnaissance passé, je regrettai d'avoir donné ma parole ; je l'aurais tenue; ta douleur et ta volonté auraient eu raison de mes doutes... Il n'est plus... Le deuil que tu as porté de lui au fond de ton cœur doit avoir perdu de son amertume... Devant Dieu comme devant le monde, tu es libre... Laisse-moi donc désormais disposer de ta main...

— Mon père, reprit Lianor en joignant les doigts avec force, ne me parlez plus de mariage, je vous en supplie... Il me semblait avoir rencontré une âme sœur de mon âme... Dieu l'a rappelée ; j'ai pleuré, j'ai prié, je suis résignée, sinon consolée... Mais je n'éprouverai pour personne cette confiance immuable, cette sympathie tendre qui me liait à Falçam... Ayez assez d'indulgence pour ne pas exiger que je chasse ce cher et douloureux souvenir... Si vous me quittez, mon père, il est un asile ouvert pour les créatures que la vie a blessées... J'irai m'ensevelir dans un cloître, et j'aurai le temps d'y prier et d'y pleurer pour ceux qui me furent chers.

— Non ! non ! fit Garcia de Sà, tu n'as pas la vocation religieuse ; les fêtes te charmaient jadis, elle te charmeront encore... Prends un époux de la main de ton père, si tu veux qu'il te bénisse avant de mourir...

— Mon Dieu ! fit-elle, vous n'exigerez pas cela !

Le vice-roi la regarda avec une expression troublée.

— Permets ! permets ! dit-il, il me semble que cette parole me fera revivre.

La jeune fille ne lui répondit que par un sanglot.

— Ah ! fit-il, tu me laisseras mourir... Je t'ai bien aimée, cependant... Ne peux-tu me donner cette tranquillité suprême de t'avoir donné un soutien !

— Je ne veux que Dieu ! Dieu seul ! Vous avez raison, j'ai profondément chéri Luiz Falçam ; le Seigneur n'interdit point les affections terrestres, il les sanctifie... Mon cœur blessé a besoin de silence et d'ombre. Je m'habillerai de bure, je prierai les genoux en terre pour mon pauvre Luiz assassiné. Je châtierai ma chair, et j'effacerai jusqu'à la trace de cette beauté à laquelle désormais je ne saurais tenir... Soyez tranquille, mon père, maître François me l'a dit au chevet d'agonie de Falçam, nous eussions souffert sinon l'un pour l'autre, du moins par la vie qui entraîne tant d'épreuves... Je veux la paix et le calme en attendant la mort...

— Le Dieu dont tu parles t'a commandé l'obéissance à ton père ; j'ai prié, j'ordonne maintenant. Tu seras la femme de Sépulvéda.

— Lui ! s'écria Lianor en se levant, lui !

— Oui, Manuel de Souza de Sépulvéda, un des plus riches gentilshommes du Portugal, celui qui, je l'espère, obtiendra après moi le gouvernement des Indes.

Lianor se débattit vainement contre l'oppression qui pesait sur elle ; sans l'obtenir, elle demanda grâce. En proie à une fièvre ardente qui lui donnait en ce moment une vigueur factice et une énergie inaccoutumée, le vice-roi alla jusqu'à menacer sa fille de la maudire si elle ne jurait pas d'épouser Sépulvéda.

Elle céda, vaincue par cette torture. Puis, quand elle eut dit « oui », elle roula sur le sol, inanimée et froide comme une morte.

Quand elle revint à elle, dans son appartement, Savitri l'entourait de ses soins. Elle se jeta toute en larmes dans les bras de son amie.

— O Savitri, je suis perdue! gémit Lianor, je suis perdue!

Elle comprenait que, désormais, c'en était fait non seulement de l'avenir, mais du passé

Devenue la femme du gouverneur de Diu, elle n'oserait plus évoquer au fond de sa pensée celui qu'elle avait aimé. Il lui faudrait clore la tombe de son âme, comme on avait fait de la fosse de Falçam dans le cimetière de Goa.

La droiture de sa conscience ne lui permettrait pas de placer même un souvenir entre elle et l'époux qu'elle venait d'accepter de la main de son père. Elle devait renoncer à connaître le nom de son meurtrier, car justice ou vengeance, il s'agissait toujours pour elle de celui qu'elle préféra à tous...

Encore si dans le sacrifice accepté Lianor n'eût trouvé que de l'indifférence pour le fiancé nouveau que lui imposait un père ; mais quelque chose de mystérieux, un pressentiment secret la remplissait d'épouvante à la vue de Sépulvéda.

Cet homme lui semblait une menace vivante.

N'était-ce déjà point se conduire en ennemi que de peser comme il l'avait fait sur sa volonté, et d'employer la pression de l'autorité paternelle pour lui arracher une promesse qu'elle regrettait à l'heure où elle se trouvait loin de son père, où elle ne voyait plus se fixer sur elle ses yeux brûlés de fièvre, où ses mains ne serraient plus ses doigts tremblants, où il ne lui criait plus :

— Ma vie est au prix de ton obéissance!

Elle retrouva le matin assez de force pour se rendre à l'église.

Maître François montait à l'autel,

La ferveur admirable de l'apôtre des Indes, cette ferveur qui impressionnait tous ceux qui le voyaient officier, répandit une mystérieuse consolation dans l'âme de Lianor. Elle demanda la résignation, et quand le saint sacrifice fut achevé elle entra dans le confessionnal.

C'est de cette même place qu'elle s'était levée frissonnante en entendant un valet annoncer que Luiz Falçam, à l'agonie, demandait les consolations de la religion.

Le prêtre affermit cette âme en détresse; il approuva sa soumission, il la bénit, et Lianor pacifiée reprit avec Inès le chemin du palais.

Comme elle en approchait, une jeune fille enveloppée de longs voiles vint se jeter à ses pieds.

— Dona Lianor, lui dit-elle, vous avez refusé de me recevoir, consentez du moins à m'entendre... Au nom de ce reliquaire sur lequel vous avez prêté serment, écoutez-moi une minute, une seconde... Il s'agit de la vie de trois infortunés.

Elle avait redouté d'abord qu'on lui parlât de Falçam et de ses meurtriers; du moment qu'il n'allait être question que d'infortunés, elle pouvait écouter la solliciteuse.

Miriam avait rejeté son voile en arrière, et ses grands yeux noirs voilés de larmes, ses yeux admirables dans lesquels se reflétait toute la lumière de l'Orient se levèrent remplis d'une immense douleur.

— Vous ignorez, dit la Juive, et le vice-roi ne sait pas davantage ce qui s'est passé... Dans les *Masmoras* de Goa sont enfermés deux innocents, car mon père est innocent, je le jure! Phinée a trafiqué en honnête marchand, et Diniz Sampayo...

— Que parlez-vous de Diniz Sampayo? demanda Lianor.

— Il est au fond d'un cachot comme mon père...

— Pauvre fille! de quoi sont-ils accusés?

— Mon père a été arrêté sans qu'on lui ait fait connaître ce qu'on lui reproche... Les procédés de la justice sont lents à Goa... Peut-être ne saura-t-il jamais pourquoi il fut incarcéré si on le relâche... Il avait acheté et payé à l'Indien Iarima une chaîne et un poignard, le senhor Sampayo, ayant vu ces objets, témoigna une grande impatience de les posséder. Pour lui, le poignard et la chaîne vendus par Iarima devaient jeter une vive lumière sur un meurtre mystérieux, épouvantable...

— Celui de Luiz Falçam? demanda Lianor en serrant le bras de la Juive.

— Peut-être... Le senhor Diniz me fit écrire un récit détaillé de la façon dont ces bijoux étaient tombés entre mes mains. Il vint avec moi à un village de pêcheurs afin de reconnaître Iarima... Mais, sans nul doute, ses démarches avaient été épiées; un homme puissant gardait évidemment un grand intérêt à ce que ni l'Indien ni Diniz ne pussent raconter ce qui s'était passé... Et le lendemain, Iarima mutilé était jeté, en même temps que Diniz Sampayo et mon père, dans les cachots souterrains de la prison.

— Miriam, dit Lianor en relevant la jeune fille, tout est changé dans ma vie depuis deux jours. Ni moi ni Pantaleone nous n'avons le droit d'intervenir dans ce qui touche au meurtre de Luiz Falçam, et il s'agissait pour Sampayo de trouver et de châtier les assassins... Si je pouvais agir, pauvre fille, je te conduirais moi-même aux pieds de mon père... Un seul homme garde à Goa assez d'influence et pour se faire ouvrir les portes des cachots les plus noirs, et pour demander justice au nom du Sauveur des hommes. Va près de lui... Sa charité est aussi grande pour le Juif que pour le chrétien. Il sauvera les infortunés s'il est possible de les arracher à cet enfer... Cours, ne perds pas une heure, pas une minute... Obéis aux ordres de l'homme de Dieu; s'il arrache les prisonniers aux *Masmoras*, qu'ils partent, qu'ils s'éloignent de Goa où jamais ils ne seront en sûreté...

— Et cet homme s'appelle?

— Maître François.

La Juive mit un baiser sur la main de Lianor, et s'éloigna.

Mais quand Miriam arriva au monastère qu'habitait l'apôtre, il lui fut répondu qu'il venait de partir pour une de ses missions de la côte de Canara.

Combien vaut votre navire? demanda Miriam. (*Voir page* 210.)

XVII

L'ENFER DE GOA

Rien ne saurait rendre la douleur de Miriam au moment où elle apprit que maître François n'était plus à Goa. Elle se représenta les douleurs de son père, ses angoisses causées tour à tour par la crainte qu'on montrât envers sa petite-fille la même cruauté qu'envers lui-même, l'inquiétude où il restait au sujet de sa fortune.

Le premier mouvement de Miriam fut de se rendre chez le juge. Mais elle n'osa point risquer une démarche qui, en révélant en partie le chiffre de la fortune du Juif, pouvait allumer des cupidités dangereuses. Pendant tout un jour elle resta enfermée chez elle, levant de temps à autre ses grands yeux voilés de pleurs sur la madone d'émail que Diniz Sampayo invoquait comme une protectrice divine.

Elle n'accusait Lianor de Sà ni d'indifférence ni de parjure; Miriam comprenait qu'une volonté étrangère pesait sur la fille du vice-roi; qu'un scrupule religieux paralysait les secrets désirs de son cœur. Un obstacle insurmontable s'était placé entre elles, au moment même où la pauvre Juive avait le plus besoin de l'aide de la noble Portugaise. Mais elle avait lu dans le beau regard de Lianor quelle pitié lui inspirait sa douleur, et si celle-ci ne lui offrait pas son appui, elle restait néanmoins certaine de sa sympathie.

Il fallait cependant un moyen de sauver son père, et d'arracher Diniz Sampayo aux *Masmoras*.

Miriam ne pouvait concevoir l'idée de sauver l'un sans l'autre; à des degrés différents, pour des causes opposées, mais également puissantes, elle voulait leur salut au prix même du sien.

Le premier effet des réflexions de la Juive fut que, toute la fortune de son aïeul dût-elle y sombrer, elle le retirerait des mains de ceux qui, en l'arrêtant, avaient sans le savoir servi une haine personnelle. Le secret de cette haine lui échappait. Phinée y restait certainement étranger, mais Diniz en connaissait le mot. Diniz! C'était à lui peut-être qu'elle devait toutes les douleurs qui l'oppressaient à la fois.

Miriam ne garda pas cependant le courage de l'accuser. Tout la portait à le défendre. Il rêvait avec elle d'accomplir un grand acte de justice. On l'avait frappé avant qu'il eût le temps d'arriver à son but. En le délivrant elle deviendrait son alliée, dans l'œuvre de dévouement qu'il rêvait. Mais quel moyen prendre? Comment les sauver?

Miriam leva les yeux vers la Vierge d'émail :

— Diniz vous appelle toute-puissante et pleine de grâce! dit-elle, Diniz m'a recommandé de m'adresser à vous dans mes heures de découragement et d'angoisse. Votre cœur a ressenti toutes les douleurs et toutes les joies d'une créature humaine, et si Dieu vous plaça au-dessus de toutes par vos perfections et votre gloire, vous n'en devez avoir que plus de pitié pour ces infortunés qui gémissent à vos pieds... Vierge de Juda, prenez pitié de la pauvre Juive!.. Mère éprouvée, aidez à une fille en larmes à réaliser le salut de son père!.. laissez tomber de vos mains quelques-uns des rayons dont elles sont remplies sur celle qui vous ignore, et vous vénère pourtant!

Il lui sembla qu'un voile se déchirait devant elle et, se levant rapidement, elle s'écria :

— Partir, c'est cela, il faut partir! Sortir de la prison de Goa ne serait rien pour mon père. Je l'emmènerai loin, bien loin, aux confins du monde s'il le faut. Hélas! il ne doit plus aspirer qu'à se séparer d'hommes injustes et cruels.

Miriam réfléchit quelques instants, puis elle s'enveloppa d'un long vêtement et, quittant la ruelle des Juifs, elle se dirigea du côté du port.

Un mouvement perpétuel y régnait. Des hommes de toutes les nations, et portant des costumes étrangers s'y coudoyaient. On y entendait parler les divers idiomes de l'Inde et une partie des langues de l'Europe, car, entraînés par l'exemple des Portugais, Espagnols, Hollandais, Anglais se frayaient à leur tour un chemin vers les Indes.

Les appels des matelots, les sifflements des marins dans les manœuvres, les chansons traînantes des ouvriers du port occupés à soulever des ballots, à les ranger, à les conduire dans les magasins de Goa, les chansons des Maures, le tumulte d'une foule préoccupée, tout concourait à faire de ce port un lieu bizarre où il était difficile pour une femme de se frayer un passage.

Miriam commença par observer ceux qui semblaient faire leur unique occupation de flâner sur le port, afin de recueillir des nouvelles. Bientôt elle avisa un jeune garçon aux allures de lazzarone qui, appuyé contre un tonneau, suivait du regard les porteurs de fardeaux et les marins déchargeant les navires qui arrivaient d'Europe.

La Juive s'approcha, lui mit une pièce de monnaie dans la main et lui demanda :

— Connaissez-vous le nom d'un navire en partance?

— La moitié des bâtiments que vous voyez là achèvent leur chargement, senhora; le renseignement que vous me demandez est trop vague pour que je gagne honnêtement votre argent.

— Peu importe qu'il ne mette pas à la voile pour l'Europe! ajouta Miriam.

— Regardez alors le navire portant à la proue un oiseau gigantesque, il lève l'ancre dans trois jours et se rend sur la côte d'Afrique.

— Vous savez le nom du capitaine?

— Tristam Moriz; tout le monde le connaît à Goa. Brave comme pas un, et bon aux matelots.

— Jeune ou vieux?

— Dans la force de l'âge. Son bâtiment est bien aménagé, et si celui-là fait naufrage, c'est que le diable le poussera à la côte.

— Quand peut-on parler à Tristam Moriz?

— Il se trouve en ce moment à bord, tenez, au pied du grand mât, le voyez-vous?

— Merci, dit Miriam en ajoutant une seconde pièce de monnaie à la première.

Elle essaya de se glisser au milieu de la foule, mais elle n'y aurait évidemment pas réussi, si le jeune garçon qu'elle avait si généreusement récompensé ne se fût jeté au devant d'elle, et en jouant des coudes ne lui eût ouvert un chemin.

Elle le remercia d'un regard, mit le pied sur le pont, et s'avança vers Tristam Moriz.

La taille élégante de Miriam, la grâce de sa démarche, tout, jusqu'à la façon stricte dont elle ramenait les plis d'une mantille sur son visage, convainquit le jeune capitaine que la femme qui venait à lui devait souhaiter lui demander une grâce. Il fut assez courtois pour ne lui témoigner aucune curiosité, et la guidant jusqu'au château de poupe, il la fit entrer dans une pièce exiguë tendue de soie et garnie de meubles rares venant du Cathay. L'émotion de Miriam était grande. Son cœur battait avec une violence extrême. Sur le point de livrer une partie de son secret en proposant un marché étrange, elle regardait avec une attention persistante l'homme qui, dans un moment, disposerait de sa vie et de la liberté de son père. Elle le savait, une indiscrétion pouvait la perdre.

La physionomie de Tristam Moriz respirait la bonté autant que le courage; et son cœur ne mentait pas à sa belle et noble figure.

Avec une grande délicatesse, il attendit que la jeune femme voilée lui apprît ce qu'elle souhaitait de lui.

— Senhor, dit Miriam d'une voix qui tremblait, vous mettez, m'a-t-on dit, à la voile dans quelques jours?

— Dans trois jours, senhora.

— Et vous vous rendez au Natal?

— Je débarquerai à l'établissement portugais situé bien au delà du *Spiritu Santo*.

— Les relations entre le Portugal et cette partie de la côte sont-elles nombreuses?

— Je ne le crois pas. Un fort de terre, un comptoir où je porterai mes marchandises en échange desquelles on me donnera de l'ivoire; quelques maisons basses, ressemblant presque aux cabanes des naturels, tel est l'aspect présenté par cet endroit. Le port en est sûr. Un de mes amis qui est allé s'y fixer m'a prié de lui aider à donner quelque développement à son commerce, et je cède à son désir. Je ne ferai guère que toucher terre, et je m'empresserai de regagner le Portugal avant la saison des *tornados*.

— Ainsi, demanda Miriam, peu d'Européens habitent ce coin de terre; on y peut aisément cacher sa vie?

— Comme Ève dans l'Éden, senhora.

— Les naturels ne sont-ils pas à craindre?

— Mon ami m'assure qu'ils sont d'un caractère fort doux. On n'en saurait dire autant des habitants de plusieurs villages, situés à une certaine distance; mais les Maures redoutent les flèches des sauvages, et ne se hasardent point dans leurs aldées.

— Prendrez-vous des passagers, capitaine?

— Ce n'est pas mon intention.

— Mais s'il s'en présentait?

— A l'avance je les préviendrais qu'ils se trouveraient fort mal sur ce navire, où rien n'est aménagé pour leur voyage.

— Je voudrais partir, cependant, oui, je voudrais partir... dit la jeune fille dont les mains se joignirent avec l'expression d'une prière ardente.

— Mais, reprit Tristam Moriz, dans un mois au plus tard de grands navires quitteront la rade; sur ceux-là une centaine de passagers pourront prendre place...

— C'est tout de suite, tout de suite, dit Miriam d'une voix de plus en plus agitée, que je dois quitter Goa... Combien demandez-vous pour prendre à votre bord trois personnes : deux hommes et moi?..

— Je ne puis vous le dire, répondit Tristam, je questionnerai à ce sujet les autres capitaines.

Miriam reprit avec hésitation :

— Non, non, ne vous rapportez qu'à vous. Trois mille cruzados vous semblent-ils suffisants? Si vous ne le croyez pas, formulez une demande... Senhor; je vous remettrai ce que vous voudrez si, avec le passage, vous me promettez aussi le secret...

Le front du jeune homme s'assombrit.

— Si e prends des voyageurs, dit-il, je serai obligé d'inscrire leur nom sur le livre d'équipage. Un capitaine, propriétaire de son bâtiment, doit des comptes au gouvernement portugais, sans cela, quels abus se commettraient, et avec quelle facilité les navires se transformeraient en lieu d'asile.

Miriam releva sa mantille, puis regardant le jeune homme en face :

— Vous pouvez lire dans mes yeux l'innocence de mes intentions.

— Je trouve aussi les signes de votre race sur votre visage.

— Haïssez-vous assez les Juifs pour refuser de les servir?

— Non, mais en ce qui les concerne, le gouvernement est dur.

— Combien vaut votre navire? demanda Miriam.

— Cent mille écus d'or.

— Vous les aurez demain si vous voulez me le céder.

— Mais la cargaison?

— J'accepterai l'estimation que vous me ferez.

— J'ai pris, je vous l'ai dit, des engagements avec un ami...

— Vous les tiendrez.

— Ne pouvez-vous, senhora, vous expliquer davantage?

— Ce que je vais tenter est si hardi que je risque ma vie, répondit la jeune fille; je ne veux pas vous compromettre avec moi. Si le marché vous convient, voici comment nous traiterons. J'achète et je paie comptant votre navire. De l'heure où je vous en ai remis la valeur, j'y suis maîtresse, et j'en prends le commandement. Deux serviteurs à moi, un vieillard et un jeune homme monteront à bord et occuperont des logements préparés pour eux. Nos bagages seront amenés la nuit, et vous resterez dans le port à l'ancre, jusqu'à ce que j'arrive moi-même... Je vous offre vingt mille cruzados pour guider mon navire jusqu'à la côté africaine : le jour où je m'y trouve en sûreté, je déchire mon contrat de vente, et je vous rends le bâtiment, en vous souhaitant autant de bonheur que de fortune. Ne discutez pas, je vous en conjure, ne dites pas que le service que je vous demande serait ainsi payé trop cher. Vous me sauverez plus que la vie.

— J'accepte, dit le jeune homme.

— Serez-vous ici ce soir?

— Je vous attendrai.

— Faites disposer pour moi cette chambre; que l'acte de cession soit prêt, et je le signerai.

Elle se leva, rabattit sa mantille sur son visage et quitta le navire.

— Allons, pensa Tristam, je joue, il me semble, une terrible partie, cette jeune fille rêve de sauver des hommes grandement compromis; mais si j'en crois la douceur, la pureté de son visage, sa cause est noble et généreuse, et je participe à une bonne action en faisant une excellente affaire. De plus, cette action est une véritable fortune; les cent mille cruzados que m'offre ma mystérieuse passagère forment un capital suffisant; une fois de retour en Portugal je m'en contenterai, et je devrai à la rencontre de cette jeune fille la joie de ne plus quitter ma mère... Elle a parlé d'un vieillard... son père, peut-être; d'un jeune homme... son frère... Les Juifs sont souvent compromis dans d'étranges affaires... qui sait même si cette belle créature ne songe point à sauver des innocents menacés...

Le marin attendit le retour de Miriam avec une certaine impatience.

Elle revint dès que la nuit fut venue. Un de ses coreligionnaires l'accompagna jusqu'au port; il traînait une sorte de petit véhicule dans lequel se trouvait un long coffre de bois. Quatre solides matelots faillirent tomber sous son poids. Après l'avoir transporté dans la chambre du château de poupe, ils prévinrent le capitaine.

— Senhor, lui dit la jeune fille, voici le prix convenu; j'attendrai que vous ayez la bonté de régulariser les écritures.

Moriz écrivit rapidement un acte de vente, le signa, puis le tendit à Miriam :

— Ainsi, demanda-t-elle avec une expression de joie dans laquelle perçait un reste d'inquiétude, me voici chez moi?

— Tellement chez vous, senhora, qu'à votre gré vous pourriez changer de capitaine.

— Ce ne sont point nos conventions, dit-elle; si j'ai réglé le paiement du navire, je crois encore vous devoir de la reconnaissance. Un grand nombre d'hommes, comprenant à la nature de ma prière, qu'elle devait cacher un malheur, auraient fait acheter ce secret plus cher que le navire.

Elle quitta Tristam Moriz et rentra chez elle. Durant toute la nuit elle fouilla la boutique, la maison, dans leurs coins les plus mystérieux, leurs cachettes les plus bizarres, recueillant tous les trésors qui s'y trouvaient amoncelés.

Dès que se leva le jour elle sortit.

Sa première visite fut pour le petit Juif Elie qui, la veille, avait conduit au navire les cent mille cruzados.

Elle fit marché avec lui pour que, la nuit suivante, il chargeât une charrette des caisses, des cassettes et des paquets qu'il s'agissait d'embarquer.

Le navire achevant sa cargaison, cette démarche avait des chances d'échapper à la surveillance des hommes de la police, qui n'auraient pas manqué de s'alarmer s'ils avaient deviné que les trésors du vieux Phinée prenaient le chemin d'un navire en partance. Tout se trouva rapidement conclu; Miriam ne marchanda pas; elle ne s'effraya point non plus à la pensée de livrer une partie de son secret. Il y avait alors peu d'exemples que les Israélites se trahissent entre eux.

Une partie de sa tâche était remplie, mais la jeune fille s'avouait que c'était la moins difficile.

Acheter un navire, payer la discrétion d'un Juif ne sont rien quand on possède beaucoup d'or; mais engager dans une trahison envers l'État un homme investi de fonctions publiques devenait autrement difficile.

Comment s'y prendrait-elle pour le séduire? Ne courait-elle point risque de se voir dès le premier mot repoussée avec dureté, dénoncée peut-être, arrêtée sous l'inculpation d'avoir tenté de suborner des serviteurs du gouvernement? Elle devait livrer beaucoup de choses au hasard, et s'en fier à Dieu qu'elle invoquait de toute la ferveur de son âme, ou plutôt à cette image de la Vierge qui, femme, avait connu toutes les douleurs de la terre.

Miriam prit de l'or, et se dirigea vers la prison.

Elle avait alors pour gardien un homme dont la dureté et l'avarice ajoutaient chaque jour aux tourments des malheureux entassés dans les *Masmoras*.

Vicente n'avait qu'un but ; s'enrichir vite, comme tous ceux qui venaient aux Indes, afin de retourner en Portugal, et de s'établir dans le coin de terre où il était né. Il pensait qu'alors il lui serait aisé d'acheter une ferme, et là, entouré de sa femme, de ses filles, reposé par la vue de la campagne, il oublierait les *Masmoras* et leurs horreurs.

Miriam connaissait les enfants. Plus d'une fois elle les avait rencontrées avec la mère qui paraissait porter le poids d'une tristesse amère. Il lui semblait que si elle pouvait réussir à leur parler, elle serait sauvée.

Mais quand elle entra dans la grande pièce servant d'habitation à Vicente et à sa famille, le gardien s'y trouvait seul. L'expression glaciale avec laquelle il regarda Miriam aurait suffi pour éteindre son courage, si elle n'eût été animée par un sentiment de tendresse si absolue qu'il lui eût fait braver bien d'autres dangers que la colère de Vicente. En présence d'un homme qui semblait à l'avance résolu à lui refuser la grâce, ou même le renseignement qu'elle allait demander, Miriam comprit qu'il fallait prouver à la fois, et qu'elle connaissait sa réputation, et qu'elle savait le moyen de changer ses dispositions.

Elle le regarda en face, regard contre regard, prête à affronter une lutte morale, puis tirant de son escarcelle une poignée d'or qu'elle posa sur la table en la couvrant ensuite de sa main :

— Voici un acompte sur le marché que j'ai à vous proposer, lui dit-elle.

L'œil de Vicente étincela de convoitise ; mais, en homme habile, il se garda bien de laisser voir l'acuité de son désir, comprenant que ses premiers refus auraient pour résultat d'obtenir le double de la somme qui lui était offerte.

Mais il avait affaire à une femme accoutumée à voir soutenir chaque jour les batailles du métal contre la conscience, ou du besoin contre l'or. Aussi Miriam attendit-elle paisiblement la réponse du geôlier.

— On n'offre une somme aussi forte que pour rétribuer des crimes, dit-il.

— Ou des complaisances, répliqua Miriam.

— Les complaisances sont des fautes graves, quand elles portent atteinte à nos devoirs.

— Le devoir des hommes est d'être bons.

— Avec les honnêtes gens, oui.

— Surtout à l'égard des malheureux.

— Achève, dit Vicente, car la vue de Miriam jouant avec l'or étalé devant elle lui inspirait une envie furieuse. A en juger par ton visage tu es de race juive, et les chrétiens n'aiment guère discuter avec les descendants de Judas.

Miriam secoua la tête.

— Je n'ai pas vingt ans, dit-elle, jamais je ne fis de mal à personne... Il est bien des traîtres parmi ceux qui n'appartiennent point à ma nation. Quelques paroles ne te coûteront guère, et te rapporteront beaucoup. Je suis riche, très riche! Riche à faire de toi l'égal d'un fidalgo, sinon par le rang, du moins par l'opulence. Chacun des mots que tu répondras à mes questions te sera payé une pièce d'or... Il te faut exercer ici un triste métier pendant des années pour gagner le quart des cruzados que tu vois... Je suis juive; je n'ai point à en rougir, puisque jamais je n'entendis annoncer une autre religion que la mienne. Mon cœur est pur et ma main loyale. Ce que j'achète, je le paie largement. Sois sans crainte, il ne s'agit encore que de renseignements à me donner. Compte tes paroles, je compte mes pièces d'or.

— J'écoute, dit Vicente en avançant déjà la main.

— Tu as comme prisonniers dans les *Masmoras*, Phinée le Juif, et Diniz Sampayo?..

— Cela fait deux questions, dit le geôlier.

Miriam avança deux pièces d'or.

— Oui, répondit Vicente.

— Se trouvent-ils avec d'autres prisonniers?

— Non.

— Dans des cachots plus terribles alors?

— On les soupçonne d'un grand crime.

— Quel crime?

— Diniz Sampayo est accusé d'avoir dérobé le poignard et la chaîne d'un noble Portugais.

— Lui! s'écria Miriam; lui, le noble Diniz!

— Je l'ai entendu dire au senhor Henrique Perreira, sur l'ordre duquel il fut amené ici.

— Est-ce aussi le juge Henrique Perreira qui te désigna dans quels cachots devaient être jetés les prisonniers?

— Oui, répondit Vicente en continuant d'attirer à lui les pièces d'or de Miriam; mais il obéissait en cela au vouloir d'un plus grand seigneur que lui, celui à qui les bijoux ont été volés.

— Volés! répéta Miriam, quand on les acheta dans la boutique de mon père, quand ses comptes en font foi!

— Oh! les comptes d'un Juif! fit Vicente.

Miriam ne releva pas l'injure, elle songeait.

— Oh! fit-elle, je retrouverai le jeune seigneur qui vint en même temps que Diniz Sampayo... Sur le même livre, je trouverai la trace de ses acquisitions à lui, il témoignera en faveur de Diniz, en faveur de mon père.

Le courage lui revint, elle reprit :

— Et de quoi accuse-t-on Phinée?

— De faire l'usure.

— Tu as encore enfermé dans les cabanons un autre malheureux, Iarima l'Indien.

— Il mourra de ses blessures, répondit Vicente,

Les questions de Miriam et les réponses du geôlier eurent vite épuisé l'or de la juive. Elle venait d'apprendre deux choses qui lui rendaient plus facile l'accomplissement de sa tâche : d'abord ceux à qui elle s'intéressait vivaient; ensuite elle allait trouver le moyen de prouver l'innocence de Sampayo.

— Tes réponses sont payées, dit-elle; maintenant venons-en aux actes. Il est inutile de te tromper; inutile également d'essayer de t'attendrir. Je te sais avare, ne nie point. Si je te croyais incorruptible je ne serais point ici, et tu manquerais l'unique occasion de faire ta fortune... Mon père et Diniz Sampayo, prisonniers tous deux, n'attendent que de moi leur secours. Peut-être cet homme dont tu me tais le nom, mais qui fut assez influent pour faire incarcérer mon père, gardera-t-il aussi le pouvoir de l'empêcher de sortir des *Masmoras*. La justice a été trompée, mais qui sait si je réussirai à l'éclairer? Mon père mourra dans son cachot si je ne l'en arrache... Combien me vends-tu son évasion?

Vicente se leva.

— Va-t'en, lui dit-il, ma conscience n'est pas à l'enchère.

— Tout s'achète, fais ton prix.

— Il ne s'agit pas seulement de mon devoir; je perdrais ma place.

— Je te remettrai le capital de ce qu'elle te rapporte.

— Je subirai un jugement, et l'on m'enfermera moi-même dans les *Masmoras* dont j'aurai ouvert les portes.

— Tu peux quitter Goa.

— Où irais-je?

— Je t'emmènerai en même temps que les prisonniers sur un navire à moi.

— J'ai des filles! deux filles.

— Accepterais-tu pour chacune vingt mille cruzados?

— Pour elles, oui; mais ma femme...

— Autant pour ta femme.

— Il ne reste plus que moi.

— Le double alors.

Vicente avait résolu de débattre davantage les conditions du marché, mais il fut pris d'un éblouissement, et craignit que Miriam, si riche qu'elle fût, ne pût pousser plus loin ses sacrifices : il accepta.

— Où me paieras-tu?

— A bord du *San-Martim*; il est prêt à lever l'ancre; demain, durant la nuit, amène Diniz Sampayo et Phinée : la somme t'attendra... de plus, tu resteras avec ta famille pendant la traversée. Nous nous rendrons en Afrique, et il te sera facile de regagner plus tard le Portugal.

Vicente fut tenté d'exiger d'avance la moitié du prix, mais comprenant combien sa demande serait suspecte, il se contenta de répondre :

— Demain, pendant la nuit, je me rendrai à bord du *San-Martim*, et je demanderai?

— Miriam... adieu, et à demain! Si tu es fidèle à remplir les conditions de ton marché, tu n'auras pas à t'en repentir.

Elle s'enveloppa dans son voile, quitta la prison, et regagna sa demeure.

La croix est lourde, ô mon Dieu, donnez-moi le courage de vivre. (*Voir page* 228.)

XIX

UN BRILLANT MARIAGE

Depuis le jour où Jean de Castro rentra en triomphe dans la capitale des Indes, jamais plus grande affluence de peuple n'avait rempli la ville. Les Maures, dans leurs riches costumes, les Parsis couverts de longs vêtements blancs, les Canariens habillés de plumes et de feuillages ; les Portugais étalant le luxe d'une époque dont les tableaux des grands maîtres nous ont gardé les traces, remplissaient les abords du palais du vice-roi et s'échelonnaient jusqu'à la cathédrale de Goa, où devait être célébré le mariage de dona Lianor avec le gouverneur de la citadelle de Diu.

Cette foule énorme, vêtue d'habits de fête, n'était pas seulement avide de voir passer le cortège. Le bruit s'était répandu que des jeux publics seraient donnés. On parlait d'un carrousel, d'un divertissement guerrier offert par les Canariens, enfin du bal donné par Garcia de Sà dans les salles et dans les jardins du palais.

A partir du moment où Lianor, vaincue par ses prières, désarmée par ses souffrances, lui promit d'accepter pour époux l'homme qui flattait toutes ses ambitions, la santé du vieillard se remit avec une rapidité surprenante. Sa guérison fut si prompte qu'une autre que Lianor eût été tentée de croire que s'il n'y eut point de supercherie dans sa maladie, il en avait du moins beaucoup exagéré la gravité.

Mais Lianor ne suspecta rien et n'accusa personne. Dans la guérison de son père elle vit la main de Dieu et trouva la récompense de sa soumission filiale. Après avoir renouvelé aux pieds du Seigneur le sacrifice accompli dans les mains de son père, elle évita de s'apitoyer sur elle-même.

Tranquille et calme, comme les belles vierges attendant le martyre, elle laissa s'accomplir les préparatifs de son mariage.

Une seule chose lui causait une impression horriblement douloureuse : la joie de Sépulvéda. Une joie triomphante, une joie qui se manifestait à toute heure, et qui chaque fois l'offensait et l'attristait davantage.

Quand le magnifique fiancé envoya chez elle ses cadeaux de noces, elle refusa de les voir.

— Cache-les à mes yeux, dit-elle à Savitri, ne sera-ce pas trop d'être obligée de m'en parer demain ?

Lalli et Tolla durent également enlever la robe que Lianor devait revêtir pour la cérémonie.

L'accueil qu'elle faisait à Sépulvéda était grave et triste. Tout entier à son ivresse, celui-ci ne semblait point s'en préoccuper, se regardant comme certain de triompher à force d'amour de ses regrets et de ses répugnances.

Lianor ne pleurait plus. Ses larmes lui retombaient sur le cœur.

Deux créatures seulement lisaient au fond de son âme : Savitri et Pantaleone.

— Ami, dit la veuve du rajah à l'adolescent, je croyais que les femmes de ma race seulement souffraient d'un mariage forcé ; j'ai vu Lianor sourire à Falçam, elle se retient de pleurer en regardant celui qui la doit demain conduire devant l'autel de ton Dieu... Dis-moi, n'est-il point d'union joyeuse, n'est-il pas d'époux qui, en mêlant leurs destinées, confondent leurs fortunes et leurs âmes?

— Si, répondit Pantaleone, et nous réaliserons l'idéal de ce mariage quand mon père nous bénira tous deux.

D'abord, Sépulvéda parut attristé de la réserve de Lianor. Tant qu'avait vécu Luiz Falçam, elle avait pu garder une espérance qui lui rendait amère la vue du gouverneur de Diu. Mais nul ne lui disputait à cette heure la main de la fille du vice-roi. Le souverain du Portugal approuvait cette union, et promettait de combler les jeunes époux de ses faveurs royales. Elle serait une des plus grandes dames de Lusitanie, et cet ambitieux croyait que la jeune fille aurait dû s'estimer trop heureuse qu'il attachât tant de prix à son alliance. Mais l'orgueil du jeune homme, cet orgueil irritable, invincible, ne lui permettait pas de douter longtemps de son succès; quand il comprit que ni ses attentions, ni sa tendresse ne vaincraient la froideur craintive de sa fiancée, il fut pris d'une sorte de rage mêlée d'inquiétude. Son regard se fixait souvent sur Lianor comme s'il eût voulu pénétrer au fond de sa pensée.

La veille du jour où devait être célébré son mariage, il voulut obtenir de la jeune fille au moins une promesse lointaine de lui rendre l'amour qu'il sentait en lui.

— Sépulvéda, répondit Lianor en secouant la tête, si j'eusse été libre de ma destinée je serais aujourd'hui, un cilice sur le cœur, un voile d'étamine au front, au milieu d'humbles religieuses. Votre influence sur mon père a fait évanouir ce rêve de ferveur et de repos. Fasse le ciel que vous ne le regrettiez pas!

— Me haïssez-vous donc à ce point?

— Moi, vous haïr! Non. Je ne le dois pas. Je vous accepte, sans vous choisir. Résolue à remplir tous mes devoirs, vous ne me demanderez pas plus qu'une soumission entière, et la volonté d'être pour vous une épouse fidèle et dévouée. Le ciel vient en aide à ceux qui veulent le bien, il m'aidera. Mais n'attendez de moi ni joie, ni fierté de ce mariage. Je suis une femme éprouvée que la religion seule parviendra à consoler.

— Ah ! s'écria Sépulvéda, entendre sortir de votre bouche de si froides paroles, quand pour vous obtenir j'ai multiplié tant de sacrifices.

— D'avance, ne les saviez-vous pas inutiles ?

— Ainsi, continua Sépulvéda, jamais vous ne m'aimerez comme vous avez aimé...

— Ne prononcez pas ce nom ! répondit Lianor, ne le prononcez jamais ! Je m'efforce de l'oublier, et j'espère y parvenir avec l'aide du ciel.

— Ah ! cœur de marbre ! fit Sépulvéda.

Elle leva sur lui ses grands yeux profonds et tristes :

— Il serait encore temps, lui dit-elle, oui, il serait encore temps de comprendre que vous cherchez notre malheur à tous deux...

— J'en jette le défi à Dieu ! Vous serez ma femme... Vous m'avez coûté assez cher...

— Quel prix m'avez-vous donc payée ?

— Vous le demandez, vous !

— Oui, moi, que vos paroles épouvantent.

— Prenez-les pour le cri d'un cœur ulcéré.

— Cela vaut mieux, en effet, que de les croire l'expression d'une conscience troublée.

Il la regarda avec une sorte d'effroi.

— Que voulez-vous dire ? demanda-t-il.

— Rien ! rien ! fit-elle avec une sorte de découragement morne. Je devais vous apprendre ce qui se passe en moi, afin que jamais vous ne soyez surpris si vous ne trouvez point dans la future épousée la joie qui, d'habitude, suit un mariage. Je n'ai ni cherché, ni désiré le lien qui va confondre nos deux vies. Au lieu de vous irriter d'une froideur qui vous offense, plaignez-moi... Vous dites que vous m'aimez, et l'obstination de votre recherche le prouve ; je souhaite que cette tendresse parvienne un jour à vaincre ma tristesse... Mais quoi qu'il arrive, et bien que subissant d'une façon absolue l'autorité d'un père, vous pouvez compter sur ma fidélité à remplir tous mes devoirs. Je serai une compagne irréprochable ; les filles de ma race ne savent pas faiblir.

Une dernière fois elle l'enveloppa d'un long regard, regard froid, persistant, qui passa sur lui comme l'expression d'un doute, puis elle s'éloigna avec lenteur, et s'enferma chez elle.

Savitri elle-même trouva close la porte de son amie.

Lianor voulait passer seule, face à face avec elle-même et avec sa destinée, les heures pendant lesquelles elle s'appartenait encore.

L'infortunée ne les employa point à s'apitoyer sur elle-même; elle évita de reporter sa pensée vers les temps heureux à jamais enfuis : le nom de Luiz Falçam ne passa pas ses lèvres. Elle se trempa pour le devoir et pour le sacrifice, elle chercha dans la prière la force dont elle avait besoin. Mais tout en songeant à elle-même, Lianor se souvint des autres. En ce moment, réduite à l'impuissance pour tout ce qui touchait à Diniz Sampayo, à Phinée et à l'Indien, elle se promit, une fois son mariage consommé, d'user de tout son pouvoir près des juges et de son père pour que l'on terminât au plus vite l'instruction d'une affaire commencée dans un esprit de haine et de vengeance. Son union avec Sépulvéda éteindrait, pensait-elle, bien des défiances, et pourrait éloigner plus d'un danger. A cette heure, elle ne pouvait que secourir les prisonniers. Aussi, le soir même, chargeait-elle Pantaleone de Sà d'aller à la prison remettre une somme considérable pour le pain des prisonniers, en même temps qu'elle le pria de se rendre au couvent des Jésuites afin de s'informer si l'absence de maître François serait longue. Il lui fut répondu qu'elle durerait seulement quelques jours; Pantaleone laissa une lettre pour le missionnaire et dans cette lettre il le suppliait, au nom de la charité chrétienne, de se rendre aux *Masmoras* de Goa, et d'user de tout son pouvoir pour visiter jusqu'au dernier des prisonniers jetés dans les cachots souterrains.

Lorsqu'il eut rendu compte à sa cousine de ce qu'il avait fait et de ce qu'il avait appris, Lianor parut plus tranquille. Cependant, elle se renferma de nouveau dans son appartement, et ne consentit à en sortir que sur l'ordre exprès de son père qui exigeait qu'elle assistât au souper où devait être Sépulvéda.

Elle parut presque souriante, en pleine possession d'elle-même. Elle aurait craint de faire sentir à son père l'étendue de son sacrifice, si elle avait montré sur son visage la tristesse enfermée dans son cœur.

Les heures passèrent, lentes, mais implacables ; bientôt elle ne compta plus que quelques instants de liberté. Lianor venait d'essuyer ses dernières larmes quand ses amies intimes, conduites par Savitri, vinrent présider à sa toilette de mariée.

Elle n'avait que le choix des parures, cette Lianor dont la beauté fut sans rivale; mais loin de témoigner quelque joie à la vue des apprêts de parure, elle devint plus triste à mesure que Lalli et Tolla la couvrirent d'une toilette qui semblait le dernier mot de l'élégance de cette époque.

Tolla dénoua les admirables cheveux noirs de la jeune fille, ces cheveux épais et souples qui descendaient plus bas que ses genoux, et la couvraient d'un manteau fluide, puis elle les natta en deux tresses énormes mêlées de rangs de perles d'un prix inestimable. Ensuite, elle passa à sa jeune maîtresse une robe de soie d'un vert pâle. Les crevés des manches se rattachaient à l'aide de boutons de perles, et un collier, comme la reine elle-même n'en possédait pas, après avoir fait trois fois le tour de son cou retomba sur son corsage.

Ses jeunes amies attachèrent ensuite sur sa tête une mantille de soie de la même étoffe que sa robe, la fixèrent à l'aide d'épingles de diamants, et ravies de la voir si complètement belle, la conduisirent dans le salon où son père et Sépulvéda l'attendaient au milieu de leurs amis, et des hauts dignitaires de la ville.

Un murmure d'admiration circula dans les groupes, à la vue de la jeune fille ; elle remercia par un salut ceux qui lui souhaitaient cette bienvenue souriante, puis elle se rapprocha de son père.

— Vous êtes belle ! bien belle ! lui dit Sépulvéda en se penchant vers Lianor et, tout étincelant d'or et de pierreries lui-même, il présenta à Lianor sa main recouverte d'un gant parfumé.

Le cortège quitta le palais du vice-roi pour se rendre à la cathédrale.

Le chemin qu'il devait traverser était non seulement couvert de tapis précieux, mais jonché de fleurs rares et de feuillages odorants. Le long de cette route, une rangée de soldats maintenait la foule avide de voir la fiancée. Lianor avait fait assez de bien et répandu assez d'aumônes autour d'elle pour recueillir les bénédictions des pauvres. Elle eut plus d'une fois les larmes aux yeux en entendant les souhaits de bonheur des jeunes mères dont elle avait secouru les enfants, des femmes sauvées de la misère, des adolescentes qui priaient Dieu à haute voix pour que son mariage avec Sépulvéda lui donnât le bonheur dont elle était digne.

Un grand calme s'était fait en elle : le calme de l'irrémédiable.

Elle répondit d'une voix ferme à toutes les questions que lui adressa le prêtre, et quand elle quitta l'église, elle avait laissé derrière elle les souvenirs du passé pour regarder en face un avenir dont elle acceptait tous les devoirs.

Un magnifique festin fut offert aux amis du vice-roi, à ses grands officiers, et Lianor le présida avec une grâce affable. De temps en temps, seulement, elle se tournait vers Savitri comme si elle avait besoin de reposer ses yeux sur cet être affectueux et charmant, afin de trouver dans son amitié une force nouvelle.

Le reste de la journée se passa dans l'enceinte du palais et des jardins.

Le lendemain seulement devaient avoir lieu les réjouissances publiques.

On avait préparé pour les nouveaux époux un magnifique appartement dans le palais. Tendu de soies ramagées venues de la Perse, garni de meubles incrustés de nacre, rempli de fleurs, et parfumé d'essences pétries par les mains des femmes d'Orient, il ressemblait à ces chambres merveilleuses dans lesquelles les fées bienfaisantes introduisent leurs jeunes protégés. Lianor ne put s'empêcher de répandre quelques larmes en quittant la bibliothèque où, entre Satyavan, Savitri et Pantaleone, s'étaient écoulées tant d'heures studieuses. Désormais elle n'aurait plus si près d'elle la veuve du rajah dont l'ardente amitié lui était chère. Ce fut un nouveau déchirement à joindre à tous les autres.

Le lendemain, dès que Savitri eut vu descendre le gouverneur de Diu, elle courut à la recherche de Lianor. Celle-ci, penchée à la fenêtre, respirait l'air frais des jardins. Sans rien dire, elle serra la jeune Indienne dans ses bras. Lalli et Tolla vinrent peu après lui offrir leurs services. Lianor devait, durant tout ce jour, assister aux fêtes publiques données en honneur de son mariage.

Elle mit cette fois une robe de soie cramoisie brodée d'argent, et, au lieu d'être nattés comme la veille, ses cheveux flottèrent sur ses épaules. Un filet d'or en emprisonnait le sommet; le reste tombait en grosses boucles, se massant de préférence à droite, et un diamant énorme piquait sa lumière au centre de cette masse épaisse et légère tout ensemble.

Le costume de Sépulvéda était formé des mêmes étoffes et reproduisait les mêmes broderies que celui de sa femme.

Sur le plus grand balcon de la façade du palais décoré avec magnificence apparurent, à l'heure où devaient commencer les fêtes,

Lianor et son époux, Garcia de Sà dont le visage rayonnait, Pantaleone, Satyavan, Savitri, et quelques amis intimes. Les autres fenêtres, tendues de soie et de velours se trouvaient également occupées par des invités.

Bientôt les trompettes et les tambours frappent l'air d'un son vif et animé, puis, sur la grande place s'avancent sur une seule ligne des hommes soufflant dans des instruments d'ivoire et de cuivre. Ils précèdent des guerriers vêtus de rouge et de blanc, formant un escadron qui bientôt luttera contre un même nombre de cavaliers vêtus de bleu et de blanc. La beauté des costumes, la race de leurs montures, l'entrain avec lequel ils s'interpellent en se provoquant et en battant des mains provoque déjà le vif intérêt de la foule. Elle se masse sur la place, reflue dans les rues voisines, se penche aux fenêtres, se cramponne aux corniches et aux sculptures des maisons, grimpe sur les toits, escalade les arbres. Elle a tout envahi. Couverte d'habillements aux couleurs vives, gaie, avide de spectacles, elle salue les combattants d'un frénétique battement de mains qui roule comme un tonnerre, ébranlant pour ainsi dire les palais et les monuments de la base jusqu'au faîte.

Derrière les gentilshommes viennent les écuyers tenant en main des chevaux de race. Eux aussi sont partagés en deux troupes, et portent les livrées de leurs maîtres. Chacun des groupes de fidalgos a son étendard dont les plis brodés ondulent dans les airs. Rien de plus charmant et de plus magnifique ne s'était encore vu à Goa; la moitié des combattants était vêtue de marlottes de damas pourpre, les autres de marlottes d'azur également brodées d'or; ils avaient la tête ceinte d'un turban blanc attaché par une aigrette de pierreries. Les chevaux, couverts de caparaçons magnifiques, s'avancent fièrement; deux par deux, les brillants cavaliers font le tour de la place, et chacun s'incline en passant devant Lianor. Les plus beaux, les nobles jeunes gens de Goa vont disputer devant elle le prix de l'adresse et du courage.

Ils sont dix contre dix.

Rapidement les deux groupes s'ébranlent, s'attaquent, s'éloignent, reviennent à la charge; déploient dans ces voltes diverses une élégance, une force et une adresse qui leur valent d'unanimes applaudissements. Bientôt ils s'animent. Lianor doit donner un prix au vainqueur de cette joûte courtoise. Chacun des cavaliers bleus choisit un cavalier rouge pour adversaire. Quoique les armes soient émoussées, ils se portent des coups qui ne laissent point d'être dangereux. Plus d'un, désarçonné, roule dans la poussière, se retire honteux de colère, et regarde de loin se poursuivre le combat. Le nombre des adversaires diminue. Bientôt ils ne sont plus que deux, plus acharnés que jamais à se disputer la victoire. Celui qui la remporte pousse un cri de joie, s'avance sous le balcon de Lianor, et reçoit au bout de sa lance le collier d'or, récompense de sa valeur. Les deux escadrons se reforment, les marlottes d'azur et d'or se confondent de nouveau dans un tourbillon, les chevaux piaffent, les bannières ondoient, tambours et trompettes éclatent de nouveau. Le carrousel est fini, et la foule se retire charmée, applaudissant encore le cortège qui disparaît à travers les rues pavoisées de Goa.

Un magnifique festin attend les convives. On y a rassemblé tout ce que l'Inde produit d'exquis et de rare, depuis les poissons de ses fleuves, jusqu'à ses gibiers exquis, à ses fruits savoureux. Les boissons enivrantes,provenant de sucs des fruits du pays,sont servies en même temps que les vins de l'Espagne. Une grande gaieté anime les convives. Ils croient en la témoignant rendre un nouvel hommage à la fille de don Garcia de Sà.

Lianor s'efforce de sourire; elle cherche du courage dans les regards affectueux de la veuve du rajah et de Pantaleone.

Celui-ci fait de vains efforts pour essayer de chasser la préoccupation à laquelle il est en proie. En dépit des promesses faites à Lianor, de ce qu'il s'est juré à lui-même, il lui est impossible de songer sans un mouvement de haine que Sépulvéda est arrivé à son but, qu'il est devenu le mari de Lianor, tandis que Luiz Falçam est couché là bas sous l'herbe. Sans qu'il le veuille, en dépit de sa volonté, ces deux faits se rapprochent dans son esprit avec une obstination singulière, comme s'ils étaient liés ensemble d'une façon mystérieuse et que, sans l'un deux, jamais le second ne se fût accompli.

Lianor seule devine l'angoisse de son cousin, la contrainte qu'il s'impose; elle l'en remercie et l'encourage parfois d'un signe, d'un coup d'œil, dont il comprend seul l'éloquente prière. Lorsque Savitri redoute que la contrainte à laquelle il est en proie soit trop grande, elle se penche vers lui et, de sa voix musicale, elle lui adresse de douces paroles qui gardent le pouvoir de l'apaiser. Pas plus que Pantaleone, elle n'a vu sans une profonde douleur l'union de Lianor avec Sépulvéda; mais en présence de l'irréparable ne doit-on pas se soumettre? Deux pensées la consolent un peu.

Quels que soient ses défauts, ses vices, ses violences, le gouverneur de Diu aime passionnément Lianor de Sà. Sans doute, elle souffrira des dissemblances de leur nature, mais la religion lui aidera à supporter le mari qu'elle vient d'accepter, et comme l'accomplissement de tout devoir porte en lui une consolation, elle finira peut-être par se plier au joug qu'elle doit subir.

Au moment où le repas touche à sa fin, la grande salle est brusquement envahie par une troupe de douze jeunes gens masqués, vêtus de costumes turcs en velours jaune, couvert de broderies d'or. Ils portent un turban de soie blanche, un cimeterre pend à leur ceinture. Mais cette arme, qui n'a rien de belliqueux, semble seulement une parure nouvelle.

Des valets portant des torches marchent devant eux; comme leurs maîtres, ils sont vêtus d'habits magnifiques. Sur un signe de ces masques, les valets enlèvent les plats couvrant la table, les conviés se lèvent, et bientôt l'un des jeunes hommes masqués lance trois dés sur la table. Un cri de joie unanime répond à la promesse d'un jeu vraiment royal; les escarcelles se vident, l'or pleut sur la longue table. Les dés passent de main en main, en même temps que l'or change de propriétaire. De tout temps les nations méridionales ont aimé le jeu. A Goa, cette passion avait pris des proportions vertigineuses. Les grandes fortunes se risquent, se jouent, se perdent, se réédifient avec une rapidité inconcevable. Gentilshommes possesseurs de patrimoines importants, fonctionnaires recevant des émoluments considérables, fidalgos retrouvant dans le commerce ce que n'avait pu leur léguer la famille, tous risquent sur un dé une part et quelquefois la totalité de leur fortune.

Jamais partie plus étrange ne s'était jouée. Les Turcs semblaient l'âme même du jeu. Leur chance inouïe défiait l'audace des invités du vice-roi. Et cependant cette partie se jouait avec la bonne foi la plus complète. Bertram de Sà, ayant perdu tout son or, lance sur la table une toque ornée de boutons de rubis, et d'une médaille entourée de brillants. Un de ses amis risque quatre cents pièces d'or contre la toque et la gagne.

Diniz de Souza enlève à son adversaire mille cruzados, Pantaleone, gagné par cette folie contagieuse, lance son collier sur la table, près de ce riche enjeu tombe un poignard garni de pierreries, le jeune de Sà perd son collier, mais il enlève peu après une magnifique agrafe; les cruzados, les fibules, les chaînes jonchent la table, puis, quand les ardents plaisirs du jeu sont épuisés, les porteurs de torches s'éloignent et les douze Turcs quittent la salle, tandis que les invités de Garcia de Sà parlent en riant de leurs pertes, ou calculent les gains qu'ils ont fait.

Les conviés quittent la salle du festin.

Un nouveau spectacle leur doit être donné. Cette fois les Canariens seuls en sont les ordonnateurs, et cette fête ne peut manquer d'inspirer un grand intérêt de curiosité aux Portugais.

Lianor, Savitri, les jeunes amies de la femme de Sépulvéda prennent place avec elle sur le grand balcon. En arrière se rangent les hauts dignitaires des Indes. Pantaleone, Savitri et Satyavan, rapprochés en un petit groupe, se réjouissent plus que tous les autres de cet intermède. Le cousin de Lianor a pris des feuilles de vélin et s'apprête à dessiner tout ce qu'il en pourra saisir.

Les Canariens s'annoncent par une musique étrange, mais qui n'a rien de sauvage; sur des trompes de cuivre et des flûtes d'ivoire d'une extrême douceur, ils exécutent une marche pleine de caractère. En entrant dans la grande place faisant face au palais, ils tournent sur eux-mêmes, déployant à la fois l'adresse, la grâce et la légèreté. Leur costume de brocart d'or laisse nus leurs bras et leurs jambes ornés de bracelets précieux. Jeunes hommes et jeunes filles sont habillés d'une façon presque uniforme... Tantôt ils pivotent sur eux-mêmes, les bras levés avec une grâce charmante, tantôt ils bondissent en cadence au son des instruments. Tous semblent prendre à ces jeux la joie la plus vive.

Mais ce ballet n'est que le prélude des divertissements; du haut de la montagne retentit le bruit des trompettes, des saquebutes, des tamtams, des cimbales sonores. Cette orchestration rythmée annonce les nouveaux acteurs de la représentation canarienne. Ils arrivent traînant le simulacre d'un cheval doré. Autour des reins de ces jeunes hommes flottent des écharpes aux couleurs brillantes. Ils marchent d'un pas cadencé en agitant des armes superbes. Celui-ci manie la rondache et l'épée; celui-là tire en l'air une arquebuse retentissante, cet autre courbe un arc de bois dur; le dernier fait l'exercice de la lance qu'il brandit, jette en l'air, rattrape avec une précision merveilleuse.

Après ces premiers exercices, de jeunes Canariens amènent quatre éléphants dont le dos est chargé de hautes tours remplies de guerriers. Ils feignent de vouloir tirer sur les jeunes femmes garnissant les balcons, les flèches dont leurs carquois sont remplis; celles-ci poussent de légers cris de frayeur, mais se rassurent vite, en voyant les éléphants et leurs maîtres commencer les évolutions d'un combat. Les robustes animaux se meuvent, se choquent, les tours s'ébranlent, les guerriers lancent des milliers de flèches, puis quand s'achève ce drame aux applaudissements de la foule, des arbres recélant un feu intérieur sont déjà plantés sur la place : en éclatant, il produit un bruit aussi terrible que celui du tonnerre. Des flammes de différentes nuances s'en échappent; les arbres s'allument de la base au faîte, illuminant la place, les palais, la foule, faisant miroiter, dans une vision à demi fantastique, la splendeur des costumes, les ruissellements des bijoux. Les Canariens, fidèles à la plus ancienne coutume du Malabar, ont voulu de la sorte fêter le mariage de la belle Lianor de Sà avec le gouverneur de Diu.

Les derniers reflets de cet étrange feu d'artifice s'éteignent. L'ombre de la nuit, à peine dissipée par la clarté des torches et des pots à feu, envahit les rues, les monuments, dérobe la vue du clocher des églises, les scintillements des croix saintes. La foule, brisée, lasse de plaisirs, les yeux éblouis, se retire en s'entretenant encore de la magnificence de ces fiançailles et de ce mariage. Les hommes envient Sépulvéda; les femmes jalousent le bonheur de Lianor, et pendant ce temps la jeune femme, courbée sur son prie-Dieu, répète le front dans les mains :

— La croix est lourde, ô mon Dieu ! donnez-moi le courage de vivre !

300

Le juif Phinée se mourait d'inanition. (*Voir page* 230.)

XX

LE SALUT.

A peine Miriam avait-elle disparu du greffe des *Masmoras* qu'une pensée terrible traversa l'esprit de Vicente.

— S'ils étaient morts tous deux... pensa-t-il.

Le régime des *Masmoras* était d'une cruauté telle, les ressources dont on disposait pour les captifs étaient si peu de chose que l'excès des tortures morales joint au manque d'air, au froid, à la privation de nourriture causait une effrayante mortalité dans la prison.

De plus, les ordres reçus par Vicente relativement à Phinée et à Sampayo avaient été d'une rigueur telle que tout lui semblait permis en fait de cruauté.

Vicente avait cru comprendre que si ces malheureux mouraient avant un jugement, dont rien ne semblait faire prévoir le terme, les magistrats se trouveraient débarrassés d'une difficile procédure. Le geôlier les traita donc tous deux avec un accroissement de barbarie, et quand Miriam offrit de lui payer si cher leur liberté, il se demanda avec terreur s'il était certain de pouvoir gagner cette forune convoitée.

Les aliments n'avaient point manqué cependant depuis quelques jours. La desserte de la table du vice-roi avait été apportée le jour même aux *Masmoras*, mais Vicente, après avoir fait dans les salles communes une distribution sommaire, négligea de descendre dans les cachots.

Depuis combien de jours n'en avait-il point ouvert la porte?

Il n'osa chercher à quelle date il leur avait jeté le dernier morceau de pain et porté la dernière cruche d'eau...

Allumant rapidement une lanterne, il remplit un panier de vins fortifiants, de viandes succulentes et il gagna l'escalier en vis descendant au fond des cachots. Une sueur froide perla à son front au moment où il introduisit la clef dans la serrure du cabanon et quand il vit le juif Phinée qui se mourait d'inanition sur sa litière.

Alors dans ce cachot immonde, entre le Juif agonisant et le geôlier qui voyait dans cette victime la source de sa fortune future, se passa une scène étrange. L'avarice inspira au geôlier ce que l'on attend seulement de la pitié et de la tendresse. Il s'assit près de lui, le prit dans ses bras, appuya sa tête sur son épaule, et lui tendit tour à tour du pain, du vin et des réconfortants.

— Mangez, Phinée, lui dit-il, mangez afin de reprendre des forces... Mais ne croyez point que je veuille vous ranimer pour vous donner le courage de souffrir... Je suis porteur de bonnes nouvelles... de très bonnes nouvelles... Encore une gorgée de ce vin d'Espagne... Il vient de la table du vice-roi... Tout le monde ne vous abandonne pas...

Les yeux de Phinée se levèrent sur son bourreau :

— Miriam... murmura-t-il d'une voix faible comme un souffle.

— Oui, votre fille ; elle sort d'ici... Elle veut que vous viviez ; elle ne songe qu'à votre liberté... et grâce à elle, bientôt vous quitterez la prison...

Phinée but longuement. Il devinait une partie de la vérité, mais en même temps qu'il se réjouissait à la pensée de revoir Miram, de lui devoir sa liberté, il comprit aussi que les soins empressés de Vicente, succédant à son ancienne barbarie, avaient pour motif une récompense qui sans doute égalerait la grandeur du service.

— Elle t'a payé cher... Miriam me ruinera...

— Triple Juif ! s'écria Vicente, aimerais-tu mieux crever sur ton fumier, comme Job, que de voir rétribuer honnêtement mes œuvres.

— Ta fille m'a promis d'être généreuse.

— Bien, répliqua Phinée, si elle n'a pas encore payé, je réglerai l'affaire... moi-même, entends-tu, moi-même...

— En attendant, reprit Vicente, tu vas aller changer de prison, si tu te sens assez fort pour monter un étage.

— Je suis faible, bien faible...

— Je t'aiderai, et un autre aussi, attends-moi... garde ces provisions... Il n'est pas besoin que je ferme la porte, dans un moment je reviendrai...

Il quitta le cachot de Phinée et ouvrit celui de Diniz Sampayo.

Au bruit que fit la porte en s'ouvrant, le prisonnier se souleva et regarda le geôlier avec des yeux agrandis par la fièvre :

— Des juges ! fit-il, je demande des juges !

— Il ne m'appartient pas de les faire descendre dans ce cachot.

— Alors, amène-moi un prêtre, bourreau, car je sens que je vais mourir...

— De faim, peut-être? Que voulez-vous ! j'ai été malade... Les valets ont oublié ; il s'est passé deux jours depuis que...

— Deux jours ! répéta Diniz, tu mens... Je suis épuisé jusqu'à l'agonie...

— Mangez, fit Vicente, vous allez quitter ce cachot, vous et votre voisin Phinée... Je vais vous mettre dans une chambre meilleure, jusqu'à demain soir... Alors, je vous guiderai tous deux vers le port et vous vous embarquerez...

— Une évasion? demanda Diniz.

— Le salut! répondit le geôlier.

— Je finirai comme un criminel.

— Vaut-il mieux expier ici, sans même crier votre innocence... car je suis maintenant disposé à croire à votre innocence.

— Qui m'a recommandé à toi, maître François?

— D'abord; puis une jeune fille.

— Une jeune fille?

— Miriam la Juive.

— Elle!

— Demain je vous conduirai à bord d'un navire qui lui appartient, et sur lequel je m'embarquerai peut-être, dans la crainte de payer trop cher mon dévouement d'aujourd'hui.

Diniz Sampayo se sentit subitement ranimé. Si Miriam préparait son évasion, c'est qu'elle ne voyait point pour lui d'autre moyen de salut. Plus tard, quand il serait libre, il élèverait la voix et raconterait le drame qui s'était passé et dont il avait failli être victime. En ce moment nul n'accueillerait une défense à laquelle se mêlerait une accusation contre un des hommes les plus puissants de Goa. Il ne discuta rien, et se disposa à obéir. Il comprenait trop bien que Miriam seule songerait à le sauver, et pouvait un jour faire éclater son innocence, qu'il n'eut pas même la velléité de songer que sa fuite en pouvait faire douter. Il venait de se sentir trop près de la mort pour vouloir l'affronter de nouveau.

Un moment après, ses chaînes et les carcans scellés à la muraille tombèrent de ses mains et de ses pieds; il s'appuya contre la porte du cachot, et attendit le signal du geôlier qui venait d'entrer dans le cabanon de Phinée. Celui-ci ne se soutenait plus, et tandis que Diniz portait la lanterne, Vicente chargea le corps du Juif sur son épaule. Il était si maigre qu'il ne pesait pas plus que celui d'un enfant.

Ce fut deux étages plus haut que le geôlier installa les deux prisonniers.

Cette cellule, destinée aux malades, convenait parfaitement aux deux infortunés. Ils se jetèrent sur le lit garni de linge blanc, et à peine s'y trouvèrent-ils qu'en dépit des pensées qui les devaient agiter, ils s'endormirent, où plutôt ils tombèrent dans une sorte de torpeur du sein de laquelle des rêves vagues leur rappelaient le bonheur entrevu, la liberté promise.

Tandis que Vicente obéissait aux ordres de la jeune fille, Miriam brisée elle-même de fatigue s'endormit. Son œuvre était assez bien préparée pour qu'elle pût se reposer. Cependant, elle s'éveilla de bonne heure, et son premier souvenir lui rappela le nom du jeune homme qui était venu, dans la boutique de son père, acheter des diamants, en même temps que Sampayo s'emparait de la chaîne et du poignard apportés chez le Juif par l'Indien.

Seulement, le matin où les deux fidalgos firent ces acquisitions, le signor Miguel parla d'un prochain voyage. L'avait-il fait? En était-il revenu? Miriam se rendit à sa maison, et demanda sa mère. Elle était si belle, cette Miriam, tant de grâce et de bonté se lisaient sur son visage qu'elle séduisait tous ceux dont elle approchait. Elle commença par raconter les faits, dont elle souhaitait que son fils témoignât, puis, s'agenouillant devant la vieille senhora :

— Vous devez me plaindre, lui dit-elle, de ne point partager une croyance qui fait la consolation de votre vie. Mais souvenez-vous, madame, que la charité, la condescendance des chrétiens peuvent seules nous attirer au pied de leur autel... Laissez-moi devoir à votre intervention un peu de joie en ce monde, et demandez sur moi l'effusion de la miséricorde divine.

La mère de Miguel Reale releva Miriam.

— Mon fils est revenu de son voyage à Cochin, dit-elle; attendez ici, je vais l'amener près de vous.

Dès les premiers mots de la senhora Barbara, Reale se souvint de tout ce qui s'était passé dans la boutique du Juif.

— Voici, dit-il à sa mère, une bague et une agrafe achetées ce matin-là. Les autres objets choisis pour des amis habitant Cochin leur ont été distribués ; ce que demande cette jeune fille est juste, et je me ferais un remords de lui refuser une attestation dont elle peut tirer parti pour faire absoudre son père.

Miguel suivit sa mère dans le cabinet où l'attendait Miriam.

La jeune fille lui expliqua ce qui l'amenait, et le pria d'écrire un récit succinct des faits. Il le fit, lut les trois pages de sa déclaration à Miriam, la signa et la lui remit. Elle le remercia avec une expression de profonde reconnaissance, puis elle baisa la main de sa mère.

Rentrée chez elle, Miriam monta dans sa chambre, s'approcha de la table sur laquelle se trouvait la vierge d'émail ; fit jouer le ressort du socle, et dans le tiroir qui s'ouvrit prit deux autres parchemins.

Elle les joignit à la déclaration que venait de lui donner Miguel Reale, enferma ces pièces dans une boîte de santal, l'entoura d'un ruban rouge qu'elle scella, écrivit une adresse et plaça ce coffre sous la sauvegarde de la vierge.

Son œuvre était presque accomplie.

D'un pas rapide, elle gagna le village de pêcheurs qu'avait habité Iarima et, poussant la porte de jonc de la cabane, elle entra.

La jeune mère, ses enfants dans les bras, pâle et le visage ravagé par la douleur, semblait n'avoir plus le courage de vivre.

En ouvrant les yeux elle reconnut Miriam.

— Mon mari! dit-elle, mon mari!

— Vous êtes veuve, pauvre femme.

Miriam l'entoura de ses bras, lui parla longuement, doucement, la consolant, s'excusant d'avoir été la cause involontaire du malheur qui l'avait frappée.

— Quittez Goa, lui dit-elle, Goa où vous ne sauriez vivre. Les malheureux se recherchent et se comprennent. Ceux qui m'accompagnent ont tous trop souffert pour se mépriser les uns les autres.

La veuve de l'Indien, membre de la terrible association des *Fils de Siva*, hésita un moment, puis elle tomba aux genoux de Miriam.

— Que les dieux vous gardent! lui dit-elle.

Cette fois, Miriam n'avait plus rien à faire, rien! Si, une dernière course.

Quand vint le soir elle se dirigea, en évitant de traverser les rues populeuses, vers le palais du vice-roi. L'animation était si grande dans la capitale des Indes, qu'un grave événement devait s'y passer.

Depuis que son père était en prison, rien n'intéressant plus Miriam, elle ne s'enquit près de personne du motif qui faisait affluer vers le même point une foule en costume de fête. Elle allait à son but sans regarder autour d'elle. Quand elle fut près du palais, elle s'étonna de voir moins de gardes qu'à l'ordinaire. Elle entra sous le péristyle, rencontra un esclave, et lui remit la boîte qu'elle tenait à la main.

— Pour le vice-roi... demain, dit-elle.

L'esclave répéta docilement :

— Demain, pour le vice-roi.

— Est-il au palais?

— Oui, mais nul ne saurait le déranger. Les Canariens terminent la fête...

— Quelle fête? reprit Miriam.

— Celle qui se célèbre à l'occasion du mariage de la belle Lianor de Sà, avec Manuel de Souza de Sépulvéda...

— Son mariage! murmura Miriam, son mariage!

Elle demeura un moment pensive, puis elle remit un présent à l'esclave et quitta le palais par une des portes donnant sur une rue déserte.

Elle se rendit sur le port.

Le capitaine l'attendait.

— Tous les bagages envoyés sont arrimés dans le navire, lui dit-il, souhaitez-vous en emporter d'autres?

— Oui, fit-elle, donnez-moi deux matelots... Avant une heure je serai revenue... Quiconque demandera, ce soir, passage au nom de Miriam a le droit de monter sur le *San-Martim*.

Les marins se chargèrent des derniers coffres qu'elle souhaitait emporter; quant à elle, prenant entre ses bras la vierge d'émail, elle courut à la prison.

Dans un cabinet étroit, voisin de la geôle, Phinée et Diniz l'attendaient vêtus d'habillements sombres, faibles encore, mais résolus à profiter des moyens de salut qui leur étaient offerts, ils aspiraient avec angoisse au moment de quitter la prison.

Miriam dit à Vicente :

— Viens, la voile est déployée, et le vent est bon.

Elle saisit son père dans ses bras, le couvrit de baisers et de larmes, et le vieillard, s'appuyant d'un côté sur l'épaule de sa fille, de l'autre sur le bras de Vicente, sortit de la prison. Trois femmes les suivaient d'un peu loin; c'étaient les filles et la compagne de Vicente.

Tout était prêt pour le départ, Moriz attendait les passagers. Il aida à la jeune fille à faire traverser la passerelle aux deux prisonniers.

— Venez dans les cabines, leur dit-il.

— Non, répondit Diniz, je veux voir Goa disparaître, je veux surveiller le fort, afin de m'assurer que nous ne sommes pas poursuivis, il me semble que cette liberté est un rêve.

Tandis que le Juif et Sampayo s'asseyaient près du bordage, l'ancre dérapa, les voiles s'enflèrent; le *San-Martim* oscilla doucement, légèrement, cédant au mouvement des vagues comme à une molle caresse; puis il prit son élan, et fendit l'eau avec autant d'agilité que de grâce.

Au même moment toute la ville de Goa parut en flammes. Les tours des églises, les façades des monuments, les toits des maisons s'illuminèrent; le ciel se teignit de rose vif, sur la mer passèrent des reflets d'aurore, et une immense clameur salua ces flammes joyeuses.

— Que se passe-t-il ? demanda Diniz au capitaine.

— Les Canariens tirent un feu d'artifices. Ils passent pour habiles dans ce genre de divertissement... Les fêtes du mariage de dona Lianor ont été bien belles!

— Mariée! fit Sampayo en appuyant sa main sur le bras de Moriz.

— Depuis hier.

— Ah! Miriam! s'écria Sampayo, vous ne m'avez sauvé qu'à demi.

— Je vous vengerai du moins! dit-elle.

Le jeune homme baissa la tête, et deux grosses larmes roulèrent sur son mâle visage au souvenir de la noble fille de Garcia de Sà, et de son noble ami Luiz Falçam.

Soudain une sinistre clameur le fit tressaillir jusqu'à la moelle des os : les vagissements des crocodiles venaient de s'élever dans la baie... Ils lui rappelaient cette traversée terrible faite en compagnie de Falçam, cette traversée pendant laquelle tous deux avaient héroïquement risqué leur vie afin d'accourir assez vite pour empêcher une trahison de s'accomplir.

Toute la nuit il demeura immobile, perdu dans une douleur plus sombre que la nuit qui l'enveloppait, et ne voyant pas même Miriam assise sur le pont, la tête cachée dans ses mains.

L'aube se leva lentement, l'horizon d'un bleu pur se confondait avec une mer sans rides. Le navire courait rapidement sur les flots calmés ; la terre avait disparu, et ceux qui allaient vers l'exil puisaient une compensation à cette douleur dans la pensée qu'ils fuyaient une terre de persécution.

Phinée était trop brisé par ses souffrances pour demander un renseignement à sa fille. Il ignorait encore que son bourreau, le geôlier des *Masmoras*, se trouvait à bord du *San-Martim*; il ne savait pas quelle somme sa fille avait payée pour sa délivrance, et tandis que le roulis du navire berçait son demi-sommeil, il se demandait vaguement combien coûtait sa liberté à Miriam, et si elle avait trouvé toutes les cachettes de la sordide maison de la rue des Juifs.

Mais ces idées ne traversaient son cerveau que par intervalles; le sommeil le domptait, et il puisait dans ce repos absolu un adoucissement aux douleurs qui le mettaient à la torture. Quand il entra dans les *Masmoras*, il n'était qu'affaibli par l âge ; il en sortait perclus. Le froid, l'humidité soufferte dans le cachot de la prison de Goa avaient recroquevillé ses membres, noué les jointures, ankylosé les doigts. La tête seule demeurait saine, et cette tête restait capable de calculs prodigieux.

Tandis que Phinée, Diniz et Miriam s'en allaient presque à l'aventure chercher une côte hospitalière, car le capitaine ne leur avait point fixé d'une façon précise le lieu de son débarquement, les habitants de Goa, rassasiés de fêtes et de spectacles, s'éveillaient lassés encore des émotions de la journée, et gardant dans les yeux le dernier éblouissement des jeux des Canariens, et de l'étrangeté de leur feu d'artifices.

Le vice-roi se leva néanmoins de bonne heure. Depuis le mariage de Lianor il s'efforçait de s'oublier lui-même. Pendant les fêtes des noces il y était parvenu; désormais, il allait avoir recours au travail afin d'alléger la longueur des heures, et d'essayer d'oublier qu'il n'aurait plus sans cesse à ses côtés cette ravissante fille qui demeurait à la fois son orgueil et sa joie. Regrettait-il de l'avoir unie à Sépulvéda? Non. Ce mariage lui semblait encore le plus digne d'elle, et durant les fêtes qui se célébrèrent le souvenir de Luiz Falçam ne traversa pas même son souvenir.

Sépulvéda aimait Lianor avec une violence capable d'effrayer peut-être celle qui se trouvait être l'objet de cette tendresse, mais dont il était impossible de douter. Seulement, il éprouvait ce regret sourd qui envahit l'âme des pères à l'heure où l'enfant cesse de leur appartenir d'une façon absolue. Puis il avait surpris dans le regard de Lianor une tristesse si haute, si incurable, qu'il se demandait si elle trouverait le bonheur dans une union présentant à la fois tous les avantages que procurent l'ambition et la fortune.

Garcia de Sà se mit à sa table de travail, et il attira devant lui des documents dont il avait besoin pour achever un travail important.

Alors seulement il aperçut sur son bureau une petite cassette en bois de santal, entourée d'un ruban de soie, cachetée de rouge, et sur laquelle son nom se trouvait écrit. Il l'attira avec curiosité, la retourna dans ses mains, examina l'empreinte du cachet présentant des caractères bizarres, puis prenant un poignard il coupa les rubans de soie, tourna la clef du meuble et l'ouvrit.

Le coffret renfermait quelques feuilles de papier.

Il en prit une, la parcourut d'abord rapidement, puis il la relut avec une lenteur trahissant un effroi si grand qu'on aurait dit, à voir le visage de Garcia de Sà, que tout ce qui l'environnait croulait autour de lui.

Il passa les mains sur ses yeux à diverses reprises, puis se levant, il versa dans un gobelet la moitié d'une fiole remplie d'eau fraîche et le vida.

— C'est une calomnie infâme! murmura-t-il en rejetant la lettre sur la table.

Il referma la cassette, se promena avec agitation dans la chambre, puis il vint retomber sur son fauteuil. La lettre, froissée par ses mains impatientes, était toujours là, tentante comme le fruit dangereux dans lequel les dents se sont déjà enfoncées. Il la regardait, tantôt pris de l'envie de la détruire, tantôt prêt de céder à la tentation de la relire encore.

—Que vaut la parole d'une Juive! reprit-il un moment après.

Sans doute les êtres de sa race étaient bien dédaignés, bien méprisés; s'en suivait-il cependant qu'ils dussent mentir et tromper toujours? D'ailleurs Miriam, car en ce moment le vice-roi tenait la lettre de Miriam, invoquait d'autres témoins à l'appui de ses paroles. Ne pouvait-il les entendre à leur tour? Il avait peur, et cependant il voulait savoir, dût la vérité le foudroyer.

Le second document qu'il tira de la cassette de santal était signé d'un nom qu'il connaissait bien; le nom d'un fidalgo, ami de Pantaleone. Qu'allait-il dire, celui-là? Quand il aurait parlé récuserait-il cette parole? Peut-être, car Garcia de Sà trouvait si imprévu, si épouvantable le châtiment suspendu sur sa tête, qu'il ne se sentait la force ni d'y croire, ni de le subir.

Un cri lui échappa après l'avoir lu en épelant les mots, en approfondissant chaque phrase. Il était d'une pâleur livide, et ses mains tremblaient quand il ouvrit le troisième parchemin.

C'était celui par lequel Diniz Sampayo le mettait au courant de tout ce qui s'était passé depuis l'heure où il pénétra dans la boutique de Phinée, jusqu'à l'heure où, certain de s'évader des prisons de Goa, il n'attendait plus que le signal de Miriam pour monter à bord du *San-Martim*.

— C'est un cauchemar horrible! fit-il en prenant son front à deux mains. Il s'agit d'un complot, d'un complot abominable ayant pour but de m'entraîner à accuser un innocent de l'assassinat du malheureux Falçam... Tomberai-je donc dans ce piège grossier? Non! Non! La seule vengeance que je tirerai de cette calomnie sera de ne pas croire les calomniateurs... D'ailleurs, qui sont-ils? Une Juive, la fille de ce Phinée qu'on aurait dû brûler pour son obstination à faire l'usure... Diniz Sampayo...

Le vice-roi s'arrêta.

— Un homme brave comme son épée, brave comme sa noblesse... l'ami de Falçam... avec quelle ardeur il rêve de le venger. N'est-ce point sa haine qui parle? Ne veut-il pas déshonorer un homme en échange du sang versé... Sampayo...

Le troisième document, écrit tout entier de la main de Miguel Reale, renfermait tous les détails relatifs à la double acquisition faite par lui de bijoux divers, et par Diniz Sampayo d'un poignard et d'une chaîne dont la vue avait paru exciter moins la convoitise que la curiosité de Sampayo. Il attachait un si grand prix à la possession de ces objets qu'il les emporta immédiatement, et qu'en les cachant dans sa poitrine son ami l'entendit murmurer :

— Luiz, Luiz, tu seras vengé!

Et cependant en dépit de l'unanimité de ces témoignages, Garcia de Sà ne se rendait pas encore. Que n'aurait-il point donné à cette heure pour ne point avoir ouvert cette fatale cassette, cette cassette d'où s'échappaient tant de voix accusatrices.

Une dernière épreuve restait à tenter. Il recula durant une minute dans la crainte d'acquérir une certitude qu'il pressentait déjà. Puis tout à coup, frappant avec violence sur un timbre d'argent, il traça quelques mots sur une feuille de parchemin, scella la missive de ses armes, et ordonna de la porter à son adresse.

Une demi-heure plus tard, un page lui demandait s'il pouvait introduire le juge Henrique Ferreira.

Sur sa réponse affirmative, le magistrat fut introduit aussitôt.

Garcia de Sà fit au juge un signe d'approcher.

Celui-ci s'avança et respectueusement s'inclina devant le vice-roi.

Garcia lui désigna un siège, puis il lui adressa une série de questions auxquelles le juge répondit d'une façon brève, mais claire.

— Ainsi, reprit le vice-roi, Diniz Sampayo fut emprisonné sur un soupçon... le soupçon d'avoir volé une chaîne et un poignard... Lisez cette lettre de Miguel Reale, il affirme avoir été présent à la vente. N'avez-vous appelé aucun témoin?

— Aucun jusqu'à présent.

— Savez-vous où se trouve Sampayo ?

— Dans les cachots de la prison.

— Il vogue vers l'Afrique! Et maintenant, maintenant montrez-moi la chaîne et le poignard trouvés chez Sampayo.

Henrique Ferreira les présenta au vice-roi.

Celui-ci les saisit avidement, regarda l'agrafe et lut la devise, examina le pommeau du poignard, puis tout à coup lâchant ces deux objets, il tomba lui-même à la renverse en répétant avec un cri déchirant :

— Ma fille ! ma fille !

On eût dit que Lianor venait de l'entendre.

Impatiente de voir son père, elle venait pour le surprendre et l'embrasser. En le voyant renversé sur son fauteuil, livide et à demi mort, elle s'élança vers lui. Sous ses pleurs et sous ses caresses il se ranima, ses mains se posèrent sur sa tête comme s'il voulait la bénir, puis avec une force soudaine il l'attira sur sa poitrine et l'y garda.

— Pardon, lui dit-il, je t'ai perdue !

Ce furent alors des caresses infinies. (*Voir page* 246.)

XXI

LES GRANDS DEVOIRS.

Dans une chambre tendue de riches étoffes de Perse et ornée avec un goût artistique confondant la beauté sévère des meubles d'Europe avec les fantaisies de l'Orient, est assise une jeune femme d'environ vingt-cinq ans. Jamais créature plus belle ne put éblouir le regard ; et s'il avait fallu un charme intime pour attendrir la majesté de cet admirable visage, la main de la douleur l'y avait posé comme un sceau.

Elle avait souffert ! On le devinait à l'expression profonde de son regard, qui semblait chercher parfois au delà de l'horizon visible et des biens possédés.

Elle avait souffert, on le lisait dans la gravité triste de son sourire, ce sourire qui s'imprégnait d'amertume quand elle était seule, et qu'elle comparait la réalité au rêve.

Elle avait souffert ! on n'en pouvait douter quand on entendait la voix harmonieuse à laquelle une angoisse intime ajoutait les cordes d'or de la pitié et de la consolation.

Et cependant elle restait forte, admirable, en possession d'une sérénité complète ; les épreuves subies servaient à rendre plus sublimes les côtés divers de ce caractère à la fois tendre et passionné.

Toutes les femmes la jalousaient. Ne les surpassait-elle pas par l'éclat de sa beauté ? Sa rare intelligence ne rejetait-elle point dans l'ombre les enfantillages de leurs causeries, les faiblesses d'une coquetterie incorrigible ? Lorsqu'une fête réunissait les notables de la ville aux officiers de la citadelle, et qu'elle apparaissait couverte de ses diamants et de ses perles, elle écrasait d'un luxe royal les femmes qui avaient eu l'audace d'espérer rivaliser avec elle.

Cependant elle ne revêtait ces parures magnifiques qu'à regret, comme un uniforme, une livrée de cour ; dans son intérieur, le plus souvent elle s'enveloppait de vêtement noirs, et ne piquait pas même une fleur dans son admirable chevelure.

Cette belle créature qui, à travers la fenêtre ouverte, laisse errer son regard pensif sur cette côte de Canara dont jadis on la nommait « la reine, » c'est Lianor de Sà, la compagne de Manuel de Souza de Sépulvéda.

Malgré la tristesse qui se devine plutôt qu'elle ne se lit sur son visage, tout dans cette jeune femme respire un calme absolu. L'apaisement de toute révolte, l'acceptation de tout devoir, la soumission entière aux lois descendues du ciel, aux obligations sociales dominent chez Lianor. Cette tranquillité succéda à la souffrance, comme les caresses des vagues à l'horreur des tempêtes. Si au fond de l'Océan des soulèvements intérieurs, des courants rapides, mille causes dont l'origine nous échappe, bouleversent les ondes, le regard de l'homme ne les saurait apercevoir ; il ne voit et n'admire que la surface limpide et bleue, argentée par le mouvement des vagues légères, moirée par le reflet plus ou moins sombre des nuages traversant le ciel.

Lianor s'est pliée à sa vie !

Le grand art, l'admirable secret, pour trouver le moyen, sinon d'être heureuse, du moins de rester en paix avec sa conscience, et de vivre dans la concorde avec ceux qui nous entourent !

Mariée à un homme qu'elle n'avait pas choisi, que son père lui imposa, quand elle eut accepté le calice elle le porta vaillamment à ses lèvres. Ni hésitation, ni révolte. Dieu le voulait, puisqu'il le lui faisait ordonner par celui à qui elle devait une obéissance mêlée de respect. A partir de cette heure, elle crut devoir à Sépulvéda et surtout se devoir à elle-même d'être à la hauteur de son immolation. Lianor s'interdit jusqu'au souvenir du fiancé qui lui avait été ravi d'une façon si cruelle ; elle pria pour lui comme pour un frère qui l'avait précédée dans la région sublime où Dieu reçoit ceux qui pardonnent et ceux qui aiment.

Toute idée de vengeance s'évanouit, non seulement parce que le Seigneur défend la haine et la loi brutale du talion, mais encore parce qu'il lui aurait semblé qu'en songeant au châtiment de l'assassin elle garderait une pensée trop chère pour sa victime.

Maître François l'avait dit, d'ailleurs : « Luiz Falçam sera vengé d'une façon terrible. » Et se souvenant de l'impression d'effroi qu'elle ressentit en écoutant cette prophétie d'un homme qui passait pour un saint, il lui arriva même de demander à Dieu d'adoucir la sévérité de ses jugements.

Sépulvéda, s'il poursuivit son but avec autant d'obstination que de violence, n'avait du moins pas menti en affirmant à Lianor qu'il l'aimait. Sa tendresse, exclusive et jalouse, souvent mêlée d'emportement et de colère, effrayait sans doute parfois la timidité que Lianor gardait près de son mari. Il lui arrivait de trembler au son de sa voix irritée, de rougir sous un de ses regards, de se reculer avec épouvante devant l'ébauche d'un geste menaçant ; mais elle se remettait vite, levait sur son époux ses grands yeux limpides, et lui répondait de cette voix harmonieuse et grave qui gardait le pouvoir de l'apaiser, comme les sons de la harpe de David endormaient les sanguinaires fureurs de Saül.

En dépit de la bonté touchante, de l'indulgence placide de Lianor, Sépulvéda se plaignait souvent de n'être ni compris, ni aimé. Compris? L'âme pure de Lianor pouvait-elle pénétrer les mystères sombres de l'âme unie à la sienne? Qui donc lui aurait révélé le secret des colères étranges, des rêveries soudaines dans lesquelles il tombait? Comment Lianor se fût-elle rendu compte des mouvements impétueux qui, parfois, jetaient Sépulvéda à ses pieds comme s'il voulait lui demander grâce?

Non, elle ne pouvait le comprendre, et cependant elle le plaignait. Elle tenta plus d'une fois d'exciter sa confiance; elle lui promettait de le consoler, elle se faisait si bonne, si compatissante, si tendre au milieu de sa dignité un peu triste qu'il sembla plus d'une fois sur le point de parler, comme un homme troublé va se jeter aux pieds d'un prêtre... Mais au premier mot qui franchissait ses lèvres, il s'arrêtait soudainement, et s'éloignait de Lianor avec une brusquerie mêlée de terreur.

En présence de cet homme ayant plus d'élans passionnés que de confiance, que pouvait-elle dire? Toute expansion se trouvait refoulée, son âme se refermait comme une fleur qui redoute tour à tour la sécheresse du vent et la violence d'une averse.

Il l'aimait, mais il l'aimait mal. Il n'interrogeait point cette âme dévouée, affectueuse, dont la religion adoucissait les secrètes amertumes : il n'en faisait point la moitié de lui-même. Sous le même toit, vivaient bien deux êtres séparés par une distance morale infinie.

Et cependant, en dépit de la tristesse d'une union que ses dehors brillants rendaient plus malheureuse encore, en raison du contraste, Lianor ne cherchait aucune diversion capable de lui faire oublier qu'on avait cassé les ailes de ses jeunes rêves, et que sa vie s'écoulerait à côté d'un compagnon tantôt silencieux, et tantôt emporté, qui, cachant en lui un secret trop lourd, semblait toujours prêt à croire que Lianor en dissimulait un moins terrible peut-être, mais qu'il eût payé au prix de dix années de sa vie.

De secret, Lianor n'en avait point. Le fantôme si cher, qui avait passé jadis devant ses yeux, ne la visitait que comme ces esprits bienfaisants qui nous apportent, durant le calme des nuits, des visions du ciel et de célestes promesses.

Pour conserver le calme empreint sur son front, il lui suffisait d'être une femme vraiment chrétienne. Étudiant ses devoirs à la clarté de l'Évangile, les méditant aux pieds du crucifix, elle ne se permettait point de fouiller des poèmes dangereux qui auraient alimenté en elle les souvenirs du passé, ou lui auraient montré dans l'avenir des compensations incompatibles avec ses devoirs; elle ne croyait point qu'elle eût le droit de chercher près de ses amies des consolations banales en échange de ses confidences.

Face à face, elle regardait ses obligations sans faiblir, sans hésiter. Elle les acceptait doucement, souffrant parfois, ne se plaignant jamais.

C'était là tout le secret de sa sérénité : L'acceptation. Elle avait résolu d'aimer le mari à qui la liait une chaîne indestructible; elle se pliait sous la désillusion et le désenchantement, sans demander raison à Dieu de cette sourde douleur.

De tout temps il y eut des Lianor, il y en aura dans tous les âges.

Le rêve a traversé tous les esprits, le bonheur a passé devant chaque jeune fille sous une forme séduisante; il n'est pas de femme qui n'ait souffert et qui n'ait, ne fût-ce qu'une minute, comparé les créations d'une imagination juvénile avec les réalités du présent. En est-il beaucoup qui ne se soient pas plaintes de rester incomprises? Ne souriez pas de cette plainte, n'étouffez pas même le cri qui s'exhale du cœur tandis que des pleurs coulent des yeux. Elles qui répètent qu'on ne les comprend pas souffrent d'une grande, d'une immense douleur; ce qu'il faut leur enseigner, c'est l'art de se courber sous le joug, qu'il soit rude ou léger; c'est la résignation aux pieds de Dieu qui fit amers les fruits de ce monde, afin que nous les rejetions avec dédain sans même être tentés d'y enfoncer les dents; c'est la croyance dans la rémunération divine qui leur paiera les rêves effacés, les idoles brisées, les visions entrevues, les sanglots étouffés. Au lieu de s'attendrir sur leurs faiblesses d'âme, il faut les relever d'un bras fort, leur désigner la voie droite, leur parler du respect dû à la famille, de l'honneur du foyer, de l'amour des enfants. Toujours et partout les femmes ont souffert...

Monique pleurait à la fois sur le mari qui la trahissait, et sur le fils qui oubliait Dieu. C'est le lot des épouses et des mères. Celles qui se révoltent mettent un fer rouge sur la plaie et souffrent un martyre sans compensation; celles qui regardent le ciel sentent s'adoucir leur angoisse, et leur revenir l'espérance. A toutes nos douleurs il existe un remède unique : l'accomplissement du devoir et du devoir chrétiennement accepté! La grandeur et la dignité des femmes est là. Si elles la cherchent ailleurs, non seulement elles perdront le calme de leur conscience, mais la félicité dernière à laquelle elles peuvent prétendre.

Lianor ne demandait qu'à Dieu la paix, et elle la trouvait...

Pendant qu'elle regardait la mer, deux coups discrets furent frappés à la porte, mais elle n'eut point le temps de dire : — « Entrez ! » — Des mains impatientes soulevèrent les tentures, deux têtes rieuses apparurent, deux enfants ravissants s'élancèrent vers la jeune femme, et Lianor les reçut dans ses bras.

Ce furent alors des caresses infinies, des baisers retentissants, des mots sans suite, des petits cris de joie poussés par les bouches roses. Les mains des petits dérangèrent la haute collerette de point, enlevèrent les épingles d'or retenant la coiffure, et les ondes magnifiques et brillantes de la noire chevelure de Lianor roulèrent jusqu'à terre.

Le grand bonheur de ces innocents était de déranger les lourdes nattes, les torsades, d'enlever le peigne ou les épingles. Ils battaient des mains quand ils avaient, d'un mouvement inattendu, fait ruisseler ce voile de jais sur les épaules maternelles. Ils se cachaient à l'abri des boucles soyeuses. Ils en respiraient le parfum. Ils trouvaient chaud, doux et vivant, ce manteau qui enveloppait leur chair satinée. Et Lianor, qui essayait de gronder, riait de leurs jeux et de leur folie. Elle les soulevait dans ses bras bien haut ; leurs petits pieds touchaient sa poitrine, ils renversaient le cou comme des colombes, et riaient avec une sorte de roucoulement tendre. Quand elle tenait ces deux anges dans ses bras, elle s'estimait heureuse entre toutes les femmes.

Son fils était si beau, la petite fille si jolie !

Elle ne pouvait jamais décider si elle préférait les yeux noirs de l'un aux prunelles bleues de l'autre ; les petites boucles brunes couvrant la tête de son fils à l'écheveau de soie dorée cachant le front de sa fille.

Elle aimait Sépulvéda à travers ces êtres innocents et purs. Le père de ces créatures adorables pouvait impunément la faire souffrir, pourvu qu'il les lui laissât. Tous deux gazouillaient un langage charmant que nul ne leur avait appris et qui prolongeait leur enfance.

Tandis qu'ils jouaient avec Lianor, les mains sur les lèvres, le front caché sous ses cheveux, la petite veuve du rajah, assise en face de son amie, regardait avec un sourire le groupe charmant qu'ils formaient.

Les enfants de Lianor lui étaient devenus si chers qu'ils lui semblaient lui appartenir un peu. Elle s'en montrait jalouse. Les petits abusaient de cette double tendresse ; tout enfant naît despote, et Savitri se laissait tourmenter par les deux chérubins. Jamais une seule minute elle ne les abandonnait à des soins mercenaires ; des bras de Savitri ils passaient dans ceux de Lianor. Sépulvéda les chérissait comme il chérissait toute chose, avec une sorte de violence. Parfois il s'attristait, en se croyant moins aimé d'eux que ne l'était Lianor. Il se montrait jaloux, et la jeune femme pour le calmer les plaçait sur ses genoux.

Dans ses moments de mélancolie noire, dans ses accès de colère sans motif apparent, la vue des enfants le calmait soudain. Il les emportait, les serrant sur sa poitrine comme s'il radoutait qu'ils lui échappassent, et s'en allait loin avec eux, cherchant l'apaisement dans leurs caresses.

— Je voulais te les amener plus vite, sœur, dit la veuve du rajah d'une voix douce, mais ton mari les gardait avec obstination. Il oubliait près d'eux et la correspondance venue de Portugal, et les dépêches arrivées de Goa. Quand ces deux tyrans sont près du gouverneur de Diu, l'armée de terre et toute la marine du roi Jean III restent dans l'oubli le plus complet. Aussi, afin de permettre à Sépulvéda de remplir les devoirs de sa charge, ai-je emporté de vive force les deux mignons... De la sorte, tu te reposeras en les endormant sur tes genoux, et ton mari brisera les sceaux de ses missives.

— Est-il le seul qui en ait reçu?

— Non, répondit la veuve du rajah, Pantaleone de Sà a poussé un tel cri de joie en recevant un lourd paquet, que j'en ai conclu...

— Pourquoi ne point achever, Savitri? Est-il donc entre nous des mystères? Ne me permets-tu pas de lire dans ton cœur comme dans le mien... Pantaleone t'aime, ce n'est un tort ni pour moi, ni pour mon mari... Tous deux nous souhaitons vivement que tu fasses partie de la famille... Et le consentement du père de Pantaleone nous permettra de sceller les bases de cette union, bien prochaine désormais.

La jeune veuve secoua la tête.

— Pas autant que tu le crois, répondit-elle. Le père de celui qui m'appelle sa fiancée écrit qu'il a pleine confiance dans le choix de son fils, mais en même temps une curiosité aisée à comprendre le porte à vouloir me connaître avant de m'adopter. Je n'épouserai ton cousin qu'en Portugal, et le digne vieillard engage mon doux ami à profiter du premier navire quittant Diu dans de bonnes conditions pour revenir en Portugal. Tu comprends alors pourquoi je suis tout ensemble joyeuse et triste. A la pensée de voir la patrie de Pantaleone, d'être admise dans cette famille de fidalgos dont vous m'entretenez tous avec tendresse et respect, le contentement remplit mon cœur ; mais, d'un autre côté, je ne puis supporter l'idée de te quitter, toi, Lianor, qui m'as sauvé la vie...

— Chère, chère sœur! répondit la jeune femme en attirant la petite veuve dans ses bras.

— Et je ne te dois pas seulement l'existence, ajouta Savitri, mais la vie nouvelle à laquelle tu m'as lentement initiée. Pour ce bienfait, jamais je ne serai assez reconnaissante. Quand je songe à mon ignorance passée, à l'abaissement de mon intelligence, à l'aveuglement de mon âme, je rougis et je frissonne tout ensemble. Tu m'as appris à regarder le ciel, afin de voir Dieu au travers des mondes admirables qu'il y jeta ; tu m'as enseigné qu'il réside sur un autel riche ou pauvre, peu importe, pourvu que l'appel d'un missionnaire le fasse descendre de son trône pour le rapprocher de nous. De même qu'un jardinier soigne une fleur, tu as cultivé mon esprit et mon âme. Sans me répéter : « viens au même autel que moi, » tu m'as attirée dans tes temples. Les jours où, te voyant entrer les yeux gonflés de pleurs dans une église, je t'en ai vue sortir rassérénée, je compris que le Christ mis en croix purifiait les âmes troublées... Oui, je crois, Lianor, et je te dois cette foi divine, comme je te devrai une place au milieu des saintes dont tu me contes la légende.

— Alors, demanda Lianor, si tu es maintenant si convaincue de la grandeur du catholicisme, pourquoi remets-tu de jour en jour la cérémonie de ton baptême?

— Tu vas le savoir, répondit la veuve du rajah. Il m'a fallu du temps, beaucoup de temps, pour faire de la jeune Indienne élevée dans un palais sur les bords du Mandava une fille de votre civilisation. A chaque instant, mon esprit se heurtait à un souvenir, ou l'habitude m'apportait une coutume des ancêtres. C'est jour par jour que j'ai subi, sans m'en douter, l'influence de tes vertus et de ta tendresse. Faut-il même te l'avouer, tant que tu fus heureuse, tant que le nom de Luiz Falçam passa tes lèvres...

— Tais-toi ! tais-toi ! fit Lianor en posant la main sur la bouche de Savitri.

— Laisse-moi finir, afin de me mieux comprendre... Tant que tu fus libre de rêver, de te souvenir et d'aimer, je ne me rendis pas bien compte de la supériorité de ta religion. Mais du jour où tu devins la femme de Sépulvéda, où tu juras de lui dévouer ta vie, je t'ai trouvée si grande que j'ai jugé ta religion sainte. Tu n'es pas heureuse ! et jamais une plainte n'est sortie de tes lèvres ! Sépulvéda se montre injuste et dur, comme s'il voulait te faire expier ses fautes, et tu lui gardes le même accueil, et tu lui témoignes une égale douceur. Tu souffres, et tu te caches pour dérober un secret qui t'étouffe, mais jamais ton chagrin ne te rendit égoïste, et l'on dirait que toutes tes larmes se transforment en aumônes. Lianor ! Lianor ! Je crois en Dieu : je t'ai vue à genoux ! J'attends tout de ton Dieu : je t'ai vue pleurer... Je me donne à lui par avance, et déjà il entend mes prières... Mais pour recevoir le baptême, je veux que le jour de mon mariage soit fixé. Ma robe de néophyte sera ma robe d'épousée. En quittant l'urne baptismale je m'agenouillerai pour échanger mon anneau contre celui de Pantaleone... Comprends-tu mon projet et ne te fait-il pas sourire ? Toute cette blancheur, cette innocence, cette joie confondues ! La nouvelle chrétienne fiancée et femme le même jour. Quand Sépulvéda m'aura servi de parrain, il me conduira à l'autel où Pantaleone m'attendra... Voilà mon rêve. Quelle fête, Lianor ! et combien Pantaleone sera heureux de me voir tout ensemble et sa sœur dans la foi et la compagne de sa vie.

Lianor baissa la tête et rapprocha de son sein les enfants endormis.

— Tu vas partir ! fit-elle, partir ! et je resterai à Diu sans toi ! C'est mon devoir, et tu sais tout ce que pour moi ce mot renferme, je le remplirai ; mais je souffrirai cruellement de ton départ. Que veux-tu, il me semble parfois que les murs de cette citadelle pèsent sur moi de tout leur poids. Que j'étouffe dans cette enceinte ! Je préférerais une bourgade sur la côte perdue de Canara à ce château-fort, peuplé de soldats, à ces murs élevés qui semblent continuer les roches. Je pensais que mon oncle enverrait son consentement et que dans la chapelle de Diu serait consacré ton mariage. Nous ne nous serions jamais quittées, jamais ! jamais !

— Ah ! fit la veuve du rajah, qui sait quand je m'éloignerai. Toi aussi tu partiras de Diu ; ton mari y séjourne depuis longtemps. Il est probable que le roi Jean III le rappellera près de lui pendant quelques années, avant de le renvoyer à Goa avec le titre de vice-roi. Tu reverras ton père à Lisbonne, peut-être en même temps que je franchirai le seuil du vieux château de Pantaleone de Sà.

— Dieu le veuille ! murmura Lianor.

En ce moment les enfants s'éveillèrent et, avant même de parler, leur bouche rose posa un baiser sur la joue pâle de leur mère.

— Je t'en prie, dit Lianor à Savitri, relève mes cheveux, ces enfants ont tant de plaisir à les dérouler que je passe la moitié des jours couverte de ce voile.

— C'est que, répondit Savitri, jamais on n'en vit de plus longs, de plus beaux. Ils traînent sur tes talons quand tu es debout, Lianor ; et, lorsque tu t'assieds, les dernières boucles roulent sur le tapis. Ceux de Marie-Madeleine ne pouvaient être plus magnifiques.

— Tais-toi ! dit Lianor avec un sourire, et fais vite : il me semble reconnaître le pas de Sépulvéda ; je ne veux pas qu'il me trouve dans un pareil désordre.

La veuve du rajah tourna rapidement en deux lourdes masses les opulents cheveux de la jeune femme. Elle les fixait avec la première épingle quand la porte s'ouvrit sous la main du gouverneur.

La figure de Sépulvéda respirait un calme que jamais Lianor et Savitri ne lui avaient vu.

Il sourit à la petite veuve, baisa la main de sa femme, fixa un regard profond sur les deux enfants endormis sur les genoux de Lianor, puis il parut attendre que Savitri s'éloignât.

Celle-ci adressa un signe d'amitié discrète à son amie, et disparut sans bruit.

— Vous semblez heureux, dit Lianor à son mari.

— Oui, répondit Sépulvéda, je le suis réellement Lianor, plus que je ne l'ai jamais été depuis de longs mois. Je ressemble à un prisonnier qui s'évade. La citadelle de Diu, que j'ai défendue et sauvée, semblait s'être transformée en prison... Et je la quitte, Lianor, je la quitte pour toujours...

— Où allez-vous ? demanda-t-elle.

— Le roi me rappelle à Lisbonne.

— Ainsi, les missives reçues...

— Contiennent ma libération, et mon successeur est à bord du navire qui les apporte. Comprenez ma joie, Lianor. Je vous en supplie, dites-moi que vous la partagez. Ah ! combien de fois j'ai été tenté de me démettre de mes emplois, de renoncer à tout avancement... J'ai pris en horreur ce pays des Indes où j'ai voulu venir, où j'ai acquis quelque renommée, où vous êtes devenue ma femme... Malgré moi, il me semble que vous m'appartiendrez davantage en Portugal... Il y reste trop de souvenirs dans ce pays... Sur ces rivages il revient des fantômes... Ne me dites pas non, Lianor, je sais, j'ai vu !

— Vous vous trompez, Sépulvéda, répartit Lianor, il ne revient point de fantômes ; les seuls êtres qui peuplent mes rêves sont mes deux enfants bien-aimés... Et j'emporterai mon trésor avec moi. Cependant, vous avez raison, béni soit le départ, puisqu'il vous réjouit et que vous croyez être plus heureux là-bas...

— Plus heureux, fit-il avec un geste dans lequel on eût dit qu'il trahissait le désespoir. M'aimez-vous beaucoup, Lianor? M'aimez-vous plus que la vie, plus que votre honneur, plus que Dieu...

— Ne blasphémez pas, Sépulvéda, dit Lianor d'une voix grave. Nous avons le droit de disposer de nos sentiments dans une juste limite... Je vous chéris comme le maître de ma vie, le père de mes enfants bien-aimées...

— C'est tout, Lianor?

— Tout, répondit-elle en fixant sur lui son beau regard paisible ; que voulez-vous davantage ? Votre volonté est la mienne. Je vous abandonne le soin de ma fortune ; après vous avoir suivi de Goa à Diu, je vous accompagnerai de Diu à Lisbonne. Je prie Dieu pour vous chaque jour...

— Ce n'est pas cela que je demande, dit Sépulvéda d'un accent agité ; votre tendresse, votre respect ne suffisent pas pour faire un atome de ce que j'appelle l'amour.

— Ne le confondez point avec la passion dont les fruits sont dangereux et âcres. Je vous chéris comme doit le faire une femme chrétienne. Dans le bonheur comme dans l'infortune, vous me trouverez à vos côtés, et pour sauver vos jours je sacrifierai les miens.

— Cela, je le sais ; mais pour moi, Lianor, commettrais-tu une faute qui devrait à jamais mettre une tache sur ton nom ?

— Si j'en étais capable, vous cesseriez de m'estimer.

— Et ton âme? risquerais-tu pour moi le salut de ton âme?

— Je n'en ai qu'une, elle appartient à Dieu.

— Tu ne m'aimes pas! fit Sépulvéda; tu discutes, tu raisonnes, la passion se jette dans un gouffre sans réfléchir. Pour toi, pour toi je serais devenu...

— Vous seriez resté digne de transmettre à votre fils le nom des Sépulvéda, n'est-ce pas? Je vous en prie, ne me troublez point par des questions du genre de celles que vous venez de m'adresser. Une joie vous arrive, remerciez-en Dieu. Moi aussi, je me réjouis de quitter Diu : je reverrai mon père; nous conduirons à mon oncle la fiancée de Pantaleone; nous serons heureux là-bas, croyez-le, espérez-le, nous serons heureux.

Sépulvéda s'inclina vers Lianor et baisa le front des enfants.

— Ah! s'écria-t-il, cela fait du bien de poser ses lèvres sur ces visages d'anges, il semble qu'une bouffée d'innocence vous arrive au cœur et vous purifie... Adieu, Lianor, je vais vous renvoyer Savitri... Avant deux jours j'aurai installé et fait reconnaître le nouveau gouverneur de Diu.

Seigneur ! en faveur de l'innocence de cet ange, faites grâce à de pauvres pécheurs.
(*Voir page* 263.)

XXII

LE CAP DU DÉSESPOIR

Pantaleone de Sà, debout sur le port de Cochin, surveillait avec une activité fiévreuse les apprêts du départ de Lianor. C'était de cette ville que la famille et la suite de Manuel de Sépulvéda devaient s'embarquer pour Lisbonne.

L'ancien gouverneur de Diu, après avoir installé son successeur dans la citadelle, salué en faisant escale à Goa le nouveau vice-roi des Indes Neronha, arriva à Cochin par un temps admirable promettant une facile traversée.

Cochin, l'un des ports importants de la côte, avait été une des premières conquêtes des Portugais.

Il avait bientôt acquis une importance presque égale à celle de Goa. Dans son port entraient et sortaient chaque jour des navires, les uns venant d'Europe, les autres des Iles. L'excellence du mouillage y facilitait les transactions.

C'était de là que Manuel de Sépulvéda devait s'embarquer pour le Portugal.

Depuis le moment où son mari lui avait annoncé le départ, la jeune femme paraissait revivre. En quittant les Indes, il lui semblait qu'elle laissait une part de son fardeau de douleurs, sous lequel tant de fois elle était tombée, se relevant sans cesse avec le courage que communique à l'âme une foi indestructible.

Savitri rayonnait; Pantaleone de Sà manifestait sa joie par l'empressement avec lequel il s'occupait des détails du chargement.

Certes, ce n'était point une sinécure que ce mandat. Non content des richesses qu'il emportait de Diu, en or et en pierreries; des meubles rares et des étoffes précieuses achetés à Goa, Sépulvéda avait fait demander à Koulam ses produits les plus rares en épices et en parfums.

Vainement le maître du navire lui répétait que l'attente de ces marchandises pouvait, à l'époque où l'on se trouvait, entraîner un péril sérieux, Sépulvéda s'emporta, et s'obstina à attendre des objets dont l'envoi se trouvait retardé par des commandes sans cesse augmentées et renouvelées.

Pantaleone et Lianor, qui connaissaient les dangers de la mer à certaines époques de l'année, ne réussirent pas mieux dans leurs instances que maître Vasco de Gama, capitaine du navire, et l'on perdit près de deux mois à attendre à Cochin les marchandises de Koulam.

Les jours, les semaines passaient, le mois de janvier s'écoula tout entier et le chargement de Sépulvéda ne s'achevait pas.

Enfin les derniers barils, les boucauts, les couffes de pailles et de roseaux s'entassèrent dans la cale, et l'on put fixer l'heure de lever l'ancre.

Le navire que frétait Sépulvéda pour retourner à Lisbonne était un des plus grands que l'on eut encore construits. Il le fallait en effet de dimensions énormes pour contenir non seulement les richesses et les marchandises de l'ancien gouverneur de Diu, mais encore les passagers dont le nombre atteignait six cents : Sépulvéda, sa famille et sa suite, des esclaves, des serviteurs appartenant à des nations diverses, des voyageurs rentrant en Europe.

Le navire ressemblait à une cité bruyante. La magnificence des bâtiments de ce temps aidait encore à l'illusion. Loin d'avoir, comme aujourd'hui, un pont sur lequel on ne trouve place que pour la manœuvre, les châteaux de poupe richement construits, ornés de sculptures, de peintures rehaussées d'or, toutes ces merveilles, étincelant de loin sous un soleil admirable, produisaient l'illusion d'une cité féerique voguant vers une île enchantée.

Enfin Lianor, Sépulvéda, Savitri, Satyavan, devenu un bel adolescent presque aussi fort que Pantaleone, s'installèrent dans l'appartement du château.

Lalli et Tolla tenaient par la main les deux beaux enfants de Lianor. Les passagers, disséminés dans le navire partagé en cabines, occupaient des logements en rapport avec leur nom et leur fortune. Les esclaves entassés dans la cale devaient souffrir de bien des douleurs, et les attendaient avec une résignation approchant de la torpeur.

Au milieu des pavillons portugais mêlant leurs couleurs éclatantes avec celles de nations amies, une bannière de soie rouge sur laquelle se détachait l'image d'un crucifix, fut arborée par le maître du navire André Vasco. Le vent se leva, les voiles s'enflèrent, le dernier signal de la manœuvre fut donné; une clameur immense lui répondit du port de Cochin; les derniers amis qui, sur le pont, échangeaient leurs adieux, se serrèrent les mains; les uns regagnèrent les canots éparpillés autour du navire, tandis que les autres, appuyés sur le bordage du vaisseau, les suivaient du regard.

Sans doute ils les enviaient, en pensant qu'ils allaient revoir la patrie, mais ils ne pouvaient s'empêcher de songer aux dangers que pouvait offrir une traversée marquée par tant d'étapes lugubres, signalée par des sinistres dont le souvenir attristait encore les gloires de la conquête.

Ils évitaient de laisser deviner cette préoccupation de leur esprit, mais ils n'étaient pas seuls à en souffrir, et André Vasco, adressant à un de ses camarades un adieu amical, ne put s'empêcher d'ajouter :

— Merci de vos souhaits, Martim, Manuel Sépulvéda nous a fait perdre un temps précieux, et nous nous embarquons un mois trop tard.

— Bah! répartit Martim, vous allez vers le cap de Bonne-Espérance.

— N'oubliez pas qu'il s'est appelé le Cap du Désespoir!

Vasco secoua la tête pour chasser une préoccupation impérieuse. Sur le pont, la main du moine fray José s'éleva pour bénir les passagers, et au même moment le navire, ancres levées, voiles tendues, glissa légèrement sur la mer et parut prendre son vol comme un oiseau gigantesque.

Du château de poupe où elle resta tout le jour assise, Lianor sentit, pour la première fois depuis le jour de son mariage, l'espoir lui revenir au cœur.

Elle avait soif de rentrer en Portugal, d'embrasser son vieux père, de lui mettre ses enfants dans les bras; de pleurer près de lui, sans rien lui reprocher, mais d'implorer son aide, après lui avoir sacrifié sa vie. Jamais Sépulvéda ne la vit si jeune, si adorable; elle retrouvait subitement l'éclat de cette beauté radieuse dont la vue le foudroya le jour où la miniature de Luiz Falçam vint tomber à ses pieds.

En dépit des craintes de quelques-uns, de cette date de février qui ne rappelait que trop les retards imprudents de Sépulvéda, et des pressentiments d'André Vasco, le commencement du voyage s'annonça sous les meilleurs auspices.

La mer unie et bleue, le ciel pur, un vent favorable, tout concourait à entretenir dans l'âme des passagers la sécurité et l'espérance.

La côte n'apparut plus bientôt que semblable à une masse confuse; les montagnes couvertes de bois, les collines cultivées se perdirent dans l'ombre, à mesure que s'augmenta la distance; puis l'horizon se confondit avec la mer, laissant flotter le regard sur des vapeurs confuses. La nuit descendit, amenant avec elle un souverain repos, et quand les voyageurs en sortirent, autour d'eux régnait une immensité sans bornes.

Ils laissèrent au nord les pays soumis à la domination du roi d'Idalcam, puis la ville de Beçaïm dont Sépulvéda commanda jadis la citadelle avant d'avoir le gouvernement de Diu.

Le navire dépassa les ruines vastes et peu éloignées de Tanà. Cette ville, qui fut jadis une des plus importantes de la côte, avait vite décliné depuis la conquête. Autrefois trois mille trois cents édifices de Tanà se trouvaient occupés par des ouvriers tissant des toiles d'or, d'argent ou de soie; maintenant les maisons croulaient sur les métiers brisés, et les tisseurs avaient fui dans l'intérieur des terres.

Salcède disparaît, et avec elle les roches à l'aspect fantastique dont la plus haute représente un fabuleux animal de pierre, monolithe géant dominant la mer qu'il semble menacer, tandis que des obélisques naturels et des masses énormes lui font une ceinture d'une architecture imposante. Le navire dépasse Cambaye où le roi de Portugal possède une forteresse qui, deux fois assiégée par les Turcs, est cependant demeurée fidèlement soumise aux successeurs d'Albuquerque. Sur la même ligne, mais plus au nord, le navire signale les terres des puissants Mogoli, les royaumes de Caxemant et de Xael, tributaires de l'empire portugais. Ils dépassent la Perse et le golfe d'Ormuz où la pêche des perles entretient une population immense, et suffit à la coquetterie de toutes les femmes de l'Europe.

Les passagers laissent à leur gauche l'Arabie déserte, à leur droite Bassoa, assise paresseuse au fond du golfe; des fleuves dont la source est encore inconnue. La mer Rouge est loin, et ses dernières eaux baignant la cité de Suez se sont confondues avec la mer.

Enfin, après de longs jours, Lianor, Sépulvéda, Pantaleone aperçoivent de loin Sofala, où les Portugais disputent le commerce aux Maures, et trafiquent avec d'énormes profits de l'or et de l'ivoire.

Rien n'altère la sérénité des passagers. Ils semblent oublier qu'ils approchent d'une terre dont le sol a été vingt fois remué pour y creuser de nouvelles tombes.

Cependant, le maître du navire reste depuis deux jours penché sur ses cartes; il calcule la route parcourue; il consulte le ciel, il interroge ses instruments de marine. Troublé par la responsabilité qui lui incombe, par des pronostics seulement appréciables pour les gens du métier, il évite de parler aux passagers, et surtout aux femmes.

Sépulvéda lui est demeuré peu sympathique, et le seul être à l'égard duquel il se défait quelquefois de son mutisme est Pantaleone de Sà, qui joint à l'aventureuse bravoure de la jeunesse la fermeté et la décision de l'âge mûr.

Fray José, qui partagea autrefois dans les ruines du temple de Siva les dangers courus par Lianor, s'entretient souvent aussi avec André Vasco, et ne cesse de s'étonner de la beauté et de la douceur d'une mer qu'on lui a représentée comme si terrible.

Par une belle matinée, tous deux, appuyés contre le bordage du navire, restent les yeux fixés sur l'horizon qui forme avec la mer une admirable ligne bleue.

— Mon Père, dit André Vasco, à tout autre que vous, même à ce brave jeune homme qui s'appelle Pantaleone de Sà, je dirais que j'ai confiance, et que nous doublerons sans danger un cap trop funeste. Mais l'inquiétude me gagne progressivement. J'observe moins le ciel que la mer. Son changement de couleur m'alarme. Comparez sa pureté d'azur dans le port de Goa à la teinte de poix qu'elle affecte aujourd'hui. Si vous ne surprenez aucune angoisse sur mon visage, c'est que le capitaine d'un navire doit à toute heure rester non-seulement maître de lui-même, mais encore il doit s'efforcer de rassurer ceux qui l'entourent. Nous remplissons ici un rôle presque identique. Je guide la nef, vous répondez à Dieu des âmes. Si un malheur survient, vous absolvez les coupables, tandis que je lance à la mer les embarcations de sauvetage. Préparons-nous donc tous deux à remplir un rôle périlleux, moi, en essayant de préserver le vaisseau contre une tempête prochaine, vous, en visitant les passagers, et en affermissant leurs âmes... Tenez, je crois sentir sur mon visage une brise qui ne présage rien de bon.

André Vasco s'éloigna de fray José afin de donner des ordres.

Le maître du navire ne se trompait point. La sécurité dont jouissaient les passagers allait bientôt être troublée. A mesure que le bâtiment approchait du Cap du Désespoir la mer prenait une sinistre apparence, et durant la soirée qui suivit ses confidences à fray José, le vent fondit sur le navire avec une violence qui eût épouvanté un capitaine moins sûr de lui-même qu'André Vasco. La marche du vaisseau devint pénible, sous l'effort des vagues des voies d'eau se déclarèrent, et les matelots ne suffirent plus à les aveugler. On y employa les esclaves de Sépulvéda.

Celui-ci, dès qu'il apprit l'existence du danger, n'eut pas d'autre préoccupation que celle d'empêcher Lianor de trembler pour elle ou pour ses enfants.

Il quitta Vasco et fray José, s'enferma avec sa famille dans le château de poupe et, cachant sous de tranquilles dehors l'inquiétude de son âme, il recommença près d'elle des rêves de bonheur prochain. Il lui parlait d'une voix émue, dont elle rejeta le trouble sur la violence des sentiments de son mari.

— Lianor, lui dit-il, je n'ai peut-être pas été pour vous assez doux et assez bon ; les soucis du gouverneur ont fait tort à l'époux. Je vous ai fait supporter mes tristesses, mes jalousies, mes souffrances. Il faut me le pardonner, voyez-vous, car je veux mieux faire, et une fois en Portugal vous n'aurez plus jamais à vous plaindre de moi, jamais!

— Me suis-je donc plainte? demanda Lianor.

— Non! vous n'avez rien dit, mais j'ai cru trouver des reproches jusque dans votre sourire. Il faut aimer comme je vous aime pour épier un regard, pour interpréter un silence. Vous allez revoir votre père, vous rentrez en Portugal où vous serez une des plus grandes dames de la cour. Nous emportons avec nous des trésors immenses.

— Oh! fit Lianor, j'ai mes deux enfants! Rien ne me tient à cœur hors ces chères créatures, et si je les perdais, je n'aurais plus la force de vivre.

— Eux! toujours eux! dit Sépulvéda d'une voix plus basse, et moi...

— Vous, Manuel, vous êtes arrivé, comme vous le souhaitiez, au bout de toutes vos ambitions. Vous possédez d'incalculables richesses et tout ambitieux s'estimerait satisfait de votre situation. Vous vivez par l'orgueil, et moi par le cœur.

— Ce n'est pas! Non, ce n'est pas! Je vis pour vous, Lianor, vous êtes ma pensée unique, ma seule affection. Tenez, à cette heure plus qu'à toute autre, j'aurais besoin d'une parole affectueuse de vous, d'un serrement de main qui me prouvât...

Sépulvéda n'acheva pas, le vaisseau venait de subir un choc épouvantable, et les passagers qui se trouvaient sur le pont poussèrent une longue clameur d'épouvante.

— Nous sommes en danger, s'écria Lianor qui se leva, ses enfants dans ses bras.

— Oui, répondit Sépulvéda en la pressant sur sa poitrine. Et c'est pour cela que j'avais besoin de me sentir soutenu par une parole affectueuse. Ne craignez rien, Lianor, je suis là pour vous défendre, pour lutter près de vous, pour vous sauver. Quand vous me devrez la vie et celle de vos enfants, vous m'aimerez peut-être.

Elle se dégagea avec calme.

— Nous sommes dans les mains de Dieu et je m'en remets à sa garde. Ne tentez plus maintenant de m'abuser sur la grandeur du péril, je suis prête à le braver, j'aurai le courage de le regarder en face.

Au même moment Pantaleone pénétra dans la chambre.

— Eh bien? demanda Sépulvéda.

— André Vasco, en présence du péril qui nous menace, parle de regagner les Indes. Mieux vaudrait en effet chercher un abri dans la baie de Cambaye que d'affronter ce cap terrible. Les marins remplissent leur devoir, mais tout présage une tempête effroyable à laquelle le navire ne résistera peut-être pas.

En effet, Vasco, épouvanté par la violence des vents contraires qui menaçaient de le jeter sur les côtes de la Cafrerie, se demandait s'il ne serait point plus prudent de s'éloigner du cap. Mais à peine en eut-il formé le projet que la tempête fondant sur le navire l'enveloppa soudainement d'éclairs, la foudre gronda sans interruption; des trombes de vent soufflèrent, emportant des lambeaux de voiles. On défendit comme on put les antennes; l'usage de la rame devint impossible; il fallut attendre, dans une impuissance pleine d'angoisse, l'apaisement de la mer. Mais, loin de se calmer durant la nuit, l'orage redoubla de furie. Sous les efforts du vent, le gouvernail se brisa; les mâts oscillèrent, puis tombèrent avec fracas en écrasant plusieurs matelots. Pendant qu'on tentait de parer à ces désastres, la membrure du navire craquant de toutes parts embarqua une masse d'eau si considérable que cent hommes ne suffisaient pas à l'épuiser.

Une terreur sans nom s'était emparée des passagers. Les femmes poussaient des cris d'épouvante, les hommes, plus silencieux dans leur désespoir, souffraient peut-être davantage. Chacun d'eux songeant aux liens qui le retenaient à la vie les sentait à la fois plus violents et plus chers. Fray José, entouré, s'efforçait de rassurer les malheureux en leur parlant de la miséricorde divine. Chacun d'eux, se frappant la poitrine, commençait une confession entrecoupée par des pleurs.

Les commandements de la manœuvre, le fracas de la foudre, les mugissements du vent roulant le navire comme une épave étouffaient à peine le bruit des sanglots. Parfois une vague, haute comme une montagne, s'avançait; creuse au dessous, surplombante de la crête, elle s'abattait sur le pont, roulant les hommes dans ses plis, et retombant dans le gouffre avec ses victimes.

Au fond du navire, les hommes travaillaient sans relâche et sans espérance. Après s'être efforcés d'épuiser l'eau pour alléger le navire, ils en vinrent, sur l'ordre d'André Vasco, à lancer à la mer une partie de la cargaison. Du bastingage auquel il se cramponnait, Sépulvéda vit jeter à la mer les épices rares, les parfums précieux embarqués à Cochin. C'est alors qu'il comprit quelle faute il avait commise en demandant à Koulam des provisions dont la remise avait empêché de profiter d'un vent favorable. Il assista froidement à ce désastre, qui ne lui enlevait du reste qu'une faible partie de sa fortune. En ce moment, il ne songeait qu'à Lianor et à ses enfants.

Pantaleone de Sà et Satyavan étaient restés près d'eux.

Fray José vint un moment les rejoindre et la jeune femme lui demanda :

— Sommes-nous perdus? mon Père. J'ai besoin de savoir la vérité.

— On est parvenu à relever un peu le navire en sacrifiant la cargaison. Vasco a décidé qu'il fallait également jeter à la mer les obusiers et les armes. Chaque homme n'en gardera qu'une avec une petite provision de poudre. Tout espoir n'est pas perdu, nous sommes près de la côte; si le navire se brise, les hommes se sauveront.

— Le croyez-vous, mon Père?

— Oui, dona Lianor.

— Dieu soit loué alors, mon Père! Dieu sait combien peu de prix j'attachais aux richesses de Sépulvéda.

Mais, comme si la tempête voulait donner un démenti aux promesses consolantes du prêtre, un coup de tonnerre, plus violent que tous les autres, ébranla le navire désemparé, craquant de toutes ses planches; un bouillonnement terrible se fit entendre, la mer l'assaillait en dehors et achevait de l'envahir en dedans.

— Nous sommes perdus! Miséricorde! confession!

Tel fut le cri poussé par les Européens et par les indigènes chrétiens, quand ils sentirent le vaisseau osciller sous leurs pieds.

Lianor, Savitri, Tolla, Lalli tombèrent à genoux, et, après les avoir bénis, fray José remonta sur le pont.

— Priez! avait-il répété aux femmes.

Quand il rejoignit Sépulvéda, Pantaleone et André Vasco, celui-ci ne conservait plus aucune espérance de sauver le navire.

On mit une embarcation à la mer. Mais la colère des vagues était telle, les flots se brisaient sur les récifs avec une telle violence que la chaloupe courait grand risque de se briser sur les écueils de la côte.

Avec le sang-froid dont dépend le salut des passagers durant les terreurs d'une scène de naufrage, André Vasco donna des ordres pleins de sagesse et de résolution. A côté de lui se tenait le moine. L'un ordonnait, l'autre bénissait.

On descendit dans l'embarcation l'or, les pierreries et les objets les plus précieux appartenant à Sépulvéda. En même temps des passagers s'emparaient de la chaloupe, et s'efforçaient de la diriger au milieu du tumulte des vagues et des dangers présentés par les pointes aiguës des récifs qui semblaient défendre cette passe dangereuse.

Sépulvéda courut à Lianor : la soutenant d'un bras, il portait ses deux enfants.

Pantaleone de Sà guidait Savitri, tandis que Lalli et Tolla, en pleurs, suivaient Satyavan qui montrait un courage au-dessus de son âge.

Sur le pont, à côté l'un de l'autre, se tenaient André Vasco et fray José ·

L'un récitait à voix haute le *Miserere*, l'autre donnait des ordres sévères afin que l'embarquement se fît sans désordre.

Lianor descendit avec peine dans l'embarcation ; vingt fois celle-ci manqua de chavirer sous les efforts de la lame. Lianor s'y trouvait pressée entre la veuve du rajah, Tolla et Lalli. Un des enfants restait sur ses genoux. En dépit des difficultés présentées par le passage, les rameurs parvinrent à garder la barque jusqu'au moment où des récifs à fleurs d'eau menacèrent d'en broyer la quille. Le passage était-il guéable? Un des esclaves l'affirma, et Sépulvéda, sautant hors de la chaloupe, posa le pied le premier sur les rochers rendus glissants par les vagues. Il se maintenait avec une peine infinie sur un sol inégal dont les aspérités déchiraient ses jambes et la plante de ses pieds.

A mesure qu'il avançait, l'eau montait arrivant jusqu'à sa poitrine. Enfin le trajet devint si difficile, il se crut si près de la mort, au milieu de ceux qui le suivaient, les uns portés par les esclaves, les autres soutenus par leurs fidèles amis que, par un mouvement plein d'une éloquence désespérée, élevant à deux mains son petit enfant vers le ciel, il dit en se tournant vers Lianor, Pantaleone et Savitri :

Seigneur ! nous sommes indignes de votre miséricorde, mais en faveur de l'innocence de cet ange, faites grâce à de pauvres pécheurs.

Cet élan lui rendit confiance, et il reprit sa marche à travers les rochers de la côte, tantôt acceptant l'appui d'un esclave, tantôt s'accrochant à la pointe aiguë des récifs.

Enfin Sépulvéda, Lianor, ses enfants, Savitri et son frère, Pantaleone et quelques passagers achevèrent ce trajet difficile. A peine touchèrent-ils le sol qu'ils tombèrent exténués de fatigue, et fermant les yeux une prière sur les lèvres, ils parurent durant un moment plongés dans l'immobilité de la mort.

Quand ils les rouvrirent les rameurs rejoignaient le navire. Une foule de passagers se précipita dans l'embarcation ; on avait eu le temps de mettre à l'eau de nouveaux esquifs qui s'emplirent bientôt de malheureux.

Ce fut en ce moment que le sang-froid d'André Vasco lui devint le plus indispensable. Tous ceux qui se trouvaient à bord imploraient à la fois le salut. Il fallait choisir, réfréner l'impatience des uns, encourager les autres, adresser des promesses aux derniers. Après le départ des embarcations, dix hommes désespérés se jetèrent dans les vagues, essayant de les rejoindre à la nage. Quelque pitié qu'ils inspirassent, on dut les éloigner à coups d'aviron ; leur poids, ajouté à celui qui chargeait déjà les esquifs, les eût infailliblement fait chavirer.

Pendant un certain temps, ils luttèrent contre le flot, puis, comprenant leur faute, ils tentèrent de regagner le navire. Une vague les roula dans ses plis, et on ne les revit plus. Trois fois les embarcations conduisirent presque jusqu'à terre des naufragés ; mais les chaloupes et les canots fatiguaient horriblement ; quelques précautions que prissent ceux qui les gardaient, ils ne pouvaient les empêcher de talonner sur les roches. Ils s'entr'ouvrirent brusquement, exposant à un péril imminent ceux qui les montaient. Du navire, passagers et marins assistèrent à cette catastrophe, et d'un même mouvement tombèrent à genoux. Ils priaient encore quand un coup de vent furieux, rompant les câbles qui le retenaient sur ses ancres, le fit pencher complètement à tribord. Une clameur sans nom jaillit de toutes les poitrines.

— Nous sommes perdus, dit le capitaine à ceux qui l'entouraient, sauve qui peut!

Il conserva cependant assez de sang-froid pour adresser quelques conseils aux naufragés.

Ceux-ci se jetèrent à la mer, essayant de se cramponner à des planches brisées, de saisir au passage un espars, une manœuvre, une caisse, des bouées. Quelques-uns, les plus robustes, comprenant quelle allait être leur situation sur cette côte du Natal qui leur était inconnue, sauvèrent quelques barils de provisions, des caisses d'outils et des armes dont on aurait besoin pour la chasse, peut-être pour la guerre.

De la côte, Sépulvéda assistait au désastre causé par son obstination.

L'œil brûlant, les mains ensanglantées, debout près du groupe que formaient sa femme et ses enfants, Savitri et Pantaleone, il regardait se débattre contre les vagues les infortunés qui s'efforçaient de gagner la terre. Il vit lutter puis périr sous ses yeux quarante Portugais dont les cris désespérés arrivèrent semblables à une malédiction. Soixante-dix autres de ses compatriotes, brisés par la chute des manœuvres, déchirés par les pointes des roches, sanglants et demi-nus, se trouvaient plutôt jetés que conduits sur la grève.

Le reste des passagers, esclaves, matelots, aborda sur des points divers, au moment même où la nef, cédant au dernier assaut des vagues, se démembrait et coulait en face du *Cap du Désespoir*.

La caravane se mit en marche. (*Voir page* 272.)

XXIII

LES CÔTES DU NATAL

Ce fut un horrible spectacle que celui présenté par ces malheureux, quand ils se trouvèrent à la fin de cette journée terrible, rassemblés, blessés, quelques-uns mourants, sur une plage aride, hérissée de roches du côté de la mer, et se prolongeant en dunes de sable à une incommensurable distance.

Au-delà des sables, s'étendaient des bois cachant sans nul doute des dangers aussi redoutables que ceux des vagues.

Les femmes formaient des groupes désolés. Seules, Lianor et Savitri, tenant chacune un enfant dans les bras, conservaient un courage à la hauteur de leur infortune.

Trois hommes entre tous se devaient et devaient à cette foule abattue de faire preuve d'une indomptable énergie. C'étaient Sépulvéda, chef de cette expédition malheureuse, André Vasco, maître du navire dont les dernières épaves flottaient au sommet des hautes vagues, et fray José, représentant sur cette côte aride une religion d'autant plus consolante qu'elle s'adresse à des infortunés.

A côté d'eux, le visage empreint d'une virile audace, vint se placer Pantaleone de Sà.

Au moment où le navire allait s'entr'ouvrir et couler, le jeune homme, avec un sang-froid admirable, s'empara du pavillon portugais et, le roulant autour de sa taille en guise de ceinture, il vint ensuite le rapporter à ses compatriotes malheureux.

Rendre en ce moment aux naufragés l'emblème de la patrie, n'était-ce pas déjà leur apporter une sublime consolation?

Elle ne devait pas être la seule.

Ce que Pantaleone de Sà venait de réaliser pour le drapeau, fray José l'avait accompli pour une sainte image. La figure du divin Crucifié et la bannière portugaise allaient fraternellement flotter au-dessus du campement des malheureux.

Avec une décision approuvée de tous, Sépulvéda prit le commandement de cette triste colonie. Arracher les naufragés au sentiment de leur ruine et de leur douleur était déjà leur procurer un soulagement. Les plus robustes des matelots et des esclaves roulèrent les caisses et les barils, de façon à former une enceinte fortifiée, capable d'arrêter les fauves. A l'intérieur de ce retranchement on coucha les blessés dont les plaies horribles et les cris de douleur arrachaient des larmes de pitié aux plus insensibles. Au-dessus d'eux, à l'aide de débris de manœuvres on suspendit des lambeaux de voiles. Une sorte de pavillon fut ménagé pour Lianor, ses enfants, et la veuve du rajah.

André Vasco passa une inspection des armes et des vivres. La poudre était mouillée, et il devenait impossible de faire usage des armes à feu.

Heureusement les naufragés possédaient en assez grand nombre des poignards, des épées et des haches.

Les marins ne pouvaient se consoler de la perte complète du navire. Résignés à souffrir pendant quelques jours, quelques semaines peut-être, ils avaient espéré en quittant le vaisseau qu'à l'aide de ces débris il leur serait possible de construire une petite caravelle; des lambeaux de vêtements leur serviraient de voile. Quelques hommes s'y seraient jetés et seraient allés soit à Sofala, soit au Mozambique demander du secours.

Mais il fallait renoncer à cette espérance, le vaisseau venait de couler à pic, et l'effort de la vague n'en détacherait que des débris dont le charpentier le plus habile n'aurait pu tirer parti.

Deux feux furent allumés afin de réchauffer les naufragés. La plupart des hommes valides passèrent la nuit assis autour de ces foyers, s'entretenant de la catastrophe; ils se demandaient avec angoisse quel moyen de salut leur restait. Si peu instruits qu'ils fussent pour la plupart, ils savaient cependant que les comptoirs portugais se trouvaient à une grande distance, et que les naturels de la côte étaient au moins aussi à craindre que les fauves des forêts.

— Et ce malheur, dit un négociant d'une voix âpre, ce malheur nous vient de l'avarice et de l'obstination d'un homme. Manuel de Sépulvéda nous a traités comme il a fait de ses esclaves. Sans nous consulter, sans nous compter pour rien, il a retardé le départ de Cochin, et nous a livrés de la sorte aux dangers d'une traversée pendant les plus mauvais jours. Maudit soit cet homme! et que Dieu le châtie!

— Ne parlez pas ainsi, mon frère, dit le moine en s'approchant. A cette heure où chacun de nous est également menacé, ne songeons qu'au pardon et à la prière. Loin de semer la division parmi vos compagnons, unissez-vous à eux. La concorde nous devient indispensable pour ne point périr dans ce désert... Si le noble Sépulvéda eut des torts, ne les expie-t-il point cruellement? Plus savant que nous, brave comme son épée, il luttera héroïquement afin de vous arracher à un trépas redoutable. Obéissez-lui, au lieu de le maudire. La haine fatigue l'âme et la corrode, restez en paix avec vous-même et avec les autres.

— Soit, mon père! je me tairai, dit Vaz, mais au fond de mon cœur je garderai mes doutes. Sépulvéda répondra devant Dieu de notre malheur à tous !

Tandis que Vaz accusait l'ancien gouverneur de Diu, celui ci, couché en travers du pavillon derrière lequel reposait sa femme, ne parvenait pas à trouver le sommeil.

Des mots sans suite s'échappaient de ses lèvres. Une atroce souffrance lui rongeait le cœur. Parfois il collait son oreille à l'entrée de la tente afin d'écouter la respiration de Lianor et le souffle des enfants endormis. Il brûlait du désir de pénétrer dans cet abri insuffisant, de demander à Lianor si elle aussi ne l'accusait point; mais au moment d'en franchir le seuil, il reculait comme devant une vision effrayante, et, frappant sa poitrine, il retombait sur le sable.

Le jour en se levant éclaira un terrible spectacle. Durant la nuit, la mer en battant la plage y avait jeté pêle-mêle des débris du navire et des cadavres de noyés. Les faces hagardes, tournées vers le ciel, reflétaient l'épouvante de la mort. Dans les mains crispées de quelques-uns des infortunés se trouvaient encore des débris de bois demeurés insuffisants pour les soutenir sur l'eau. A plusieurs cadavres manquait un membre dévoré par quelque monstre. Jetés dans des criques ou balancés par un dernier mouvement du flot, tous présentaient un aspect lamentable qui doubla au réveil l'angoisse de leurs anciens compagnons.

Sur un ordre de Sépulvéda, des matelots se mirent à creuser une large fosse, tandis que les esclaves ayant de l'eau jusqu'à la ceinture reprenaient à la mer ses victimes et les couchaient dans leur tombe de sable. A peine croyait-on achevée cette pénible tâche que des cadavres nouveaux échouaient sur la plage, des débris humains roulaient aux pieds des travailleurs ; on agrandissait la fosse trop étroite, et quand les forces des travailleurs se trouvèrent épuisées, leur sinistre labeur devait recommencer.

Pendant ce temps Lianor et Savitri, accompagnées de Lalli et de Tolla, pansaient les blessés et leur adressaient de consolantes paroles.

Si un grand nombre de passagers, partageant la rancune de Vaz, rendaient Sépulvéda responsable de leur malheur, chacun d'eux sentait dans son âme autant d'admiration que de respect pour Lianor.

Pas une plainte ne s'était échappée de ses lèvres. Elle n'avait pleuré que sur les désastres d'autrui. On eût dit qu'elle se considérait comme chargée de compenser par sa bonté le malheur fondant sur tous. Personne ne gardait la force d'accuser quand on la voyait si résignée.

Elle parlait de la bonté de Dieu d'une voix si douce, et d'espérance divine avec un tel regard, que ceux qui recevaient ses soins joignaient devant elle leurs mains tremblantes comme devant une sainte. Fray José ne pouvait s'empêcher d'admirer cette jeune femme que sa foi chrétienne fortifiait si bien contre la douleur, qu'elle s'oubliait elle-même. Lorsque les blessés n'avaient plus besoin de ses soins, elle passait, ses deux enfants dans les bras, à côté de leurs misérables couches, comprenant que la vue de cette innocence souriante les reposerait de leur angoisse.

On mangea du riz et des poissons salés.

Durant cette journée et les suivantes, on repêcha du bois, des outils, des tonnelets de vin et de vivres.

Le campement fut consolidé, et on résolut d'y rester jusqu'à ce que les blessés et les malades se trouvassent en état de marcher.

Pendant ce temps, les esclaves de Lianor raccommodèrent les habits des naufragés, et préparèrent divers objets pour le voyage.

Le charpentier et les matelots, quittant le campement, gagnèrent la lisière de la forêt, abattirent des arbres, et commencèrent une sorte de chariot grossier destiné à Lianor, à Savitri et aux deux enfants.

Les jours succédèrent aux jours. La seconde semaine écoulée depuis le naufrage allait s'achever, lorsque Sépulvéda crut que l'on pouvait songer au départ. Les blessés avaient recouvré leurs forces, et il fallait se hâter de se mettre en route, si l'on ne voulait pas subir sur cette côte déserte les horreurs de la famine.

Sépulvéda réunit en conseil André Vasco, fray José, Vaz, qu'il savait être son ennemi, plusieurs Portugais ayant occupé aux Iles des emplois importants, et de riches négociants qui, après avoir chargé à bord du vaisseau de Sépulvéda des richesses péniblement acquises, se voyaient réduits à une pauvreté absolue; enfin Pantaleone, le plus jeune de tous, mais un de ceux sur qui l'on pouvait compter davantage.

Ce conseil se tenait dans la tente de Lianor qui, en ce moment, errait sur la plage, fixant ses grands yeux tristes sur les roches formant le Cap du Désespoir.

— Maître Vasco, dit Sépulvéda, en s'adressant au capitaine, nous sommes infailliblement perdus si nous attendons ici le passage d'un navire dont l'arrivée peut se faire attendre; ne croyez-vous pas que, manquant de barque pour aller informer nos compatriotes de notre désastre, nous devons nous rendre à pied au comptoir le plus proche?

— Dieu sait à quelle distance se trouve la station que vous appelez la plus proche, répondit Vasco en secouant la tête. Nous allons nous trouver en face de dangers sans cesse renaissants; mais enfin, placés entre deux périls également sans issue, encore vaut-il mieux tenter quelque chose pour notre salut, que de rester dans l'inaction. Mon avis est qu'il faut nous diriger vers la rivière découverte par Laurent Marquez, et appelée par lui le *Spiritu-Santo*. Les Portugais habitant Sofala et ceux du Mozambique s'y rendent fréquemment dans les intérêts de leur commerce...

— A quelle distance en sommes-nous maintenant? demanda fray José.

— Environ à cent quatre-vingts lieues.

— Cent quatre-vingts lieues! s'écria Vaz. Et vous espérez, maître Vasco, que des hommes affaiblis par le manque de nourriture, troublés par la certitude d'un irréparable malheur, auront la force de parcourir cette distance, effrayante même pour des hommes bien portants?

— Nous trouverons le moyen de soutenir leur courage par notre exemple, répliqua vivement Pantaleone. Vasco et Sépulvéda ont raison. Si nous restons ici, notre perte est certaine, et, marchant vers le fleuve, il nous reste une chance de salut. Profitons-en, comme le doivent faire des gens de cœur. Si nous étions seuls, peut-être pourrions-nous nous croire les maîtres de céder au découragement qui suit les grandes catastrophes; mais il se trouve parmi nous des adolescents, des femmes. Ceux-là ont le droit de compter sur nous. Quant à moi, je promets par avance une obéissance entière à ceux qui se chargeront de conduire notre triste caravane. Je suis le plus jeune de ceux que vous avez admis à ce conseil, mais je sais que vous me trouverez toujours le premier au danger.

— Bien! Bien! Pantaleone! s'écria Sépulvéda avec l'expression d'une vive reconnaissance.

— Ne m'en sachez aucun gré, répliqua tout bas le jeune homme à son cousin, je songe à Lianor et à ses enfants. Si je vous fais de l'opposition on les rendra peut-être responsables de vos imprudences; et à aucun prix je ne permettrai que ces innocents souffrent davantage.

Puis le jeune homme reprit à haute voix :

— Fixez à demain le départ, mon cousin; treize jours de repos ont guéri les malades et rendu l'élasticité de leurs membres aux blessés. Sans doute le but est éloigné, mais le salut nous y attend. Vous ne trouverez, je crois, que des hommes résignés parmi vos compatriotes, et des serviteurs soumis dans le reste des naufragés. Du reste, quand il s'agit d'une décision aussi grave à prendre, mieux vaut aller aux voix. D'avance, je vous assure de mon acquiescement à tout ce que vous déciderez.

— Partons, dit Sépulvéda, allons retrouver des hommes, des compatriotes, si difficile que doive être la route.

— Oui, oui, partons! répétèrent plusieurs voix.

— L'image du Christ nous protège, ajouta fray José.

— Et nous emportons avec nous le pavillon portugais; partout où flotte le drapeau on retrouve la patrie.

Toutes les mains se tendirent vers Sépulvéda, comme si chacun lui prêtait un serment d'obéissance. Cependant Pantaleone, n'imita point cet élan, et tandis que ses compagnons serraient les doigts du chef de la troupe, le jeune homme caressait la lame de son poignard.

A peine cette décision fut-elle prise qu'abandonnant la tente, Pantaleone se mit à la recherche de Lianor et de Savitri.

Il les trouva dans une crique, souriant aux ébats des enfants qui cherchaient des coquillages sur la grève. Il s'assit alors à leur côté.

— Lianor, Savitri, dit-il, une grave résolution vient d'être prise. Nous quittons cette côte déserte pour nous diriger vers le *Spiritu-Santo*. André Vasco n'en peut indiquer la distance d'une façon précise, et sans nul doute nous allons beaucoup souffrir... Mon bonheur, ma consolation au milieu de cette situation terrible, serait de ne point vous quitter, mais le premier j'ai juré obéissance à Sépulvéda. Ne craignez rien, cependant, au premier appel vous me verrez accourir. Pauvre Savitri! chère âme aimée! ne devais-je vous arracher aux prêtres du temple de Siva que pour vous voir exposée à une si terrible épreuve!

— Ami, répondit la jeune Indienne, du jour où tu m'as dit que tu m'aimais, et où tu m'as donné ta parole de me prendre pour femme, j'ai gardé en toi une confiance absolue. Tu me dis de marcher, je marcherai, jusqu'à ce que, les forces m'abandonnant, je me coucherai pour mourir...

— Tais-toi! mon Oiseau d'Or! fit Pantaleone d'une voix vibrante, j'ai senti au cœur un déchirement terrible en entendant cette parole.

— Je me tairai et j'essaierai d'être forte, forte comme Lianor.

— Voici Sépulvéda, ajouta Pantaleone.

Le chef de la caravane croyait annoncer le premier la nouvelle du départ. Avec un sentiment de délicatesse et de piété touchantes, Lianor et quelques-uns des naufragés se rendirent à la chute du jour sur la fosse où dormaient leurs infortunés compagnons. Une rame et un aviron mis en croix portaient gravés à l'aide d'un poignard les noms des victimes du sinistre. Le soir vint, les étoiles brillaient au ciel, mais Lianor, fray José, et un grand nombre de Portugais priaient encore sur cette tombe transformée en autel...

La nuit qui suivit fut tranquille.

A l'aube Sépulvéda fit rassembler les Portugais, les serviteurs et les esclaves, puis, promenant les yeux sur cette foule qui fixait sur lui des regards inquiets :

— Nous avons bravé les dangers de la mer, leur dit-il, et la mer nous a broyés contre ces rocs, et nous a rejetés sur ces bords comme une dernière épave. Nous vivons encore, cependant, par un miracle de la bonté divine! Nous vivons, et peut-être dépend-il de nous d'abréger nos peines. On m'a nommé votre chef ; je n'accepte ce titre que dans la certitude de me dévouer davantage. Je ne vois plus dans chacun de vous qu'un frère malheureux; je demande à Dieu de nous rapatrier tous ; jurez-moi de m'aider à porter le fardeau que j'accepte en montrant autant de patience que de courage. Aussi, vous et moi, nous sommes des pécheurs; acceptons l'épreuve que Dieu nous envoie avec une résignation chrétienne.

— Commandez! commandez! dit la foule.

En ce moment André Vasco éleva la bannière de soie pourpre sur laquelle se trouvait reproduite l'image du Sauveur, et précédant la troupe d'émigrants à travers cette côte du Natal presque inconnue encore, il cria d'une voix forte :

— Christ et Portugal!

— En avant! répéta la foule. Et la caravane se mit en marche.

Quelles étapes! quelles fatigues! Combien de morts ou de mourants abandonnés jalonnèrent cette voie douloureuse!

Les dangers de la route n'étaient pas les seuls. Chaque nuit on devait allumer de grands feux afin d'éloigner les bêtes fauves. Mais, pressées par la faim, partagées entre la terreur que leur inspiraient ces foyers et une férocité aiguisée par le besoin, elles s'approchaient, rugissantes, rendant aux malheureux le sommeil impossible. Si l'un des naufragés s'éloignait du camp, même de quelques pas, il était perdu.

On marchait avec une désespérante lenteur.

Tantôt les naufragés se voyaient obligés de gravir de hautes montagnes, tantôt il leur fallait traverser des fondrières dans lesquelles ils enfonçaient jusqu'aux genoux. Puis, tout à coup, entre deux collines, un torrent leur barrait la route. Ni gué, ni pont. Parfois on abattait quelques troncs d'arbres, le plus souvent on le franchissait à la nage, les hommes robustes venant en aide aux faibles. Nul n'avait encore dressé les cartes de ces pays inconnus.

De temps à autre, comme une apparition plus redoutable encore que les bêtes féroces, on voyait à la cime d'une colline un groupe d'hommes noirs, à peine couverts d'un lambeau de cuir. Avec des cris farouches ils décochaient une grêle de flèches, puis disparaissaient dans un repli du terrain.

Maître André Vasco se croyait toujours dans la bonne voie, et il affirmait que la malheureuse caravane, chaque jour décimée, approchait du fleuve signalé par Laurent Marquez.

Un mois s'était écoulé depuis que les naufragés avaient quitté le théâtre du sinistre.

Rien ne pouvait les guider sur le chemin à suivre, nul ne leur fournissait de renseignements sur la proximité d'un comptoir. Ils allaient devant eux, mus par une force instinctive; mais chaque journée en s'achevant les trouvait moins nombreux; ils n'avaient pas toujours le temps d'ensevelir leurs morts. Les vivres diminuaient avec une rapidité effrayante. La famine s'ajouta aux maux déjà soufferts. Alors éclatèrent dans cette troupe d'infortunés les signes funestes de l'égoïsme se défendant contre autrui. On en vint presque à se réjouir quand, le matin, un homme manquait à l'appel, et lorsque sur la route une femme tombait, pour ne plus se relever.

Un jour, la caravane, sortant d'une forêt où venaient de rester deux malheureux piqués par des reptiles, se trouva en face d'un torrent écumant entre deux masses de rochers.

Comment y descendre? Comment le franchir?

Sépulvéda, s'aidant de quelques maigres arbustes, se fraya une route au milieu des pierres croulantes, et au bout d'une demi-heure il se trouva sur le bord, interrogeant la rive, et cherchant s'il ne découvrirait pas un gué. A peu de distance, le torrent écumait avec une violence pouvant faire espérer que des rochers se trouvaient presque à fleur d'eau. Après avoir expérimenté le premier la sûreté du passage, il revint au pied de la falaise, et cria à ses compagnons qu'on pouvait descendre et traverser le torrent.

Alors commença une terrible descente.

Lianor marchait soutenue par maître Vasco; Savitri s'appuyait sur le bras de Pantaleone; Lalli et Tolla portaient les enfants dans leurs bras. A chaque pas les malheureux risquaient de rouler dans le gouffre. Deux esclaves, pour n'avoir point écouté les conseils de Vasco, se fracassèrent le crâne sur le rocher.

Enfin la plupart gagnèrent heureusement les berges du torrent, et s'engagèrent sur le chemin autour duquel se brisait la violence des eaux.

Il fallait marcher un à un, sans regarder ni à droite ni à gauche, de peur de se sentir attirer par l'abîme; c'était bien assez déjà de l'assourdissement produit par le battement de l'eau contre l'obstacle des rochers. Vasco et Pantaleone précédaient Lianor. Derrière elle venait Satyavan, puis Tolla et Lalli suivies de la veuve du rajah.

Le passage était vraiment terrible. On ne pouvait voir le gué sans cesse recouvert par l'écume des eaux. Le pied hésitait. On avançait avec peine. Le tumulte, le bouillonnement du torrent troublaient le cerveau, comme les bondissements du flot et la blancheur de l'écume fatiguaient le regard.

Ni appui à attendre, ni mains à presser. L'obstable se dressait : en avant, en arrière, à droite, à gauche. On ne pouvait, dans cette marche aussi difficile que celle des Croyants sur un pont formé d'un seul cheveu, voir ceux que l'on chérissait davantage. Il fallait se rendre aveugle et sourd, et regarder devant soi, toujours devant soi...

Lianor marchait, forte, résolue; déjà elle se trouvait à la moitié du terrible passage, quand le cri d'un de ses enfants lui fit tourner la tête... Elle était perdue... Perdant subitement pied, elle roula dans le torrent en poussant un appel désespéré.

Sépulvéda l'entendit; il allait se précipiter dans le torrent, sauver Lianor ou périr avec elle, quand fray José le retint.

Au cri de Lianor, Pantaleone, bondissant à sa suite, plongeait à l'endroit où il l'avait vue disparaître.

Il la retrouva, mais il ressentit alors un terrible moment d'angoisse et, la saisissant par ses longs cheveux, il nagea lentement vers la terre, et la ramena sur le bord. Elle était évanouie et semblait comme morte.

Cet accident, redoublant la terreur de ceux qui devaient franchir le torrent, devint fatal à plusieurs : huit hommes et trois femmes roulèrent au fond de l'eau et se broyèrent le front contre les pierres.

Debout sur le rivage, tandis que Savitri prodiguait ses soins à Lianor, Sépulvéda semblait en proie à un délire que fray José s'efforçait vainement de calmer :

— Je parlerai! s'écria-t-il, je parlerai! Dieu le veut! Un seul être est fatal, pour vous tous, et c'est moi... Compagnons qui me suivez à travers ce chemin sans but, aussi dangereux, aussi long que celui de l'enfer, écoutez-moi et prononcez! Je vous accepte tous pour mes juges! et je me soumets au châtiment que vous m'infligerez!

Pantaleone saisit avec violence le bras de son cousin.

— Silence, malheureux! fit-il, silence!

— Non! non! fit l'ancien gouverneur de Diu, le remords m'étouffe et la folie me gagne... Lianor est morte et mes enfants vont périr... Je suis un assassin! un assassin! un assassin!

— N'avez-vous pas vu à mon front le signe de Caïn? Je suis un maudit en attendant d'être un damné. Qu'ai-je à craindre en avouant désormais?... Lianor n'est plus, cette Lianor que j'ai aimée jusqu'à la folie, jusqu'au crime... Les Hébreux lâchaient jadis dans le désert un bouc chargé des péchés du peuple, vous m'abandonnerez ici... je prends sur moi vos fautes et j'ai à expier mes crimes! Et quels crimes, Seigneur!

Il tomba aux genoux de fray José, et crispant ses mains à sa robe de bure :

— Je confesse à Dieu et aux anges, je confesse à vous, mon Père, et à ceux qui m'écoutent, qu'entraîné par ma passion pour Lianor de Sâ, rempli de haine pour Luiz Falçam que son père lui avait donné pour fiancé, j'ai payé pour l'assassiner un misérable Indien appartenant à la secte des enfants de Siva... A l'heure où il commettait son crime, j'étais là, l'épiant, avide de voir couler le sang d'un rival... L'Indien essaya de l'étrangler, il n'y eût point réussi assez vite, nous entendions des bruits de pas... Je lui tendis mon poignard... Falçam tomba sur le sol... le fils de Siva reçut l'or qui devait solder son crime, il exigea de plus ma chaîne d'or et garda mon poignard... Nul ne me soupçonna, je parus aussi tranquille, aussi fastueux qu'avant le meurtre... Garcia de Sà m'imposa pour époux à sa fille... Mais peu de temps avant la célébration de mon mariage, l'ami de Luiz Falçam, Diniz Sampayo, acheta chez le Juif Phinée mon poignard et ma chaîne... J'étais perdu, s'il le révélait... J'employai tour à tour le mensonge et l'intimidation; le même jour, Diniz et Phinée étaient jetés dans les *Masmoras* de Goa... Iarima, l'Indien, avait eu trois heures auparavant les yeux crevés et la langue coupée; désormais il ne pouvait me trahir... Voilà ce que j'ai fait, moi, Sépulvéda! Ce sont ces injustices, ces cruautés et ces meurtres qui attirent sur nous les foudres du ciel. Châtiez-moi! vous êtes mes juges, le dernier des esclaves a le droit de voter ma mort...

Quelque épouvante que ressentissent ceux qui venaient d'écouter cette confession, la pitié l'emporta cependant sur l'effroi, et ce sentiment s'accrut, quand Lianor, se levant lentement, marcha d'un pas de somnambule vers l'assassin de Luiz Falçam.

Arrivée jusqu'à lui, elle toucha l'épaule du gouverneur de Diu.

— Vous vivrez! lui dit-elle, je le veux.

— Vivre, sous votre mépris!

— C'est le châtiment! fit-elle.

Fray José prit Sépulvéda dans ses bras. Il tremblait que le malheureux, revenu de la crise terrible pendant laquelle il avait fait cet aveu, ne survécût pas à la honte et se broyât le front sur les roches.

Il ne se passait pas de jour sans que plusieurs infortunés devinssent la proie des bêtes féroces. (*Voir page* 278.)

XXIV

ROUTE PERDUE

Depuis un jour et demi les naufragés demeuraient étendus à l'ombre des rochers surplombant au-dessus de leurs têtes. Les vivres se trouvaient épuisés. Ils n'avaient plus pour soutenir leur existence que les racines ramassées sur la berge, les pommes sauvages, les bourgeons cueillis dans les bois. A l'insuffisance de ces aliments se joignait une soif ardente. Les plus valides d'entre les naufragés s'aventuraient bien à la recherche d'une source, mais l'égoïsme était né de la souffrance. On n'apportait plus gratuitement quelques gorgées d'eau. Ceux qui pensaient pouvoir survivre à ce désastre voulaient quitter ce désert avec une énorme fortune. Les diamants et l'or conservés par Sépulvéda furent mis par Lianor au service de tous. Cette créature infortunée, après avoir appris par la confession de son mari à quel degré de bassesse Sépulvéda était descendu pour la conquérir, avait senti grandir en elle un courage surhumain.

Tout croulait dans sa vie déjà si tourmentée. Elle ne pouvait plus même estimer le compagnon que lui avait imposé Garcia de Sà.

Le père de ses enfants venait de se déshonorer par l'aveu public de ses crimes, et cependant elle demeura pour lui aussi douce, aussi dévouée. On vit Lianor, agenouillée près de lui, présenter ses enfants à ses caresses, et triompher de la répulsion que lui inspirait le meurtrier de Luiz Falçam.

Il lui semblait que le châtiment qui frappait Sépulvéda la devait atteindre elle-même, et qu'en acceptant sa part de la souffrance, elle lui enlevait une part du péché. A toute heure elle errait dans le campement, consolant, soignant les malheureux, leur aidant à préparer des repas lamentables. Ils en vinrent à chercher les ossements épars dédaignés par les carnassiers. Ils les pulvérisaient, et formaient à l'aide de cette poudre une pâte cuite sous les cendres du foyer et destinée à tromper plutôt qu'à assouvir leur faim. Mais cet aliment épouvantable se changea bientôt en poison, et ceux qui en avaient usé expirèrent dans d'horribles tortures. On amollit dans de l'eau chaude des peaux saignantes et on les dévora ; on soupa des restes des fauves gâtés au soleil et déjà infects. Il ne se passait pas de jour sans que plusieurs infortunés devinssent la proie des bêtes féroces. Les noirs de la côte les assaillaient, et à mesure que les naufragés avançaient sur la côte africaine le nombre des naturels devenait plus considérable.

On chargeait les noirs, on les mettait en fuite, mais chaque victoire coûtait cher. Les malheureux avaient traversé tant de fleuves, franchi tant de torrents et de cours d'eau qu'il leur était impossible de se rendre compte de la route suivie.

Une sorte d'effroi les poussait en avant. Ils fuyaient les tombes ouvertes, les cadavres échelonnés le long de cette route sans nom et sans fin, plutôt qu'ils ne se rendaient vers un but déterminé. En pouvaient-ils avoir encore, après avoir tant de fois pris, perdu et repris le véritable chemin?

Quatre mois se passèrent! Quatre mois, pendant lesquels ils épuisèrent toutes les douleurs.

Ils n'avaient nul moyen de calculer la route suivie : les Portugais ne connaissaient point la configuration du pays, et les Éthiopiens qui y étaient nés, ne parlaient point leur langue. Enfin un jour qu'exténués, demi-morts, ils croyaient n'avoir plus qu'à se coucher pour mourir, Pantaleone, courant en avant pour découvrir une source, vit monter des fumées légères à travers les arbres.

Il rassemble ses forces, court vers le village, et se trouve bientôt au milieu d'une grande cité au centre de laquelle s'élevait le palais du roi.

Il s'adresse au premier noir qu'il aperçoit, lui adresse la parole en portugais, et laisse échapper un cri de joie en voyant qu'il est à moitié compris.

Le noir le conduit au palais, et Pantaleone reconnaît au milieu d'un trophée d'armes indigènes, divers objets de provenance européenne.

Il supplie le roi de permettre à ses compagnons de se reposer dans sa capitale et d'y reprendre des forces. Il promet au monarque tout ce que celui-ci exigera parmi les richesses qu'il conserve encore, puis, tandis que les femmes préparent une hospitalité affectueuse, Pantaleone retourne vers ses compagnons :

— Des hommes! leur cria-t-il, des frères!

André Vasco, Sépulvéda, fray José l'entourent à la fois. La bonne nouvelle circule dans les groupes. Les plus faibles se lèvent et marchent en s'appuyant sur le bras des plus robustes. A la vue des cabanes des noirs, des larmes montent aux yeux des naufragés. Ils s'embrassent et bénissent le ciel. Des femmes accourent au-devant d'eux, couronnées de fleurs, les mains remplies de fruits savoureux. On les accueille comme des anges sauveurs.

La petite troupe s'assied à l'ombre des arbres, tandis que Sépulvéda, Pantaleone, Lianor, fray José et André Vasco sont reçus à l'audience du roi.

Ougli-Ougli leur fait comprendre qu'il est ami des Portugais depuis le jour où ceux-ci ont traité avec lui pour la première fois.

Il a connu Laurent Marchez, et Antonio Caldereria. Il a échangé avec eux des promesses d'alliance et troqué les produits de son royaume contre la bimbeloterie qui suffisait alors à l'ambition de ces peuples enfants. Son accueil est véritablement fraternel. Il donne asile dans son palais aux naufragés les plus importants, il écoute le récit de ce terrible voyage, et dit à Sépulvéda :

— Vous cherchez le *Spiritu-Santo*, et vous l'avez franchi sans le connaître, vous allongeant ainsi de soixante-dix lieues. Le *Spiritu-Santo* n'a pas plus d'importance qu'un faible cours d'eau. Il se sépare en trois branches qui, réunies plus tard, forment un fleuve majestueux.

Cette nouvelle causa une déception à Sépulvéda.

Cependant, d'un autre côté, Ougli-Ougli rassura les naufragés.

Des marchands de Sofala venaient assez fréquemment dans son royaume pour s'y approvisionner et faire des échanges. Ils pouvaient attendre les trafiquants, les suivre à Sofala, et s'y embarquer.

Mais Sépulvéda, impatient, repoussa toute idée de retard. Il n'accepta les services du roi Ougli-Ougli que pour un temps limité.

Ce fut alors que le souverain lui révéla toute sa pensée.

Il était alors en guerre avec un roi voisin qui, croyait-il, fondrait sur lui au premier jour à la tête de forces importantes. Ougli-Ougli se croyait impuissant à le repousser seul. Grâce au concours des Portugais, il se promettait au contraire une victoire aisée et décisive. Il supplia donc Sépulvéda de se mettre à la tête de sa petite armée de noirs, d'y joindre des hommes bien armés, dont il renouvellerait la provision de poudre. A ce prix, le monarque s'engageait à conduire lui-même les naufragés à Sofala.

Sépulvéda repoussa cette nouvelle combinaison.

En vain Pantaleone, André Vasco et quelques-uns des plus influents et des plus sages parmi ses compagnons s'efforcèrent-ils de lui faire comprendre de quelle importance il était pour eux de conquérir la reconnaissance d'Ougli, et d'obtenir de lui des guides; l'ancien gouverneur de Diu répondit qu'il ne prendrait aucun engagement, qu'on paierait les vivres livrés par les noirs, mais qu'il ne hasarderait point dans une rencontre la vie des malheureux déjà trop éprouvés.

— Mon cousin, répartit Pantaleone, je vous ai juré obéissance, et je ne serai point le premier à manquer à mon serment. Restez à l'ombre des bois et des cabanes d'Ougli, mais permettez aux plus valides d'entre nous de prendre parti pour sa cause. Elle doit être juste, puisqu'il est humain.

Sépulvéda essaya d'objecter au jeune homme qu'il allait peut-être donner un exemple pernicieux en ne se pliant point d'une façon absolue à ses ordres.

Le regard de Pantaleone croisa le sien.

— J'ai ma conscience pour guide, lui dit-il, et soyez certain qu'à cette heure je suis en paix avec elle.

En quittant son cousin, Pantaleone se rendit chez le roi.

— Je viens vous offrir, lui dit-il, vingt hommes aguerris placés sous mes ordres. Nos mousquets sont en bon état, fournissez-nous de la poudre. Puissions-nous, en devenant vos alliés, vous prouver notre reconnaissance.

— Je n'attendrai plus l'ennemi! s'écria le roi noir. Avec vous, je suis sûr de vaincre. De ce moment l'amitié d'Ougli vous est acquise, et tant que vous le voudrez vous demeurerez dans ses villages.

Le soir, un repas plantureux fut servi aux naufragés. Les hommes valides avaient été à la chasse et à la pêche; les jeunes filles s'étaient empressées de cuire des gâteaux et de cueillir des fruits. Sans la crainte où les laissait la pensée que les plus braves de leurs compagnons allaient courir un danger, les naufragés se seraient réjouis d'une circonstance qui rendait leur concours précieux à leur hôte. Mais Lianor se cacha pour pleurer, tandis que Savitri, se penchant vers Pantaleone, murmura d'une voix brisée :

— N'aimes-tu donc plus l'Oiseau d'Or que tu cours au-devant d'un danger comme si nous n'étions pas environnés d'assez de périls? Le vrai chef de la caravane, n'est-ce pas toi désormais? Si nos amis et nos esclaves gardent pour Sépulvéda un reste d'obéissance, n'est-ce point afin de témoigner de leur respect et de leur admiration pour Lianor. Ah! la chère et noble sainte. Jamais je ne l'ai trouvée si grande que depuis l'heure où elle a connu la vérité. Suppose qu'un misérable t'assassine, Pantaleone, toi qui dois être mon époux, je ne poursuivrais qu'un rêve, je n'attendrais qu'une heure, celle de te venger.

Le jeune homme prit dans ses deux mains les mains de Savitri.

— C'est que tu n'es pas encore chrétienne! lui dit-il. Toute cette magnanimité que tu admires dans Lianor lui vient de sa foi!

— Je n'atteindrai jamais à cette perfection, mon Pantaleone; mais je sais aimer autant qu'elle, si j'ignore comment on oublie la trahison, et comment on châtie le meurtre... Tant que tu seras absent je te croirai perdu pour moi. Dis, n'ai-je point assez souffert déjà?

— Nous devons la vie à la générosité d'Ougli, laisse-moi payer ma dette. Si l'on suit mon conseil, nous attendrons ici les négociants de Sofala, et Dieu sait combien nous aurons besoin de la protection du roi. J'ai confiance dans le Christ, Savitri; il me semble que je ne t'ai point arrachée à une horrible mort pour te perdre ici... Au lieu de me retenir, encourage-moi.

— Dans mon pays, répondit Savitri, la femme est esclave de son maître bien-aimé, de son époux. Tu as ma tendresse et ma parole. Ne regarde pas mes larmes, et fais ton devoir.

Pantaleone fixa ses grands yeux sur elle avec attendrissement.

— Comme mon père t'aimera! lui dit-il.

Une rougeur de joie colora le visage au ton d'ambre de Savitri et sa main chercha la main loyale qui lui était promise.

A l'aube, Ougli-Ougli passa la revue de ses troupes.

Vasco prit la bannière portugaise, et les vingt naufragés commandés par Pantaleone formèrent l'avant-garde.

Ils rencontrèrent leurs adversaires à moitié chemin. A la vue des Portugais une panique sans nom s'empara des soldats de l'armée ennemie. Une décharge de mousqueterie en tua six et en blessa le double. Leur premier mouvement fut de prendre la fuite, mais les menaces, les malédictions des chefs les retinrent; une nuée de flèches tomba sur les Portugais avant qu'ils eussent eu le temps de recharger leurs armes.

Les sujets d'Ougli, se mettant alors à pousser des cris frénétiques, bondirent sur l'ennemi en brandissant des lances aiguës.

La mêlée devint terrible. Tandis que les noirs s'attaquaient corps à corps, les Portugais prirent en flanc leurs adversaires et les décimèrent. Cette fois, ce fut une déroute générale. Le champ de bataille demeura couvert de morts. Les soldats d'Ougli venaient de subir des pertes peu nombreuses. Vasco souffrait d'une blessure au bras, et l'épaule de Pantaleone avait été déchirée par le fer d'une lance. On releva les blessés et les morts. Les uns furent pansés rapidement à l'aide de feuilles fraîches et de brins d'herbes, on plaça les morts sur des civières pour les ramener au village. Mais quelque douleur qu'éprouvassent les parents des victimes, la nouvelle de la victoire remportée la fit pour un moment oublier.

Les Portugais, fêtés tour à tour par les guerriers et par les jeunes filles, s'applaudirent d'avoir suivi le conseil de Pantaleone.

Celui-ci comptait que Sépulvéda, vaincu par les avances d'Ougli, renoncerait à la folie de quitter ce village hospitalier. Mais on eût dit que l'opposition qu'il venait de trouver dans son cousin rendait sa volonté plus implacable : le soir même, il déclara que le lendemain on se mettrait en route. Il alla même prendre congé du roi.

— Vous courez à votre perte, lui dit celui-ci ; restez, je vous en conjure avec d'autant plus d'insistance que vous venez de vous montrer mes amis. Si vous quittez ce village, vous serez obligés de traverser le royaume d'un souverain qui, après vous avoir dépouillé de vos richesses, ne vous laissera pas même la vie... Si ce n'est pour vous, restez pour les femmes, pour les enfants...

Sépulvéda s'obstina dans son vouloir.

Cependant Vasco, fray José, Pantaleone tentèrent une dernière fois de lui faire comprendre sa folie.

— Ougli est sincère, dit Pantaleone ; il ne demande qu'à nous obliger et à nous garder. N'avons-nous point assez souffert ?

— Vous avez juré de me suivre, répliqua Sépulvéda avec violence, obéissez-moi, ou retirez-moi le titre de capitaine de l'expédition.

En ce moment, Lianor entra dans la cabane. Elle tenait dans ses bras ses enfants. Savitri la suivait.

— Sépulvéda, dit Lianor, ne tentons pas Dieu ! Il daigne sauver le reste de cette troupe de braves gens, aidez-lui, au lieu de l'entraver. Ne nous obligez pas, je vous en conjure, à traverser un pays sauvage où nous aurons à lutter non plus seulement contre la fatigue, la faim et la soif, mais encore contre des tribus sauvages... Songez à nos fils, Sépulvéda ! Si nous quittons ce village, il me semble que nous serons condamnés sans retour.

— Manquez-vous de courage pour me suivre ? lui demanda Sépulvéda.

— J'ai parlé de mes enfants, murmura Lianor.

— Restons ! restons ! répétèrent ensemble les membres du conseil.

— Je partirai, fit Sépulvéda. J'y suis d'autant plus résolu que l'amitié d'Ougli m'est suspecte. Un Cafre ne témoigne pas tant de reconnaissance. J'en suis venu à me défier même de ses bienfaits.

— Malheureux ! fit Lianor, à quoi croyez-vous donc?

— Au châtiment de Dieu, répondit-il d'une voix sombre.

Quand Ougli-Ougli comprit qu'il ne parviendrait point à influencer le vouloir de Sépulvéda, il mit tout en œuvre pour lui prouver sa reconnaissance.

Le village qu'habitait Ougli, et que pompeusement il nommait sa capitale, se trouvait au bord du second bras du *Spiritu-Santo*. Le premier, ils l'avaient dépassé sans s'en rendre compte; il s'agissait de descendre celui-ci, car Sépulvéda voulait regagner le rivage de la mer. Il avait dépensé dix jours dans ces alternatives diverses et il éprouvait une hâte étrange de quitter cette aldée hospitalière. Combien de fois ne courons-nous pas au-devant du malheur qui nous menace?

Ougli-Ougli se départit de la froideur qu'il prenait pour de la dignité. Il fit remplir une barque de vivres et de fruits pour Lianor. Quand il vit les canots s'éloigner, diminuer les voiles à l'horizon, puis disparaître le pavillon du Portugal et la bannière du Christ, il tendit les bras comme s'il voulait rappeler les malheureux.

De l'arrière de la dernière barque Pantaleone, Savitri et Lianor lui adressèrent des signes d'adieu, puis les rames et les voiles entraînèrent les voyageurs sur le fleuve, et les descendirent au bord de la mer.

Pendant quelques jours, la caravane avança sans trop de peine. Il restait des vivres ; le voisinage de la mer fournissait des coquillages. Les brises rafraîchissaient les malheureux quand, à l'heure du campement, ils s'arrêtaient sur les bords de la mer. On allumait alors de grands feux autour desquels rôdaient durant la nuit les fauves abandonnant la forêt voisine, en quête d'une proie vivante ou morte.

Un jour, au moment où les voyageurs se disposaient à traverser un bois descendant presque jusqu'à la mer, ils virent déboucher une trentaine de sauvages à mine farouche, armés jusqu'aux dents et ressemblant plus à des pillards et à des anthropophages qu'à de futurs hôtes. Hérissés, vêtus d'une ceinture de cuir, l'arc au dos et la lance à l'épaule, ils fondirent sur les Portugais avec une rapidité si grande que ceux-ci eurent peine à répondre à l'attaque. Cependant Pantaleone, Sépulvéda, fray José et André Vasco devancèrent leurs compagnons. L'un tenait à la main l'image du Christ, les autres de longues épées qui plus d'une fois s'étaient croisées avec des armes ennemies. Au lieu de se disposer à la lutte, les femmes connaissant l'avarice de ces peuplades tirèrent de leurs vêtements, de leur cou, de leurs bras de menus bijoux qu'elles leur tendirent, en essayant de leur faire comprendre qu'en échange elles demandaient un asile et des vivres. La vue de l'or, des couteaux et des pièces d'étoffes changea les dispositions des noirs.

Ils comprirent qu'ils gagneraient plus à recevoir ces malheureux qu'à les repousser, et replaçant les flèches dans le carquois, remettant paisiblement la lance sur l'épaule, ils firent signe aux naufragés de les suivre.

L'aldée dans laquelle on les conduisit était encore la capitale d'un royaume.

La case du roi s'élevait au centre. Plus haute, environnée d'une balustrade de pieux, décorée de crânes humains blanchissant au soleil, elle se cachait à demi sous l'ombrage d'arbres magnifiques. Devant le palais s'étendait une vaste place sur laquelle, de distance en distance, se dressaient des poteaux peints en rouge vif. Plus d'un prisonnier de guerre y avait été attaché, pour subir des tortures raffinées. C'était là que se réunissaient les grands officiers du roi et que se traitaient les questions de paix et de guerre.

Les noirs firent signe aux naufragés de rester à cet endroit jusqu'à ce que la décision du roi nègre leur fût apportée.

Elle ne se fit pas attendre.

Le monarque autorisait les malheureux à séjourner dans sa capitale, à la condition qu'ils paieraient en or les bestiaux, la farine et le lait qui leur seraient fournis. De plus, il exigeait que les naufragés lui confiassent leurs armes, tant qu'ils demeureraient dans le pays. On les leur rendrait au moment du départ.

Les premières conditions ne souffrirent nulle difficulté. Mais quand il s'agit de remettre ses armes, de se priver de tout moyen de défense pour l'avenir, Pantaleone de Sà éleva la voix avec une sorte de violence.

— Jamais ! dit-il, jamais nous ne rendrons nos armes ! Que ferions-nous au milieu de cette population hostile, car les noirs seront éternellement les antagonistes de la race blanche. Une fois privés de ces moyens de défense, ce qui nous reste demeurera à la merci de nos hôtes, et nous ne pourrons même plus défendre contre eux les femmes et les enfants. Payons leurs provisions aussi cher qu'ils le voudront. Nous approchons du but, et nous avons appris le peu que l'on doit estimer l'or quand il s'agit de sa vie ; mais restons armés pour notre défense comme pour notre honneur.

Les paroles de Pantaleone furent approuvées de tous, hors de Sépulvéda.

Il n'osa cependant lutter tout d'abord contre son cousin qu'appuyaient tous ses compagnons. Il se borna à regretter qu'il ne leur fût pas possible de jouir d'un repos de quelques jours dont ils avaient grand besoin.

Loin de s'irriter quand il apprit la réponse des blancs, le roi parut seulement attristé de leur défiance. Celui de ces noirs qui parlait en méchant portugais et qui lui servait d'interprète retourna vers les voyageurs.

— Le roi voulait offrir aux chefs et à leurs compagnes l'hospitalité d'un frère ; les autres naufragés se seraient partagés entre les familles importantes du pays. Les armes des Européens étaient de nature à effrayer les noirs. On les leur rendrait à leur première demande. Les blancs couvaient donc de mauvaises intentions au fond de leur cœur qu'ils refusaient d'accepter une condition si équitable ?..

Sépulvéda se hâta de répondre que s'il était l'unique maître, il s'empresserait d'accepter. Il comprenait que le roi éprouvât des craintes, et pour sa part, afin de lui prouver sa bonne volonté et sa confiance, il commençait par donner à l'interprète son poignard et son épée.

— Vous nous perdez tous ! cria Pantaleone.

— Avez-vous résolu d'entraîner vos compagnons dans votre révolte ? demanda l'ancien gouverneur de Diu.

— Je veux les éclairer sur un péril que vous bravez avec une témérité folle.

— Aussi bien que les autres, vous avez juré de m'obéir.

Les yeux de Pantaleone lancèrent des éclairs de rage. Par respect pour Lianor il n'osa point formuler sa pensée, et se contenta de répondre :

— Il vous sied bien de vanter votre prudence, qui a compromis le salut de six cents hommes, et laissé cinq cents cadavres sur la route qui s'étend du cap du Désespoir jusqu'ici ? Ayez donc plus de modestie et de patience. Je suis le plus jeune de ceux qui donnent leur avis au conseil, et je me soumettrai à l'avis général; contre vous seul je lutterai au nom de la raison. Quoi! vous avez refusé d'attendre chez Ougli-Ougli les marchands de Sofala, sous prétexte que ce roi ne vous inspirait pas de confiance, et tout à coup vous vous sentez près de Kouma dans une sécurité absolue? Mais ce nègre vous trompe! Si vous vous fiez à lui, c'en est fait de nous! Étudiez la fourberie de son regard, la cruauté froide de son sourire. Passons-nous de vivres, privons-nous de repos, marchons dans les sables jusqu'aux genoux s'il le faut, mais fuyons ce village dont le séjour nous serait funeste.

Lianor et Savitri partageaient les craintes de Pantaleone; fray José exprima à Sépulvéda les mêmes appréhensions; celui-ci persista dans son obstination, et finit par entraîner avec lui la majorité de ses compagnons.

La perspective de rester quelques jours dans ce village, qui pour eux était une véritable oasis, fit taire toute prudence. Les armes furent remises au roi, Lianor, Sépulvéda, Pantaleone et Savitri reçurent l'hospitalité dans le palais ou plutôt dans l'enceinte du palais, car il ne leur fut attribué pour y séjourner qu'une case étroite meublée de quelques nattes.

Pendant qu'ils s'y installaient, les compagnons de Sépulvéda s'attendaient, suivant la promesse qui leur avait été faite, à partager le logis des naturels, et à recevoir des vivres en abondance, moyennant une retribution suffisante. Mais à peine leur distribua-t-on un peu de farine et de lait. Des toits en ruines leur furent désignés pour demeure, et les nègres répondirent à leurs plaintes par des brutalités si grandes qu'ils comprirent que la résignation leur sauverait seule la vie. Pendant ce temps, Sépulvéda, voyant qu'on traitait avec tant de barbarie ceux qu'on avait promis d'accueillir en frères, commença à comprendre quelle faute il venait de commettre; il s'en irrita d'autant plus que l'interprète du roi vint prier Lianor et Savitri de venir se mêler aux femmes du souverain, et partager le concert et la danse qui suivaient le festin.

Lianor et Savitri se rejetèrent au fond de la salle.

— Pantaleone! cria Savitri.

— Sois tranquille, mon stylet me reste! répondit le jeune homme.

Sépulvéda n'avait plus d'armes, lui! et il mordit ses poings de rage.

Le roi n'insista pas.

Quelque triste et insuffisante que fût cette hospitalité, cependant les naufragés demeurèrent huit jours dans ce village. Les enfants y trouvaient des fruits et du lait; les hommes de l'eau fraîche. Si dures que furent les femmes, quelques-unes, pendant les absences de leurs maris, apportaient du poisson ou un morceau de viande aux malheureux. Les blessures de leurs pieds que déchiraient et brûlaient un sable mêlé de coquilles tranchantes, se cicatrisaient. On pouvait partir, et Pantaleone avertit Sépulvéda de l'impatience de ses compagnons.

Celui-ci fit demander au monarque les armes qui lui avaient été confiées.

Mais alors le roi nègre leva le masque. Au lieu d'accueillir la juste réclamation des naufragés, il se répandit contre eux en injures et en menaces; la peuplade s'arma de lances et de massues pour chasser les malheureux du village où Sépulvéda s'était obstiné à rester.

Exaspérés par cette mauvaise foi, comprenant à quels dangers ils allaient se trouver livrés, quelques Portugais essayèrent une résistance sans résultat possible. Ils brisèrent des branches d'arbres et entamèrent une lutte avec les naturels. Quatre naufragés restèrent morts sur la place, tandis que leurs compagnons s'enfuyaient épouvantés sous la grêle de flèches qui pleuvaient sur eux.

Il s'obstinait à rester seul face à face avec le spectre qui du doigt lui montrait la route. (*Voir page* 290.)

XXV

LA TOMBE DE SABLE

Ils marchaient plus découragés que jamais. La lutte qui s'était établie entre Sépulvéda et Pantaleone semait une division mêlée de crainte. Sans doute, l'ancien gouverneur de Diu possédait une grande somme d'énergie; depuis longtemps il commandait à des hommes accoutumés à braver tous les périls, et jamais il n'avait donné lieu de le soupçonner de faiblesse. Mais depuis le terrible naufrage qui le jeta avec ses six cents compagnons sur le cap du Désespoir, il avait bien changé. Le sentiment que ses crimes attiraient sur lui et sur les passagers du navire les malheurs qui se succédaient, lui ôtait la lucidité de son jugement. Il souffrait trop pour rester clairvoyant. Sa confession de l'assassinat de Luiz Falçam jaillit de son âme bourrelée de remords dans un moment de suprême angoisse et de profonde horreur de lui-même. Il aurait souhaité à la fois un anathème et une condamnation. Un prompt supplice lui aurait semblé le signe du pardon de Dieu. Mais ceux entre les mains de qui Sépulvéda remettait sa cause le laissaient vivre, le jugeant plus châtié par le mépris public qu'il ne l'eût éte par un coup de hache. Il vivait! Était-ce vivre que de songer avec quel sentiment de répulsion involontaire Lianor devait regarder l'homme à qui son père l'avait unie! Était-ce vivre que de ne plus oser poser ses lèvres desséchées sur le front de ses enfants agonisants!

Il allait maintenant en avant de la caravane, s'isolant de sa femme et de Pantaleone; il s'obstinait à rester seul, face à face avec le spectre qui le hantait et qui du doigt lui montrait la route, une route toujours la même, tracée sur le sable par des pieds saignants...

Atteindrait-il son but? A tant de fautes commises ne venait-il pas d'en joindre une nouvelle?

Depuis que les naufragés avaient quitté le village d'Ougli-Ougli, que de malheurs avaient fondu sur eux. De quels périls ne se trouvaient-ils pas menacés. Contre les fauves et les hommes, il ne leur restait pour se défendre que des bras affaiblis et saignants. Comme la plupart de ses compagnons, Sépulvéda avait cassé dans le bois une forte branche d'arbre insuffisante pour soutenir une lutte inégale avec les bêtes ou les nègres.

A travers ce désert dont rien ne semblait avoir marqué les limites, Sépulvéda allait, comme si le glaive de l'ange vengeur lui eût piqué les reins.

Fray José fut le seul qui eut assez pitié de lui pour s'approcher et lui parler tour à tour de repentir et d'espérance. Le moine ne se méprenait point sur les sentiments du gouverneur de Diu. Cette âme hautaine avait reçu un coup de foudre, mais elle ne s'humiliait pas encore sous la main de Dieu. Sépulvéda avait plutôt crié que confessé son crime. Il demeurait dur à l'égard de ceux qui le suivaient, et prétendait exercer son commandement avec le même despotisme qu'avant l'heure où il dit devant tous :

— Je suis un misérable, jugez-moi !

Un abîme restait dans ce cœur. La terreur un moment l'avait jeté à terre, la miséricorde de ses compagnons le fit se redresser. Peut-être regrettait-il de s'être amoindri par son aveu.

— Mon frère, lui dit fray José, de cette voix douce et profonde qui remuait et changeait si complètement les cœurs; mon frère, Dieu demande de vous un regret plus sincère. Au prix d'une contrition absolue il vous promet un pardon sans limite. Mais l'humilité doit remplacer l'orgueil, et vous devez vous estimer ici le dernier de tous. Vous nous avez perdus une fois, et votre obstination nous met de nouveau en danger de perdre la vie. Démettez-vous d'un pouvoir que l'agitation de votre esprit ne vous permet pas d'exercer... N'est-ce point assez de songer à votre âme, et de toucher le cœur de votre compagne par les regrets amers du crime que vous avez commis. Oh ! je le sais, dona Lianor est une sainte. Elle vous pardonne de l'avoir séparée de l'homme dont elle reçut les promesses, et de l'avoir indignement trompée...

— L'ai-je trompée en lui disant que je l'aime !

— Eh ! qu'importe ! fit le prêtre. Vous l'avez aimée la menace aux lèvres et le poignard à la main ; abusant de la faiblesse de son père, vous lui avez arraché un consentement qui devint un ordre pour cette infortunée. Ah ! devant Dieu qui juge les âmes, elle ne vous eût jamais choisi librement. Et cependant avec quelle douceur s'est-elle pliée sous un joug dont elle avait peur ! Jamais un mot cruel n'a passé ses lèvres. Vous avez avoué votre crime, elle est restée la même pour vous... Que ne doit-elle point souffrir cependant ! Elle si pure, si juste ! Elle prie, elle pleure, elle demande grâce pour vous, sans que cette grâce vous l'imploriez vous-même...

— Vous avez raison, répondit Sépulvéda, j'ai trouvé plus facile d'avouer mon crime que de m'en repentir. Ce que je vais vous révéler est horrible, et entendez-moi pourtant et jugez au fond de quel abîme j'ai roulé... Je ne me repens pas d'avoir brisé l'obstacle qui se trouvait entre moi et celle qui est devenue ma femme. Ne pouvant obtenir Lianor qu'au prix d'un crime, je commettrais encore ce crime! Je ne me sens pas de regret; mon orgueil n'est pas brisé. En avouant le passé, j'ai cédé à une sorte d'instinct; mais la douleur profonde d'avoir tué Falçam, je ne l'ai pas, mon Père... Puisque la mort de Luiz pouvait seule me donner Lianor, Luiz devait mourir.

— Taisez-vous! s'écria le prêtre effrayé, taisez-vous!

— Pourquoi me taire, puisque vous lisez dans mon âme?

— Ne craignez-vous point d'attirer sur vous les châtiments du ciel?

— Et que peut-il m'arriver de pire! Nous sommes à peine couverts de lambeaux; la faim et la soif nous assaillent; nous ignorons quand il nous sera possible d'obtenir un établissement européen; les morts sèment leurs ossements sur la route, et tracent le chemin de notre caravane... Dieu ne fait rien de plus! rien de plus!

— Vous n'avez aimé qu'un être au monde, c'est dans cet être que Dieu vous châtiera!

— Lianor! fit Sépulvéda avec un rugissement.

— Peut-être! dit fray José d'une voix sombre.

— Non! pas elle! Tous, si Dieu les demande, tous avec moi! Mais Lianor! vous l'avez dit, elle est la pureté, la grâce, la foi! Dieu la garde pour nos deux anges!

Le prêtre ne répondit rien; il contempla Sépulvéda avec l'expression d'une pitié profonde.

— Lianor être frappée, reprit Sépulvéda, pour des crimes qui ne sont pas les siens! Est-ce que cela se peut? Serait-ce la justice?

— Nul de nous n'a le droit de demander des comptes au Seigneur, senhor. De tout temps, en expiation des fautes commises, il a demandé des victimes; les plus pures lui ont toujours paru les plus agréables. Pour atteindre à votre cœur, ce cœur rebelle au véritable repentir, tremblez qu'il use de tous les moyens dont il dispose... Ou plutôt, Sépulvéda, humiliez-vous franchement devant lui... L'horreur du crime commis semble vous échapper en partie... L'homme s'est accusé, que le chrétien implore sa grâce. Au tribunal divin vous pouvez encore être absous...

— Ah! répondit le gouverneur de Diu, n'est-ce point pour moi une expiation suffisante que de voir souffrir Lianor depuis près de six mois! Pensez-vous que je ne comprenne point jusqu'à quel point ses forces sont épuisées. Ne pâlit-elle pas chaque jour davantage? Et chaque jour ne me semble-t-il pas qu'elle me regarde avec plus de tristesse? Je suis puni, croyez-le! cruellement puni!

Fatigués d'une longue marche sous un soleil brûlant, les naufragés se disposaient à faire halte sur la lisière d'un bois tout proche, lorsque une troupe de Maures en déboucha brusquement. Dès qu'ils aperçoivent l'ennemi, les naufragés se serrent les uns contre les autres, dans le vain espoir d'opposer quelque résistance.

Les Maures sont armés. Ils s'élancent sur les malheureux en poussant des cris rauques... Ce n'est pas à leur existence qu'ils en veulent. Que feraient-ils comme esclaves de ces êtres hâves, affamés, se traînant à peine? Non, ce qu'ils convoitent, ce sont les misérables vêtements couvrant les malheureux. Ils vont se disputer les dernières guenilles échappées au naufrage et à une marche de six mois sur la côte africaine.

Les hommes résistent, emportés par un sentiment de bravoure; les femmes se montrent plus courageuses encore : c'est leur pudeur qu'elles défendent. Ces lambeaux, ces morceaux de toile, elles les estiment plus que la vie!

Quatre Maures se sont précipités sur Lianor de Sà. Épouvantée, les bras croisés sur sa poitrine, elle essaie de résister, et de reprendre à son tour les lambeaux qu'on lui dispute. Quand elle comprend qu'elle ne sera pas la plus forte, la crainte de se voir exposée nue aux regards de ses compagnons l'effraie plus que la crainte de la mort. Elle ne lutte plus pour vaincre; elle s'efforce seulement d'exciter la colère des Maures de telle sorte qu'ils la tuent d'un coup de leurs poignards. Elle invoque le trépas à grands cris, et peut-être va-t-elle l'obtenir quand Sépulvéda parvient à la rejoindre, et l'arrache malgré elle des mains des bandits.

La malheureuse s'assied à terre, répandant comme un voile autour de son corps ses admirables cheveux noirs.

Elle serre dans ses bras ses petits enfants et sanglote... Elle sent cette fois que c'en est fait de sa vie, et qu'elle ne tentera même plus de s'éloigner de cette place fatale.

A peine les Maures se sont-ils éloignés que Pantaleone de Sà court vers le bois, il en revient une heure plus tard les bras chargés de larges feuilles et de longues herbes. Il en présente une partie à Savitri qui roule ces feuillages autour de son corps, puis, tremblante et honteuse comme une Ève surprise, rejoint Lianor qu'entourent ses fidèles esclaves, Lalli et Tolla.

Sépulvéda semble anéanti. Le souvenir des paroles de fray José lui revient à la mémoire : Oui, c'est sur Lianor plus encore que sur lui que tombe le châtiment céleste.

Son premier regard sur cette ravissante créature a été un irréparable malheur.

De la reine de la côte de Canara, il fait cette femme qui pleure le front enseveli dans ses mains, en se faisant un bouclier des corps frêles de ses enfants.

De la belle et triomphante fille d'un vice-roi, il a fait cette naufragée...

Lianor, jusque-là si forte, se sent frappée au cœur.

Par respect pour cette grande misère, les hommes se sont éloignés. L'infortunée n'a plus auprès d'elle que ses enfants et ses femmes de service. Elles fondent en larmes, moins à la pensée du sort qui leur est réservé que sur la destinée de leur maîtresse.

Que vont devenir les aventuriers? Sur la rive, les coquillages manquent... Les fauves peuvent venir, ils trouveront des proies faciles.

Pantaleone essaie de relever le courage de ses compagnons; fray José leur donne l'exemple d'une résignation admirable. Comme s'il voulait indiquer qu'où se dresse la divine image du Sauveur l'espoir est encore possible, maître André Vasco qui, en voyant accourir les Maures a pris soin d'enterrer sa bannière, l'élève de nouveau dans le désert.

Mais c'en est fait; les paroles des plus énergiques restent sans écho. La nuit seule apporte quelques consolations aux malheureux ; la nuit qui enveloppe de son voile épais leur triste nudité.

Lianor ne connaîtra plus le sommeil. Pressée dans les bras de Savitri elle pleure sans bruit, mais elle ne cessera plus de pleurer... Elle ne regrette pas la vie qui, après lui avoir donné une heureuse et brillante jeunesse, a brisé l'un après l'autre tous ses rêves ; mais ses enfants, ces anges d'amour et d'innocence à qui elle dut la force de soutenir la lutte de l'existence, et dont les baisers la consolèrent d'avoir vu Falçam sur son lit de mort, et d'avoir courbé le front sous la volonté de son père... Eux aussi versent des larmes. Ils la couvrent de caresses, en demandant à manger. Elle n'a rien! rien!

A l'aube, les hommes valides affrontent les dangers de la forêt. L'un d'eux rapporte un fruit gâté tombé pendant la saison précédente au pied d'un arbre. Il l'offre à Lianor qui le partage entre ses enfants. Elle se contente de mâcher une feuille d'arbre qui donne à sa bouche une sorte de fraîcheur.

Quand un souffle de vent agite ses longs cheveux, elle les ramène sur son sein, pleine de terreur et d'angoisse. Elle a résisté à toutes les épreuves; elle succombe à l'idée de sa pudeur offensée...

Trois jours se passent et trois nuits leur succèdent.

Lianor appelle Sépulvéda, Pantaleone et le moine.

— Jamais, leur dit-elle, jamais je ne me résignerai à demeurer privée de vêtements. Dieu me laisse encore quelques heures de vie, je veux les passer en paix. Creusez ma tombe dans le sable... Vous m'y coucherez vivante. Qu'importe de quelle nature soit le voile qui me couvre, s'il me dérobe au regard des hommes.

Sépulvéda et Pantaleone obéissent. Ils creusent à l'aide de leurs mains une excavation dans laquelle Lianor entre jusqu'à mi-corps. Elle garde ses petits enfants dans ses bras, elle les couvre de baisers et de larmes.

Pendant un moment, fray José demeure seul près de la tombe de sable.

— Mon Père, lui dit l'héroïque créature, dites-moi que Dieu me pardonnera. Peut-être n'ai-je point assez accepté de sa main les terribles douleurs qu'il m'a envoyées. Peut-être ai-je laissé deviner à mon mari que je me souvenais d'avoir obéi à mon père, en l'acceptant pour époux... Mais surtout, depuis que la vérité m'est connue, depuis que je sais qu'il fit assassiner Falçam, peut-être ai-je manqué de miséricorde... Pardonnez-moi cette faute au nom du Sauveur Jésus... Je me repens, et j'accepte en expiation mon cruel martyre...

— Dieu vous sera indulgent, ma fille, répondit le prêtre. Les révoltes involontaires de votre cœur ne vous ont point empêchée de remplir votre devoir. Témoin de votre vie et guide de votre conscience, j'ai suivi jour par jour, heure par heure votre combat... Je vous l'affirme au nom de l'autorité que je tiens du ciel même, Dieu vous ouvre les bras pour vous recevoir dans son sein.

Les yeux de Lianor se remplissent de larmes, elle joint les doigts avec une expression sublime de prière; la main du moine s'étend sur sont front, et durant quelques minutes elle demeure perdue dans le sentiment d'une paix infinie.

Le calme du martyre accepté descendait en elle.

Quand elle sortit de l'absorption profonde dans laquelle nous jettent les grands mystères religieux, Lianor tourna la tête du côté où se trouvaient ses enfants.

Savitri les lui apporta.

Grâce à Pantaleone, les jeunes femmes de la triste caravane avaient pour se couvrir des feuilles et des enroulements de lianes. La forêt venait de suppléer aux lambeaux dérobés par les Maures.

La veuve du rajah s'agenouilla près de la tombe de sable dans laquelle était couchée son amie, tandis que Tolla, Lalli et les esclaves se tenaient à ses pieds. Toutes fixaient sur Lianor des regards dans lesquels l'admiration le disputait à la douleur. Du sein de cette fosse anticipée dans laquelle la pudeur la faisait descendre, pour qu'elle léguât aux femmes des générations suivantes le souvenir d'une héroïque chasteté, Lianor de Sà était toujours belle.

Sans doute, la fraîcheur de son visage avait pâli, les contours purs de ce ravissant visage s'étaient altérés, mais elle gardait les lignes superbes du front, la grâce attendrie des lèvres, l'expression de ses grands yeux noirs. Jamais elle ne parut plus grande et plus belle que réduite à cet excès de misère. Ses compagnons d'infortune étaient tentés de l'invoquer comme une sainte.

Elle prit des mains de Savitri ses deux petits anges, et les serra passionnément sur sa poitrine.

Hélas! le souffle même allait leur manquer. Leurs prunelles se ternissaient, de leurs lèvres s'échappaient des soupirs si faibles que chacun d'eux semblait devoir être le dernier. Les petits bras manquaient de force pour lui rendre ses caresses...

En présence de l'excès de souffrance de ses enfants, elle fut prise d'un accès de désespoir.

— Je ne veux pas qu'ils meurent! cria-t-elle, je ne veux pas qu'ils meurent!

Puis se tournant vers Sépulvéda, elle lui fit signe de s'approcher d'elle.

— J'accepte tout! lui dit-elle, je suis résignée! Jamais je ne quitterai ce désert que pour aller vers mon Dieu... Mais je ne puis vouloir que mes enfants partagent ma triste destinée. Défends-les contre la mort, sauve-les! Dieu le sait, je t'ai pardonné en chrétienne; si tu sauves mes enfants, je ferai plus; mon suprême adieu sera une bénédiction pour toi! J'oublierai tes fautes, je t'accorderai une tendresse que je ne te donnai jamais! Sauve-les! sauve-les!

Les lèvres de Sépulvéda effleurèrent le visage de Lianor.

— Tu oublieras tout? Tout... jusqu'à la mort de Falçam...

— Oui, si tu préserves mes fils de la mort!

Sépulvéda prit un des enfants dans ses bras et courut du côté du bois. Il venait subitement de retrouver ses forces. Parvenu à la lisière de la forêt, il chercha aux arbres des fruits, des baies aux arbustes... priant Dieu, pleurant, lui demandant grâce au nom de l'être charmant qui se mourait dans ses bras.

— Rien! rien! s'écria-t-il enfin avec désespoir.

Déçu, sans cesse il recommençait des recherches infructueuses, tantôt il poussait de sourds cris d'angoisse, tantôt une ardente prière s'échappait de ses lèvres.

— Mon Dieu, disait-il, l'enfant est innocent des crimes du père. Châtiez-moi selon votre justice, et redoublez vos coups si vous ne me jugez point assez puni, mais ne m'infligez pas le supplice de les voir mourir.

Il ne comprenait pas que Dieu frappait sur son cœur à coups redoublés pour en faire jaillir un repentir plus intense. Sans doute, ni Lianor ni ses enfants n'étaient complices de ses crimes; mais par une loi mystérieuse de la Providence, les innocents portent souvent le fardeau des coupables.

C'est l'héritage du Golgotha transmis à travers les siècles. Depuis l'origine du monde, le sacrifice est devenu une loi. La pure victime paie pour le criminel. Les vertus des uns lavent les faiblesses des autres. Il nous arrive souvent de nous demander pourquoi une créature que nous savons loyale, pure et grande se trouve accablée de maux physiques et de douleurs morales? La justice de Dieu, justice mêlée de miséricorde, la tient sous sa main, et lui fait expier par des voies adorables ces crimes qu'elle n'a pas commis. La pureté de la victime efface plus vite les fautes qu'elle est chargée d'expier.

A travers les siècles, dans chaque génération et chaque famille, si l'on fouillait au fond, on trouverait la créature vouée à l'expiation. Ces victimes ne se plaignent point. Dieu les marqua pour lui; il les appelle; elles le suivent à travers un chemin sanglant...

Lianor, âme si droite, si grande, souffrait pour Sépulvéda et par lui.

Les douleurs de cette créature, qu'il avait aimée jusqu'au crime, formaient pour lui un châtiment sans nom.

Quand il la voyait souffrir, il se savait l'auteur de cette souffrance,

Il comparait la vie qu'il lui avait faite à celle qui eût été son partage si elle avait épousé le capitaine Falçam, et il se maudissait.

Pendant des heures entières, Sépulvéda fouilla la forêt, comptant toujours qu'il trouverait de quoi apaiser la faim de l'enfant qu'il tenait dans ses bras. Il ensanglantait ses mains en s'accrochant aux arbres épineux, il labourait sa poitrine avec ses ongles, en répétant le nom de Lianor dans un sanglot désespéré.

Le jour baissait; la nuit allait venir; il fallait songer à rejoindre ses compagnons. Dans le bois allaient s'éveiller les fauves.

Mais revenir sans avoir rien trouvé, rien!

Sépulvéda tomba épuisé sur le sol, et rapprocha de son visage le visage de l'enfant.

Il parut à Sépulvéda que ce visage se glaçait.

Il colla ses lèvres brûlantes sur les lèvres du pauvre petit être; elles ne lui rendirent pas son baiser.

Quelque chose de faible l'effleura : moins qu'un souffle... l'enfant agita ses petits bras, puis il demeura immobile.

Il était mort.

Mort! Qu'allait faire Sépulvéda? Que répondrait-il à Lianor? Lui remettrait-il le cadavre de son fils? Oserait-il affronter ses larmes?

Le malheureux demeura quelque temps absorbé par ce sinistre problème. L'idée de ne plus revoir Lianor et de s'enfoncer plus avant dans la forêt lui traversa l'esprit.

Avant une heure, il était certain de tomber sous la dent des bêtes féroces...

Mais ce serait une lâcheté nouvelle.

A l'aide d'une branche d'arbre, il creusa une fosse... Hélas! il la fallait bien petite pour ce corps d'enfant! Ensuite Sépulvéda arracha une brassée de lianes fleuries, en forma le suaire de l'innocent, et le coucha dans cette tombe, comme il eût fait dans son berceau.

Il tomba sur les deux genoux en se frappant la poitrine :

— Est-ce assez, mon Dieu, demanda-t-il, est-ce assez?

Des bruits sourds s'élevaient derrière lui. Des rauquements lointains et des rugissements étouffés lui arrivaient par intervalles. La chasse des fauves commençait.

Sépulvéda s'enfuit du bois et regagna les sables. Au loin, il aperçut les feux des veilleurs destinés à éloigner les tigres. Il se dirigea de ce côté avec les efforts et la lenteur d'un condamné se rendant au supplice.

L'angoisse de Lianor ne saurait se décrire. Depuis que son mari était parti, elle ne cessait de demander à Pantaleone et à André Vasco s'ils ne le voyaient point revenir. Lorsque ceux-ci le reconnurent de loin, elle essaya de se retourner dans sa tombe de sable; mais elle ne le put, et demeura anxieuse, les yeux clos afin de mieux percevoir les bruits lointains et d'écouter si Sépulvéda ne lui envoyait point une parole d'espérance.

Il arriva près d'elle, morne, les bras tombants.

— Seul! tu es seul! s'écria-t-elle.

Sans rien ajouter, elle pressa plus fort sur son sein son dernier enfant.

— Nous mourrons ensemble, dit-elle.

Puis tournant ses yeux gonflés de larmes sur les compagnons de ses misères :

— Quittez-moi, leur dit-elle; en veillant près de cette tombe où je suis ensevelie par avance, vous perdez vos dernières forces. Elles vous suffiraient pour gagner un village d'Éthiopie. Vous ne sauriez me sauver, j'en ai la certitude. N'augmentez pas le nombre des victimes... Quand vous vous trouverez plus tard en Portugal, vous ferez célébrer des messes pour Lianor de Sà... Pantaleone, je t'en conjure, sauve Savitri que tu aimes, Savitri ma sœur! Nul ne doit mourir pour mon service. Mes forces déclinent rapidement; avant le soir de demain je serai morte... Partez! non seulement je vous pardonnerai de me quitter, mais je vous le conseille, je vous l'ordonne. Si vous persistez à demeurer ici, vous vous perdrez sans réussir à me garder la vie...

Tous répondirent à Lianor par des sanglots et des cris.

Autour de sa tombe les naufragés se groupèrent, et fray José récita les prières de l'agonie.

Le grand et terrible spectacle que celui-là.

Près de cette mourante la religion veillait encore, apaisant les douleurs, purifiant les suprêmes regrets qu'elle pouvait donner à la terre. Savitri, les lèvres pressées sur une de ses mains, pleurait sans bruit; Sépulvéda prosterné lui demandait grâce.

La jeune femme retrouva avant l'heure suprême de l'agonie un calme surhumain, adressa un adieu résigné à ses compagnons d'infortune, puis levant les bras vers le ciel, elle fit comprendre aux naufragés qu'ils ne pouvaient attendre leur salut que de Dieu.

Une dernière fois ses lèvres pressèrent le front de son enfant, puis se laissant retomber en arrière, toute enveloppée de ses longs cheveux noirs, elle demeura immobile, le front couvert des pâleurs de la mort, les yeux grands ouverts continuant à fixer le ciel.

Sépulvéda se jeta sur le corps de sa femme. Fou de désespoir, il s'étendit sur la fosse à ses côtés comme s'il voulait aspirer sa dernière haleine, et mourir du trépas qui venait de la frapper. A ses appels désespérés, à l'expression de cette violente douleur répondirent les sanglots des femmes agenouillées auxquels se mêlait la voix grave de fray José appelant la paix éternelle pour cette âme délivrée.

Dès que les conseils du moine eurent rendu un peu de calme à Sépulvéda, il fit signe à ses compagnons, et Pantaleone, André Vasco et les plus robustes de cette troupe infortunée achevèrent de combler la fosse.

Tour à tour disparurent sous une couche de sable les bras de Lianor, sa poitrine, son merveilleux visage voilé de ses longs cheveux; et quand ce lugubre travail fut achevé, c'est à peine si, sur la plage d'une uniformité lugubre, une léger renflement du sol révélait qu'une des plus belles et des plus charmantes créatures de Dieu y reposait à jamais.

On dressa une croix de bois sur la fosse, puis de nouveau les naufragés s'agenouillèrent pour prier et pleurer.

Durant plusieurs heures, comme hébété par son désespoir, Sépulvéda demeura sur la tombe de sa femme; enfin se levant avec un mouvement brusque et saisissant son dernier enfant qui reposait dans les bras de Savitri, il s'enfuit du côté de la forêt, en poussant des cris comme un insensé.

Ils tombèrent à genoux, les bras tendus vers elle. (*Voir page* 306.)

XXVI

ASILE

Le petit village semblait rire au soleil. Tout autour de la baie gracieusement arrondie s'élevaient des cabanes que des arbres gigantesques ombrageaient d'un parasol de verdure. Chaque cour se trouvait entourée d'un jardin donnant souvent sur le même arbuste des fruits et des fleurs. Quelques animaux domestiques ajoutaient à la grâce du paysage. Une rivière d'un bleu transparent sur les rives de laquelle s'étaient réunies des femmes appartenant pour la plupart à la race noire pêchaient, chantaient ou tressaient des couronnes de couleurs vives destinées à orner leur chevelure.

Au centre du village, une habitation entourée d'une palissade de troncs d'arbres, armée de deux petits obusiers accroupis sur les marches d'un perron, et surmontée du pavillon portugais, était le centre des transactions commerciales.

Le roi Jean III, qui possédait un comptoir sur cette partie de la côte, n'y avait point encore de forteresse.

A peu de distance de cette habitation s'élevait une église de bois, dont l'humble clocher apprenait à tous que la civilisation avait pris possession de cette terre au nom du Seigneur comme au nom du roi.

Puis, comme si elle avait recherché la double protection des européens et des prêtres, une demeure modeste, mais d'une charmante élégance, s'élevait en cet endroit. La façade de la maison disparaissait sous des rideaux de verdure. Les plantes débordaient du toit, jetant partout la grâce de leurs fleurs et le découpage de leurs feuilles. Par la porte entr'ouverte on pouvait distinguer les meubles élégants de cette habitation. Tout le luxe européen s'y trouvait réuni. Des rideaux se drapaient aux fenêtres ; des tapis couvraient les tables; des sièges commodes semblaient disposés pour le repos. Dans chaque angle s'épanouissaient des bouquets aux nuances éclatantes; et sur un support curieusement sculpté une vierge émaillée et d'un travail précieux paraissait bénir le bonheur des hôtes de cette maison. En ce moment nul bruit ne s'y faisait entendre; on eût dit qu'elle était vide; il ne lui manquait pourtant qu'une seule grâce, celle de la présence d'une femme.

Une porte dissimulée par une portière roula doucement sur ses gonds, et une forme svelte émergea de l'ombre; presque au même moment un homme apparut sur le seuil.

Il courut à la jeune femme et lui enleva des bras les fleurs qu'elle venait de cueillir.

— D'où viens-tu, Diniz? demanda celle-ci en souriant.

— J'ai ramené Maître François à la cabane qu'il habite. Notre course a été longue.

— Et fructueuse? demanda Miriam.

— Juges-en : Maître François a réconcilié avec le ciel deux noirs agonisants ; il a béni la tombe d'un ancêtre, et nous venons d'augmenter de deux écoliers nouveaux notre orphelinat.

— C'est bien, fit Miriam, oui, la journée est bonne. Depuis que nous avons abordé sur cette plage, jamais le soleil ne s'est couché sans que nous puissions nous dire : « J'ai accompli une œuvre utile. »

— C'est à toi seule qu'on le doit! s'écria Diniz.

— A moi! répondit Miriam. Non! Non! Je me rends compte maintenant de ce que j'étais jadis : une pauvre Juive ignorante, et n'ayant que des instincts de droiture. Ce fut le malheur qui me jeta aux pieds de ton Dieu! Avec quelle miséricorde il m'a conduite! quel est maintenant mon bonheur, et combien j'estime complète la félicité dont je jouis!

— N'as-tu donc jamais souhaité rentrer dans la vie civilisée?

— Non, répondit Miriam, j'ai trop souffert. Mais ne songe pas à moi dans tes projets, je serai heureuse partout où tu iras.

— J'attends prochainement le navire qui doit ramener ici le Père Juan, répondit à Miriam Diniz Sampayo; il nous donnera de nouveaux aides pour notre mission; s'il m'apporte ce que j'attends de la justice et de la grâce du roi, je te conduirai vers mon père.

— Moi, Miriam la Juive! la fille de Phinée!

— Oui, Miriam qui, comprenant quelle raison puissante me portait à retrouver les assassins de Luiz, consentit à me venir en aide... Miriam qui me livra la chaîne et le poignard du misérable; Miriam qui venait de découvrir la demeure de l'Indien Iarima, quand je fus saisi, accusé, et jeté dans les *Masmoras*... Qui m'en arracha, qui fut ma libératrice et mon bon ange.

A ce moment, une bande d'enfants accourut en criant :

— Des blancs! des blancs! pauvres blancs!

Diniz avait trop souffert pour ne point se montrer pitoyable; il serra les mains de Miriam qui répondit au désir exprimé par son regard avec un seul mot :

— Amène-les ici!

Jamais plus douloureux spectacle ne frappa les regards.

Des hommes couverts de tuniques de feuilles, maigres, pâles, les yeux brillants de fièvre, escortaient une litière sur laquelle était couchée une jeune femme agonisante. Pas une plainte ne s'échappait des lèvres desséchées des infortunés ; quelques-uns s'appuyaient sur les bras des noirs; l'un d'eux s'était laissé tomber d'épuisement sur le sol et ne paraissait plus donner signe de vie. Leurs yeux gardaient l'expression hagarde des hommes qui ont contemplé des scènes terribles; les muscles de leurs membres paraissaient seuls sous la peau; la chair semblait pour ainsi dire avoir disparu. Leurs visages, leurs dos, leurs bras se trouvaient bronzés par un implacable soleil; leurs pieds coupés par les pierres et les coquilles tranchantes, saignaient et laissaient une rouge empreinte sur le sable. Ils ne pleuraient pas, ils ne demandaient rien; peut-être ne gardaient-ils plus la force d'espérer.

— Ah! pauvres gens! pauvres gens! s'écria Diniz en s'avançant vers les malheureux.

Tout à coup il s'arrête; son regard rencontre l'éclair affaibli de deux prunelles dont l'expression lui cause une émotion soudaine... Ces yeux, il les connaît; ces yeux, il les a vus étincelants de joie et de fierté.

Il craint de se tromper. Il n'ose prononcer le nom qui monte à ses lèvres... La puissance d'une amitié chère l'aveugle. Ce ne peut être là le compagnon de sa jeunesse, le brillant fidalgo qui menait joyeuse vie à Goa, et que le vice-roi chérissait comme son propre fils... Mais si ce n'est point lui, pourquoi le cœur de Diniz bat-il avec cette violence? Pourquoi des larmes lui montent-elles aux yeux? Si ce n'est point lui, pourquoi le voyageur, qu'il croit reconnaître, fait-il en trébuchant un pas vers Diniz et murmure-t-il d'une voix expirante :

— Sampayo! Sampayo!

Un cri lui répond :

— Pantaleone!

Diniz serre le jeune homme dans ses bras, tandis que les servantes et les serviteurs de Miriam étendent des nattes sous l'avant de la cour, invitant les malheureux à s'y reposer, leur présentant des boissons réconfortantes, pendant que Miriam achève de faire disposer une vaste salle garnie de matelas de coton, afin d'abriter les naufragés.

Des mots entrecoupés, des gestes reconnaissants, quelques pleurs peignent seuls les sentiments qu'éprouvent les malheureux en recevant un semblable accueil.

On ne peut sans danger leur offrir un repas substantiel; des vins, des fruits soulagent d'abord leur faim; puis, quand ils ont pris un peu de repos, un bain rafraîchit leurs membres brisés. Ils tombent alors dans un lourd sommeil ressemblant à la torpeur qui précède la mort.

Tandis qu'ils s'y abandonnent avec la sécurité que l'on trouve sous un toit ami, Diniz Sampayo court au comptoir chercher les objets indispensables. Il choisit des vêtements pour tous, fait déposer quelques-uns des siens dans la chambre où viennent de s'endormir Satyavan, fray José et André Vasco ; pendant ce temps, Miriam songe à Savitri, à Tolla... Lalli et ses autres compagnes sont restées le long de cette route effrayante s'étendant du cap du Désespoir à la station portugaise où ils viennent d'arriver.

Après avoir rempli ces premiers devoirs, Diniz rejoint Miriam. Ils ne savent rien encore des horribles malheurs de leurs hôtes, mais ils en devinent une partie.

Jamais pourtant ils n'eussent imaginé des événements aussi terribles que ceux qui les ont frappés.

Le cœur gonflé d'attendrissement, les yeux remplis de larmes, ils se jettent dans les bras l'un de l'autre. Le bonheur sans nuage, dont ils jouissent depuis plusieurs années, loin d'avoir endurci leur cœur, le rend plus pitoyable et plus doux. L'épreuve qu'ils traversèrent n'a servi qu'à développer davantage en eux la charité, cette fleur divine du christianisme qui s'épanouit sous la rosée du Calvaire. Ils pleurent dans les bras l'un de l'autre, de pitié pour les infortunés, et aussi de souvenir...

La vue de Pantaleone et de Savitri rappelle à Diniz Sampayo Luiz Falçam, et la présence de la veuve du rajah, à demi morte de fatigue et de misère, évoque devant ses yeux une autre vision, celle de Lianor étincelante de beauté et de jeunesse.

Diniz et Miriam s'aimaient assez pour se comprendre, et le baiser que dépose le jeune homme sur les cheveux noirs de la belle créature lui apprend combien il est touché de la voir prendre une part si complète à tout ce qui l'émeut et lui déchire le cœur.

Pantaleone sortit le premier de son lourd sommeil.

Au pied de son lit, il trouva l'esclave chargé par Sampayo de veiller sur ses besoins et de rester à son service.

Avec un zèle intelligent, Antonio s'occupa de rendre au jeune homme les soins qui lui étaient nécessaires. Il abattit la barbe inculte tombant sur sa poitrine bronzée ; il coupa sa longue chevelure, le parfuma, lui passa un habit léger de soie de Chine, puis avec un sourire naïf il eut l'air d'admirer la beauté du jeune homme.

A peine les naufragés furent-ils arrivés au village, que Diniz s'empressa de faire prévenir Maître François. Celui-ci accourut, et voyant ces pauvres gens abattus par un sommeil de plomb, il défendit qu'on les éveillât, et se contenta de les bénir de loin.

Un quart d'heure plus tard il faisait remettre pour fray José la meilleure de ses pauvres robes rapiécées et une paire de chaussures. Comme les vrais apôtres, il avait épousé la pauvreté. A son réveil, le moine trouva ce fraternel souvenir, et des larmes de joie roulèrent sur son visage au moment où il passa le vêtement de laine, que l'Église avait béni et qu'avait sanctifié Maître François.

Tandis que Vasco, Pantaleone et fray José ressentaient une joie profonde à se revêtir d'habits européens, Miriam s'occupait elle-même de Savitri. La faiblesse de l'infortunée était si grande qu'il lui eût été impossible de s'habiller seule. Elle paraissait ne garder qu'un souffle de vie. Il ne pouvait venir à l'esprit de Miriam de lui choisir une robe et un corsage ajusté suivant la mode du temps; ce corps frêle n'aurait pu en souffrir les dures lames d'acier ; elle se contenta de disposer pour elle une tunique très souple, en tissu japonais d'une grâce étrange et d'un ton inimitable. Dans cette robe couleur orange sur laquelle se trouvaient représentés à la fois des vases de fleurs et des dragons d'or, Savitri, avec ses longs cheveux nattés sans bijoux, sans guirlandes, eut le charme d'une fleur ravissante que le givre a frappée. Deux esclaves la descendirent sur leurs bras dans la salle à manger, et Tolla se coucha à ses pieds.

Peu à peu les autres naufragés y entrèrent à leur tour.

Ils venaient de subir une semblable métamorphose. Quand les Européens aperçurent la grande madone d'émail apportée de Goa par Miriam ils tombèrent à genoux, les bras tendus vers elle, en poussant des sanglots et en balbutiant des prières.

Derrière cette divine image André Vasco alla suspendre la bannière de soie rouge sur laquelle se détachait l'image du Sauveur. Seule relique sauvée du grand naufrage ; image sacrée qui pour eux changea tant de fois en autels les rochers du Natal, en pavillon d'asile la tente dressée sur les sables brûlants.

Miriam se trouvait seule alors dans la salle où un vaste couvert se trouvait dressé ; elle accueillit chacun de ces malheureux avec une bonté touchante, et bientôt après Diniz Sampayo revint accompagné de Maître François.

— Mes amis ! mes frères ! mes enfants ! dit celui-ci en s'avançant vers les naufragés.

Fray José tomba dans ses bras, Pantaleone de Sà et André Vasco saisirent une de ses mains et y collèrent leurs lèvres, tandis que le reste des malheureux se précipitait à ses pieds.

L'apôtre bénit la table, puis les assistants, et il présida à ce repas.

Les naufragés, si affamés qu'ils fussent, mangeaient peu. La faim avait tellement resserré leur estomac qu'ils pouvaient à peine avaler des miettes de pain, de petites bouchées de viande, et quelques gorgées de vin fortifiant. Leurs yeux se mouillaient de larmes tandis qu'ils portaient ces aliments à leurs lèvres, et vaincue par ses déchirants souvenirs, Savitri se pencha sur la poitrine de Miriam en répétant :

— Lianor ! pauvre et bien-aimée Lianor!

Les regards de Diniz interrogèrent Pantaleone.

La pâleur du jeune homme parut augmenter encore, et il répéta d'une voix également brisée :

— O Lianor! sainte martyre !

— Parlez, parlez! ajouta Maître François ; je l'ai toujours vue généreuse, pieuse, humble et douce. Elle était la ressource de mes missions pauvres, ses mains s'ouvraient sans cesse pour l'aumône.

— Hélas ! reprit Pantaleone, ses petites mains n'écarteront jamais la couche de sable dans laquelle nous l'avons enterrée vivante !

— Vivante ! répéta Miriam avec l'accent de l'effroi.

— Et Sépulvéda? ajouta Maître François, d'une voix grave.

— Dieu l'a jugé! dit fray José, et le mystère de ce jugement reste le secret de sa miséricorde.

— Jugé! répéta Diniz Sampayo. Savez-vous, mon Père, qu'il me fit enfermer dans les *Masmoras* de Goa sous l'accusation infâme d'avoir volé la chaîne et le poignard donnés par lui à l'indien Iarima comme prix du meurtre de Falçam?

— Je le sais, mon fils, répondit fray José. Sépulvéda fit devant tous ses compagnons une confession publique ; vous n'en aviez pas besoin pour garder l'estime de tous.

— Lianor! Lianor ! répéta Savitri avec des sanglots convulsifs.

Alors lambeau par lambeau, mot par mot, le récit du naufrage de la belle et admirable créature qui avait eu nom Lianor de Sà s'échappa des lèvres des naufragés.

Maître François, Diniz Sampayo et Miriam ne pouvaient retenir leurs larmes. Ce que Pantaleone ne racontait point de leur misère se lisait sur leurs visages, dans lesquels il ne restait de vivant que les yeux.

Après le repas Maître François s'approcha de Savitri.

— Je vous reconnais, ma fille, dit-il, vous êtes la veuve du rajah que Lianor aimait tant... Êtes-vous chrétienne ?

— Oui, du fond de l'âme, répondit la jeune femme. Si j'ai attendu pour demander le baptême, c'est que je pensais le recevoir dans la chapelle du château de Martim de Sà, père de Pantaleone.

— Je conduis ma fiancée à mon père, ajouta le jeune homme.

— Ne remettez point cette fête, ma fille, non parce que je vous crois en danger, mais parce qu'il me sera doux de compter au nombre de mes souvenirs apostoliques le jour où je vous aurai mise au rang des héritiers du ciel, vous et votre frère Satyavan.

La pensée de cette cérémonie touchante apporta quelques consolations aux naufragés. Cependant le lendemain, dans la chapelle du village, ce fut l'office des morts que célébra Maître François...

Il appela la divine miséricorde sur les âmes de ceux dont les ossements blanchissaient dans le désert.

Huit jours après seulement Savitri et Satyavan, vêtus de blanc, furent conduits à la chapelle par Diniz, Pantaleone et fray José. Trois hommes et trois femmes de la colonie les guidaient. Savitri reçut le nom de Lianor en souvenir de son amie, et Satyavan fut appelé Henrique. Mais il devint impossible à leurs amis d'oublier les noms harmonieux de ces deux êtres charmants qui semblaient personnifier la grâce et le charme de la race aryenne.

A partir de cette heure tout parut changé pour les naufragés. Ils se reprirent à parler d'espérance. De jour en jour leurs forces revenaient; et avec elles sinon la gaieté, du moins le calme. Ils s'efforçaient d'oublier les scènes terribles dont ils avaient été témoins. Assis autour de Diniz Sampayo et de Miriam, ils écoutaient l'histoire de la fille de Phinée et de son mari. Quelquefois ils calculaient à quelle époque arriverait un navire portugais.

— Je suis convaincu, répétait Sampayo, qu'avant un mois un bâtiment lusitanien jettera l'ancre dans ce petit golfe. Il ne refusera certes pas de vous prendre à bord. Les plus robustes d'entre vous lui rendront des services d'autant plus appréciables que la mort décime toujours les marins dans ces parages.

— Et vous, demanda Savitri à Miriam, resterez-vous donc toujours dans ce village d'Éthiopie?

— Je suivrai la volonté de mon mari, répondit Miriam.

— Oh! maintenant, reprit Diniz, je suis certain de rentrer dans ma patrie et de t'y emmener. Les aveux de Sépulvéda à ses compagnons confirment ce que renfermait ma supplique au roi; la possibilité de rentrer en Portugal pour y jouir de tous mes droits et y reprendre possession de mes honneurs ne saurait être qu'une question de temps. Si, par le premier navire qui viendra nous visiter, je ne reçois point les lettres royales que j'attends, Pantaleone de Sà les demandera pour moi là-bas, et dans six mois nous irons le rejoindre dans son vieux château de Belem.

— Oui, répondit le jeune homme, et nous tâcherons d'y perdre le souvenir des douleurs qui nous ont trop éprouvés.

— Mais nous n'oublierons pas Lianor! Nous ne l'oublierons jamais! dit Savitri dont les yeux se remplirent de larmes.

A partir de ce moment les naufragés connurent le repos.

Le village où ils venaient de recevoir l'hospitalité était habité par des hommes doux et bons, disciplinés à la fois par la religion qui élevait leurs âmes, par des lois justes qui réglaient leurs mœurs. Maître François et Diniz Sampayo avaient donné le meilleur d'eux-mêmes pour arriver à ce but; l'arrivée des naufragés du cap du Désespoir communiqua un nouveau mouvement à la colonie; Savitri et Tolla se dévouèrent aux pauvres femmes de ces tribus, et leur enseignèrent des travaux qu'elles ignoraient. André Vasco, Satyavan et deux ou trois des plus intelligents parmi leurs compagnons travaillèrent également à l'achèvement de la civilisation des noirs. De tous les côtés leur venaient la lumière, la charité; ils se sentaient grandir au milieu de ceux qui se baissaient vers eux pour leur donner une part de leur âme. Fray José devint d'un grand secours à Maître François et multiplia comme lui les visites à Madagascar et dans les îles voisines.

Miriam et Diniz Sampayo ne témoignaient nulle impatience de départ, mais chacun d'eux se disait parfois et répétait à ses compagnons cette phrase qui renfermait tant d'aspirations et de rêves :

— Quand nous serons en Portugal!

Jamais les habitants de la côte ne guettèrent avec un sentiment de plus vive impatience les voiles d'un navire que ne le firent les compagnons de Sépulvéda, à partir du jour où il leur fut possible d'attendre l'arrivée des navires d'Europe.

Enfin, dès l'aube d'une belle journée, Satyavan, qui venait d'escalader une roche, tourna les yeux du côté de la pleine mer. Une vive émotion fit battre son cœur. Il lui sembla reconnaître au loin un petit nuage blanc à la marche rapide. Était-ce un nuage? A cette distance une voile était impossible à distinguer. Il attendait, le regard fixe, le cœur oppressé ! Tout à coup le soleil inonde la mer de ses rayons, et un cri de joie échappa au jeune Indien :

— Une voile ! c'est une voile !

Descendant la pente rapide du roc, il courut prévenir Diniz Sampayo, qui, suivi de Pantaleone, de Miriam et de Savitri, prirent à leur tour place sur l'observatoire de Satyavan.

— C'est lui ! murmura Sampayo, lui que j'attends, lui qui doit apporter ma sentence.

Il fut impossible de le décider à regagner sa demeure, et à peine le vaisseau se trouva-t-il assez près pour qu'il lui fût possible de jeter les ancres, qu'il sauta dans une barque, et manœuvrant seul les rames, il alla au devant du vaisseau.

Fray Vicente se trouvait sur le pont avec le capitaine Taïde et le pilote Gil ; le navire n'arrivait point directement de Portugal. Après avoir fait escale à Mozambique, il venait au comptoir afin d'y compléter sa cargaison par un lot d'ivoire.

Le moine pressa les mains du jeune homme :

— Je vous apporte les lettres du roi Jean III, lui dit-il, vous êtes libre !

— Je repartirai avec vous, capitaine, dit alors Sampayo en se tournant vers Gil.

— Mon navire est à votre service, senhor.

— Je prends acte de cette parole, car je ne quitterai pas seul la côte. Les compagnons de Sépulvéda, dont vous apprendrez plus tard la douloureuse histoire, sont arrivés ici à demi morts. Un certain nombre d'entre eux n'a pas de plus ardent désir que celui de rentrer en Lusitanie. La mer leur a tout ravi, et je me chargerai des frais de leur traversée.

— Dans une circonstance semblable, répondit le capitaine, il y aurait crime à abuser soit de leur situation, soit de votre générosité. Je me contenterai de quatre carolus pour le passage de chacun d'eux.

— Je vous remercie, dit Sampayo.

Il prit dans son canot le capitaine avec Fray Vicente et descendit sur la plage où la foule s'était portée.

Avec quelle force les mains du capitaine Gil serrèrent celles d'André Vasco. Dans ces temps de découvertes, de guerres, de naufrages où se multipliaient les grandes choses, les dévouements sublimes, les malheurs sans nombre, le sentiment de la solidarité était bien autrement fort qu'aujourd'hui. Le malheur qui venait d'éprouver l'un fondait sur l'autre à quelques jours de distance. Nul n'était assuré de revoir sa patrie, de mourir au milieu des siens. Il en résultait une bienveillance, une générosité admirables. Sans doute, des ombres restaient à ce tableau. A côté de traits héroïques on racontait tout bas l'histoire de crimes atroces. L'amour de l'or fit commettre plus d'une lâcheté. L'homme est toujours faible et misérable. Mais quand il s'agit de juger un siècle, et plusieurs générations dont le savoir et le courage changèrent la fortune de l'Europe, on oublie vite les sombres légendes pour ne conserver la mémoire que des récits chevaleresques.

Les chasseurs d'éléphants avaient, depuis longtemps, amassé les défenses dont le capitaine Gil avait besoin pour compléter son chargement. Tandis qu'on entassait l'ivoire dans une des chambres du navire. Diniz et Miriam plaçaient leurs richesses, ou plutôt ce qui restait de leurs richesses, à bord du *San-Bento*.

Une grande partie en avait été consacrée au soulagement des pauvres, à la fondation des écoles de Maître François.

Pantaleone de Sà réunit ses compagnons et leur dit d'une voix émue :

— Nous avons entre nous le lien d'une solidarité que rien ne remplace : celle de la souffrance... Vous êtes à moi, et je suis à vous, parce qu'ensemble nous avons eu faim et soif, et qu'ensemble nous avons attendu la mort à chaque pas de notre voyage à travers le Natal. Ce qui m'appartient est à vous. Ceux qui voudront me suivre en Portugal trouveront pour asile le manoir paternel en face de la mer, près de la grande abbaye de Belem où fut béni le voyage de Vasco de Gama; ceux qui souhaiteront rester en Afrique seront recommandés au directeur du comptoir portugais, et nous leur ferons passer des secours. Que chacun de vous m'apprenne sa volonté.

Toutes les mains se tendirent vers Pantaleone et Sampayo.

Après les premières effusions mêlées de regrets et de reconnaissance, il fut convenu que suivant leur désir les Indiens demeureraient sur la côte, et que les Européens monteraient à bord du navire.

Les derniers instants de séjour des naufragés furent occupés par des visites aux noirs et aux enfants des écoles. Maître François les accompagna à bord. A côté du pavillon portugais flottait la bannière rouge que maître André Vasco avait promenée à travers les côtes du Natal. Dans la cabine de Miriam se trouvait la vierge d'émail.

La main de Maître François-Xavier se leva pour bénir les passagers et l'équipage, puis à cette acclamation qui résumait l'esprit de ces temps glorieux : « Christ et Portugal ! » les ancres dérapèrent, et le navire après s'être gracieusement balancé sur ses hanches, prit sa course sur la mer.

Il vogua longtemps sur la mer bleue, calme et superbe ; jamais on n'eût dit qu'elle pouvait se soulever en montagnes et noyer des vaisseaux sous l'effort de ses vagues.

Debout sur le pont, durant une magnifique journée, Pantaleone de Sà, Diniz, Satyavan, Savitri et Tolla qui n'avaient point voulu quitter la femme du rajah, suivaient des yeux l'admirable panorama que présentait la côte du Natal. Tout à coup la configuration de quelques roches frappa les regards des passagers. Ils parurent s'interroger, leurs têtes s'inclinèrent et, tombant sur les genoux, ils saluèrent d'une dernière prière et d'une dernière larme la tombe de sable où dormait Lianor.

FIN